낯선 살 냄새

크리스티나 로런 지음

김지현 옮김

낯선 살냄새

금요일 밤마다
나는 그의 여인이 된다

Beautiful Stranger

르느아르

Beautiful Stranger

과거의 삶이 스러졌다. 아니, 조용히 사라지지 않고 폭발해버렸다. 뭐, 솔직히 말하면 수류탄 핀을 뽑은 건 나이지만. 일주일 만에 집을 세놓고 차를 팔고 바람피우는 남자 친구 곁을 떠났다. 과잉보호하는 부모님에게는 조심하겠다고 약속했는데, 절친에게 내가 찾아가는 중이라고 전화해야 한다는 사실을 공항에 도착해서야 깨달았다. 바로 그 순간 모든 것이 실감 났다. 현실이 또렷이 다가온 순간이었다.

나는 다시 시작할 만반의 태세를 갖추고 있었다.

"클로에? 나야."

나는 공항 터미널 주변을 둘러보며 떨리는 목소리로 말했다.

"뉴욕으로 가고 있어. 전에 일자리 제안한 거, 여전히 유효하면 좋겠는데."

클로에는 수화기를 떼어 내며 비명을 질렀다. 그리고 문제가 생긴 게 아니라며 자기 곁에 있는 사람을 안심시키는 소리가 들렸다.

"세라가 온대."

클로에가 말하고 있었다. 새로운 모험을 시작하는 순간을 저 두 사람과 함께할 생각을 하니 가슴이 벅차올랐다.

"베넷, 세라가 마음을 바꿨어!"

축하의 말과 함께 박수 소리가 들렸다. 베넷이 뭔가 더 말하는 것 같은데 알아들을 수 없었다.

"뭐라고 그러는 거야?"

내가 물었다.

"앤디도 같이 오냐고."

"아니."

나는 잠시 말을 멈추고 욕지기가 목구멍을 타고 꾸역꾸역 올라오는 것을 참아냈다. 앤디와 함께한 시간이 6년이다. 그와의 관계를 청산한 것이 얼마나 기쁜지와는 무관하게 이번 일이 내 인생의 극적인 전환점이 되는 사건임은 부인할 수 없다. 일견 현실감 없는 일같이 느껴지기도 한다.

헉, 클로에가 숨을 들이켜는 소리가 들렸다.

"너 괜찮아?"

"괜찮고말고."

정말 괜찮았다. 하지만 사실 그 순간까지 내가 얼마나 괜찮은지 미처 깨닫지 못했다.

"최선의 결정을 한 거라고 생각해."

클로에는 잠시 말을 멈췄다. 베넷이 옆에서 뭔가 이야기하는 걸 듣는 모양이었다.

"베넷이 혜성처럼 국토를 횡단해서 날아오래."

나는 입술을 깨물고 터져 나오는 웃음을 삼켰다.

"사실 그리 멀리 있지 않아. 지금 공항이야."

클로에는 이해할 수 없는 소리를 지르고는 라과디아 공항으로 나를 데리러 오겠다고 말했다.

나는 웃으며 전화를 끊고 검표 직원에게 비행기 표를 건네면서 생각했다. 혜성처럼 오라고? 혜성은 방향성이 정해진 운동을 지나치게 열심히 하는 별이다. 그것보다는 노성이라고 해야 맞을 것 같다. 동력 에너지원이 다 떨어져서 자체 중력에 이끌려 내부로만 끌려 들어가다가 쭈그러지고 마는 그런 늙은 별 말이다. 지나치게 완벽한 삶과 지나치게 예견 가능한 일, 사랑 없는 관계를 향한 내 에너지원은 모두 소모되고 말았다. 겨우 스물일곱 살에. 별이 소멸되는 것처럼 시카고에서의 내 삶도 자체의 무게감을 견디지 못하고 스러져버렸다. 그래서 나는 떠나왔다. 거대한 별이 사라지면 블랙홀이 생기고 작은 별이 사라지면 백색왜성이 생긴다. 하지만 나는 일말의 흔적도 남기지 않았다. 나는 모든 빛을 거두고 떠나 왔다.

　이제 혜성이 되어 다시 시작할 각오를 다진다. 에너지를 재충 전하고 재점화한 다음에 하늘을 가로지르며 환하게 불타오를 것 이다.

1

"은색 드레스를 입어. 안 그러면 내가 가만 안 둘 거야."

앞으로 주방으로 쓸 생각을 하는 곳에서 줄리아가 소리쳤다. 사실 제대로 된 주방이라고 하기에는 무척 좁은 곳이다.

나는 교외에서 빅토리아풍을 흉내 낸 건물을 살펴보다가 결국에는 전에 살던 집의 거실 크기에 불과한 사랑스러운 이스트 빌리지 아파트를 선택했다. 짐을 풀고 모든 것을 정리하고, 가장 친한 친구 둘이 찾아오기까지 하니 한층 더 좁아 보였다. 거실 겸 식당 겸 주방으로 사용하는 공간은 거대한 내닫이창으로 둘러싸여 있다. 하지만 으리으리한 효과를 내기보다는 집 안이 어항처럼 보이게만 했다. 줄리아는 오늘 밤 축하 자리를 갖기 위해 주말에 짬을 내어 찾아와서는 벌써 열 번도 넘게 이렇게 작은 집을 구한 이유를 물었다.

사실 이 집을 선택한 이유는 전과 완전히 달랐기 때문이다. 그리고 살 곳을 미리 마련하지 않고 무작정 뉴욕으로 옮겨 온 사람에게 허락된 아파트가 이 정도이기 때문이기도 했다.

나는 침실에서 손바닥만 한 시퀸 드레스의 치맛자락을 끌어 내리면서 오늘밤 과하게 드러낸 창백한 다리를 뚫어져라 바라보았다. 이 옷을 입고 나도 모르게 앤디가 너무 노출이 심하다고 했을 거라는 생각을 했다. 정말 싫다. 다시 생각하니 나는 원래 이런 걸 좋아했다. 과거에 앤디가 내 머릿속에 심어준 프로그램은 당장 모두 지워버려야만 한다.

"이 옷을 입어서는 안 되는 적절한 이유를 하나만 대봐."

"하나도 생각할 수 없어."

클로에는 후광이 비치는 듯 반짝이는 짙은 청색 드레스를 입고 침실로 걸어 들어왔다. 클로에는 언제나처럼 믿을 수 없이 아름다웠다.

"술도 마시고 춤도 출 거니까 약간의 노출은 필수지."

"얼마나 노출해야 할지 잘 모르겠어."

내가 말했다.

"갓 돌싱이 된 사람답게 행동하고 싶은데 말이야."

"거기 오는 일부 여자들은 엉덩이를 거의 다 노출할 테니까, 네가 걱정하는 만큼 튀지 않을 거야. 게다가 지금은 옷을 갈아입기에 너무 늦었어. 리무진이 도착했거든."

클로에는 아래층 거리를 가리키며 말했다. 내가 말했다.

"엉덩이를 거의 다 노출하는 건 네 이야기 아니야? 지난 삼 주 동안 프랑스 빌라에서 낮술을 마시고 벌거벗고 일광욕하다 온 사람은 너잖아."

클로에는 은밀한 미소를 살짝 지으며 내 팔을 잡아당겼다.

"멋진 아가씨, 그만 가시죠. 지난 몇 주 동안 잘생긴 개자식이랑 놀았으니까 하룻밤은 여자들끼리만 어울려 지낼 생각입니다."

우리는 대기하고 있던 리무진에 한 명씩 올라탔다. 줄리아가 요란한 소리와 함께 샴페인을 터뜨렸다. 거품이 보글보글 올라오는 음료를 한 모금 마시자 나를 둘러싼 온 세상이 증발하고, 새로운 삶을 축하하러 거리로 나와 리무진에 몸을 실은 젊은 여자 세 명만 존재하는 것 같았다.

오늘 밤 우리는 이곳에 온 나를 축하하려는 것만은 아니다. 클로에 밀스는 곧 결혼을 하고, 줄리아는 잠시 뉴욕을 방문했다. 그리고 돌싱이 된 세라는 살아야 했다.

***

클럽 안은 어둡고 귀청이 터질 듯 시끄러웠으며 몸부림치는 사람들로 가득 차 있었다. 댄스 플로어와 복도, 바에서 사람들이 온

몸을 비틀고 있었다. DJ는 조그만 무대에서 음악을 틀었다, 무대 앞은 첼시 지역에서 가장 핫하고 새로운 DJ라는 전단으로 도배되어 있었다.

줄리아와 클로에는 완전히 물 만난 사람처럼 보였다. 나는 어린 시절에도, 어른이 되어서도 조용하고 공식적인 행사에만 참석해서 시간을 보냈다는 생각이 들었다. 여기서는 나의 조용한 시카고 이야기에서 완전히 벗어나 전형적인 뉴욕 이야기를 펼치기 시작하는 것 같았다.

완벽했다.

사람들 사이를 헤치고 똑바로 나아갔다. 볼은 상기되고 머리카락은 헝클어지고, 몇 년 동안 제대로 써본 적이 없는 것 같은 느낌이 드는 다리도 휘청휘청 움직였다.

"실례합니다!"

나는 바텐더의 시선을 끌기 위해 크게 소리쳤다. 그리고 정확히 알지도 못하면서 '슬리퍼리 니플', '시멘트 믹서', '퍼플 후터'라는 이름의 칵테일을 주문했다. 클럽 안은 사람으로 가득 찼고 음악은 한껏 볼륨을 높여 두개골이 징징 울리기 시작한 터라 바텐더는 도무지 나를 쳐다보지 않았다. 그는 본인도 술을 한잔해 그렇게 따뜻한 술 몇 잔 만드는 게 짜증스러운 것 같았다. 하지만 나는 술에 취한 데다 갓 약혼한 친구는 댄스 플로어에 구멍을 뚫을 기세로 몸을 열심히 흔들고 있다가 술을 더 마시고 싶다고 말했다.

"이봐요!"

나는 카운터를 손으로 내리치면서 큰 소리로 바텐더를 불렀다.

"당신을 무시하려고 정말 최선을 다하는 것 같죠?"

나는 눈을 깜빡이며 고개를 들었다. 고개를 한참 들어 보니 사람들로 붐비는 바에서 내 옆으로 몸을 바짝 붙여오는 남자가 보였다. 미국 삼나무만 한 덩치의 그 남자는 바텐더 쪽으로 고갯짓하면서 자신이 무슨 말을 하는지 이해시켰다.

"예쁜 아가씨, 바텐더에게 소리치는 게 아니에요. 특히 그런 술을 주문할 때는 말이죠. 피트는 여자 술을 만드는 걸 정말 싫어하거든요."

'그러시겠지.'

영원히 남자를 끊겠다고 마음먹고 겨우 며칠 지나서 이렇게 근사한 남자를 만나다니, 정말 운도 억세게 좋다. 그것도 영국식 억양을 지닌 남자라니. 세상 정말 재미있게 돌아간다.

"내가 무얼 주문하려는지 어떻게 알죠?"

나는 그의 자신만만한 미소에 질세라 싱긋 웃으며 말했지만 얼큰하게 취기가 오른 모양으로 보이는 건 어쩔 수 없을 것 같았다. 술을 마신 게 다행이다 싶었다. 수줍은 세라였다면 이 남자에게 무뚝뚝하게 대꾸하고 어색한 목례를 한 다음 끝장냈을 것이다.

"기네스 1파인트를 주문하려고 했을 수도 있잖아요. 당신이 알수가 없는 일이죠."

"그럴 리가. 오늘 밤 내내 조그만 보라색 술만 주문하는 걸 지켜 봤는데요."

오늘 밤 내내 나를 지켜봤다고? 이걸 멋진 일이라고 해야 할지, 아니면 소름 끼치는 일이라고 해야 할지 갈피를 잡을 수 없었다.

나는 한쪽 발에 몸무게를 실어 짝발을 하고 섰다. 그러자 그 남자도 나와 똑같이 했다. 날카로운 턱 선과 광대뼈 아래가 조각한 듯 움푹 파인 얼굴이 옆으로 기울었다. 역광이 비추는 듯한 눈과 짙고 풍성한 눈썹이 눈에 들어왔다. 미소가 입술에 걸리면 왼쪽 뺨에 볼우물이 깊게 패기도 했다. 족히 182센티미터는 넘는 게 분명해 이 남자의 몸통을 내 손으로 탐험하려면 한참이 걸릴 것 같았다.

'뉴욕에 오기를 잘했어.'

바텐더가 돌아와서 내 옆에 있는 남자에게 기대 섞인 시선을 보냈다. 나의 아름다운 낯선 남자는 목소리를 높이는 법도 없이 나직하면서도 깊은 목소리로 대수롭지 않게 말했다.

"매캘란 스리 핑거 주게, 피트. 그리고 이 아가씨가 마실 것도. 이 아가씨가 좀 기다렸단 말이지."

남자는 내게 고개를 돌려 미소를 지었다. 잠자고 있던 무언가가 배 속 깊은 곳에서부터 따스하게 데워지기 시작하는 것 같았다.

"그쪽은 핑거 몇 개?"

그의 말이 내 뇌를 파고들자 혈관이 아드레날린으로 가득 채워지기 시작했다.

"지금 뭐라고 했어요?"

순진무구. 이 남자도 순진무구함을 가장하고 있는 게 분명하다. 그럴듯하지만 그의 눈이 가늘어지는 것을 보니 그의 몸속에 순진무구한 세포는 하나도 없을 것 같았다.

"지금 정말 손가락 세 개를 제공하겠다는 건가요?"

내가 물었다.

그가 크게 웃었다. 그리고 지금껏 보았던 그 어떤 손보다 더 큰 손을 우리 사이에 있는 카운터에 올려놓고 쭉 폈다. 농구공을 한 손에 움켜쥐고도 공이 왜소하게 보일 정도로 커다란 손가락이 보였다.

"예쁜 아가씨, 일단 투 핑거로 시작하는 게 좋을 것 같은데요."

나는 그를 좀 더 면밀히 살펴보았다. 친근한 눈동자를 지닌 그는 너무 가깝게 앉지 않았지만 이 바에 온 이유가 내게 말을 걸려는 것임을 분명히 나타낼 정도로는 가깝게 다가와 있었다.

"빗대어 말하기를 정말 잘하시네요."

바텐더는 껄껄 웃으며 내게 무엇을 주문할 건지 물었다. 나는 헛기침으로 목소리를 고르고 정신을 차렸다.

"블로잡 세 잔이요."

짜증스러운 표정을 지으며 발끈하는 바텐더를 무시하고 고개를 돌려 옆에 있는 남자를 바라보았다.

"말하는 걸 보니 뉴요커는 아닌 것 같군요."

그는 미소를 흐리면서 말했다. 하지만 눈은 여전히 미소 짓고 있었다.

"그쪽도 마찬가지인데요."

"빙고! 리즈에서 태어났고 런던에서 일했죠. 이곳에 온 건 6년 전이고."

"저는 5일 되었어요."

나는 내 가슴께를 손으로 가리키면서 솔직하게 말했다.

"시카고에서 왔어요. 전에 일했던 회사에서 이곳에 지사를 열게 되어서요. 재무팀을 책임지라고 이곳으로 나를 보냈죠."

'와, 세라. 너무 많은 정보를 주는데. 스토커라도 되면 어떻게 할래?'

다른 남자를 보는 건 정말 오랜만의 일이었다. 앤디라면 이런 상황에서 능숙하게 잘 행동했겠지만 불행히도 나는 진도를 더 나가는 방법을 알지 못했다. 나는 줄리아와 클로에가 춤추는 곳을 보기 위해서 흘깃 시선을 돌렸다. 하지만 댄스 플로어에서 몸부림치는 사람들 틈에서 친구들을 찾을 수 없었다. 이런 일이 무척 오랜만이어서 나는 사실 처녀나 마찬가지인 상태였다.

"재무? 나도 금융계에서 일하는데."

그는 말을 마치고 기다렸다가 내가 고개를 돌려 그를 다시 바라보자 얼굴에 미소를 한층 깊게 새겼다.

"그쪽 일 하는 여성분을 만나니 반갑군요. 언짢은 얼굴에 바지 입은 남자들하고만 미팅을 너무 많이 하니까요. 그 사람들이 끊임없이 되풀이하는 같은 이야기를 들어야 하죠."

나는 미소 지으며 말했다.

"나도 언짢은 얼굴을 할 때가 있는걸요. 게다가 가끔은 바지도 입는답니다."

"팬츠도 입겠죠?"

나는 눈을 가늘게 떴다.

"영국에서는 그 말이 다른 의미로 쓰이죠? 지금 다시 빈정거리는 건가요?"

남자의 커다란 웃음소리에 내 피부가 천천히 달아오르는 것 같았다.

"팬츠는 미국 사람들이 '속옷'이라고 부르는 것을 의미하죠."

그는 '속'이라는 말을 마치 섹스하면서 내는 신음처럼 발음했다. 내 안의 뭔가가 녹아내렸다. 입을 벌리고 그를 바라보고 있자니 이 낯선 사람이 고개를 한쪽으로 기울여 나를 내려다보았다.

"귀여운 사람이군요. 이런 장소에 자주 오는 사람으로 보이지는 않는데."

맞는 말이다. 하지만 그렇게 빤히 다 보이는 걸까?

"지금 그 말을 어떻게 받아들여야 할지 모르겠네요."

"칭찬으로 받아들여요. 당신은 지금 이곳에서 가장 산뜻하고 신선한 사람이에요."

남자는 헛기침으로 목소리를 고르고 내가 주문한 술을 가지고 돌아오는 피트 쪽을 바라보았다.

"이 끈적거리는 술을 댄스 플로어로 가지고 가려는 이유가 뭔가요?"

"친구가 약혼했거든요. 그래서 여자들만의 밤 외출을 즐기고 있어요."

"그렇다면 나와 함께 이곳을 떠날 가능성은 없는 거로군요?"

나는 눈을 깜빡거렸다. 그리고 다시 한 번 눈을 크게 깜빡거렸다. 이런 솔직한 제안은 내가 소화하기 어려운 것이었다. 정말 소화가 안 된다.

"나랑… 뭐라고요? 안 돼요."

"안타깝습니다."

"진지하게 하는 말이에요? 우린 방금 만난걸요."

"그렇지만 벌써 당신을 탐식하고자 하는 강렬한 욕구가 생겼는데요."

그는 천천히 말을 내뱉었다. 거의 속삭임처럼 들렸지만 한 마디 한 마디는 심벌즈가 울리는 강도로 내 머리를 강타했다. 이 남자는 이런 종류의 상호작용이 낯설지 않은 게 분명하다. 아무 부대 조건 없는 자유로운 섹스로 꾀어내는 일. 내게는 분명 낯설고 처음 있는 일이지만 그를 바라보는 순간 이 남자가 이끄는 곳이면 어디든 따라가게 될 것을 알 수 있었다.

지금껏 마신 술이 갑자기 확 오르는 듯했다. 나는 그의 앞에서 살짝 갈지자로 걸었다. 그는 한 손으로 내 팔꿈치를 잡고 싱긋 웃으며 내려다보았다.

"조심해요, 아가씨."

나는 정신을 차리려고 눈을 깜빡거렸다. 머릿속이 조금 맑아지는 것 같았다.

"좋아요. 그쪽이 그런 식으로 나를 보고 웃으면 당장에 당신을 올라타고 싶어지네요. 하지만 내가 제대로 육체적으로 다뤄졌던 때가 언제인지 까마득하네요."

나는 그를 위아래로 훑어보았다. 점잖은 사회적 가식과 겉치레는 모두 던져버렸다.

"그런데 당신은 그냥 하는 것 이상을 해줄 수 있으리라는 생각이 왠지 드네요. 그러니까… 젠장, 당신은 정말 대단해요."

그리고 나는 예전 버릇을 버리지 못하고 말았다. 천천히 숨을 들이마시고 재미있다는 듯한 그의 미소를 마주했다.

"하지만 나는 바에서 처음 만난 낯선 사람과 어울리고 그러는 일은 거의 해본 적이 없어요. 게다가 나는 친구들과 같이 왔어요. 두 친구 앞에 펼쳐질 근사한 신혼 생활 등등을 축하하려고요."

나는 술잔을 모아 들었다.

"우리는 이걸 마실 거예요."

그는 고개를 한 번 천천히 끄덕거렸다. 그의 미소가 조금 더 밝아졌다. 마치 내 도전장을 받아들이겠다는 것처럼 보였다.

"좋아요."

"그러니 나중에 봐요."

"기대하죠."

"낯선 남자분, 그 스리 핑거 잘 드세요."

그가 크게 웃었다.

"그쪽의 블로잡도 잘 들어요."

***

클로에와 줄리아는 테이블에 있었다. 나는 털썩 주저앉아서 땀을 닦고 술잔을 친구들 앞으로 미끄러트렸다. 줄리아가 클로에 앞에 한 잔을 놓고 자기 잔을 높이 들었다.

"모두의 블로잡, 그러니까 구강 섹스가 쉽게 이루어지기를!"

줄리아는 술잔을 입에 문 채 두 손을 하늘 높이 치켜든 다음에 고개를 뒤로 젖혀서 눈 한번 깜빡이지 않고 술을 한 번에 삼켰다.

"세상에 맙소사."

나는 망연자실한 얼굴로 줄리아를 바라보며 중얼거렸다. 옆에서 클로에의 화통한 웃음소리가 들려왔다.

"나도 그렇게 해야 하는 거야?" 나는 목소리를 낮추고 주변을 둘러보며 말했다.

"정말 블로잡 하는 것처럼?"

"아직도 나한테 구토 반사가 있다는 건 기적이야."

줄리아는 점잖지 못하게 팔뚝으로 입과 턱을 닦으면서 설명했다.

"대학 때 파이프로 맥주를 많이 마셨어. 자, 가자."

줄리아는 클로에를 부추겼다.

"원샷!"

클로에는 테이블에 몸을 숙인 뒤 줄리아처럼 손을 대지 않은 채 술잔을 단숨에 들이켰다. 이제 내 차례였다. 두 친구는 고개를 돌려 나를 쳐다보고 있었다.

"나 아까 근사한 남자를 만났어."

나는 무심코 털어놓았다.

"진짜 근사했어. 키가 한 5미터는 될 것 같더라고."

줄리아는 입을 딱 벌리고 나를 바라보았다.

"그렇다면 여기서 우리랑 가짜 블로잡이나 하고 있을 이유가 뭐야?"

나는 크게 웃으면서 고개를 가로저었다. 어떻게 답해야 할지 알 수 없었다. 그와 함께 이곳을 떠났다면 구강 섹스의 영역을 개척하고 좀 더 과감한 삶의 시작을 열 수도 있을지 모르겠다.

"오늘은 여자끼리만 밤 외출을 즐기기로 한 날이잖아. 너희는 여기 딱 이틀만 있을 거고. 나는 괜찮아."

"말도 안 되는 소리. 당장 가서 낚아채."

클로에가 나섰다.

"네가 근사하다고 생각하는 누군가를 만났다니 기뻐. 남자랑 관련해서 행복한 미소를 짓는 너를 보는 게 얼마 만인지 모르겠다."

클로에는 잠시 생각에 잠겼다. 클로에의 얼굴에서 미소가 사라졌다.

"생각해보니 네가 남자 때문에 행복한 미소를 짓는 걸 한 번도 본 적이 없는 것 같아."

참혹한 진실을 마주한 나는 술잔을 집어 들고 줄리아가 그렇게 먹는 게 아니라고 항의하는 것도 무시한 채 한입에 털어 넣었다. 달콤하고 맛있었다. 시카고에 있는 그 멍청이 녀석이나 바에서 만난 잘생긴 낯선 남자를 머릿속에서 지워버리는 데 딱이었다. 나는 친구들을 잡아끌고 댄스 플로어로 나갔다.

잠시 후 나는 연체동물처럼 아무 생각 없이 흐느적거리면서 모든 매여 있던 것을 풀어버렸다. 클로에와 줄리아는 내 주위에서 몸을 흔들고 노래를 큰 소리로 따라 불렀다. 우리 주변을 둘러싼 땀 흘리는 사람들의 무리 속에 우리도 섞여 들어갔다. 나는 젊음을 좀 더 오래 붙잡고 싶었다. 틀에 박힌 채 빡빡한 스케줄을 소화하면서 지낸 시카고의 삶에서 벗어나 보니 내가 젊은 날을 제대로 즐기지 못했음을 알 수 있었다. DJ가 노래를 뒤섞어 틀어대며

흥을 돋우는 이 자리에서 비로소 나의 이십 대 초반을 어떻게 보낼 수도 있었는지, 어떤 옵션이 있었는지 알 수 있었다. 짧은 드레스를 차려입고 조명 아래서 춤추고 나를 탐식하고 싶다는 남자를 만나고 여자 친구들이 내키는 대로 젊고 어리석은 행동을 하는 걸 지켜보며 지냈을 수도 있었던 거다.

스물두 살에 남자 친구와 한집에 살기 시작해야만 할 필요가 없었던 것이다.

사교 행사에 참석해서 마음에 없는 악수를 나누는 바른 생활 외의 삶을 살 수도 있었던 것이다. 멋지게 차려입고 신나게 춤을 추는 지금 이런 모습으로 살 수도 있었다.

다행스럽게도 아직 그리 늦지 않았다. 클로에의 마냥 행복해하는 미소가 눈에 들어왔다. 나도 미소로 응답했다.

"네가 여기 와줘서 정말 기뻐."

클로에가 음악 소리를 능가할 정도로 크게 소리 질러 말했다.

나는 술 취한 사람의 우정 맹세 비슷한 말을 큰소리로 외쳐 댔다. 하지만 클로에의 바로 뒤쪽, 댄스 플로어 바깥 어둠 속에서 아까 만난 낯선 남자의 모습이 보였다. 우리는 서로 마주 보았다. 둘 중 누구도 시선을 피하지 않았다. 그는 친구와 함께 앉아서 스카치 스리 핑거 잔을 홀짝이고 있었다. 그가 전혀 놀라는 기색 없이 내 일거수일투족을 뚫어져라 바라보는 걸 알 수 있었다.

그것은 알코올보다 더 강력한 효능을 발휘하기 시작했다. 피부가 온통 뜨겁게 달아오르고 가슴을 관통하는 구멍이 뚫려 활활 타오르는 것 같았다. 불길은 점점 아래로 내려갔다. 갈비뼈를 지나 복부 안으로 깊숙이 뜨거운 불덩이가 내려갔다. 그가 잔을 들어 보이고 한 모금 마신 다음 미소를 지었다. 나는 눈을 감았다.

그를 위해 춤추고 싶었다.

살아오면서 이렇게 관능적인 느낌을 느껴본 적이 없었던 것 같다. 내가 원하는 것을 완벽하게 통제하는 상황에서 느끼는 관능이었다. 나는 혼자 힘으로 석사 학위를 땄고 벌이가 좋은 일자리까지 얻어냈다. 심지어 한정된 예산으로 내 집을 재단장하는 일까지 해냈다. 하지만 지금처럼 성숙한 여인이라는 느낌을 가져본 적은 없었다. 어둠 속에서 나를 지켜보는 아름다운 낯선 남자가 있는 상태에서 나는 미친 듯이 춤을 췄다.

이거다. 이 순간이야말로 내가 원하던 산뜻한 새 출발의 방식이다.

탐식한다는 말은 무슨 의미일까? 말 그대로의 의미일까? 내 허벅지 사이에 머리를 묻고 내 엉덩이를 두 팔로 감싸고 내 다리를 벌리게 한 채 나를 안아주는 걸까? 아니면 내 위로 올라와서 내 안으로 들어와 내 입술과 목덜미, 가슴을 빤다는 의미일까?

미소가 얼굴에 번졌다. 두 팔을 천장으로 높이 들어 올렸다. 치맛단이 허벅지 위로 한층 올라가는 게 느껴졌지만 상관없었다. 그 낯선 남자가 주목하고 있는지가 궁금했다. 제발 그가 주목해주기

낯선 살 냄새

를 바랐다.

그가 자리에 없다면 지금 이 순간이 맥없이 사라질 것 같았다. 그래서 나는 그가 있는 쪽을 다시 돌아보지 않았다. 바에서 상대에게 추파를 던지는 의례는 내게 익숙하지 않은 일이었다. 어쩌면 그의 관심은 겨우 몇 초 동안만 유효한 것인지도 모른다. 어쩌면 하룻밤만 지속되는 것일 수도 있다. 하지만 그건 중요하지 않다. 지금 현란한 조명이 쏟아지는 이곳에 있는 한 저 어둠 건너편에 그가 있다고 생각하기로 했다. 이제 나는 어른이다. 앤디의 관심에 큰 기대를 하지 않을 정도는 된다. 하지만 이 낯선 남자에 대해서는 그의 시선이 내 피부를 뜨겁게 불타오르게 해주었으면 하는 생각을 했다. 심장이 늑골을 세차게 두드리며 뛰었다.

음악에 몸을 맡기고 내 팔꿈치를 잡았던 그의 손과 짙은 눈동자, '탐식'이라는 단어에 얽힌 기억을 떠올렸다.

'탐식'

노래 한 곡이 끝나고 다른 노래가 이어졌다. 그다음에 또 다른 노래가 흘러나왔다. 한숨 돌릴 새도 없이 클로에의 팔이 내 어깨를 감쌌다. 클로에는 내 귓가에 대고 큰 소리로 웃으며 나와 함께 껑충껑충 뛰었다.

"사람들이 너를 주목하고 있어!"

클로에는 음악 소리를 이기려는 듯 큰 소리로 외쳤다. 나는 흠칫 놀라 몸을 뒤로 뺐다.

클로에가 고갯짓으로 옆을 가리켰다. 그제야 타이트한 검은색 옷을 입은 남자들 한 무리가 우리를 둘러싼 게 눈에 들어왔다. 주변 공기를 씹어 으깨버릴 기세였다. 나는 다시 클로에 쪽으로 눈을 돌렸다. 클로에의 눈이 빛나고 있었다. 익숙한 표정이다. 세계 최대의 미디어 기업의 최상층까지 올라간 단호한 이 여자는 오늘 밤이 내게 어떤 의미인지 잘 알고 있었던 것이다. 갑자기 머리 위쪽에 달린 선풍기에서 불어오는 차가운 기운이 피부 위에 번져왔다. 나는 눈을 깜빡이며 정신을 차리려 애를 썼다. 여전히 아찔하고 어지러웠다. 나는 지금 뉴욕 시에 와 있고 새 출발을 한 것이다. 그리고 실제로도 이 순간을 마음껏 즐기고 있었다.

하지만 클로에 뒤편의 어두운 곳은 텅 비어 있었다. 낯선 남자는 더 이상 그곳에서 나를 지켜보고 있지 않았다.

갑자기 풀이 죽는 기분이 좀 들었다.

"화장실 좀 갔다 와야겠어."

나는 클로에에게 말했다.

둥그렇게 나를 둘러선 남자들 사이를 헤치고 댄스 플로어에서 벗어나서 표지판을 따라 2층으로 올라갔다. 클럽 전체를 내려다볼 수 있는 발코니가 있었다. 나는 좁은 복도를 따라 화장실로 들어갔다. 화장실의 환한 조명에 눈이 찌르는 듯 아팠다. 통증은 머리 뒤쪽으로 이어졌다. 화장실은 텅 비어 있어서 으스스할 정도였다. 아래층에서 들려오는 음악 소리는 수중에서 들려오는 것처럼 둔탁하게 느껴졌다.

화장실에서 나오기 전에 머리 모양을 고치고 주름이 가지 않는 드레스를 입은 내 선택에 만족하며 립스틱을 고쳐 발랐다.

그러고… 문을 열고 나오다가 한 남자와 부딪쳤다.

바에서 아주 가까이 앉아 있기는 했지만 이 정도로 가깝지는 않았다. 아까는 그의 목덜미에 얼굴을 묻고 그의 체취를 한껏 느끼지는 못했다. 그는 댄스 플로어에 있던 남자들과 달리 코롱을 뒤집어 쓴 듯한 체취를 풍기지 않았다. 빨래하는 사람처럼 깨끗한 체취에 입가에서 스카치의 여운이 느껴졌다.

"안녕, 아가씨."

"안녕, 낯선 남자분."

"춤추는 걸 지켜봤어요. 귀엽고 신나게 놀던데."

"나도 봤어요."

숨을 고르기가 힘들었다. 다리에 힘이 풀려서 그대로 주저앉을지, 아니면 리듬을 타면서 깡충깡충 뛰는 걸 다시 해야 할지 종잡을 수가 없었다. 나는 아랫입술을 깨물어 새어 나오는 미소를 억눌렀다.

"사람이 왜 그렇게 음흉해요? 나와서 같이 춤추지 그랬어요?"

"그보다는 내가 지켜보는 걸 좋아하는 것 같아서요."

나는 침을 꿀꺽 삼킨 뒤 입을 딱 벌리고 그를 올려다보았다. 시선을 돌릴 수가 없었다. 그의 눈동자가 무슨 색인지 알아낼 수 없었다. 바에서는 갈색이라고 생각했다. 하지만 이곳에서 현란한 점멸 조명등에 비치는 눈동자는 더 옅게 빛나고 있었다. 초록빛이 감도는 노란색 눈동자가 최면을 거는 듯했다. 나는 그가 나를 지켜보는 걸 알고 있었을 뿐 아니라 그걸 즐겼다. 사실 나는 그가 나를 게걸스럽게 탐식하는 환상에 빠져 춤을 췄다.

"내가 흥분해서 발기하는 상상을 했죠?"

나는 눈을 깜빡거렸다. 그의 직설에 보조를 맞출 수가 없었다. 이런 식이라면 겁박하거나 무례하거나 강요하는 어투로 자신의 생각을 밝혀야 할 것이다. 이 남자는 어떻게 저런 식으로 말할 수 있지?

"와우."

나는 간신히 짧은 감탄사를 내뱉었다. 말을 제대로 할 수 없었다.

"그러니까 아까…?"

그는 내 손을 잡고 자신의 발기한 남성이 있는 부위에 정확하게 가져다 댔다. 내 손아귀에 꽉 차는 볼륨감이 느껴졌다. 무심코 나는 손가락을 구부려 그의 남성을 움켜잡았다.

"내가 춤추는 걸 보고 이렇게 되었다고요?"

"늘 그런 식으로 공연을 보여주는 편인가요?"

내가 무척이나 놀란 상태가 아니었다면 그냥 웃어넘길 말이었다. 하지만 나는 정색을 하고 대꾸했다.

"아뇨. 절대 그렇지 않아요." 나를 찬찬히 바라보는 그의 눈가에 미소가 어렸지만 그의 입술에는 신중함이 서려 있었다.

"우리 집에 갑시다."

이번에는 웃음이 터져 나왔다.

"싫어요."

"그럼 내 차로 갑시다."

"아뇨. 당신과 이 클럽을 떠나는 일은 절대 없을 거예요."

그는 고개를 숙여 내 어깨에 살짝 키스하고 말했다.

"하지만 당신을 만지고 싶어요."

나는 그럴 생각이 없다는 식으로 가식적으로 굴 수가 없었다. 실내는 어둡고 조명은 불규칙적으로 번쩍거렸다. 음악 소리는 너무 커서 내 심장박동마저 장악해버리는 것 같았다. 하룻밤 환락에 몸을 맡긴다고 해서 크게 잘못될 일은 없지 않을까? 앤디는 수많은 밤을 그렇게 보내지 않았던가?

나는 그를 이끌고 화장실을 지나쳐서 좁은 복도를 따라 걸어서 벽감 형태로 들어간 공간으로 갔다. 댄스 플로어가 내려다보이는 이 조그만 공간은 DJ 무대로 사용되던 곳이었다. 막다른 곳이고 모퉁이 근처 격리된 곳이기는 해도 완전히 차단된 곳은 아니었다. 클럽의 뒤쪽 벽면이 이어진 부분을 제외하면 모두 개방되어 있고 허리 높이 정도 되는 유리벽이 아래층 댄스 플로어에 떨어지는 것을 막아주고 있었다.

"자, 여기서 나를 만져요."

그가 한쪽 눈썹을 올리며 기다란 손가락 하나로 내 쇄골을 하나씩 천천히 어루만졌다.

"정확히 무얼 제안하는 거죠?"

주변의 모든 것이 흥미롭다는 듯한 묘한 역광이 비치는 그의 눈동자를 마주 보았다. 그는 매우 정상적인 사람으로 보였다. 클럽에서 나를 쫓아다니다가 나를 만지고 싶다고 불쑥 말한 사람치고는 정신이 매우 온전해 보였다. 문득 앤디가 생각났다. 그는 체면치레를 하기 위한 경우가 아니고는 나를 만지고 싶어 하지 않았다. 대화를 나누고 싶어 하지도 않았다. 나와는 아무것도 하고 싶어 하지 않았다. 앤디도 이 남자 같았을까? 여자가 그를 잡아끌고 으슥한 곳으로 가서 자신을 내던지면 기꺼이 취하고 나서 집에 있는 나에게 돌아왔던 것일까? 과거 나의 변변치 않은 삶을 아무리 뒤돌아보아도 그 기나긴 밤들을 어떻게 채워갔는지 기억나지 않았다.

모든 걸 다 원하는 건 욕심일까? 죽음도 불사할 정도로 좋아하는 일과 여기저기서 열광적인 시간을 보내는 것을 다 해도 되지 않을까?

"사이코패스는 아니죠?"

남자는 크게 웃으면서 허리를 굽혀 내 뺨에 키스했다.

"당신 때문에 조금 미칠 것 같기는 하지만 사이코패스는 아니에요."

"나는…."

나는 말문을 열었다가 그대로 시선을 떨어뜨리고 말았다. 한 손을 그의 가슴에 댔다. 그의 회색 스웨터는 믿을 수 없을 정도로 부드러웠다. 캐시미어인 것 같았다. 그가 입은 짙은 빛의 청바지의 핏도 완벽했다. 검은색 신발에는 흠집 하나 없었다. 그의 모든 것이 정확하고 완벽했다.

"이곳에 온 지 얼마 안 됐어요."

이 말이 그의 가슴에 기대어놓은 내 손이 떨리는 것에 대한 완벽한 설명이 될 것 같았다.

"그래서 이런 일이 안전하게 여겨지지 않는다?"

나는 고개를 가로저었다.

"정말 안전하지 않은 일이에요."

하지만 나는 그 말을 마치고 한 손을 올려 그의 목덜미를 감싸 그를 내 쪽으로 끌어당겼다. 그는 기꺼이 내 손길에 따라 움직이며 미소 지었다. 둘의 입술이 부딪쳤다. 완벽하게 부드럽고 완벽하게 강렬한 키스였다. 스카치 기운이 내 입술에 닿은 그의 입술을 달궜다. 내가 입술을 벌려 그를 받아들이자 그가 작은 신음을 토해 냈다. 그가 동요한다는 사실이 내 몸에 불을 질렀다. 그가 내는 모든 소리를 느끼고 싶었다.

"설탕 같은 맛이 나는군요. 이름이?"

그가 물었다. 그 말에 처음으로 더럭 겁이 났다.

"이름 없어요."

그가 몸을 뒤로 빼고 나를 쳐다보았다. 두 눈썹이 위로 치켜 올라갔다.

"그럼 뭐라고 불러야 하지?"

"지금껏 부르던 대로."

"아가씨?"

나는 고개를 끄덕였다.

"그럼 그쪽은 절정의 순간에 나를 어떻게 부를 거죠?"

그가 다시 작은 입맞춤을 해왔다. 그 생각만으로도 심장이 쿵 내려앉았다.

"내가 뭐라고 부르는 게 그리 중요할 것 같지는 않은데요?"

남자는 어깨를 으쓱여 보이며 수긍하는 표정을 지었다.

"나는 그렇게 생각하지 않지만 뭐 그럴 수도 있겠군요."

나는 그의 한 손을 내 엉덩이에 가져다 댔다.

"그동안 나를 절정에 이르게 한 건 나 자신뿐이었어요."

그의 손가락이 내 드레스 가장자리로 이동했다. 나는 소리를 낮춰 말했다.

"당신 때문에 상황이 달라질 수 있을까요?"

그가 다시 고개를 숙여 내게 키스했다. 내 입가에 닿은 그의 입술이 웃고 있는 걸 느낄 수 있었다.

낯선 살 냄새

"진지하게 하는 말이군요."

이런 어두컴컴한 구석에서 이런 남자에게 몸을 맡긴다고 생각하니 조금은 무섭고 겁이 났다. 하지만 마음을 바꿔먹을 정도로 그런 것은 아니었다.

"그럼요, 나는 진지해요."

"골칫거리 아가씨군."

"원래 그런 사람 절대 아니에요."

그는 몸을 조금 뒤로 빼서 내 눈을 찬찬히 바라보았다. 나를 분주히 살피던 그의 눈이 반달 모양을 이루더니 마침내 흥미롭다는 듯한 미소를 담았다.

"당신이 얼마나 대단한지 전혀 모르고 있다는 사실이…."

그는 나를 뒤로 돌려세워서 유리벽 가장자리로 밀었다. 발코니 너머로 격렬하게 움직이는 사람들 무리가 내려다보였다. 내 바로 앞에 있는 클럽 전체를 아우르는 철제 기둥에 섬광이 번득이며 아래 댄스 플로어를 비추고 있었다. 하지만 우리가 있는 위층 구석은 어둠 속과 같았다. 댄스 플로어의 송풍구에서 수증기가 피어올라 흥이 난 사람들의 어깨까지 감추었다. 사람들이 움직일 때마다 파도가 출렁이듯 연무가 갈라졌다.

낯선 남자의 손끝이 내 드레스 끝자락을 만지작거리는 싶더니 치맛자락이 들리고 한 손이 미끄러지듯 들어왔다. 그가 속옷 뒷부분을 능숙하게 잡아 내려 엉덩이와 그를 원하는 듯 욱신거리는 내 다리 사이에 걸쳐놓았다. 꼼짝할 수 없는 자세를 취하게 되었지만 나는 전혀 당황하지 않고 등을 활처럼 휘어서 그의 손길에 몸을 맡겼다.

"벌써 흠뻑 젖었군, 스위트하트. 뭐가 좋은 거지? 여기서 우리 둘이 이러는 거? 아니면 나와 섹스하는 상상을 하며 춤추는 당신을 내가 지켜보던 거?"

나는 아무 말도 하지 않았다. 곤란한 답을 덜컥 해버릴 것 같아 걱정스러웠다. 하지만 그의 기다란 손가락이 내 안으로 미끄러지듯 들어오는 순간 헉 하고 숨을 몰아쉬었다. 시카고의 따분한 세라를 떠올리니 의무와 책임감이 흐려졌다. 모든 사람의 예상대로 움직이는 예측 가능한 세라. 나는 더 이상 그런 사람이고 싶지 않았다. 무모하고 제멋대로인 젊은 여자가 되고 싶었다. 생애 처음으로 나 자신을 위한 삶을 살고 싶었다.

"정말 작고 귀여운 아가씨지만 이렇게 미끈거리면 손가락 세 개도 문제없이 받아들일 것 같은데."

그가 내 목덜미에 입술을 눌러 키스하면서 웃었다. 손가락을 벌려 손끝으로 원을 그리듯 클리토리스를 애무했다. 그의 손가락이 애를 태우듯 천천히 움직이고 있었다.

"아, 제발."

내 입에서 속삭임이 흘러나왔다. 그가 들을지도 모른다는 생각을 할 겨를도 없었다. 낯선 남자는 얼굴을 내 머리털에 묻었다.

그의 남성이 엉덩이 측면에서 강하게 압박해 오는 것을 느낄 수 있었다. 하지만 사실 나는 내 안으로 미끄러지듯 들어오는 그의 기다란 손가락이 전하는 감각 외에는 그 어떤 것도 감지하지 못하고 있었다.

"놀라운 피부야. 특히 여기."

그가 내 어깨에 키스했다.

"당신 목덜미가 완벽하다는 걸 알고 있어요?"

나는 고개를 뒤로 돌려 미소 지으며 남자를 쳐다보았다. 그는 눈은 크고 맑았다. 둘의 시선이 마주치자 그의 눈은 웃음이 담겨 반달 모양이 되었다. 이렇게 가까이서 눈을 마주하며 애무를 받는 것이 처음이다. 이 남자와 오늘 밤, 그리고 이 도시의 뭔가가 내가 지금 최선의 결정을 내렸다는 확신을 주고 있었다.

'친애하는 뉴욕, 그대를 사랑합니다. 사랑을 담아서 세라가. 추신 – 이건 술을 마셔서 하는 이야기가 절대 아닙니다.'

"내 목덜미를 볼 일이 그리 많지 않았어요."

"그거 참 안타까운 일이군요."

그가 손을 빼냈다. 따스한 손가락이 있던 자리에서 한기가 느껴졌다. 남자는 주머니에 손을 넣어 조그만 포장지 하나를 꺼냈다.

콘돔이었다. 이 남자는 주머니에 늘 콘돔을 넣고 다니는 모양이다. 나는 클럽에 콘돔을 가지고 가야 한다는 생각을 한 번도 하지 못했다.

남자는 고개를 돌려 나를 정면으로 바라보더니 양 어깨를 잡고 함께 빙 돌았다. 이번에는 나를 벽에 기대어 서게 하고 허리를 굽혀 키스했다. 처음에는 부드러웠다. 하지만 키스에 굶주린 사람처럼 점점 강렬해졌다. 숨을 쉴 수 없을 것 같다는 생각이 드는 순간 그가 움직였다. 그의 입술이 내 턱을 지나 귀와 목으로 옮겨 갔다. 목덜미에서 남자의 입술은 미친 듯이 팔딱이는 내 심장박동을 고스란히 느끼고 있었다. 어느새 드레스는 허벅지까지 내려가 있었다. 그는 드레스 자락을 만지작거리며 천천히 치맛단을 들췄다.

"누군가 여기로 걸어올 수도 있어요."

그가 마지막으로 상기시키려고 내게 한 말이었다. 하지만 그와 동시에 그는 내 팬티를 완전히 아래로 잡아 내렸다. 나는 발을 살짝 옮겨 팬티를 완전히 벗었다.

상관없다. 정말 조금도 신경 쓰이지 않았다. 아니, 오히려 누군가 이곳으로 와서 이 완벽한 남자가 나를 이런 식으로 만지는 걸 보았으면 좋겠다는 엉큼한 생각이 눈곱만큼 들기까지 했다. 나는 그의 손길이 닿은 곳과 내 엉덩이에 걸쳐 있는 스커트의 감촉, 그리고 복부를 강하게 압박하는 그의 남성이 전하는 감각 외에 그무엇도 생각할 수가 없었다.

"신경 쓰지 마요."

"술을 너무 많이 마셨군요. 술이 너무 과해서 이러는 건가? 나와의 섹스를 당신이 기억했으면 좋겠는데."

"그렇다면 기억에 남을 정도로 해봐요."

남자는 내 다리 한쪽을 들어 올려서 바로 위에서 불어오는 서늘한 에어컨 바람에 내 맨살을 노출시킨 다음에 자기 엉덩이에 내 다리를 감았다. 10센티미터 높이의 하이힐을 신은 게 천만다행이라는 생각이 들었다. 나는 둘 사이에 손 하나를 비집고 넣어서 그의 청바지 단추를 풀고 사각팬티를 아래로 끌어 내려 그의 남성을 풀어놓았다. 발기한 물건을 한 손으로 움켜잡고 촉촉하게 젖은 나의 음부에 비벼댔다.

"이런 아가씨야. 내가 하게 해주시지."

그의 바지는 완전히 풀어헤쳐져 엉덩이에 엉거주춤 걸쳐 있었다. 우리 뒤에서 얼핏 보면 춤추거나 키스하는 것처럼 보일 수도 있었다. 내 손아귀에 잡힌 한껏 성이 난 남자의 성기가 맥박 치는 것이 느껴졌다. 그 상황이 나를 더욱 달뜨게 만들었다. 저 아래 군중이 내려다보이는 이곳에서 이 남자가 나를 취할 것이다. 저 군중 사이에는 나를 '착한 세라', '책임감 있는 세라', '앤디의 세라'라고 알고 있는 사람들이 있다.

'새로운 집과 새로운 일터, 새로운 삶. 그리고 새로운 세라.'

손아귀에 잡힌 낯선 남자의 물건은 묵직하고 길었다. 이 남자를 원하고 있었지만 그 커다란 물건이 나를 꿰뚫어버릴 것 같았다. 이렇게 단단하게 발기한 남성을 손에 잡아본 적이 전에도 있었는지 잘 기억나지 않았다.

"당신 정말 커요."

이 말이 입 밖으로 불쑥 튀어나왔다. 남자가 미소 지었다. 나를 정말 한 입에 삼켜버릴 늑대 같은 모습으로 그는 콘돔 포장지를 이로 찢었다.

"그건 남자한테 할 수 있는 최고의 칭찬인데. 내 물건을 받아들일 수 있을지 자신이 없다는 말을 해도 좋아요."

나는 벌어진 꽃잎 같은 내 음부를 그의 물건 끝으로 어루만졌다. 온몸이 떨려왔다. 무척 따스했다. 부드러운 피부 아래 단단함이 느껴졌다.

"젠장. 당장 멈추지 않으면 당신 손아귀에 잡힌 채로 절정에 이르겠어요."

남자는 긴박감에 떨리는 두 손으로 내 손에 잡힌 물건을 잡아빼서 콘돔을 씌웠다.

"이런 일 많이 해봤어요?"

내가 물었다. 그 말에 그는 내게 몸을 기대고 서서 내 얼굴을 똑바로 바라보며 미소 지었다.

"무얼 말하는 거죠? 이름은 말하지 않고 침대나 리무진처럼 적절한 장소보다는 공공장소인 복도에서 섹스하는 것을 더 선호하는 아름다운 여자와 섹스하는 거?"

그러고 남자는 고통스러울 정도로 천천히 내 안으로 침입해 들어왔다. 그의 눈에 불길이 일었다. '세상에!' 낯선 남자와의 섹스가 이렇게 은밀하고 분위기 있는지는 몰랐다. 남자는 내 얼굴에 떠오르는 반응을 낱낱이 살폈다.

"아니, 아가씨. 솔직히 털어놓을게요. 이런 적은 단 한 번도 없었어요."

억눌린 듯한 목소리가 남자의 입술에서 흘러나오다가 서서히 사라졌다. 그의 남성이 내 안 깊숙이 들어왔기 때문이었다. 혼잡한 클럽에서 조명이 현란하게 오가고 음악이 쿵쾅쿵쾅 심장을 박동 치게 하는 이곳에서 우리는 섹스를 하고 있다. 바로 4~5미터 떨어진 곳에서 사람들이 아무것도 모른 채 오가고 있다. 그의 남성이 나를 가득 채우고 있는 이 장소가 내 온 세상이 되어버렸다. 남자는 움직일 때마다 클리토리스를 강하게 문질렀다. 그의 따스한 넓적다리 피부가 내 허벅지를 강하게 압박해왔다.

더 이상의 대화는 없었다. 남자는 점점 더 강하고 빠르게 움직였다. 둘 사이의 공간은 강한 욕구와 칭송의 말없는 소리로 가득 채워졌다. 그의 이가 내 목덜미에 박혔다. 나는 발코니 밑으로 떨어질지도 모른다는 두려움 때문에 그의 어깨를 움켜잡았다. 아니 어쩌면 저 아래 댄스 플로어에 떨어지는 게 두려운 게 아닌지도 모르겠다. 나를 완전히 노출시킬 것 같은 세상으로 떨어질까 두려웠던 것 같다. 모든 사람이 나의 쾌락을 지켜볼 게 두려웠다. 아니 특히 이 남자에게 들키고 싶지 않았다.

"맙소사, 당신 정말 대단해."

남자가 상체를 뒤로 젖혀 아래를 내려다보면서 조금씩 더 빨리 움직였다.

"당신의 완벽한 피부와 나를 받아들이는 이 부분에서 눈을 뗄 수가 없어."

조명이 그의 옆에서 비추는 모양이었다. 나는 역광을 받아 어둡게 보이는 남자의 실루엣만 볼 수 있었다. 아래를 내려다보니 어둠과 뭔가가 움직이는 모습만이 눈에 들어왔다. 그가 내 안으로 들어왔다가 나가기를 반복했다. 매끄럽고 단단한 물건이 나를 압박하며 움직였다. 그리고 내가 더 볼 필요가 없다는 걸 강조하기라도 하듯이 느릿한 진동을 전하는 리듬이 클럽을 가득 채우면서 조명이 점점 더 어두워졌다.

"당신이 춤추는 모습을 동영상으로 찍었어요."

남자가 속삭였다. 남자가 내 안으로 침입해 들어오는 통에 그 말을 머릿속에 입력하는 데는 한참의 시간이 걸렸다.

"뭐… 뭐라고요?"

"왜 그랬는지는 나도 모르겠어요. 다른 사람들에게 보여주거나 하지는 않을 겁니다. 난 그냥….

남자는 내 얼굴을 찬찬히 살피며 천천히 움직임의 속도를 줄였다. 겨우 생각이란 걸 할 수 있게 되었다.

"완전히 열중한 모습이어서 기억하고 싶었어요. 빌어먹을, 이거 무슨 고해성사라도 하는 것 같군요."

나는 침을 꿀꺽 삼켰다. 남자는 고개를 숙여 내게 키스하고 물었다.

"당신이 그렇게 춤추는 걸 내가 좋아한 게 이상한가요?"

남자는 내 입술에 입술을 포갠 채 웃음을 터트리고는 다시 천천히 몸을 움직였다. 다분히 의도성이 엿보이는 피스톤 운동이 이어졌다.

"그냥 즐기는 게 어때요? 나는 당신을 지켜보는 게 좋았어요. 나를 위해 춤을 추고 있었잖아요. 그러니 잘못된 게 없잖아요."

남자는 나의 나머지 다리마저 들어 올려 자신의 허리에 감았다. 그다음에 어둠 속에서 순식간에 제대로 된 움직임을 보여주기 시작했다. 빠르고 다급하게 움직이는 남자의 입에서 세상에서 가장 맛난 신음 소리가 터져 나왔다. 이 발코니 구석을 우연히 쳐다본 사람은 누구라도 무슨 일이 벌어지고 있는지 알아차릴 정도였다. 우리가 어디에서 무슨 짓을 하고 있는지가 떠올랐다. 이 남자가 나를 거칠게 취하는 모습을 누군가 볼 수도 있다는 생각에 이르자 나는 정신이 아득해졌다. 나는 벽에 머리를 기대고 감각에 온몸을 맡겼다.

'느끼자.'

'느껴.'

내 복부에서 서서히 묵직한 기운이 피어올랐다. 욱신거리는 덩어리는 척추를 따라 내려가다가 섹스의 강도가 높아지면서 터져버렸다. 강렬한 느낌에 나는 비명을 질렀다. 누군가 들을지도 모른다는 생각 따위는 들지 않았다. 내가 완전히 무너져 내리는 모습을 남자가 지켜본다는 건 굳이 그를 바라보지 않아도 알 수가 있었다.

"빌어먹을."

남자의 엉덩이가 거칠게 움직였다. 그리고 낮은 신음 소리와 함께 남자는 무너져 내렸다. 그의 손가락이 내 엉덩이를 강하게 파고들었다.

'이러다 멍이 들겠어.' 하지만 곧 생각이 바뀌었다. '멍이 들었으면 좋겠다.' 과거의 삶과 결연히 이별하고 달라진 새 삶을 살아가려는 오늘의 세라를 상기시킬 훈장이 필요했다.

남자는 꼼짝도 않고 내게 몸을 기대고 있었다. 그의 입술이 내 목덜미에 부드럽게 얹어 있었다.

"세상에, 낯선 남자분. 덕분에 내 몸이 결딴나겠어요."

그의 남성이 여전히 내 안에서 펄떡거렸다. 오르가슴의 여진이 남아 있는 것이었다. 이 상태로 영원히 내 안 깊은 곳에 그를 품고 있고만 싶었다. 건너편에서 우리를 어떻게 볼지 충분히 짐작이 갔다. 남자가 여자를 벽에 밀어붙이고 여자의 두 다리가 남자의 엉덩이를 휘감은 모습은 어둠 속에서도 선명하게 보일 것이다.

그는 넓은 손으로 내 발목에서 엉덩이까지 쓰다듬었다. 그러고 작은 신음 소리를 내뱉으며 몸을 뒤로 빼어 내가 바닥에 설 수 있게 내려주었다. 그런 다음 한 걸음 물러서서 콘돔을 빼냈다.

이런! 이렇게 정신없는 짓을 저지른 건 처음이다. 싱긋 미소가 얼굴에 번졌다. 하지만 다리는 힘이 풀려서 거의 주저앉을 정도로 흔들렸다.

'정신 차려, 세라. 정신 차려!'

완벽했다. 오늘 일은 모든 것이 완벽했다. 하지만 여기서 끝내야 한다. '지금까지와는 모든 것이 달라야 한다. 이름도 알리지 말고 그 어떤 인연도 이어가지 말자. 당연히 후회도 없다.'

드레스의 매무새를 고치고 난 나는 까치발을 하고 그의 입술에 살짝 키스했다.

"믿을 수 없을 정도로 멋졌어요."

남자는 고개를 끄덕이고 키스하면서 웅얼거리듯 말했다.

"정말 그랬어요. 우리 이제…."

"나는 아래층으로 내려갈 거예요."

나는 뒤로 물러서서 남자에게 살짝 손을 흔들어 보였다. 남자는 당혹스러운 표정으로 나를 뚫어져라 바라보았다.

"지금…."

"좋았어요. 나는 좋았어요. 당신은요?"

남자는 멍한 표정으로 고개를 끄덕였다.

"그러면… 고마웠어요."

혈관 속에 아드레날린이 들끓고 있었지만 나는 남자가 더 대꾸하기 전에 뒤돌아서 그를 떠났다. 바지춤이 풀어 헤쳐진 채 남자는 놀란 표정으로 입술을 일그러트리며 헛웃음을 지었다.

잠시 후 클로에와 줄리아를 찾을 수 있었다. 두 사람은 집에 갈 채비를 마친 참이었다. 우리는 서로 팔짱을 끼고 클럽을 떠났다. 리무진에 올라타고서야 그 건장한 낯선 남자와 벌인 일을 머릿속으로 낱낱이 짚어볼 수 있었다. 그제야 발치에 떨어진 속옷을 그대로 남겨두고 왔다는 사실과 그가 휴대전화로 내가 춤추는 모습을 동영상으로 찍어놓았다는 사실이 떠올랐다.

2

　지난 토요일까지 내 삶은 완벽했다. 빛나는 커리어와 평화로운 아파트, 필요하면 언제 어디서나 함께 놀 수 있는 몇몇 여성들까지. 모든 것을 갖춘 나였다. 하지만 지난 일요일과 월요일은 완전히 엉망진창이 되었다. 어떤 것에도 집중할 수 없었다. 그 빌어먹을 동영상을 강박적으로 쳐다보면서 지냈다. 그리고 빌어먹을 낯선 여자의 속옷을 침실 옷장 문이 닳도록 꺼냈다가 집어넣기를 반복했다.

　자세를 고쳐 앉으며 엄지손가락으로 휴대전화 화면을 쓸어 넘겼다. 오늘만 해도 한 천 번은 이놈의 휴대전화를 켜는 것 같다. 점심시간을 이용해 진행되는 미팅이 또다시 주제를 벗어나고 있었다. 나는 최선을 다해서 다른 사람의 이야기에 주의를 기울이는 것처럼 보이려고 노력했는데 화제가 미식축구로 넘어가면서 관심을 꺼버렸다.

지금 내 머릿속은 온통 그 여자 생각뿐이다.

나는 아래로 시선을 떨어뜨리고 음 소거 상태인지를 확인하고 잠시 머뭇거린 뒤 플레이 버튼을 눌렀다.

어두워진 화면에는 흐릿한 이미지가 나타났다. 하지만 나는 자세히 보지 않아도 동영상의 다음 장면이 무엇일지 아주 잘 알고 있었다. 아무 소리도 들리지 않았지만 둥둥 울려 퍼지는 음악 소리가 생생하게 떠올랐다. 리듬에 맞춰 여자의 둔부가 움직이고 스커트가 점점 미끄러져 말려 올라가면서 허벅지를 드러내는 모습이 생생했다. 미국 여자들은 잡티 하나 없이 하얀 피부의 진가를 잘 모르는 것 같다. 특히 나의 낯선 여자는 지금껏 보았던 어떤 여자보다 아름답고 섬세한 피부의 소유자다. 빌어먹을. 그 여자가 내게 기회를 줬다면 그녀의 발목에서 엉덩이와 등까지 전부를 핥아줄 수도 있었을 텐데. 그녀는 나를 위해 이 춤을 췄다. 내가 지켜보는 것을 알고 있으면서도 그렇게 한 것이다.

그리고 이 여자는 내가 그녀를 지켜보는 걸 좋아했다.

맙소사. 작은 천 조각 같은 드레스. 헝클어진 캐러멜 컬러의 단발머리와 순진하게 보이는 커다란 눈망울. 그 눈망울을 보고 있으면 그녀가 지켜보는 가운데 그녀에게 아주 고약한 짓을 하고 싶어졌다.

그 여자의 완벽한 엉덩이와 젖꼭지 역시 흠 잡을 데 없이 완벽하다.

"정말 형편없는 점심 식사 상대구만, 스텔라."

윌이 손을 뻗어 내 접시에 있는 감자 칩 하나를 집어 들며 말했다.

"응?"

나는 웅얼거리듯 대꾸했다. 시선은 여전히 아래를 향해 있었다. 나는 별다른 반응을 보이지 않으려 애를 썼다.

"미식축구 이야기를 하고 있었잖아. 나는 지루해서 죽을 지경이야. 나는 산송장처럼 여기 앉아 있는 거라고."

지금 하는 일에서 배운 것이 있다면 절대로 내가 쥔 카드를 내보이지 말라는 것이다. 최악의 패를 쥐고 있더라도 절대로 내색해서는 안 된다. 벽에 밀어붙여서 섹스를 했던 여자가 춤추는 동영상 역시 상대에게 들켜서는 안 된다.

"그 휴대전화에서 무얼 보고 있는지는 모르지만 올해 뉴욕 제츠 팀이 어떻게 될지보다는 백배 더 나은 건 분명해 보이네. 그런데도 우리한테 공유해주지도 않는단 말이지."

무슨 말도 안 되는 소리를.

"주식시장 한 번 살펴봤어."

나는 고개를 살짝 저으면서 말했다. 그리고 나도 모르게 뾰로통한 얼굴로 동영상을 닫고 슈트 재킷 안주머니에 휴대전화를 넣었다.

"지루한 거야."

월은 잔을 완전히 비우고 나서 크게 웃었다.

"저렇게 거짓말을 감쪽같이 하니까 내가 싫어하는 거다."

3년 전에 이 도시에서 가장 성공적인 벤처캐피털 회사를 공동 창업한 절친 사이가 아니라면 월의 말을 액면 그대로 받아들였을 수도 있었다.

"너 포르노 보고 있었지?"

나는 윌의 말을 못 들은 척했다.

"어이, 맥스."

우리의 수석 기술 고문, 제임스 마셜이 끼어들었다.

"바에서 말을 걸었던 그 여자랑은 무슨 일이 있었던 거야?"

평소에 친구들이 오며 가며 만난 여자에 대해 물으면 어깨를 한 번 으쓱하면서 "섹스했지"라고 답하거나 그냥 간단하게 "리무진에서"라고 말해주었다. 하지만 어떤 이유에서인지 이번에는 고개를 가로저으며 "아무 일도 없었어"라고 말했다.

두 번째 잔이 테이블에 도착했다. 나는 첫 번째 잔도 입에 대지 않았지만 무심코 서빙하는 사람에게 고맙다는 말을 건넸다. 내 시선은 쉼 없이 실내를 떠다니고 있었다. 전형적인 점심시간이었다. 비즈니스 미팅과 점심을 즐기는 아가씨들이 눈에 들어왔다.

불안감과 초초함에 몸이 근질거리는 것 같았다.

제임스가 신음 소리를 내면서 보고 있던 파일을 덮어서 서류 가방 안에 집어넣었다. 그리고 잔을 들어 올려 이마에 대고 몸을 움츠렸다.

"주말의 여파로 고생하는 사람은 나뿐이야? 이제 그런 일을 하기에는 내가 너무 늙었나 봐."

나는 스카치 잔을 들어 입술에 댔다가 금세 후회했다. 청소년기 이후 매일 마시다시피 한 술이지만 이제는 그 여자를 떠올리게 하는 술이 되어버리다니!

헛기침 소리가 들려서 고개를 들었다.

"야, 저기 베넷 라이언 아니야?"

윌이 말했다. 윌의 시선을 따라 식당 건너편에 있는 남자를 쳐다봤다.

"이런!"

키가 껑충한 낯익은 남자가 식당을 가로질러 걷고 있었다. 내 오랜 친구였다.

"아는 사람이야?"

제임스가 물었다.

"그럼. 같이 대학을 다녔어. 3년 동안 룸메이트로 지냈지. 두어 달 전에 연락이 닿았어. 여자 친구에게 프러포즈를 하겠다고 마르세유에 있는 집을 빌려 달라고 하더군. 라이언 미디어의 뉴욕 지사 확장에 대한 이야기도 나누었어."

베넷은 식당 건너편에 있는 한 테이블에서 걸음을 멈췄다. 그는 바보같이 헤벌쭉 웃으면서 허리를 굽혀 아찔할 정도로 아름다운 검은 머리 여인에게 키스했다.

"프랑스 이벤트가 성공적이었나 보군."

윌은 크게 웃으면서 말했다.

하지만 내 주의를 끈 것은 미래의 베넷 라이언 부인이 아니라 그녀 옆에서 핸드백을 집어 드는 아름다운 여인이었다. 그때처럼 찰랑이는 캐러멜 컬러의 머리카락과 그때와 똑같은 커다란 갈색 눈망울. 그리고 그때 클럽에서 내가 키스했던 것과 같은 붉은 입술. 모든 것이 똑같 았다.

나는 당장 그녀에게 달려가고 싶은 마음을 간신히 붙잡으며 자리에 앉아 있었다. 그녀는 베넷을 쳐다보고 미소 지었다. 베넷이 뭔가 말하 자 두 여자는 크게 웃었다. 그리고 셋은 식당을 떠났다. 나는 그저 지켜 보고만 있었다.

아무래도 내 오랜 친구 녀석을 한 번 찾아가야 할 때가 된 것 같다.

***

"맥스 스텔라."

라이언 미디어의 외부 리셉션 구역과 내부 사무실을 구분하는 거대 한 금속 문이 열리자 베넷이 직접 나와서 나를 맞았다.

"이 친구야!"

바닥에서 천장까지 이어진 거대한 유리 창가에 서서 뉴욕 5번가를 내려다보던 나는 한 걸음 뒤로 물러서서 베넷의 손을 마주 잡으며 악수 했다.

"여기 정말 멋진데."

나는 주위를 둘러보며 말했다.

아트리움은 2층 높이 이상 되어 보였다. 빛이 나는 대리석 바닥은 석 양빛을 받아 빛나고 있었다. 가죽 소파가 놓인 아담한 자리가 한쪽 옆

에 마련되었고 그 위로 최소한 6미터는 족히 넘는 높은 천장에 매달린
거대한 샹들리에가 보였다. 넓은 안내 데스크 뒤편 벽면에는 폭포가
설치되어 있었고 검은 회색이 도는 청색 석조 위로 물이 흘러내렸다.
직원 몇 명이 엘리베이터에서 내려 사무실로 이동하면서 긴장한 듯한
얼굴로 베넷을 흘깃 쳐다봤다.

"자리를 잘 잡은 것처럼 보이는데."

베넷은 나에게 따라오라는 몸짓을 하고 안으로 들어갔다.

"천천히 일을 진행시키고 있어. 어찌 되었든 뉴욕은 뉴욕이니까."

베넷의 안내를 받으며 그의 사무실로 들어갔다. 통유리 너머로 숨 막
히게 아름다운 공원 전경이 펼쳐지는 코너 스위트룸이었다.

"이분이 피앙세?"

나는 책상에 놓인 액자를 고갯짓으로 가리키며 물었다.

"지중해가 마음에 드셨던 모양이야. 그렇지 않고서야 자네 같은 오
만한 멍청이랑 결혼하겠다고 할 리가 없잖아?"

베넷이 크게 웃었다.

"클로에는 완벽한 여자야. 그 집에 그녀를 데리고 갈 수 있게 해줘서
고마웠어."

나는 어깨를 으쓱여 보였다.

"일 년 내내 거의 비어 있는 집인데 뭐. 효과가 있었다니 기쁘네."

베넷은 나에게 손짓으로 자리를 권하고 유리창을 등진 윙백 체어에
베넷도 앉았다.

"정말 오랜만이네. 어떻게 지냈어?"

"아주 잘 지냈지."

"잘 지낸다는 말은 들었어."

베넷은 턱을 긁으면서 나를 찬찬히 바라봤다.

"우리도 이곳으로 왔으니까 언제 한 번 우리 집에 와. 클로에에게 자네 이야기를 모두 해놨어."

"그 이야기란 게 약간의 과장일 거라는 생각이 드는데."

뉴욕에 있는 사람들 중에 내 철없는 시절의 추문을 가장 잘 아는 사람은 단연 베넷이다.

"뭐, 너를 만나고 싶어질 정도로만 이야기했어."

베넷은 순순히 인정했다.

"조만간 그동안 못한 이야기를 한 번 나누자."

나는 베넷 뒤로 펼쳐진 건물들을 흘긋 쳐다보면서 잠시 망설였다. 이런 상황에서 베넷의 의중을 읽기란 만만치 않은 일이다. 녀석은 무슨 생각을 하는지 좀체 드러내지 않는다. 그런 까닭에 베넷이 이런 성공을 거둔지도 모른다.

"솔직히 할 말이 있어. 여기 온 건 부탁이 있어서야."

베넷은 미소를 지으며 앞으로 몸을 숙였다.

"그럴 줄 알았어."

나는 세상에서 가장 험악한 사람들과도 편안하게 일하는 사람인데 베넷 라이언 앞에만 서면 늘 신중하게 말을 골라서 하게 된다. 특히 이런... 까다로운 부탁을 할 때는 더더욱 그렇다.

"내가 요전 날 밤에 만난 여자 생각에 조금 정신이 나가 있는 상태야. 연락처도 얻지 못하고 그 여자를 놓쳐버렸어. 그래서 계속 자책하던 중이었거든. 그런데 운 좋게도 자네와 자네의 사랑스러운 피앙세, 클로에가 어제 오후에 그 여자와 함께 점심 식사를 하는 모습을 목격했어."

베넷은 잠시 나를 쳐다보며 생각에 잠긴 표정을 지었다.

"지금 세라 이야기를 하는 거야?"

"그래, 세라."

드디어 이름을 알아냈다. 나는 어느새 득의만면한 어조로 말하고 있었다.

"아, 안 돼."

베넷은 바로 고개를 절레절레 내저으며 말했다.

"절대로 안 돼, 맥스."

"뭐라고?"

베넷 앞에서는 순진한 표정을 오래 지을 수가 없었다. 이 친구는 대학 시절의 내 모습만 알고 있다. 그때는 내 행실이 반듯하던 시절이 아니었다.

"자네를 세라 근처에 얼씬거리게 했다가는 클로에가 나를 가만두지 않을 거야. 절대 안 돼."

나는 한 손을 들어 가슴에 지그시 올리며 말했다.

"이봐 친구, 나 상처 입었어. 내가 고결한 의도로 이러는 거라면?"

베넷은 큰 소리로 웃은 뒤 자리에서 일어나서 창가로 걸어갔다.

"세라는….."

베넷은 잠시 주저하다가 말을 이어갔다.

"얼마 전에 오래 사귀던 사람과 헤어져서 아픔을 겪고 이제 회복하는 중이야. 그런데 자네는….."

베넷은 나를 쳐다보며 한쪽 눈썹을 추켜올렸다.

"자네는 그녀 취향이 아니야."

"벤, 무슨 소리를 그렇게 해. 나는 더 이상 열아홉 살 멍청이가 아니야."

베넷이 능글맞은 웃음을 지으며 나를 봤다.

"그렇겠지. 하지만 하룻밤에 여자 세 명을 성공적으로 낚았다고 자랑했던 상대에게 지금 그 이야기를 하고 있다는 걸 기억하게. 그때 여자들은 서로에 대해 전혀 몰랐다고 했었지 아마?"

나는 싱긋 웃으며 말했다.

"그건 오해야. 그날 밤이 지날 무렵에는 그 여자들 모두 서로 아는 사이가 되었다고."

"뭔 씨알도 안 먹히는 소리를 하는 거야?"

"세라 연락처만 알려줘. 나의 아름다운 빌라를 빌려준 것에 대한 감사의 표시로 말이지."

"자넨 못 말리게 지겨운 친구야."

"그런 말은 늘 듣고 있지."

나는 자리에 일어서면서 말했다.

"세라랑 나는… 우리는 아주 흥미로운 대화를 나눴어."

"대화? 세라가 너랑 대화를 나눴다고? 믿을 수가 없는데."

"정말이야. 즐거운 대화였지. 정말 흥미로운 여자야. 하지만 불행하게도 이름을 알기 전에 대화가 끊겼어."

"그랬군."

"그런데 운 좋게도 자네를 만난 거야."

나는 두 눈썹을 치키며 기대에 찬 표정을 지었다.

"운 좋게라…."

베넷은 미소를 지으며 다시 자리에 앉아서 나를 올려다봤다.

"하지만 유감스럽게도 자네 운은 다른 데서 찾아봐야 할 것 같아. 나는 내 고환 두 쪽을 무사히 지키고 싶어. 지금 이런 상황에서는 자네를 도울 수 있는 일이 없어."

"늘 그렇게 멍청이같이 굴더니. 지금도 여전하군."

"그런 말은 늘 듣고 있지. 목요일에 점심 같이하는 거 어때?"

"물론 좋지."

***

베넷의 사무실에서 나온 나는 라이언 미디어의 새로운 지사를 한 바퀴 둘러보고 가기로 했다. 건물의 3개 층을 사용하는데 거의 마무리되었다고 들었다. 넓은 아트리움은 숨 막히게 근사했다. 넓은 복도와 대리석 바닥, 창문으로 한껏 들어오는 자연 채광, 유리블록 벽, 천창으로 이루어진 사무실도 그에 못지않게 멋지고 근사했다. 사무실마다 아담한 응접실 공간이 마련되어 있었다. 베넷의 사무실에 있던 것만큼 대단하지는 않지만 공식적인 회의실이 필요하지 않은 미팅에 완벽하게 어울리는 공간이었다.

회의실 역시 숨이 턱 막힐 정도로 근사했다. 맨해튼의 중심부를 내려다보는 유리 벽면이 있고, 빛이 나는 넓은 월넛 테이블에는 최소한 30명은 앉아서 회의할 수 있을 것 같았다. 거기에 최첨단 프레젠테이션 시설까지 완비했다.

"생각보다 괜찮은데, 벤."

나는 중얼거리면서 복도로 나갔다가 티머시 호건의 거대한 사진 작품을 쳐다봤다.

"재수 없는 녀석이 예술에도 조예가 있네."

"지금 여기서 뭘 하고 있는 거죠?"

고개를 들어 보니 매우 놀란 얼굴의 세라가 복도 중간쯤에 얼어붙은 듯 서 있는 모습이 눈에 들어왔다. 싱긋 웃지 않을 수가 없었다. 오늘은 정말 운이 좋은 날이다.

아닌가? … 세라의 얼굴을 보니 꼭 그런 것만은 아닌 것 같다.

"세라!"

나는 노래를 부르듯 말했다.

"정말 놀랍고 반갑네요. 방금 미팅을 마치고 나가는 길이에요. 그건 그렇고 제 이름은 맥스입니다. 마침내….”

나는 시선을 아래로 떨어뜨리면서 그녀의 가슴을 찬찬히 살펴보았다. 몸에 꼭 맞는 검은색 드레스가 감싸고 있는 다른 부위도 놓치지 않고 살폈다.

“이름을 밝히게 되어 기쁘네요.”

맙소사, 정말 끝내주는 여자다.

시선을 다시 들어 보니 세라의 눈동자는 접시만큼 커져 있었다. 정말 이 여자는 세상에서 가장 큰 갈색 눈망울을 가진 것 같다. 하지만 여기서 더 커진다면 여우원숭이가 될 판이었다.

세라는 내 팔뚝을 움켜잡고 끌어당기면서 복도를 따라 걸었다. 다리를 감고 허벅지까지 올라간 그녀의 부츠가 석재 타일에 부딪치며 딸깍딸깍 소리를 냈다.

“이렇게 빨리 다시 만나게 되니 정말 반가워요, 세라.”

“어떻게 나를 찾아냈죠?”

세라는 숨죽인 목소리로 말했다.

“친구의 친구 덕분이죠.”

나는 손사래를 치고 나서 세라를 살펴봤다. 세라는 앞머리를 옆으로 빗어 넘기고 빨간색 작은 클립으로 고정해놓았다. 도톰한 주홍빛 입술과 잘 어울렸다. 1960년대 사진에서 빠져나온 사람처럼 보였다.

“세라. 참 사랑스러운 이름이에요.”

세라는 눈을 가늘게 떴다.

"당신이 사이코패스라는 걸 진작 알아챘어야 했는데 말이죠."

나는 크게 웃었다.

"절대 그런 건 아닙니다."

한 젊은 여자가 우리를 지나쳐 걸으면서 고개를 쑥 빼고 수줍게 웅얼거리듯 인사를 건네고 도망치듯 달려갔다.

"안녕하세요, 딜런 부장님."

이제는 성까지 접수했다. 고마워, 주눅 든 인턴!

"아하, 세라 딜런."

나는 환성을 올렸다.

"이 대화를 좀 더 프라이버시가 보장되는 은밀한 장소에서 이어나갈 수 있을 것 같은데요?"

세라는 주의를 둘러보며 목소리를 죽여 말했다.

"내 사무실에서 당신과 섹스하는 일은 없을 거예요. 그런 걸 바라고 여기 온 거라면 말이죠."

아, 정말 환상적인 여자야.

"원래는 뉴욕으로 이사 온 당신에게 적절한 환영 인사를 할 생각을 했는데 그런 일을 여기서 할 수도 있겠다는 생각이 드네요…."

"2분 줄게요."

세라는 제자리에서 그대로 빙그르 뒤돌아서서 자기 사무실로 향해 걸었다.

모퉁이를 연신 돌아 마침내 조그만 리셉션 공간에 도착했다. 통유리 벽면 너머로 뉴욕의 스카이라인이 펼쳐졌다. 둥근 책상에 앉아 있는 한 젊은 남자가 고개를 들어 안쪽 사무실로 들어가는 우리를 쳐다봤다.

"조지, 잠시 사무실에 있을 거예요. 방해하는 일이 없도록 부탁해요."

그대로 사무실로 걸어 들어가 등 뒤로 문을 걸어 잠근 세라는 고개를 돌려 나를 똑바로 쳐다봤다.

"2분이에요."

"정 그렇다면 2분 안에도 당신을 흥분시킬 수 있을 것 같은데."

나는 성큼 그녀에게 다가가 손을 뻗어서 엄지손가락으로 그녀의 엉덩이를 어루만졌다.

"하지만 당신이 시간을 들여 천천히 하는 걸 좋아한다는 건 우리 둘 다 아는 사실인데.

"여기 왜 왔는지 2분 안에 설명하세요."

세라는 입장을 분명히 밝혔다. 하지만 목소리가 조금 떨렸다.

"그리고 나를 어떻게 찾아냈는지도 말해요."

"뭐 그거야. 지난 토요일에 한 여자를 만났고 벽에 기댄 채 섹스를 한 뒤 그 여자 생각을 뇌리에서 지울 수가 없었던 거죠. 그 여자는 정말 보기 드물게 멋지고 아름다우며 재미있고 섹시한 여자였으니까요. 하지만 여자는 이름도 알려주지 않고 자기 속옷만 바닥에 던져놓고 휑하니 사라져버렸어요. 뒤따라갈 빵 부스러기조차도 남기지 않고 말이죠."

나는 둘 사이의 거리를 좁히며 다가가서 그녀의 머리카락 한 올을 귀 뒤로 넘기고 내 얼굴을 가까이 가져다 댔다.

"그리고 오늘 아침에는 자위를 하면서 그 여자가 어떤 느낌이었는지 회상하고 절정에 이르렀을 때도 그 여자의 이름은 알 수가 없었죠."

세라는 헛기침으로 목소리를 고른 뒤 나를 밀어내고 책상 반대편으로 걸어갔다.

"그건 어떻게 나를 찾아냈는지에 대한 설명이 되지 못해요."

세라의 두 볼에 홍조가 떠올랐다.

현란한 클럽 조명 아래서 고개를 뒤로 젖히고 눈을 감고 있는 세라를 나는 이미 봤다. 이제는 사무실 창을 통해 흘러들어오는 태양빛에 비춘 그녀의 벗은 몸을 보고 싶다. 볼에 드리운 저 홍조가 번져나가 온몸을 달구는 모습을 또렷하게 보고 싶다. 장난치는 건 그만두기로 했다. 여기 있는 세라는 시카고에 막 이주해 와서 추파를 던지던 바에서 만난 그 여자와는 전혀 다른 사람이다.

"어제 점심시간에 벤과 함께 있는 모습을 우연히 봤어요. 벤과 나는 죽마고우예요. 이것저것 종합하고 추측해서 여기로 왔죠. 당신을 다시 한 번 더 만나고 싶었어요."

"베넷에게 토요일에 있었던 일을 이야기했어요?"

세라는 앙다문 이 사이로 무섭게 말했다. 사랑스럽던 홍조는 이미 싹 사라져버렸다.

"말도 안 되는 소리. 분명히 말하는데 나는 죽고 싶은 마음이 없어

낯선 살 냄새

요. 그 이야기를 들었다면 베넷이 날 그냥 두지 않았을걸요. 난 그저 당신 전화번호 좀 알려달라고 부탁했을 뿐이에요. 물론 베넷은 거절했지만."

세라 어깨에 긴장이 조금 풀리는 게 보였다.

"잘 됐네요."

"이봐요, 당신을 만난 건 우연의 일치예요. 여기 있었으니 성공한 셈이지만 그럼에도 벤을 만나고 싶어서 온 것이기도 해요. 혹시 저녁을 먹고 싶은 생각이 있다면….."

나는 세라의 책상에 명함을 떨어트리고 뒤돌아서서 자리를 떴다.

"동영상이요, 그걸로 뭘 했어요?"

세라가 불쑥 말했다.

나는 뒤로 돌아섰다. 이 여자를 골려주고 싶다는 생각을 억누를 수가 없을 정도다. 하지만 답을 하지 않고 뜸을 들이면 들일수록 세라는 점점 패닉에 빠져드는 것 같았다.

마침내 세라가 입을 열어 쨍한 목소리로 말했다.

"유튜브나 포르노튜브 같은 사이트에 올리기라도 했나요?"

나는 더 이상 참지 못하고 웃음을 터트리고 말았다.

"뭐요?"

"제발 그러지 않았다고 말해줘요."

"당연히 그런 일 없어요. 솔직히 그 동영상을 한 칠천 번은 본 것 같은데 다른 사람과 공유하거나 그런 일은 절대로 하지 않았어요."

세라는 애꿎은 손톱을 만지작거리면서 손을 내려다보고 있었다.

"내가 좀 봐도 되겠어요?"

저 목소리는 뭐지? 호기심? 아니면 다른 뭔가가 있나? 나는 책상을 빙 돌아 세라 뒤에 섰다. 세라는 여전히 긴장한 채 내 쪽으로 몸을 기대면서 양손을 꼭 쥐었다. 나는 휴대전화를 재킷 주머니에서 꺼내 동영상을 찾은 다음 플레이 버튼을 누르고 세라가 볼 수 있게 치켜들었다.

볼륨을 키우자 음악의 리듬이 작은 스피커에서 흘러나왔다. 화면에 등장한 세라는 팔을 머리 위로 추켜올리고 춤추고 있었다. 처음 그 모습을 지켜봤던 때처럼 몸이 후끈 달아오르는 걸 느낄 수 있었다.

나는 세라의 목덜미에 입술을 대고 말했다.

"바로 저 부분. 저 때 당신 드레스가 말려 올라간 걸 내가 주목하고 있을 거라고 의식하고 있었던 거 아닌가요?"

나는 세라의 엉덩이에 내 엉덩이를 강하게 밀어붙였다. 그녀가 내게 무슨 짓을 했는지 명확하게 알려주고 싶었다. 휴대전화를 세라 앞 책상에 내려놓고 한 손으로 세라의 허리를 감았다.

"그리고 저기."

고갯짓으로 동영상을 가리키며 말했다. 세라는 휴대전화를 집어 들어 가까이서 들여다봤다.

"어깨 너머로 나를 바라보는 저 부분이 가장 마음에 들어요. 당신 얼굴에 떠오른 저 표정. 나를 위해 춤추고 있는 것처럼 보여."

"맙소사."

세라는 속삭이듯 말했다. 당시 어떤 느낌이었는지 그녀가 기억했으면 좋겠다. 내가 그녀를 바라보던 순간이 어땠는지 떠올리기를 바랐다. 그때, 세라가 내 손을 잡아 천천히 자신의 드레스 자락 밑으로 밀어 넣고 드레스 자락을 엉덩이까지 올렸다. 손바닥 아래 느껴지는 세라의 피부는 몹시도 부드러웠다. 나는 그녀의 복부로 손을 미끄러트렸다. 내 손길에 매끈한 복부 근육이 미세하게 떨리는 걸 느낄 수 있었다.

"나를 위해 춤을 췄던 거죠?"

나는 다시 한 번 그때를 상기시키려는 의도로 물었다. 세라는 고개를 끄덕이면서 내 손을 더 아래로 잡아당겼다. 맙소사, 이 여자는 정말 모순덩어리로군. 말과 행동이 서로 다른 걸 외치잖아.

"그리고 또 무슨 생각을 했죠? 당신 허벅지에 내 얼굴과 입술을 묻고 있는 모습?"

세라는 다시 고개를 끄덕이면서 입술을 깨물었다.

"그때 나는 당신을 만지고 싶었어요."

나는 세라의 속옷 안으로 손을 밀어 넣으면서 말했다.

"이렇게."

세라는 책상 위로 몸을 숙이면서 하체를 내게 더욱 밀착시켰다.

"당신이 얼마나 젖었는지 느끼고 싶어요."

내 숨은 점점 거칠어지고 갈라진 목소리는 더욱 가라앉았다.

"당신 모습을 지켜보면서 오늘 아침 내가 절정에 이르렀다는 사실을 생각하면 당신은 더 젖어들 거예요."

손가락이 좀 더 아래로 미끄러져 내려갔다.

세라는 신음 소리를 냈다.

"보고 있어요?"

나는 손가락 하나를 그녀 안으로 밀어 넣으면서 말했다. 세라는 고개를 끄덕였다. 나는 두 번째 손가락을 밀어 넣었다. 엄지손가락은 그녀의 클리토리스 위에서 천천히 원을 그렸다.

"정말 촉촉하게 젖었어요."

나는 그녀의 한쪽 어깨를 이로 잘근 깨물며 애무했다.

"우린… 여기서 이러면 안 돼요."

세라가 말했다.

그 말에도 세라의 몸은 내게 더욱 밀착되었다. 일정한 리듬을 타면서 손가락을 놀리자 그녀가 조여오는 걸 느낄 수 있었다. 세라는 숨을 가쁘게 몰아쉬기 시작했다.

나는 손을 잡아 빼고 세라를 뒤로 돌려 세워서 얼굴을 마주 보았다. 세라는 약에 취한 사람처럼 눈을 제대로 못 뜨고 입술을 벌린 채로 있었다.

"안타깝게도 내게 주어진 2분이 다 되었네요."

나는 세라의 볼과 입술 가장자리에 가볍게 키스했다. 세라가 눈을 감았다. 나는 그녀의 눈두덩이에 키스했다. 그런 다음 세라의 손에서 내 휴대전화를 뺏어 들고 사무실을 나갔다.

3

낯선 남자가 내가 춤추는 모습을 동영상으로 찍었다.

그런 다음에 내가 일하는 곳을 찾아왔다. 그의 절친한 친구가 내 상사다. 그리고 나는 그에게 문제의 동영상을 보여 달라고 했다.

그다음에… 그가 손을 내 속옷 안으로 밀어 넣었다. 또다시. 이번에는 내 새 사무실에서 일을 벌였다. 그리고 문제의 동영상을 보면서 그가 나를 만지면 내가 얼마나 흥분하는지 분명히 알게 되었다.

"세상에, 맙소사."

"세라, 15분 동안 그 소리만 열 번째 하고 있는 거 알아요? 이리 와서 무슨 일인지 털어놓으세요."

어시스턴트로 일하는 조지가 문가에 기대어 서서 말했다.

"스캔들이 될 것 같은 이야기라면 내가 안으로 들어가 문을 꼭 걸어 잠그고 들어줄게요."

"아무것도 아니야. 그냥….'"

나는 책상 위에 있는 연필통에 담긴 펜을 가지런히 정리하고 서류를 정돈하며 말했다.

"정말 아무것도 아니야."

조지는 미심쩍다는 표정으로 씩 웃으며 말했다.

"거짓말도 참 못하지."

"정말 아무 일도 아니야. 그냥 엄청나게 후회스러우면서 아무 일도 아닌 일이라고."

조지는 사무실 안으로 들어와서 내 책상 건너편에 놓인 의자에 털썩 주저앉았다.

"토요일에 있었던 클로에의 약혼 파티에서 그 아무 일도 아닌 일이 일어났나요?"

"어쩌면."

"그리고 남자가 얽힌 아무 일도 아니고요?"

"그럴 수도."

"남자와 얽힌 아무 일도 아닌 일에서 큰 비중을 차지하는 사람이 방금 사무실에 왔던 맥스 스텔라고요?"

"뭐? 아니야!"

나는 눈도 깜작하지 않고 거짓말을 했다. 예상하지 못한 이 능숙한 대처에 대해 나중에 자화자찬이라도 해야 할 것 같다. 나보고 거짓말을 못한다고 한 조지의 말은 정확히 맞는 지적이다. 나는 정말 거짓말을 못한다. 하지만 공공장소에서 벽에 기대어 섹스했던 상황과 관련된 수치심이 미처 알지 못했던 능숙한 거짓말 기술을 발휘하게 만든 모양이다.

"그런데 맥스 스텔라를 알아요?"

조지는 이 지역의 핫한 남자들을 이미 상당히 파악하고 있었다. 나보다 겨우 일주일 먼저 이곳으로 이주해서 겨우 13일 차 뉴요커라는 점을 감안하면 일처리를 정말 빨리 하는 것으로 봐야 한다.

"그것보다 먼저 내 질문에 답해봐요. 여기 아파트에 도착해서 짐을 풀고 가장 먼저 한 일이 뭐예요?"

조지가 물었다.

"와인과 컵케이크를 살 수 있는 인근 가게를 물색했지. 당연한 일 아니야?"

내가 말했다. 조지는 크게 웃었다.

"세라에게는 당연한 일이겠죠. 하지만 내 목표는 토실토실한 독신으로 늙어가는 게 아니거든요. 나는 이곳 뉴욕 분위기를 파악했어요. 맛있는 걸 먹고 신나게 춤추고 파티를 열 만한 재미난 곳이 어디 있는지 알아봤죠."

"뉴욕의 모든 남자를 만나야 하니까 말이지."

내가 덧붙여 말했다. 조지는 윙크를 하면서 수긍했다.

"그럼요. 뉴욕의 모든 남자를 만나야죠. 내 능력이 닿는 한 모든 걸 알아봤어요. 그러다가 이 도시의 유명 인사들을 알게 됐죠."

조지는 앞으로 몸을 숙이고 환한 미소를 지으며 말했다.

"이 도시에서 맥스 스텔라는 유명 인사예요."

"유명 인사? 어떻게?"

조지는 소리 내어 웃었다.

"가십지가 사랑하는 인물이죠. 몇 년 전까지 런던에서 지냈대요. 빅토리아 십자 훈장까지 받은 대단한 수완가인 데에다 핫한 유명 인사나 상속녀들과 늘 어울리는 사람이에요. 건방지지만 미워할 수 없는 남자라고나 할까."

맙소사. 기껏 만난 남자가 전 애인처럼 헤픈 데다 허명이나 좇는 인간이라니. 하지만 이 남자는 유명한 플레이보이일 뿐 아니라 벤처 캐피털리스트로 세간의 이목을 끄는 인물이기도 하니 일하면서 계속 마주칠 게 분명했다. 또 내 다리 사이에 그 남자 머리를 파묻은 장면을 상상하며 스트립 댄서처럼 춤추는 내 모습이 담긴 동영상을 갖고 있는 인물이기도 하다.

나는 다시 한 번 끄응 신음 소리를 내뱉어야 했다.

"세상에, 맙소사."

"자, 진정해요. 금방 기절이라도 할 것 같은 얼굴을 하고 있잖아

낯선 살 냄새

요. 점심은 먹었어요?"

"아니."

"미리 진행해놓은 일이 많잖아요. 특별히 주의를 기울여야 하는 계약도 네 건밖에 없어요. 헨리가 한 말이 맞다면 그 계약서는 이미 백번도 넘게 꼼꼼히 살펴봤을 거고요. 클로에는 아직 사무실에 비품을 들여놓지도 않았고, 그녀의 어시스턴트는 아직 뉴욕에 도착하지도 않았죠. 베넷은 오늘 세 명을 호되게 야단치는 일만 했어요. 지금 여기에는 세라가 집중해서 할 일이 아직 없어요. 조금 느긋하게 속도를 늦추고 음식을 섭취할 시간이 충분하다는 뜻이죠."나는 심호흡을 하고 나서 조지에게 감사의 미소를 보냈다.

"헨리에게 잘 배웠군."

조지는 내가 학위를 마치고 더 큰 기업으로 회사를 옮긴 뒤, 헨리 라이언의 어시스턴트로 라이언 미디어에 고용된 친구다. 베넷이 새로운 뉴욕 지사에서 재무 담당 임원으로 일해 달라고 내게 제안하자, 헨리는 내가 뉴욕 지사에 합류하면 뉴욕 전근을 간절히 바라는 조지와 함께 일하게 해주겠다고 이메일로 알려왔다.

조지는 미소로 응답하고 거수경례를 했다.

"헨리가 부장님은 대체 불가능한 인재니 감히 대체할 생각도 말라고 했어요. 그래서 나 자신을 입증해야만 했죠."

"자기는 최고야."

"왜 그러세요. 나도 잘 알고 있거든요? 그리고 세라가 즐거운 시간을 보낼 만한 곳을 알려주는 것 역시 어시스턴트의 임무 중 하나라고 생각해요. 컵케이크와 와인 말고 다른 것을 즐길 만한 곳이요."

그 순간 토요일에 갔던 클럽의 이미지가 머릿속에 되살아났다. 사람들이 가득한 실내 공간에는 음악 소리와 사람들의 목소리, 발을 구르는 소리가 강렬한 리듬을 이루고 있었다. 그리고 맥스의 얼굴이 뇌리를 스쳤다. 그가 절정에 이르렀을 때 내던 신음 소리와 내 눈앞에 드러난 그의 커다란 남성, 그리고 그가 나를 벽에 밀어붙이고 번쩍 안아 올린 뒤 내 안으로 능숙하게 침입해 들어오던 모습이 모두 떠올랐다.

나는 두 손으로 얼굴을 감쌌다. 이제 그는 더 이상 낯선 남자가 아니다. 그리고 그는 나를 다시 만나고 싶어 한다. 나는 망했다.

조지가 자리에서 일어나 내 책상 옆으로 걸어와서 내 팔을 잡아당겼다.

"자, 일어나요. 가서 음식물을 좀 먹어줘요. 식사를 마치고 돌아오면 아장 프로보카퇴르 계약 건을 처리할 수 있게 준비해놓을게요. 세라, 한숨 돌려요."

나는 마지못해 일어서서 수납장에 넣어둔 지갑을 집어 들었다. 조지의 말이 맞았다. 이틀 전에 친구들과 축하 의식을 치른 때와 짐을 푸느라 잠 못 이룬 밤을 제외하고는 대부분의 시간을 사무실에서 지냈다. 모든 것이 제자리를 잡고 정상적으로 돌아가게 하려고 노력했다. 번쩍이는 유리와 강철로 이루어진 도심 한가운데 있는 건물의 3개 층을 임대했지만 공간 대부분은 아직 텅 비어 있었다. 재무부의 다른 인원과 마케팅 팀이 아직 다 도착하지 않아서 세계 최대 미디어 캠페인을 제대로 할 수도 없었다.

클로에는 내가 떠난 뒤에도 라이언 미디어에 남아서 베넷과 함께 마케팅 업무를 진행했다. 그런데 클로에가 막대한 규모의 파파다키스 캠페인을 성공적으로 진행시키면서 라이언 미디어는 갑자기 바삐 돌아가게 되었다. 그리하여 대형 캠페인 건을 효과적으로 진행하기 위해서 뉴욕 지사가 필요하게 된 것이다. 베넷과 헨리, 엘리엇 삼부자는 2주 동안 뉴욕에 머물면서 완벽한 지사 공간을 찾아냈다. 그 뒤 모든 일이 일사천리로 진행되고 라이언 미디어 그룹은 뉴욕 도심에 또 하나의 보금자리를 마련하게 되었다.

시카고의 미시건 애비뉴도 꽤 부산한 곳이었다. 하지만 맨해튼 5번가에 비하면 아무것도 아니다. 끝없이 이어지는 교차로와 거대한 건축물, 끊임없이 몰려오는 사람들, 복잡한 교통과 소음에 완전히 파묻혀버리는 기분이 들었다. 사방에서 자동차 경적이 울려, 그대로 더 서 있으면 도시 소음 때문에 귀가 먹을 것 같았다. 베넷이 좋아한다는 아담한 중국 식당을 가려면 오른쪽으로 가야 하나? 아니면 왼쪽? 이름이 뭐였더라? 무슨 가든이었는데⋯ 나는 정신줄을 놓지 않으려고 애를 쓰며 서 있었다. 한 무리의 직장인들이 몰려와서 강에 묵묵히 박혀 있는 바위를 돌아 흐르는 물줄기처럼 내 주위를 휩쓸고 지나갔다.

휴대전화를 꺼내 들고 클로에에게 문자메시지를 보내려는 찰나 길 건너편에서 낯익은 키 큰 사람이 어느 문 안으로 들어가는 모습을 보게 되었다. 고개를 들어 조그만 가게에 적힌 이름을 보았다. '후난 가든'이라고 적혀 있었다.

***

식당 안은 어둑했고 텅 빈 것이나 진배없었지만 냄새는 근사했다. 그래놀라 바 이상으로 실속 있는 음식을 마지막으로 먹은 게 언제인지 기억도 안 났다. 나는 군침이 도는 바람에 빈틈없이 경계해야 한다는 사실을 깜빡 잊고 말았다.

나는 새로 시작하려고 이곳 뉴욕에 왔다. 새로운 시작이란 커리어를 최우선순위에 놓고 나 자신을 발견하는 것을 의미다. 또 다른 순종적인 애인 관계에 빠져들어 엉망이 되는 일은 계획에 없다. 나는 점심을 먹을 것이다. 하지만 그 전에 맥스에게 다시는 그런 식으로 내 일터에 찾아오지 말라고 분명하게 말해야겠다. 그리고 그의 손을 내 드레스 안으로 밀어 넣은 것은 돌발적인 사고였을 뿐이라는 점도 분명히 해야겠다.

그건 전혀 의도하지 않은 어처구니없는 실수였다.

"세라?"

내 이름을 나직하게 부르는 그의 목소리가 에로틱하게 들렸다. 나는 고개를 돌려 소리 나는 방향을 보았다. 문제의 남자는 구석 자리에 앉아 큼직한 메뉴판을 손에 들고 훑어보고 있었던 모양이다. 그는 놀란 기색이 역력한 표정으로 메뉴판을 내려놓았다. 하지만 곧 미소를 지었다. 그런 모습이 나를 얼마나 조마조마하게 하는지 전혀 모르는 모양이다. 정말이지 한 대 때려주고 싶다. 식당의 어두운 조명 아래서 그의 얼굴 윤곽이 더욱 도드라져 보였다. 한층 더 위험한 인물로 보였다.

나는 그의 테이블로 걸어갔다. 옆자리에 앉으라는 그의 몸짓은 그대로 무시했다. 그는 머리를 짧게 잘랐지만 윗머리는 길게 놔둬서 움직일 때마다 흘러내렸다. 손을 뻗어서 만져보고 싶다는 생각이 들었다. 전등 아래 보이는 것처럼 부드러운지 알아보고 싶었다.

"당신하고 합석하려고 온 게 아니에요."

나는 어깨를 펴며 말했다.

"몇 가지 분명히 정리해야 할 것 같아요."

맥스는 두 손을 활짝 펴보였다.

"얼마든지."

나는 심호흡을 한 다음 입을 열었다.

"이전 날 밤에 클럽에서 기억에 남을 만큼 대단히 즐거운 시간을 당신과 보낸 건 사실이에요…."

"동감입니다."

나는 한 손을 들어 그의 말을 저지했다.

"하지만 나는 새로운 시작을 하기 위해 이곳에 왔어요. 미친 짓도 해보고 싶었어요. 그래서 했죠. 하지만 그날의 나는 정말 내가 아니에요. 나는 지금 하는 일과 동료들을 좋아해요. 그러니까 당신이 그런 식으로 내 사무실에 와서 나를 희롱하게 놔둘 수 없어요."

나는 앞으로 몸을 숙이고 목소리를 낮추며 마무리했다.

"그리고 그 동영상을 당신만 보겠다는 말도 믿을 수가 없어요."

맥스는 동요하지 않고 뉘우치는 듯한 얼굴 표정을 지었다.

"정말 미안하게 생각해요. 나도 그 동영상을 삭제할 생각을 하고 있었어요."

맥스는 몸을 앞으로 숙여 팔꿈치에 몸무게를 싣고 말했다.

"그런데 문제는 그 동영상 보는 걸 멈출 수가 없다는 데 있어요. 동영상을 보는 편이 위스키를 들이켜는 것보다 더 짜릿하단 말이죠. 가장 난잡한 포르노보다 더 자극적이거든."

복부와 다리 사이에서 은근한 떨림이 퍼져나갔다.

"그리고 당신은 이런 이야기 듣는 걸 좋아하는 것 같은데요. 그런 데다 클럽에서 만난 무모한 아가씨는 당신이 생각하는 것보다 훨씬 더 세라 딜런의 정체성에서 큰 자리를 차지하는 것 같다는 생각이 듭니다."

"그렇지 않아요."

나는 고개를 가로저었다.

"나는 이런 일을 할 수 없어요."

"이런 일?"

맥스가 말했다.

"그냥 식사하는 거잖아요. 같이 앉아서 여기 음식 맛이나 봐요."

나는 꼼짝도 하지 않고 그대로 서 있었다.

"세라, 토요일에는 섹스를 해주고 몇 분 전에는 당신 옷 속으로 내 손을 집어넣기도 했으면서 겨우 점심 식사 하는 걸 못해준다고 말하는 거요? 늘 이렇게 오락가락하나요?"

"맥스."

"세라."

나는 한참을 망설이다가 마지못한 얼굴로 맥스 옆자리에 앉았다. 훤칠한 키에 탄탄한 몸매를 자랑하는 그가 뿜어내는 온기가 느껴졌다.

"오늘 굉장히 아름다워요."

맥스가 말했다. 나는 오늘의 의상으로 선택한 심플한 디자인의 검은색 드레스를 내려다보았다. 드레스 치맛단 아래로 드러난 스타킹을 신지 않은 맨다리가 무릎께에서 자취를 감추고 있었다. 맥스는 한 손가락으로 내 어깨에서 허리까지 쓸어내렸다. 드러난 맨살에 소름이 돋았다.

"아까처럼 사무실로 불쑥 찾아가는 일은 하지 않을 거예요."

맥스는 낮은 목소리로 말했다. 목소리가 너무 낮아 제대로 듣기 위해 그의 쪽으로 몸을 기울여야 했다.

"하지만 당신을 다시 만나고 싶어요."

나는 고개를 가로저으면서 내 몸에 닿은 그의 긴 손가락을 쳐다보았다.

"좋은 생각이 아닌 것 같네요."

종업원이 우리 테이블에 다가왔을 때 맥스의 손가락은 내 손 위에서 머뭇대고 있었다. 나는 뭔가 주문할 능력을 상실해버렸다. 맥스가 우리 둘이 먹을 음식을 시켰다.

"새우를 좋아하면 좋겠는데."

맥스가 싱긋 웃으면서 말했다.

"좋아해요."

맥스의 손이 내 손 위에 포개졌고 다리는 내 허벅지 바로 옆에 붙어 있었다. 이런 상황에서 내가 뭘 원하겠어? 맥스와 같은 사람에게 계속 휘둘리고 싶지 않았다. 하지만 나는 그의 궤도 밖으로 벗어나지 못하고 가만히 있었다.

"죄송한데, 마음이 산란해서 집중할 수가 없네요."

맥스가 다른 손을 슬그머니 테이블 아래로 밀어 넣었다. 허벅지에 스쳐 지나는 그의 손가락 감촉이 느껴졌다.

"나 때문에 집중이 안 되는 건가요? 아니면 일 때문에?"

"지금은 당신 때문이에요. 하지만 곧 업무 때문에 마음이 산란

해질 일만 있을 거예요."

"일이라면 이따가 해도 시간은 충분할 텐데. 분명 어시스턴트가 재촉해서 겨우 식사하러 나온 거잖아요?"

나는 몸을 뒤로 젖히고 맥스를 쳐다보았다.

"나를 염탐하고 있어요?"

"그런 수고를 할 필요가 없는걸. 그 어시스턴트는 참견하기 좋아하는 타입으로 보였고 당신은 점심을 먹어야 한다는 걸 기억하지 못하는 사람처럼 보였어요."

맥스의 손가락이 내 드레스 자락을 조금씩 위로 추켜올렸다. 드레스 자락은 자꾸 말려 올라가 골반 뼈에 이르게 되었다.

"이건 괜찮죠?"

마지막 단어는 속삭임처럼 들렸다. 사실 괜찮은 정도가 아니었다. 내 심장은 흥분과 불안이 뒤범벅되어 박동 쳤다. 또다시 나는 이 남자 때문에 내 이성을 저 어두운 구석으로 집어 던져 절대로 찾을 수 없게 되었다.

"여기는 식당이에요."

"나도 알아요."

맥스는 흠뻑 젖은 레이스 팬티 아래로 손을 집어넣었다. 그의 손가락이 클리토리스를 어루만지다가 질척해진 내 안으로 불쑥 들어왔다.

"세상에. 세라, 당장에 이 식탁 위에 당신을 눕히고 점심으로 먹어치우고 싶어요."

순식간에 온몸에 불이 붙었다.

"그런 말을 하면 안 돼요."

"어째서? 저쪽 구석에 앉아 있는 노인 한 분과 종업원, 그리고 뒤쪽에 있는 요리사를 제외하면 이곳에는 우리 둘뿐이에요. 우리가 하는 말은 저 사람들한테 들리지도 않아요."

"그런 뜻으로 한 말이 아니잖아요."

"그럼 그런 말을 당신한테 하면 안 된다는 말인가요?"

맥스가 물었다. 나는 고개를 끄덕였다. 그의 손가락 두 개가 내 안으로 들어오는 통에 더 이상 말을 할 수가 없었다.

"음식이 나오기 전까지 십 분 정도 시간이 있을 거예요. 내가 그렇게 빨리 당신을 흥분시켜서 절정에 이르게 할 수 있을까요?"

그는 너무나도 태연자약해 보였다. 내 안에 두 손가락을 넣고 있으면서도 말이다. 그런데 묘하게도 맥스가 그런 식으로 이야기하자 우리가 지금 어디에 있는지 더욱 분명하게 의식되었다. 그건 고문이었다. 이렇게 조용한 식당에서 내가 할 일은 차를 홀짝거리며 식사하는 것이라는 생각과 당장이라도 사람들 눈에 띌 만한 공개된 장소에서 이 근사하게 생긴 낯선 남자가 나를 애무하게 놔두는 나답지 않은 일을 하고 싶은 욕망이 충돌했다.

사실 클럽에서부터 이런 성적 판타지를 머릿속에 그렸었다. 이 잘생긴 낯선 남자와 섹스하다가 사람들에게 들키면 감쪽같이 자리를 피해버리는.

맥스의 엄지손가락이 작은 원을 그리기 시작했다. 하지만 내 안에 들어온 두 손가락은 꼼짝하지 않고 자리를 지키고 있었다. 테이블 위에서는 맥스의 팔에 움직임이 없었지만 내 엉덩이를 가리고 있는 테이블보 아래에서는 금방이라도 폭발할 것 같은 열기가 점점 커지고 있었다.

나는 맥스의 팔뚝과 슈트 사이로 보이는 드레스 셔츠를 뚫어져라 바라보았다. 그가 내 얼굴을 찬찬히 바라보는 것을 느낄 수 있었다. 내가 숨 쉬는 것이나 조그맣게 신음을 뱉는 것, 그리고 소리가 새어 나오지 않게 입술을 깨무는 모습을 낱낱이 보고 있었다. 자신감 넘치는 그의 손길 때문에 내 다리 사이에는 묵직한 통증이 생겨나고 있었다. 나는 맥스에게 몸을 밀착했다. 더 강하고 세게 해주었으면 싶었다. 멀리서 접시가 바닥에 떨어지는 소리가 들렸다. 하지만 맥스는 조용히 내 이름을 불러주면서 그 소리를 지울 수 있게 해주었다.

종업원이 주방에서 나와 우리를 향해 걸어오고 있었다.

"당신은 정말 근사해요."

맥스는 귓불 바로 아래 목덜미에 키스하면서 말했다. 내 살에 닿는 그의 숨결이 뜨거웠다. 그의 손길에 집중하고 싶은 마음과 식당을 가로질러 우리 테이블로 다가오는 사람이 있다는 사실이 일으키는 조바심 사이에서 갈피를 잡을 수 없었다. 그의 손길과 누군가에게 이 일을 들킬지도 모른다는 두려움이 뒤섞여 머릿속은 엉망으로 헝클어져버렸다.

이런 사실을 알아채기라도 했는지 맥스는 웅얼거리듯 말했다.

"여기서 그 누구도 당신이 내 손놀림 때문에 절정에 이르기 직전이라는 사실을 눈치채지 못할 거예요."

나는 맥스가 거기서 멈추고 두 손을 테이블에 얌전히 올려놓으리라고 생각했다. 하지만 맥스는 종업원이 우리 테이블에 와서 잔에 물을 채우는 동안 엄지손가락의 움직임을 멈춘 채 가만히 있을 뿐이었다. 유리잔에 얼음이 부딪쳐 달그락 소리가 났다. 유리잔에 맺힌 물방울이 테이블보에 떨어져 번져나갔다. 물방울이 점점 많이 떨어져 잔 아래가 흥건해졌다. 나처럼 유리잔도 녹아내리는 것 같았다. 테이블 위에서 보면 맥스가 몸을 앞으로 구부리고 내 다리 위에 손을 얹어놓은 것처럼 보였다. 다시 한 번 그의 엄지손가락이 클리토리스를 어루만졌다. 나는 숨을 쉴 수가 없었다.

"잠시 후 음식이 나옵니다."

종업원이 건조한 미소를 띠고 말했다. 맥스는 엄지손가락으로 클리토리스를 강하게 눌렀다. 나는 이를 앙다물고 비명이 새어 나가려는 것을 막아야 했다. 맥스는 종업원을 쳐다보면서 미소 지었다.

"고맙습니다."

종업원은 뒤로 돌아 멀어져갔다. 맥스는 장난기 가득한 얼굴로 나를 보았다. 아찔한 안도감과 더불어 희미한 실망감을 동시에 느낀 나는 맥스의 손길에 완전히 녹아내리기 시작했다.

"그렇지. 그거야."

맥스는 나지막이 속삭이면서 손바닥으로 나를 어루만지다가 세 번째 손가락을 내 안으로 밀어 넣었다. 그건 달콤한 고통을 안겨 주었다. 더할 나위 없이 난잡한 일을 하는 것 같고 음탕한 느낌이 들었다. 하지만 맥스는 그 모든 것을 더 강렬하게 원하는 나를 지켜보기만 할 뿐이었다.

"아, 세라. 바로 그거야."

의자의 가죽 쿠션을 두 손으로 움켜잡고 손톱을 박아 넣었다. 맥스는 사람들 눈에 띌 것을 감수하고 손가락을 넣었다 뺐다 하기를 시작했다. 그의 어깨가 들썩거렸다. 나는 고개를 뒤로 젖혀 칸막이에 기대고 세상에서 가장 작은 신음을 냈다. 내 몸을 관통하는 아찔한 절정의 크기에 비하면 터무니없이 작은 소리였다.

"맙소사!"

나는 낮은 탄성을 질렀다. 맥스는 기다란 손가락을 더욱 깊이 밀어 넣어 절정의 시간을 연장시키고 있었다. 나는 고개를 돌려 그의 슈트 어깨에 얼굴을 묻고 터져 나오려는 신음을 억눌렀다.

맥스의 손놀림이 잦아들다가 멈췄다. 내 관자놀이에 키스한 다음 맥스는 손을 뺐다. 테이블 아래 있던 손을 들어 올린 맥스는 손가락을 자기 입술에 잠시 대어 음미한 뒤 냅킨으로 닦았다. 맥스는 자신의 입술을 혀로 핥으며 나를 보았다.

"당신 혀는 사탕 맛이 나는데 음부는 더 좋은 맛이 나는군요."

맥스는 내 쪽으로 몸을 기울여 더욱 깊은 키스를 했다.

"다음에는 내 물건이 당신을 맛보게 하고 싶어요."

제발 그렇게 해줘요.

'맙소사, 지금 내가 무슨 생각을 하는 거지? 지금 머릿속에서 속살거리는 이 여자는 누구인거야?'

사실 나도 원하고 있었다. 절정을 맛본 직후인데도 당장 맥스의 무릎을 타고 앉아 그를 내 안으로 받아들이고 싶었다.난잡한 생각이 더 길어지려는 찰나 가방 안에 둔 휴대전화의 진동이 울렸다. 나는 전화기를 꺼내들었다. 베넷이었다.

'미팅 마치고 복귀했음. 2시에 봅시다.'

휴대전화 시계는 1시 45분을 가리키고 있었다.

"가야겠어요."

"이거 우리 사이에 일정한 패턴이 생기는 것 같은데요, 세라. 당신 마음대로 왔다가 휙 가버리는 식으로."

나는 웃는 것도 우는 것도 아닌 얼굴로 그를 보았다. 종업원이 음식을 가져왔다. 나는 20달러를 테이블에 올려놓고 종업원에게 내 음식은 포장해달라고 부탁했다.

"전화번호는?"

맥스는 돈을 내 지갑에 다시 찔러 넣으면서 말했다.

"어림없어요."

하지만 삐져나오는 웃음을 막을 도리가 없어 피식 웃고 말았다. 이 일을 어떻게 풀어야 할지 모르겠다. 아니 솔직히 말해 모른다는 건 거짓말이다. 이런 일을 어떻게 풀어내야 할지 나는 정확히 알고 있다. 이 남자는 내 귓가에서 뜨거운 말을 속살거리고는 손으로 근사한 섹스를 내게 안겨주었다. 하지만 나는 맥스 같은 남자와 관계를 맺을 만큼 어리석지는 않다. 일단 그는 선수다. 다시 그런 남자와 얽히고 싶은 생각이 전혀 없다. 게다가 지금은 무엇보다 일을 최우선시해야 하는 시기다.

"아무리 그래도 벤을 통해서 어떻게든 알아낼 건데. 우리는 죽마고우니까."

"베닛은 내 허락 없이 당신에게 내 연락처를 주지 않을 거예요. 내 전 남자 친구를 흠씬 패주고 싶어 하는 소수의 사람 중에 베닛이 포함되거든요."

나는 맥스의 턱에 키스했다. 까칠하게 자란 수염이 싫지 않았다. 나는 자리에서 일어서면서 말했다.

"애피타이저 고마워요. 동영상은 삭제해 주세요."

"나와 다시 만나준다면 고려해보죠."

맥스는 재미있다는 얼굴을 하고 눈을 반짝이며 말했다.

나는 식당을 빠져나와 5번가를 다시 건너면서 미소를 꾹 참았다.

4

　점심을 먹으러 갔다가 세라에게 오르가슴을 선사한 지 삼 일이 지났다. 하지만 세라에 대한 생각은 조금도 누그러지지 않았다.

　"그래서 오늘 밤 누구를 데리고 올 거야?"

　윌이 무심코 물었다. 그의 눈은 손에 집어 든 〈타임〉지에 고정되어 있었다.

　이 말을 하기 전까지 양복점에서 사무실로 돌아오는 차 안은 침묵이 장악했다. 거리에서 사람들이 외치는 소리나 이따금 들리는 경적과 자동차 엔진 소리만이 간간이 그 침묵을 깨트렸다. 나는 퀸스에서 열리는 새로운 전시회의 사진이 담긴 파일에서 시선을 거두지 않은 채 대답했다.

　"혼자 갈 거야."

월은 고개를 들어 나를 쳐다봤다.

"요즘 만나는 여자 없어?"

"없어."

고개를 들어 흘깃 보니 월이 두 눈썹을 추켜세우고 놀란 얼굴을 하고 있었다.

"뭐 어때서?"

"맥스, 우리가 알고 지낸 지 얼마나 됐지?"

"6년 정도."

"그동안 네가 파트너 없이 사교 모임에 참석한 적이 단 한 번이라도 있었어?"

"기억이 잘 나지 않는데."

"가십지를 확인해보면 될 것 같다. 거기에서 정확한 정보를 얻을 수 있을 거야."

월은 짐짓 진지한 얼굴을 하고 있었다.

"매우 재미있네."

"매우 드물고 특이한 일이라는 뜻이야. 일 년 중 가장 큰 행사인데 네가 파트너 없이 참석한다니."

"중요한 일도 아니잖아. 안 그래?"

월은 소리 내어 웃었다.

"지금 진지하게 말하는 거 맞지? '맥스 스텔라가 누구를 데리고 오느냐'는 이런 파티가 열리면 사람들이 가장 처음 떠올리는 질문이라고.”

“고결하고 정숙한 너의 모습을 강조하기 위해서 나를 치마 두른 사람은 아무나 껄떡거리며 쫓아다니는 늑대로 과장해 표현하는 네 말투가 아주 마음에 든다.”

“지금 나는 단 한 번도 ‘고결함’에 관한 이야기는 하지 않았거든.”

월은 들고 있던 신문을 아래로 내리며 말했다.

“그저 사람들이 네가 누구를 만나는지를 궁금해할 거라는 말을 한 거야. 그게 다야.”

나는 다시 시선을 서류로 떨구면서 월의 이야기를 곱씹어보았다. 사실 나는 이번 모금 행사에 함께 갈 여자를 물색하지 않았다. 누구를 데려가고 싶다는 생각이 들지 않았기 때문이었다.

생각해보니 의아한 일이기는 했다. 어쩌면 월의 말이 맞는지도 모르겠다. 세라를 만난 이후 다른 여자들은 너무 뻔하고 재미없게 느껴졌다.

***

월이 한 말 중에 맞는 게 하나 더 있었다. 스텔라 앤 섬너 자선 갈라쇼는 올여름 최대 행사인 게 분명하다. 뉴욕 현대미술관에서 열리는 이 행사에는 뉴욕에 거주하는 주요 인사가 모두 참석하곤 했다. 춤을 추고 저녁 식사를 한 뒤 입찰식 경매 행사가 진행된다. 우리는 매년 소아암 환자들을 위해 수십만 달러의 기금을 모금해왔다.

오후 들어 꾸물거리던 하늘이 맑게 개었다. 하지만 폭풍의 기운이 완전히 사라진 것은 아니었다. 나는 미술관 앞에 세워놓은 바리케이드 앞에 자동차를 세웠다. 주차 요원이 문을 열어주었다. 차에서 내린 나는 그 자리에 서서 턱시도 재킷의 단추를 바르게 채웠다. 여기저기에서 내 이름을 부르는 소리가 들렸다. 언론 취재 구역에 들어서자 천둥번개를 동반한 폭풍이 몰아치듯 카메라 플래시가 번쩍번쩍 터지기 시작했다.

"맥스! 파트너는 어디 있나요?"

"맥스, 잠시 포즈 좀 취해주시죠? 여기요!"

"스미스소니언 기금에 관한 루머는 어디까지가 진실인가요?"

나는 미소를 지으며 잠시 포즈를 취한 뒤 손을 흔들고 행사장으로 들어갔다. 자동조종 장치로 움직이는 로봇 같다는 생각이 들었다. 오늘 밤 행사장에 취재진을 들이지 않기로 한 건 정말 잘한 일이다. 그들을 상대할 기운이 남아 있지 않았다.

게스트들은 미술관을 관통해서 정원으로 나가도록 안내받았다. 파티의 주요 행사가 정원에서 진행될 예정이었다. 잘 차려입은 사람들이 무리를 지어 칵테일과 샴페인을 홀짝이면서 삼삼오오 어울려 있었다. 그들의 화제는 돈이거나 자기 자신이거나 또는 오늘의 가십난에 적힌 이야기였다. 하얀색 텐트가 줄지어 서 있었고 다양한 색을 입은 환한 조명이 바닥에서 텐트 안을 비추었다. 정원 한쪽에는 오케스트라가 자리를 잡고 앉아 있었고 반대편에는 식후 행사를 위해 DJ 박스가 마련되어 있었다.

습도가 높고 후덥지근했다. 피부에 닿는 밤공기가 거북하게 느껴졌다. 나는 하얀색 식탁보를 입고 크리스털 식기로 뒤덮인 커다란 테이블이 줄지어 있는 쪽으로 걸어갔다. 길쭉한 샴페인 잔을 잡아 드는데 누군가 내 옆으로 다가오는 게 느껴졌다.

"맥스, 늘 그렇듯이 오늘도 완벽하군. 정말 훌륭하네."

나는 눈을 끔벅이며 바로 옆에 다가선 베넷을 쳐다봤다.

"끔찍하게도 덥잖아. 뭐 우리가 어쩔 수 있는 일은 아니지만."

나는 베넷이 양손에 든 음료를 고갯짓으로 가리키면서 말했다.

"클로에랑 동행한 모양이지."

"네 파트너는⋯."

"오늘은 솔로야. 주최 측 노릇 등을 제대로 하려고."

베넷은 크게 웃으면서 들고 있던 잔 하나를 입가로 가져갔다. 베넷은 더 이상 말을 하지 않았다. 하지만 내 어깨 너머로 시선을 던지며 눈치를 주었다.

뒤돌아서니 마침 화장실에 갔다가 돌아오는 클로에와 세라를 볼 수 있었다. 비즈 장식을 흩뿌린 듯한 밝은 녹색 드레스를 입은 세라는 눈부시게 아름다웠다. 은색 스틸레토 슈즈가 치맛단 아래로 삐죽 모습을 드러냈다.

나는 한동안 멍하니 있다가 간신히 말문을 열었다.

"맥스, 세라한테 동행이 있어."

나는 고개를 돌려 입을 딱 벌리고 베넷을 바라봤다. 그러고 난 뒤 주변을 둘러보면서 세라와 동행한 녀석을 찾아봤다.

"그래? 누구야?"

"나."

"잠깐, 뭐라고? 그럴 리가."

"이 친구야, 농담한 거야. 얼굴 표정이 그게 뭐야?"

베넷은 턱을 긁다가 건너편에 있는 누군가에게 무심하게 손을 흔들며 인사를 건넸다. 나는 합법적으로 녀석에게 주먹을 날릴 방법이 있는지 고민했다.

"맥스."

베넷이 목소리를 낮추고 진지한 말투로 말했다.

"세라는 클로에의 절친한 친구야. 그리고 우리 팀에서 매우 중요한 인물이고. 자네의 사업 감각에 대해서는 무한 신뢰를 보내지만 자네의 여성 편력은 깨끗하다고 볼 수 없잖아. 물론 내가 자네에게 이런 말할 주제가 못 된다는 건 잘 알아. 하지만 괜한 짓은 하지 말았으면 좋겠어."

"진정하게, 친구. 내가 당장 외투 보관 방 같은 곳으로 세라를 억지로 끌고 가서 어떻게 해보겠다는 게 아니잖아."

"전에 그런 적이 한 번도 없었다고는 말 못할 텐데."

베넷은 잔을 비우면서 미소를 지었다.

"그건 자네도 마찬가지잖아."

대화를 마치고 자리를 물러나는데 베넷의 얼굴에 안도의 기색이 역력해 보였다. 순간 친구에게 거짓말을 해서 미안하다는 생각이 들었다. 사실 나는 당장이라도 세라를 가장 가까운 방으로 끌고 들어가고 싶은 마음이 굴뚝같았다. 그녀를 제대로 쳐다볼 시간이라도 있었으면 좋겠다는 생각이 들었다.

나는 정원을 가로질러 가면서 사람들과 악수를 하고 넉넉한 기부에 감사 인사를 전했다. 하지만 곁눈질로 세라를 찾는 일을 멈추지 않았다. 라셰즈의 커다란 누드 조각상 옆에 서 있으니 멀리 떨어진 곳에 있는 세라가 보였다. 오늘 밤 그녀는 정말 아름다웠다. 나는 홀린 듯 그녀의 아름다움을 감상했다.

몸에 감기는 롱 드레스는 몸의 곡선미를 완벽하게 보여주면서 내가 가장 좋아하는 그녀의 신체 일부를 한껏 강조했다.

댄스 플로어에서 세라가 어떻게 몸을 흔들었는지 떠올렸다. 지나치게 짧은 드레스에 아찔한 하이힐을 신은 세라는 거침없는 몸짓을 보여주었다. 오늘 밤 세련미를 과시하는 저 여자와는 단연 비교되었다. 사실 그때 나는 세라가 평소와 다르게 행동한다는 걸 알 수 있었다. 하지만 오늘에서야 그 간극이 얼마나 컸는지 이해할 수 있게 되었다. 오늘 밤 세라는 연약하고 섬세해 보였… 하지만 단정한 겉모습 아래 무모함이 숨겨져 있음을 나는 안다.

내 시선은 세라의 목덜미 라인을 따라 아래로 내려갔다. 쇄골을 바라

보면서 드레스 안에 무엇을 입었을지 궁금해졌다. 문득 사람으로 가득
찬 클럽에서 벽에 기대어 섹스하게 세라를 소환해 낸 계기가 무엇인지
궁금했다.

세라 곁에 얼씬거리지 말라는 베넷의 말이 농담이 아님은 분명하다.
그렇게 되면 베넷의 약혼녀가 가만히 있지 않을 거라는 말도 진지하게
받아들인다. 그녀라면 베넷과 나 모두를 가만두지 않을 것이다. 베넷
은 내가 세라에게 특별한 관심을 갖고 있다는 걸 분명히 알고 있으면서
도 아주 단호하게 말했다. 그러나 녀석이 아무리 그렇게 나와도 세라
가 나를 원하면 참견하지 않을 게 분명하다.

하지만 클로에는 전혀 다른 문제다. 그녀는 아주 영리하고. 모든 걸
다 아는 듯한 얼굴을 하고 있다. 미래의 라이언 부인에 대해 잘 알지 못
하지만 베넷이 마침내 찾은 천생연분의 반대편에 서는 건 현명한 일이
아닌 듯하다.

하지만 그럼에도 세라와 내가 벌이는 이 게임을 계속 즐길 생각이다.

***

오케스트라가 느릿한 곡을 연주하자 몇몇 사람이 무리에서 벗어나
댄스 플로어로 걸어가는 모습이 눈에 띄었다. 나는 정원 가장자리로
돌아가서 세라 뒤에 섰다. 그리고 속살이 드러난 세라의 맨어깨를 손
가락으로 톡톡 두드렸다.

뒤돌아서는 세라의 얼굴에서 미소가 사라졌다. 세라는 나를 쳐다봤다.

"나도 안녕해요."

내가 말했다.

세라는 들고 있던 샴페인 잔을 들이켜고 나서 나에게 말했다.

"안녕하세요, 스텔라 씨?"

스텔라 씨? 나는 웃음을 지었다.

"나에 대해서 좀 알아본 모양이네요. 내가 상당히 깊은 인상을 남긴 모양입니다."

세라는 의례적인 미소로 화답했다.

"간단한 구글 검색으로도 많은 정보를 얻을 수 있죠."

"인터넷에는 헛소문과 거짓 정보가 난무한다는 이야기를 들어보신 적이 없나 보네요?"

나는 한 걸음 가까이 다가가 손등으로 그녀의 팔을 쓸어내렸다. 부드럽고 매끈한 피부다. 세라의 온몸에 전율이 이는 걸 느낄 수 있었다.

"그건 그렇고 오늘 밤 정말 눈부시게 아름답네요."

세라와 시선이 마주쳤다. 나를 평가하는 눈빛이다. 세라는 우리 둘 사이의 거리를 조금 더 벌리기 위해 뒤로 물러나면서 웅얼거리듯이 말했다.

"당신도 그리 나빠 보이지는 않네요."

나는 놀라는 척하며 호들갑스럽게 말했다.

"지금 그 말은 칭찬인가요?"

"그럴 걸요."

"이렇게 잘 차려입고 춤 한 번 같이 추지 않는다면 안 될 말이죠. 그렇지 않나요?"

세라는 정원을 둘러보았다. 나는 냉큼 덧붙여 말했다.

"그냥 춤 한 번 추자는 거예요, 아가씨."

세라는 잔을 비우고 지나가는 종업원이 들고 있는 쟁반에 빈 잔을 내려놓았다.

"그냥 춤 한 번만이에요."

세라의 등에 살짝 손을 대고 희미하게 조명이 비치는 댄스 플로어 구석으로 안내했다.

"요전 날 점심 식사는 정말 즐거웠어요."

나는 세라를 품에 안으며 말했다.

"다시 한 번 같이 식사를 하고 싶은데요. 메뉴를 조금 달리해서 말이죠."

세라는 억지웃음을 지으며 내 시선을 피했다.

나는 세라를 잡아당겨 내 몸에 밀착시켰다. 세라는 살짝 눈을 부라렸다. 그 모습이 마음에 들었다.

"그래서 지금까지 겪은 뉴욕은 어떻습니까?"

"달라요."

세라가 말했다.

"더 크고 더 시끄러워요."

세라는 고개를 옆으로 기울여 마침내 내 얼굴을 똑바로 쳐다봤다.

"남자들은 좀 지나치게 밀어붙이려 들고요."

나는 크게 웃었다.

"그게 나쁘다는 식으로 말하네요."

"어떤 남자가 그렇게 하느냐에 따라 달라질 수 있는 문제죠."

"이 남자가 그러는 건 어떤데요?"

세라는 눈을 깜빡거리며 다시 의례적인 미소를 지었다. 사람들 시선을 많이 신경 쓰며 지내는 여자 같다는 생각이 들었다.

"저기요, 맥스 당신이 나를 주목해주는 게 기분 나쁘지는 않아요. 어깨가 으쓱해질 일이죠. 그런데 왜 나한테 그렇게 관심을 갖는 거예요? 좋은 시간을 보낸 건 사실이지만 그냥 그쯤 해두는 걸로 하면 안 될까요?"

"나는 당신이 좋아."

나는 어깨를 으쓱해 보이며 말했다.

"변태스러운 점을 좋아한다고나 할까."

세라가 크게 웃었다.

"변태스럽다고요? 그런 이야기 한 번도 들어본 적 없어요."

"그거 유감인데. 솔직히 말해봐요. 당신의 성적 판타지는 뭐죠? 침대에서 하는 다정다감한 섹스?"

세라는 도전적인 눈빛으로 나를 쳐다봤다.

"가끔은 그래요."

"하지만 다른 사람이 볼 수도 있는 식당에서 애무에 대한 판타지도 꿈꾸지 않나?" 나는 몸을 기울여 세라의 귓가에 속삭였다.

"아니면 클럽에서 섹스를 한다든가."

세라는 침을 꿀꺽 삼켰다. 세라의 숨결이 파르르 떨려 나오는 게 느껴졌다. 하지만 세라는 허리를 곧추세우고 사회적으로 용인되는 정도의 간격을 확보했다.

"물론 그럴 때도 있죠. 그런 성적 판타지가 없는 사람이 어디 있겠어요?"

"많은 사람들이 그렇지 않아요. 그런 판타지를 실행에 옮기는 사람은 더더욱 많지 않고."

"이 일에 그렇게 신경을 쓰는 이유가 뭐죠? 당신이라면 여기에 있는 어떤 여자든 미소 한 번으로 꼬실 수 있잖아요. 그러면 이 미술관 어디에서든 그 여자를 취할 수 있을 거고요."

"불행히도 내가 여기에 있는 어떤 여자도 원하지 않는다는 게 문제지. 당신은 내게 수수께끼 같은 존재가 되었어요. 어떻게 하면 그 커다란 갈색 눈동자 뒤에 그런 엄청난 역설을 숨겨둘 수 있는 거죠? 그 많은 사람 앞에서 나와 섹스했던 그 여자는 누구죠?"

"그렇게 미친 짓을 하면 어떤지 알아보고 싶어서 그랬던 것 같아요."

"그런데 무척 근사하지 않았나?"

세라는 나를 똑바로 바라보며 일말의 주저함도 없이 말했다.

"맞아요. 하지만 나는 지금 누구의 노리개도 되고 싶은 마음이 없어요."

"나는 지금 당신의 노리개가 되겠다고 말하는 건데."

세라는 머리를 내저었다. 그리고 새어 나오는 미소를 억누르며 나를 바라봤다.

"꽤 귀여운 구석이 있네요. 하지만 그만둬요."

"위층에서 만납시다."

"네? 싫어요."

"화장실 바로 옆에 무도회장이 비어 있어요. 계단을 올라와서 오른편이에요."

나는 세라에게 가까이 다가가서 춤추고 나서 하는 감사의 인사처럼 그녀의 볼에 가볍게 키스했다.

세라를 그 자리에 놔두고 자리를 떠나자 음악이 멈추었다. 저녁 식사가 안에 준비되어 있다는 안내가 들려왔다. 식사를 마친 뒤에는 경매가 진행될 예정이었다. 세라가 내 제안에 응할까? 사람들이 세라의 행방을 찾아다닐지도 모르는 위험을 감수한다면 응하지 않을까? 나처럼 아드레날린이 용솟음치는 상황이라면 어쩌면.

습한 밤공기를 벗어나 냉방이 잘된 미술관 안으로 들어갔다. 사람들의 대화 소리가 점점 커졌다. 나는 널찍한 계단을 올라가서 복도를 따라 어슬렁어슬렁 걷다가 인적이 없는 불 꺼진 무도회장으로 들어갔다. 안으로 들어가 손을 뒤로 돌려 문을 살짝 당겼다. 사람들 목소리가 희미해졌다. 문을 완전히 닫지 않고 실낱같은 빛이 들어올 정도만 열어 두었다.

나는 희미하게 들리는 소음에 귀를 기울이며 잠시 안에서 기다렸다. 아래층과 밖은 시끌벅적했다. 어두운 이 공간 안에 정말 나 혼자 있게 되는 건지 확인하기 위해 열심히 귀를 기울였다.

카펫 깔린 복도를 따라 걸어와서 텅 빈 무도회장 안에서 간단한 전화 통화를 하거나 화장실을 찾는 사람들이 있었다. 조금만 소리를 내도 복도까지 울려 퍼지는 것 같았다. 무도회장 안을 살펴보려 움직이자 나무 바닥에 신발 부딪치는 소리가 요란하게 났다. 무도회장은 가로 보다 세로가 길었다. 기다랗게 난 유리창 너머로 도심의 야경이 반짝거렸다. 짧은 쪽 벽면에는 직사각형 테이블이 놓여 있었다. 테이블 일부는 화려하게 장식된 칸막이로 가려져 있었다. 그 외에 다른 것은 없었다. 나는 테이블이 있는 곳으로 가서 칸막이로 가려진 쪽에 기대어 섰다. 사람들 눈에 띄지 않게 기다리기로 했다.

세라와 헤어진 지 십오 분이 지났다. 더 이상 기다리는 걸 포기해야 겠다는 생각을 하는데 문틈으로 새어 들어오던 불빛이 조금씩 커지더니 바닥까지 비추었다. 칸막이 뒤에서 세라의 형체가 움직이는 모습을 잠시 지켜보았다. 복도 불빛이 역광으로 그녀를 비추고 있었다. 세라는 어둠 속에 있는 나를 볼 수가 없을 것이다. 그 틈을 타서 무도회장 안을 살펴보는 세라를 잠시 관찰했다. 흥분과 긴장으로 세라의 목에서 맥박이 미친 듯이 뛰고 있을 것이다. 칸막이 뒤에서 천천히 걸어 나와

서 세라 앞에 모습을 드러냈다. 도심 야경 불빛을 등지고 있어서 세라
에게는 내 실루엣만 보일 것이다.

　세라는 나를 똑바로 바라보면서 방을 가로질러 내게 왔다. 천천히 우
리 둘 사이가 좁혀졌다. 희미한 조명 아래서 세라의 표정을 알아보기
는 어려웠다. 그녀가 뭔가 이야기하기를 기다렸다. 지옥에나 가버리라
고 욕을 해대거나 다시 섹스를 하자거나 둘 중 하나겠지. 하지만 세라
는 아무 말도 하지 않았다. 내게서 십수 센티미터 떨어진 곳에서 걸음
을 멈추고 잠시 주저하는 듯했다. 하지만 곧 내 재킷을 움켜쥐고 나를
끌어당겼다.

　그녀의 입술은 따뜻하고 집요했다. 그녀에게서 샴페인 맛이 났다. 샴
페인 잔을 기울이며 이곳으로 와서 이렇게 할 용기를 냈을 세라의 모
습을 머릿속에 그려보았다. 그 생각만으로도 신음 소리가 흘러나왔다.
세라가 입을 벌렸다. 나는 파르르 떨리는 눈꺼풀을 닫았다. 세라가 고
개를 뒤로 젖혔다. 그녀의 혀와 내 혀가 뒤엉켰다. 나는 한 손 가득 세
라의 가슴을 느끼고 다른 한 손으로는 엉덩이를 세게 움켜쥐었다.

　"이건 벗어버려요."

　세라의 손이 더듬거리며 내 넥타이를 잡아챘다. 그녀의 손가락이 내
셔츠 단추를 잡아 뜯었다.

　나는 세라를 안은 채 뒷걸음질을 쳤다. 그리고 세라의 드레스 지퍼를
내렸다. 드레스가 스르르 흘러내려 세라의 발치에 쌓였다. 세라는 드
레스 안에 아무것도 입고 있지 않았다.

"계속 이러고 있었어요?"

나는 질문을 던지고 입으로 세라의 한쪽 유두를 물었다. 그러고 고개를 들고 그녀를 쳐다봤다.

세라는 입술을 살짝 벌린 채 고개를 끄덕였다. 그녀의 두 손이 내 머리카락을 파고들었다. 그리고 '좀 더' '깨물어줘요' '제발요' 같은 속삭임이 들려왔다. 나는 세라를 테이블 쪽으로 이끌고 세라의 무릎 뒤를 움켜잡고 테이블 가장자리 방향으로 잡아당겼다.

내 손가락은 세라의 갈비뼈를 천천히 더듬으며 아래로 내려가서 평평한 아랫배를 지나 깊은 곳을 향했다. 세라와 눈이 마주쳤다. 나는 한쪽 눈썹을 추켜올리고 그녀가 신은 하이힐을 살짝 만졌다.

"이건 그냥 신고 있는 편이 좋을 것 같은데요."

하이힐 외에 실오라기 하나 걸치지 않은 채 나신으로 있는 세라를 봤다. 완벽했다. 크림색 피부, 눈부신 젖가슴, 단단하게 곧추선 분홍빛 유두.

몸을 굽혀 세라의 목덜미를 핥다가 젖가슴 쪽으로 옮겼다. 지난 토요일 그녀의 피부에 내가 남긴 희미한 키스 마크를 엄지손가락으로 꾹 눌러봤다.

"날마다 이걸 쳐다봤겠군요."

내 작품에 감탄한 나는 조금 더 세게 키스 마크를 눌렀다.

"말이 많네요."

세라는 내 셔츠 자락을 벌렸다.

"옷도 너무 많고."

나는 이로 세라의 유두를 잘근잘근 씹고 강하게 빨고 단단해진 유두 끝을 혀끝으로 부드럽게 간질였다.

"나를 만져줘요."

나는 세라의 손을 잡아 내 성난 물건을 움켜쥐게 했다.

세라가 손에 힘을 주었다. 나는 그녀의 어깨에 머리를 떨구었다.

세라는 떨리는 손으로 내 바지 허리춤을 풀고 서둘러 아래로 끌어내려 엉덩이에 걸치게 했다. 그리고 테이블에 기대어 허리를 쭉 폈다. 깊이 파인 쇄골에 그림자가 지고 가슴 곡선이 살아났다.

"맥스."

세라는 반쯤 감은 눈으로 나를 올려다봤다.

"응?"

나는 세라의 목덜미와 가슴 그리고 내 물건을 움켜쥔 손에 정신이 팔렸다.

"카메라 있어요?"

이 여자 도대체 뭐지? 그렇게 냉정하고 고상한 여자로 살다가 갑자기 그 모든 걸 내던지고 풀어질 수 있다니! 나는 어깨에 걸치고 있던 재킷에 손을 넣어 휴대전화를 꺼내서 보여주었다.

"이걸로 될까요?"

"우리 모습을 찍어볼래요?"

나는 눈을 끔뻑거렸다. 지금 농담하는 건가?

"좋아요."

"얼굴 안 나오게."

"물론이죠."

잠시 침묵이 흘렀다. 우리는 내 손안에 있는 이 기기로 무엇을 할 수 있을지 생각했다. 세라는 우리가 하는 모습을 찍고 싶다고 했다. 세라 역시 나만큼 이걸로 흥분한다는 사실이 놀라웠다. 세라의 목덜미 맥박이 거칠게 뛰고 눈에는 불꽃이 일렁이고 있었다.

"다른 사람은 보지 않게 하고요."

세라가 말했다.

나는 미소 지었다.

"다른 사람과 공유할 생각 전혀 없어요. 당연히 아무도 보지 못할 거예요."

세라는 뒤로 몸을 젖혔고 나는 휴대전화를 높이 올려 세라에게 초점을 맞추었다. 첫 번째 사진은 세라의 어깨였다. 두 번째는 가슴 위에 놓인 세라의 손이었다. 유두는 세라의 손가락 사이를 비집고 솟아 나왔다. 나직한 신음이 그녀 입술에서 흘러나왔다. 나는 한 손으로 그녀의 허벅지를 쓸어 올리다가 다리 사이로 밀어 넣었다.

복도에서 사람들의 목소리가 메아리쳤다. 순간 우리는 어두운 구석에서 벗어나 우리가 어디에 있는지 현실적으로 생각하게 되었다. 우리는 아래층으로 내려가야만 했다. 나는 콘돔을 착용하고 한 손 엄지손가락으로 그녀의 입술을 누르다가 입안으로 밀어 넣었다.

세라는 아무 말 없이 호응했다. 두 다리는 내 엉덩이를 감싸 나를 더 강하게 안으로 끌어당겼다. 그녀의 안으로 내 물건을 밀어 넣으면서 그 광경을 음미하는데 무도회장 문이 삐걱거리며 열렸다.

세라가 왔을 때처럼 복도의 밝은 빛이 안으로 쏟아져 들어왔다. 칸막이에 스며든 빛이 세라의 상반신을 휘감았다. 그녀는 숨을 죽였다. 하지만 나는 멈추지 않았다. 세라의 턱을 잡아 올리고 조용히 있으라는 눈짓을 준 뒤 다시 그녀 안으로 밀고 들어갔다. 나를 조여오는 세라의 느낌은 뜨거운 열기가 되어 저 깊은 곳에서 내 척추를 타고 번져나갔다.

세라는 눈을 질끈 감았다. 나는 세라의 엉덩이를 움켜쥐고 점점 더 강하게 그녀 안으로 들어갔다. 세라를 테이블 가장자리로 끌어내려 내 쪽으로 강하게 끌어당겼다. 도시의 야경 불빛만으로도 내 손이 그녀의 피부에 닿는 관능적인 모습을 충분히 즐길 수 있었다. 발자국 소리가 무도회장을 가로질러 창가로 향했다. 내 몸에 휘감긴 세라의 다리에 힘이 들어갔다. 그렇게 해서 내가 움직이지 못하게 하려는 것 같았다.

나는 세라의 유두가 점점 더 단단해지는 걸 보았다. 고조된 흥분감에 그녀의 입술이 벌어졌다. '걱정하지 마.' 나는 미소 지으면서 속으로 말했다. '멈추지 않을 테니까.'

나는 살짝 움직이면서 세라의 가슴 한쪽을 움켜쥐고 유두를 꼬집었다.

"저기 사람들이 있어요."

나는 속삭이면서 허리를 굽혀 세라의 목에 키스했다. 입술에 닿은 목에서 느끼는 맥박의 거친 리듬이 좋았다.

"저 사람들이 보려고 하면 금방이라도 우리를 볼 수 있겠어요."

세라는 숨을 죽였다. 나는 다시 한 번 유두를 꼬집었다. 이번에는 강하게.

"그래도 나는 물러나지 않을 거예요. 더 강하게, 더 깊이 할 거예요."

"더 강하게 해줘요."

세라는 속삭이는 듯한 목소리로 애원했다.

"내 손? 아니면 섹스?"

"둘 다."

나는 세라의 목덜미에 입술을 대고 거친 말투로 말했다.

"당신은 정말 음란하고 섹시한 여자예요. 본인도 알고 있어요?"

나는 그녀 안으로 깊이 들어가기 위해 몸을 흔들었다. 세라는 숨죽인 채 입을 벌렸다. 내 배에 닿은 세라의 아랫배가 팽팽하게 긴장했음을 알 수 있었다. 그녀는 엉덩이를 들어 올려 돌렸다. 그녀는 따뜻하고 촉촉했다. 세라가 빨리 절정에 이르지 않으면 내가 먼저 끝날 것 같았다. 다행히도 우는 듯한 신음과 함께 세라의 손톱이 내 어깨를 파고들었다. 그녀는 몸을 긴장시켰다가 그대로 터트려버렸다. 정신이 혼미해지면서 희열감이 느껴졌다. 내 안의 무언가가 폭발할 것만 같았다.

사람들의 발자국 소리가 다시 들려오더니 칸막이 건너편에서 멈췄다. 통제할 수 없는 오르가슴이 타올랐다. 정신이 아득해지는 것 같았다. 마지막으로 강하게 밀어붙이자 눈앞이 캄캄해졌다. 나는 머리를 세라의 목덜미에 묻고 그녀에게 빠져들었다. 그녀의 깊숙한 곳에 침전해 들어가면서 다른 모든 감각은 지워버렸다.

그리고 침묵이 흘렀다. 우리는 거친 숨을 진정시키려 애쓰며 감히 움직일 엄두를 내지 못했다.

칸막이 너머에서 희미하게 숨소리가 들려왔다. 누군가 가만히 서서 기다리고 있는 것이 분명했다. 나는 귀를 기울인 채 고개를 돌려 세라의 커다란 눈을 쳐다보았다. 그녀는 아랫입술을 꼭 깨물고 있었다. 그렇게 잠시 시간이 흘렀다. 얼마 뒤 발자국 소리가 다시 나고 문이 닫히면서 복도의 불빛이 땀에 젖은 우리 둘의 나신을 스치고 지나갔다.

5

월요일 아침이다. 갑자기 어수선해진 클로에의 사무실에서 창밖을 응시하고 있는 클로에를 만났다. 클로에의 가구와 비품 상자가 마침내 도착한 것이다. 클로에는 뭔가를 중얼거리며 서성거렸다. 짐을 풀 생각을 하니 엄두가 나지 않아 적잖이 걱정되는 모양이었다.

나는 주말 내내 자선기금 모금 행사에서 저지른 일을 곱씹었다. 잘한 일이라고 자화자찬을 했다가 큰일 냈다고 경악하기를 반복했다. 그러다가 갈지자 행보를 보이는 마음을 겨우 진정시키고 나면 이번에는 내 행동이 무엇을 의미하는지 세밀하게 따져봤다. 토요일 밤에는 자정까지 잠을 이루지 못했다. 그래서 이번 주에 처리하면 되는 인보이스와의 계약서 처리 업무를 모두 해치워버렸다. 이제 남은 일이라고는 전화 몇 통이 전부였다. 할 일이 없었다. 요즘 같은 때 한가하게 빈둥거리는 세라는 좋지 않다.

"도움이 필요하지 않아?"

클로에는 크게 웃으면서 소파 위에 털썩 주저앉았다.

"어디서부터 시작해야 할지 모르겠어. 우리 아파트 짐도 이제 막 다 풀었거든. 게다가 이 모든 걸 다시 챙겨서 싸버리고 싶다는 생각이 들어."

"책장부터 시작해보자. 책이 나란히 깔끔하게 꽂혀 있어야 뭔가 정리된 느낌이 들거든."

클로에는 어깨를 으쓱이고 소파에서 미끄러져 내려와서는 벽에 기대어 쌓아놓은 상자 쪽으로 기어갔다.

"뉴욕 현대미술관에서는 재미있었어?"

나는 비품 상자를 열고 커터 칼을 꺼냈다.

"정말 재미있었어."

클로에가 고개를 들고 나를 쳐다보는 기척을 느낄 수 있었다. 그녀는 내 옆얼굴을 뚫어져라 보고 있었다. 뭔가 더 자세히 설명해야 할 것 같았지만 달리 더 뭐라고 말해야 할지 도무지 생각나지 않았다. 어떻게 말하지? 미술관에 도착했고 전채 요리를 먹었다. 맥스와 춤을 추었다. 그다음에 맥스에게 테이블 위에 누워 섹스하는 모습을 사진으로 찍어달라고 했다. 이런 이야기를 어떻게 할 수 있을까?

그리고 그 이후 일들까지 떠올리다 보니 저녁 식사를 하지 못했고, 맥스는 입찰식 경매에 참석하러 갔다. 그리고… 우리의… 접촉? 아니 만남이 있은 뒤 나는 아름다운 정원을 빠져나갔다. 상당한 시간이 지나서 외마디 대꾸만 할 수밖에 없었다.

"잘됐네."

능글맞은 웃음기가 어린 목소리로 클로에가 말했다.

"네가 행사에 참석해서 정말 기뻐. 맥스와 윌은 해마다 그 행사를 열어 엄청난 액수의 자선기금을 모으거든. 정말 대단한 것 같아."

"대단하네."

나는 웅얼거리는 어투로 클로에의 말에 동의를 표시했다. 턱시도를 입은 맥스의 모습이 떠올랐다. 오, 맙소사. 그 남자한테는 검은색 넥타이가 정말 잘 어울렸다. 물론 거의 벗은 상태로 있을 때도 근사하고 대단하지만.

창밖으로 시선을 돌리면서 내 목덜미에 닿았던 그의 거친 숨결을 떠올렸다.

"나는 물러나지 않을 거예요." 그는 나직한 목소리로 말하고 커다란 손으로 내 가슴을 덮었다. "더 강하게, 더 깊이 할 겁니다."

내 가슴은 작은 편이 아니다. 하지만 그의 큰 손이 닿으면 작게만 느껴진다. 나를 번쩍 들어 올려 반으로 뚝 부러트려 버릴 것만 같은 큰 손이다. 하지만 나는 두렵지 않았다. 오히려 두 다리를 더 넓게 벌려 그를 깊이 받아들였다.

"더 강하게 해줘요."

그는 몸을 뒤로 살짝 젖히고 나를 바라보았다. "내 손? 아니면 섹스?"

"둘 다." 나는 솔직하게 말했다. 그는 다시 허리를 숙이고 내 목덜미를 깨물었다.

문득 사진이 어떻게 나왔을지 궁금해졌다. 살짝 몸이 떨려왔다. 그가 그 사진을 보고 있는 모습을 떠올리지 않기 위해 노력해야 했다. 어쩌면 그 사진을 보면서 그는 자기 몸을 더듬고 있을지도….

클로에가 헛기침을 하면서 상자에서 잡지 몇 권을 꺼냈다. 나는 눈을 열심히 깜빡이면서 내 앞에 놓인 잡지들을 쳐다보았다. '세상에, 어째서 이러는 거지?'

"맥스랑 이야기하는 걸 봤어."

클로에가 말했다.

"둘이서 곡 세 개가 연주되는 내내 춤을 추던데. 그날 밤에 처음 만난 거야?"

이 친구, 독심술이라도 하나? '클로에, 나한테 왜 이러는 거야?'

나는 고개를 들지 않은 채로 웅얼거리듯 말했다.

"응. 그러니까… 금요일 밤에 만났어."

나는 허공에서 손을 흔들어가며 말했다.

"그 남자 정말 잘생겼어."

클로에가 말했다.

'지금 나를 떠보는 거지?'

클로에의 시선이 내 몸에 꽂히는 게 느껴졌다. 클로에는 절대로 살짝 떠보는 일을 하지 못하는 친구다. 돌려서 말한다는 게 남들에게는 거의 돌직구 수준이다.

"그 남자 정말 잘생겼지?"

마침내 나는 시선을 들어 클로에를 바라보며 눈을 부라렸다.

"그만해. 내가 맥스 스텔라에게 반해서 기절하는 일은 절대 없을 거야. 괜찮아 보이기는 하지만 말이야."

클로에는 큰 소리로 웃고 나서 책 몇 권을 책장에 꽂았다.

"좋아. 맥스의 마법에 네가 걸려든 게 아닌지 확인하고 싶어서 그런 것뿐이야. 정말 근사하고 멋진 남자인 것 같기는 하지만 소문난 플레이보이거든. 뭐 그래도 그런 사실을 솔직하게 인정하니까 나쁜 남자라고 하기는 뭐하지만 말이야."

클로에는 잠시 나를 쳐다보았다. 나는 클로에의 말에 별다른 반응을 보이지 않으려고 노력하고 있었다. 앤디를 비꼬는 말을 하는 것도 당연하다. 1~2년이 지나면 이런 이야기를 그냥 농담처럼 하면서 웃어넘길 수 있을 것이다. 하지만 지금은 어색한 침묵을 부르는 말이다.

"미안해."

클로에가 나지막이 말했다.

"이런 말을 할 타이밍이 아닌데. 맥스와 베넷이 학교 같이 다닌 것 알아?"

"응. 맥스가 그 이야기를 하더라. 베넷이 영국에서 대학교를 다녔는지 몰랐어."

클로에가 고개를 끄덕였다.

"케임브리지 다녔어. 맥스와는 입학하고 나서 쭉 같이 살았대. 그때 이야기를 나한테 많이 하지는 않았지만… 내가 들은 바로는…."

클로에는 말꼬리를 흐리고 고개를 가로저으면서 앞에 놓인 책으로 시선을 돌렸다.

나는 관심 없는 척을 해야 한다. 그 모든 일에 내가 관심을 둘 이유가 없다. 그렇지 않은가? 그래서 나는 엄지손가락을 열심히 관찰하다가 종이에 베인 상처를 발견했다.

'자, 마음을 진정시키자, 세라. 뇌가 맥스에게 집착해서 아픔을 감지하지 않으려고 하는 거 아니니. 정말 불쌍하고 한심하다.'

클로에가 들었다는 이야기에 전혀 관심 없는 사람은 어떤 표정을 지을까? 근데 들은 이야기가 많지 않다는 건 조금은 들었다는 뜻이잖아?

나는 한 무더기의 정기간행물을 알파벳순으로 정리하면서 일에 몰두한 척을 했다. 하지만 결국 목구멍까지 치밀어 오르는 궁금증을 견딜 수가 없어서 살짝 말문을 열었다.

"그런데 그 두 사람, 어떻게 지냈대?"

"그냥 그 또래 남자아이들의 전형이었지 뭐."

클로에는 건성으로 답했다.

"럭비를 하고 맥주을 직접 양조하고, 그런 다음에 정신 나간 파티를 했대. 기차를 타고 파리로 가서 무모한 행위들을 벌이고 뭐 그런 식."

나는 클로에의 목을 졸라서라도 더 듣고 싶었다.

"무모한 행위?"

클로에는 갑자기 고개를 들었다. 뭔가 기억난다는 듯한 표정을 한 클로에의 짙은 눈동자에는 장난기가 가득했다.

"그러고 보니 생각나는데, 무모한 행위 말이야…"

심장이 쿵 하고 바닥으로 떨어져버릴 것 같았다.

"너, 금요일 밤에 갑자기 사라졌잖아. 1시간 동안이나! 그때 어디 갔었어?"

얼굴이 화끈 달아올랐다. 나는 헛기침으로 목소리를 고르고 미간을 찡그린 채 기억을 더듬는 척했다.

"아, 좀 감정이 북받쳐서… 그러니까 잠시 근처로 산책 갔다 왔어."

"어휴."

클로에는 한숨을 내쉬었다.

"나는 잘생긴 출장업체 관계자랑 눈이 맞아서 테이블 위에서 섹스라도 하기를 바랐지."

마른기침이 터져 나왔다. 갑자기 목이 바짝 말라서 기침도 제대로 할 수 없을 지경이 되었다.

클로에는 자리에서 일어나 응접실로 꾸민 곳에 있는 냉장고에서 물 한 잔을 떠다주었다. 그리고 다 안다는 듯 씨익 웃으면서 말했다.

"딱 걸렸어. 너 자제력을 잃거나 흥분하면 이렇게 기침하잖아."

"난 괜찮아."

"거짓말. 새빨간 거짓말 마. 어떻게 된 일인지 어서 부는 게 좋을 거야."

나는 클로에의 시선을 피해 고개를 돌렸다. 클로에의 진한 갈색 눈동자와 포기하지 않겠다는 결연한 의지를 담은 미소가 나를 향하고 있었다. 그대로 있다가는 모든 걸 털어놓게 될 것만 같았다.

"얘기할 거 없어."

"세라, 너 그날 1시간 동안 사라졌다가 돌아왔을 때 어떤 모습이었는지 알아?"

클로에는 기다란 갈색 머리카락 한 가닥을 귀 뒤로 넘기면서 사악한 미소를 더욱 크게 지었다.

"그때 너는 막 섹스하고 온 여자 같았다고."

나는 상자 하나를 열어서 디자인 잡지 한 무더기를 끄집어내어 클로에에게 건네며 말했다.

"너무 미친 짓이어서 설명할 수가 없어."

"그게 말이 되니? 너는 지금 18층 계단통에서 자기 상사랑 섹스했던 여자한테 말하고 있어."

나는 고개를 치켜들고 웃음을 터트렸다. 그리고 물을 더 마셔서 목을 간질이던 기침을 진정시켰다.

"맙소사. 클로에, 나는 그렇게 자세한 이야기는 몰랐어."

나는 잠시 생각을 정리하고 말했다.

"세상에, 다행히 나는 계단으로 한 번도 다닌 적이 없어. 어휴, 우리가 마주치기라도 했다면 정말 어색했겠다."

"우린 제정신이 아니었어. 그보다 더 미친 짓은 없을 거야."

클로에는 어깨를 으쓱이고는 아무 편견도 없는 얼굴로 나를 보았다.

"혹시 그보다 더 미친 짓이었어? 더 화끈했어?"

"어휴, 정말 못 말리겠다. 좋아, 말할게."

나는 몸을 젖혀 소파에 기대고 이야기를 시작했다.

"지난주에 바에서 만났다는 근사한 남자, 기억나? 화끈한 남자라고 말했던?"

"응. 그래서?"

"그 남자가 금요일 밤 행사에 왔었어."

세라는 눈을 가늘게 떴다. 클로에의 머릿속이 바삐 돌아가는 게 보이는 듯했다.

"자선기금 마련 행사에?"

"그래. 화장실을 나서는 그 남자가 나를 발견했어."

나는 거짓말을 했다. 시선을 창밖으로 돌려서 클로에가 내 눈을 바라보지 못하게 했다.

"우리는 같이 시간을 보냈어. 그래서 내가… 헝클어진 모습이 되었던 거야."

"같이 시간을 보냈다는 말은…?"

"그래. 아무도 없는 무도회장에서 했어."

나는 고개를 들고 클로에를 똑바로 보았다.

"테이블 위에서."

클로에는 박수를 치면서 큰 소리로 함성을 질렀다.

"아유, 이 앙큼한 계집애. 너 정말 대단하다!"

맥스도 이런 말을 했던 것 같다. 물론 뉘앙스가 전혀 달라서 한 동안 나는 할 말을 찾지 못했지만 말이다. 이렇게 그를 그리워하고, 그가 과거에 무엇을 했는지 궁금해하고 그가 내 사진을 바닥에 펼쳐놓고 바라보고 있을지 궁금해하다니. 정말 제정신이 아니다.

"세라, 진지하게 하는 말인데, 네가 그 방면에 능력이 있는 걸 나는 진즉 알아봤다고."

클로에가 덧붙였다.

"그런데 문제는 나는 그 관계를 계속 이어갈 생각이 없어. 설령 내가 관계를 이어가고 싶어 해도 그 남자는 그런 식의 관계를 가지는 사람은 아닌 것 같아."

나는 거기서 말을 멈췄다. 자칫하면 쓸데없는 이야기를 할 것 같았다. 가십지에서 인정한 맥스의 명성과 비슷한 이야기라도 하게 된다면 클로에는 내가 누구 이야기를 하는지 눈치챌 수 있을 것 같았다.

클로에는 콧노래를 가볍게 부르며 잡지 더미를 정리하면서 내 말에 귀를 기울였다.

"하지만 그 남자는 재미있어. 앤디와는 어땠는지 알잖아."

클로에는 잡지 정리하던 손을 멈추고 한 페이지 모퉁이를 만지작거리며 말했다.

"그런데, 세라, 나는 말이야… 네가 앤디와 어떻게 지냈는지 잘 몰라. 너를 알고 지낸 지난 3년 동안 너희 커플하고 저녁 식사를 다섯 번 정도밖에 같이하지 않았잖아. 앤디에 대해 네가 나한테 해준 이야기보다 가십지에서 얻은 정보로 더 많이 알게 되었어. 너는 앤디 이야기는 좀체 하지 않았어! 나는 앤디가 네 가족의 명성을 이용해서 연줄이 좋고… 괜찮은 사람으로 보이려고 한다고 짐작하고 있었어."

죄책감과 함께 당혹스러움이 납덩이처럼 가슴을 억눌렀다.

"무슨 말인지 알아."

나는 숨을 크게 들이마시고 다시 내쉬었다. 사람들이 나를 어떻게 보는지 생각하는 것과 직접적으로 그에 관한 이야기를 듣는 건 전혀 다른 일이었다. 힘들었다.

"앤디에 대한 이야기를 하면 오해받을까 봐 늘 걱정했어. 앤디가 사람들에게 보이고 싶어 하는 모습에 해를 끼치게 될 것 같았어. 게다가 우리는 너랑 베넷과 달랐어. 너를 만났을 때 앤디와 나는 함께 즐거운 시간을 보내는 일이 없었어. 앤디는 위선자에 얼간이였어. 그 사실을 분명하게 깨닫기까지 오랜 시간이 걸렸지. 금요일에 있었던 일은 그냥 재미로 해본 일이야."

클로에는 고개를 들었다.

"친구야, 괜찮아. 그럴 거라고 나도 짐작하고 있었어."

클로에는 고개를 돌려 또 다른 상자 하나를 잡아당겼다.

"그러면 이번 일은 잘된 거잖아. 그 남자는 앤디와는 다르니까."

"그래."

"그럼 그 남자는 너한테 홀딱 반한 거구나."

"육체적으로는 그런 것 같아. 그런 게 나도 좋아."

"그럼 뭐가 문제야? 완벽한 상황 같은데."

"남자가 조금 열정적이야. 그런데 나는 믿음이 안 가."

클로에는 들고 있던 책을 내려놓고 나를 똑바로 바라보았다.

"세라, 내가 지금 하려는 말이 조금 이상하게 들릴 수도 있는데, 그래도 그냥 들어줘, 알았지?"

"그래."

"베넷과 내가 관계를 처음 했을 때… 그러니까 우리가 그럴 때마다 말이지… 나는 늘 이번이 마지막이라고 다짐하고는 했어. 계속 관계를 이어가다 보면 결국 자연스럽게 서로에 대한 지나친 열정이 사그라들 거라고 생각한 거야. 다행스럽게도 처음 몇 번의 관계에서 느낀 짜릿함이 사라지는 일은 없을 거라는 생각이 들기는 했어. 그래도 나는 그를 믿지 않았어. 나는 정말 그이가 싫었거든. 무엇보다 그는 내 상사였잖아. 그러니까 부적절한 관계였지."

클로에는 큰 소리로 웃으면서 책상 위로 시선을 옮겼다. 이 사무실에서 가장 먼저 자기 자리를 찾은 물건이 보였다. 베넷이 프러포즈한 프랑스의 집에서 찍은 두 사람의 사진이었다.

"하지만 조금만 더 마음을 여유롭게 먹고 그 상황을 즐겼다면 그렇게 힘들지 않았을 거라는 생각을 해."

클로에가 힘들었다고 하는 말의 의미가 조금 이해됐다. 나 역시 의식적으로 맥스와의 관계를 부정하고 그와 관련된 생각을 하지 않으려고 애쓰고 있다. 하지만 내 이유는 전혀 다르다. 직장 상사와 부하 직원의 관계나 다른 이권 다툼이 얽힌 문제가 아니었다. 한동안 나는 다른 사람과 얽히거나 다른 사람의 소유가 되지 않고 나 자신만의 시간을 갖고 싶다는 단순하고 명료한 사실이 문제가 되고 있었다. 맥스와 있었던 일이 완전히 미친 짓이고 지금껏 단 한 번도 해보지 못한 별난 일이라고 해도 나는 사실 싫지 않았다. 아니 솔직히 말하면 무척 좋았다.

"나는 그 남자가 좋아."

나는 신중한 어조로 솔직하게 털어놓았다.

"하지만 그 남자는 사귀고 그럴 상대가 아니야. 그가 그런 타입이 아니란 걸 내가 알아. 그리고 무엇보다도 지금 나 역시 누구를 사귀고 싶은 생각이 없어."

"좋아. 그럼 이따금 만나는 섹스 파트너로 지내면 되잖아."

나는 소리 내어 웃으면서 두 손에 얼굴을 묻었다.

"농담은 그만둬. 도대체 누가 그렇게 살겠어?"

클로에는 내 머리라도 다독여주고 싶은 얼굴로 나를 바라보며 말했다.

"세라, 지금 네 인생에 관해 말하는 거야."

***

사무실로 돌아오니 조지가 내 책상에 발을 올려놓은 채 신문을 읽고 있었다.

"분골쇄신해서 일하는 중?"

나는 장난스럽게 말하며 책상 모서리에 걸터앉았다.

"점심시간이잖아요. 그리고 뭔 소포가 왔던데요."

"배송실에서 찾아온 거예요?"

조지는 고개를 가로젓고 무릎에 올려놓은 소포 꾸러미를 집어 들고 흔들었다.

"인편으로 직접 갖고 온 거예요. 오토바이를 탄 매우 귀엽게 생긴 메신저였다는 점 덧붙여 알려드립니다. 제가 서명하고 인계받았지만 절대로 열어보지 않겠다는 약속을 해야 했어요."

나는 조지에게서 소포를 낚아챈 다음 턱 끝으로 문을 가리켰다. 당장 물러나라는 무언의 명령이었다.

"그게 뭔지 알려주지도 않을 셈이에요?"

"내게 투시력 같은 초능력이 있는 게 아니잖아요. 그리고 이 소포를 같이 열어볼 생각은 없으니 어서 나가요."

조지는 투덜거리며 책상에 올려놓은 발을 거두고 물러나 사무실 문을 닫고 나갔다.

나는 잠시 소포 꾸러미를 노려보았다. 푹신한 봉투 아래 직사각형 모양이 감지됐다. 액자인가? 순간 심장이 쿵 소리를 내면서 떨어졌다.

소포를 열어보니 잘 포장된 꾸러미가 하나가 더 있었다. 그리고 쪽지도 한 장 있었다.

아가씨에게

조심해서 열어봐요. 내가 가장 좋아하는 거예요.

당신의 낯선 남자가

나는 침을 꿀꺽 삼켰다. 더 이상 참지 못하고 뭔가를 쏟아낼 것 같은 느낌이 들었다. 고개를 들어 사무실 문이 단단히 닫혔는지 확인한 다음에 포장지를 풀었다. 짐작대로 액자였다. 손이 떨렸다. 짙은 원목 프레임으로 둘러싸인 액자에는 단 한 장의 사진이 있었다. 허리 곡선미가 돋보이는 내 복부 사진이었다. 밑에 검은색 테이블이 보였다. 사진 아래에는 맥스의 손끝이 걸려 있었다. 테이블 위에 내 엉덩이를 고정시키는 듯 보였다. 희미한 빛줄기가 내 피부를 비추고 있었다. 근처에 있던 문이 열리고 누군가 방에 들어와서 칸막이 바로 건너편에 서 있었던 일이 떠올랐다.

그는 내 안에 들어오면서 이 사진을 찍은 게 분명하다.

나는 눈을 감고 절정의 순간에 어떤 느낌이었는지 다시 떠올려보았다. 벽에 꽂힌 나선(裸線)이 된 것 같았다. 어두운 무도회장을 밝혀야 하는 전기가 내 몸을 관통하는 것 같았다. 맥스는 손가락으로 나의 클리토리스를 노출시키고 저렇게 나를 어루만졌다. 나는 강렬한 감각에 다리를 오므리고 싶었다. 하지만 맥스는 낮은 소리로 성을 내면서 엉덩이를 더욱 격렬하게 움직여 내 다리를 벌려놓았다.

나는 액자를 봉투에 넣고 가방 안에 꽁꽁 숨겼다. 뜨거운 열기가 온몸을 휘감는데 에어컨을 더 세게 틀 수도, 고층 건물의 창문을 열 수도 없었다.

'이 남자는 어떻게 알았지?'

가슴이 묵직해졌다. 나는 우리 둘의 사진을 원했다. 시선을 느끼고 싶었다. 그런 나의 갈망을 그는 잘 이해하고 있었다. 아니 어쩌면 나보다 나를 더 잘 이해하는 것 같다.

나는 비틀거리는 걸음으로 책상으로 가서 의자에 앉은 다음에 상황을 찬찬히 되짚어보려고 노력했다. 그런데 하필 내 눈앞에 「뉴욕포스트」 오늘 자 신문의 가십난이 활짝 펼쳐 있었다. 신문 한가운데를 차지한 기사 제목은 '섹스의 신, 스텔라 솔로 행사 참석'이었다.

백만장자 플레이보이, 벤처 캐피털리스트가 MOMA(뉴욕 현대미술관)에서 조금은 새로운 토요일 밤을 보내려고 했다.

예술품 감상도 아니었고 기금 조성과 관련된 일도 아니었다. (솔직히 이 남자는 라스베이거스에 있는 슬롯머신 모두를 합친 것보다 더 많은 액수의 자금을 조달했다.) 앨릭스 레모네이드 스탠드 재단에 기부할 기금 조성을 위해 매년 열리는 행사가 있던 지난 토요일 밤에 맥스 스텔라는… 파트너 없이 혼자 등장했다.

파트너가 어디 있느냐는 질문에 그는 "벌써 도착해서 안에 있기를 바랍니다"라고 답했다. 안타깝게도 행사장 안에서의 촬영은 금지되어 있어서 더 이상의 취재는 불가능했다.

하지만 다음에는 놓치지 않고 따라붙겠습니다, 매드 맥스 씨.

나는 신문을 뚫어져라 바라보았다. 조지가 일부러 이 신문을 여기에 가져다놓은 게 분명하다. 지금쯤 혼자서 웃고 있을 것이다.

나는 떨리는 손으로 신문을 접어서 서랍에 처박아놓았다. 행사장 안에 사진기자가 있을지도 모른다는 생각을 왜 못했을까? 사진기자가 한 명도 없다는 건 정말 기적인데 말이다. 맥스는 그 사실을 잘 알고 있었겠지만 나는 전혀 알지 못했다. 설사 그렇더라도 그걸 걱정하거나 조심할 생각은 조금도 하지 못했다!

"젠장."

거친 소리를 나직이 내뱉었다. 우리 둘 관계를 당장 끝내야 한다는 것이 분명해졌다. 통제력 같은 게 필요한 시점이다. 지나고 보니 안심할 수 없는 위험한 일이었다. 첫 주에 벌써 총알 세 방을 간신히 피한 것이다.

나는 노트북의 스페이스바를 쳐서 컴퓨터를 재작동한 다음에 '스텔라 & 섬너'의 사무실 위치를 검색했다.

"그럴 줄 알았어."

나는 미소 짓지 않을 수 없었다.

록펠러 플라자 30층.

***

스텔라 앤 섬너는 뉴욕의 상징과 같은 건물로 유명한 GE 빌딩

72층에서 공간의 절반을 사용하고 있었다. GE 빌딩을 찾는 건 어렵지 않았다. 한 블록 전에서부터 알아볼 수 있을 정도였다.

하지만 명성이 자자한 벤처 캐피털 기업이 그렇게 작은 공간을 사용하다니 놀라웠다. 하지만 다시 생각해보니 자금을 조성하고 투자하는 일을 기본으로 하는 기업을 운영하는 데 그리 넓은 공간이 필요하지 않을 것 같았다. 맥스와 윌, 그리고 몇몇 중견 간부와 각종 수학 천재들만 있으면 되는 일이었다.

심장이 두방망이질을 쳐서 속으로 열까지 세면서 심호흡을 해야 했다. 그러고도 마음을 가다듬기 위해 사무실 밖에 있는 화장실에 잠시 들어갔다.

화장실 칸이 모두 비어 있는지 확인하고 나서 거울에 비친 나를 똑바로 바라보았다.

"지금부터는 세 가지만 기억하자, 세라. 첫째는 그도 내가 원하는 걸 원한다는 사실이야. 부대조건 없는 섹스. 그에 대해 어떤 소유권도 주장하지 않는 거야. 둘째는 원하는 걸 요구하는 걸 두려워하지 말아야 한다는 거야. 그리고 셋째."

나는 허리를 펴고 크게 심호흡을 했다.

"젊은이답게 재미있게 지내야 한다는 거야. 다른 건 다 잊어버려."

복도로 돌아와서 스텔라 앤 섬너의 유리문 가까이로 갔다. 문이 저절로 열리고 나이 지긋한 여자 접수계원이 진심을 담은 미소로 나를 맞았다.

"맥스 스텔라를 만나려고 왔어요."

나는 웃으며 말했다. 접수계원의 웃는 모습이나 이마 모양이 어딘가 낯익었다. 나는 흘깃 시선을 내려서 그녀 명함에 적힌 이름을 보았다. '브리지드 스텔라'

맙소사! 맥스 스텔라는 자기 어머니를 접수계원으로 일하게 하나?

"선약을 하셨나요?"

어투도 맥스 스텔라와 판박이였다. 나는 재빨리 그녀의 얼굴로 시선을 옮겼다.

"아니오. 하지만 잠시 만났으면 좋겠어요."

"성함이 어떻게 되나요?"

"세라 딜런입니다."

접수계원은 미소를 지었다. 하지만 뭔가 아는 눈치는 안 보였다. 천만다행이다. 그녀는 컴퓨터 화면을 쳐다보고 살짝 고개를 끄덕이고 나서 수화기를 들었다.

"여기 세라 딜런 양이 왔어요. 잠시 이야기할 수 있는지 궁금해하네요."

잠시 수화기를 들고 소리를 듣던 접수계원이 대답했다.

"네, 알았습니다."

수화기를 내려놓자마자 접수계원은 고개를 끄덕였다.

낯선 살 냄새

"복도를 따라 쭉 걸어가다가 오른쪽으로 꺾으세요. 막다른 곳에 맥스 스텔라 사무실이 있습니다."

나는 감사를 표하고 설명 들은 대로 복도를 따라 걸어갔다. 사무실이 가까워지자 맥스가 문에 기대어 서 있는 모습이 보였다. 매우 흡족한 미소를 띤 그 모습을 보고 원래 목적지에서 3~4미터는 떨어진 곳에서 걸음을 멈췄다. 나는 혼잣말을 웅얼거렸다.

"정신 차리자."

맥스는 크게 소리 내어 웃으면서 뒤로 돌아 사무실로 들어갔다.

나는 뒤따라 사무실에 들어가서 등 뒤에서 문을 닫았다.

"당신이 생각하는 일로 여기에 온 게 아니에요."

하지만 다시 생각해보니 잘못 말한 것 같았다.

"좋아요. 어쩌면 당신이 생각하는 일로 왔다고 해도 될 것 같네요. 하지만 정확히는 아니에요. 그러니까 지금 여기서 오늘 그러려고 온 게 아니라는 말이에요. 더군다나 당신 어머니가 저기 밖에 계시잖아요! 세상에, 도대체 자기 어머니를 접수계원으로 고용하는 사람이 어디 있을까요?"

맥스는 소리 내어 웃었다. 그의 양쪽 뺨에 깊은 볼우물이 파였다. 내가 횡설수설 말을 내뱉을 때마다 그의 웃음소리는 더 커지는 것 같았다. 세상에서 가장 유쾌하고 사랑스럽고… 짜증나게 하는… 얼간이만 아니라면 좋았을 것 같았다.

"그만 웃어요!"

나는 고함을 빽 내질렀다. 하지만 곧 한 손으로 입을 막았다. 내 고함이 사방에 메아리쳐 울렸다. 맥스 스텔라는 진지한 얼굴을 하려 애쓰면서 내게 다가와 키스했다. 참으로 달콤한 키스에 순간 내가 여기 온 이유를 까맣게 잊을 뻔했다.

"세라, 정말 아름답네요."

맥스가 나지막하게 말했다.

"또 그 소리네요."

나는 퉁명스럽게 말했지만 어깨에 힘이 빠지는 듯한 느낌에 살짝 눈을 감았다. 지난 3년 동안 앤디에게 칭찬을 들은 기억이 없다. 저녁 식사에 먹을 와인을 잘 골랐다는 칭찬이 고작이었다.

"그거야 내가 정직 빼면 시체인 사람이니까요. 그런데 도대체 왜 그렇게 입은 거예요?"

나는 하얀색 블라우스와 남색 주름치마, 두꺼운 붉은색 허리띠를 내려다보았다. 맥스는 내 가슴을 똑바로 바라보고 있었다. 그의 시선을 받은 내 유두가 단단해지는 게 느껴졌다.

맥스가 싱긋 웃었다. 내게 무슨 일이 일어나고 있는지 눈치챈 게 분명하다.

"지금 입은 건… 일하는 복장이죠."

"행실 나쁜 여학생이 차려입은 것같이 보이는데요."

"난 스물일곱 살이에요."

나는 맥스에게 상기시켰다.

낯선 살 냄새

"당신은 내 가슴이나 흘끔거리는 변태는 아니잖아요."

"스물일곱 살이라."

맥스는 싱긋 웃으며 내 나이를 되뇌었다. 그는 나에 관한 정보를 입수할 때마다 목걸이에 꿸 진주라도 얻은 양 굴고 있었다.

"그게 날수로 따지면 얼마나 되죠?"

나는 눈을 가늘게 뜨고 맥스를 노려보았다.

"뭐요? 그거야…."

나는 잠시 하늘을 쳐다보고 나서 말했다.

"약 9만 8백 5십 일 정도죠. 8월에 태어났으니까 약 10만 일 정도라고 보면 되겠네요."

맥스는 신음 소리를 내면서 과장되게 한 손을 자신의 심장에 얹었다.

"이런. 숫자의 여왕이라니. 매력 포인트 추가로군. 이제 나는 당신의 매력에서 헤어 나올 수 없을 것 같아요."

웃지 않을 수가 없었다. 이 남자는 단 한 번도 내게 무례하게 대하거나 신랄하게 공격한 적이 없다. 게다가 1주 반 만에 다른 남자가 3년 동안 해준 것보다 더 많은 오르가슴을 안겨주었다….

'이런, 세라. 우울한 생각은 그만하자. 자, 진도 나가야지.'

맥스는 다시 나를 훑고 나서 말했다.

"오늘 이렇게 고맙게도 나를 찾아준 이유를 말할 때까지 기다리는 일이 정말 어렵네요. 일단 가장 최근에 내게 한 질문에 먼저 답하게 해주세요. 접수대에 있는 분이 내 어머니인 건 맞아요. 말도 안 되는 일로 보일 겁니다. 하지만 어디 한 번 우리 어머니를 저 접수대에서 떠나게 만들어봐요. 한쪽 귀가 당장 떨어져 나갈 거예요."

맥스는 한 걸음 가까이 다가왔다. 그와의 거리가 갑자기 좁혀졌다. 이 남자, 너무 가깝다. 그의 맞춤 정장 원단에 있는 가느다란 줄무늬가 보였다. 그의 턱에 까칠하게 자란 턱수염이 그늘을 드리운 것도 보였다.

"내가 여기 온 건 할 말이 있어서예요."

내가 말을 꺼냈다. 내 목소리는 그리 크지 않다. 하지만 그에게 전하고자 하는 말에 힘을 싣고 싶었다. 앤디와 시작했던 때와는 다르게 하고 싶었다. 막무가내로 밀어붙이면 쉽게 넘어가는 여자가 다시는 되고 싶지 않았다. 6년이 지나고서야 나는 살면서 단 한 번도 뭔가를 쟁취하려고 노력한 적이 없다는 게 문제임을 깨달았다.

맥스는 미소 지었다.

"그럴 거라고 생각하고 있어요. 앉을래요?"

나는 고개를 가로저었다.

"뭐 좀 마실래요?"

맥스는 사무실 모퉁이에 마련된 작은 바 쪽으로 걸어가서 호박색 액체가 든 크리스털 병을 집어 들었다. 나는 무심코 고개를 끄덕였다. 맥스는 병에 든 액체를 잔 두 개에 따랐다.

한 잔을 내게 건네면서 나지막하게 말했다.

"오늘은 투 핑거만 마셔요, 아가씨."

나는 터져 나오는 웃음을 막을 수가 없었다.

"고마워요. 그리고 미안해요. 이 모든 상황이… 나를 초조하게 만들어요."

맥스는 한쪽 눈썹을 추켜세우고 장난기 넘치는 눈빛을 보였다. 하지만 더 이상 빈정거릴 일은 아니라고 생각한 모양이다.

"나도 마찬가지예요."

나는 말문을 열었다.

"당신하고 얽히면 내가 감당하지 못할 일을 하게 되는 것 같아요."

맥스는 소리 내어 웃었다. 하지만 무례하게 굴지는 않았다.

"그런 것 같아 보여요."

"그러니까 지난번 클럽에서 그런 일을 하기 전까지 내가 어떻게 지냈는지 알아요? 스물한 살 때 만난 남자 친구와 죽 같이 지냈어요."

맥스는 술을 조금 마신 다음에 유리잔을 뚫어져라 바라보면서 내 말에 귀를 기울였다. 앤디와 나에 대해 그에게 얼마나 말해야 할지 생각해보았다.

"앤디는 나보다 나이가 많아요. 사회적으로 자리를 잡았고 안정적이었죠. 그건 좋았어요. 그런데 늘 좋은 게 문제였어요. 많은 관계가 그런 식으로… 좋은 채로 끝나잖아요. 쉽고 좋은 관계요. 어찌 되었든 앤디는 최고의 친구는 아니었어요. 진정한 사랑도 아니었죠. 우리는 동거하면서 틀에 박힌 일상을 살았어요."

'나는 그 관계에 충실했지만 앤디는 시카고에 있는 여자 모두와 섹스를 하고 다녔죠.'

"그래서 어떻게 되었어요? 무슨 문제가 터진 거죠?"

나는 잠시 말을 멈추고 맥스를 쳐다보았다. 문제가 있었다는 말을 맥스에게 한 적이 있었나? 다시 되짚어보았지만 절대 그런 적이 없었다. 그 단어는 내가 지난 생활을 정리하면서 사용하기는 했지만 맥스에게는 단 한 번도 한 적이 없었다. 팔에 소름이 돋았다. 수백만 개의 답이 머릿속을 스치고 지나갔지만 맥스에게는 단 한 마디만 전했다.

"나는 무척 젊은데 너무나 늙은이처럼 사는 게 지겨워졌어요."

"그게 다예요? 나한테 하려는 말이 그게 전부예요? 당신은 정말 복잡한 퍼즐 같군요, 세라."

고개를 들어 맥스를 쳐다보면서 나는 말했다.

"앤디와 내가 어떻게 지냈는지에 관해서 당신이 알아야 할 건 이 정도면 돼요. 나는 시카고에서 불행하게 지내다가 떠나왔고 이제는 다른 사람과 사귀는 일을 할 생각이 없어요."

"그러다가 클럽에서 나를 발견했다?"

맥스가 말했다.

"내 기억이 정확하다면 당신이 나를 발견한 거죠."

나는 맥스의 셔츠 앞을 한 손가락으로 쓸어내리면서 말했다.

"맞아요."

맥스는 말하면서 미소를 지었다. 하지만 내가 기억하는 한 처음으로 그의 눈이 웃지 않았다. 그 후에도 그의 눈은 웃고 있지 않았다.

"그래서 우리가 여기 있게 된 거죠."

"그래서 여기까지 온 거죠."

나는 동의했다.

"지금껏 살면서 가장 제정신 아니게 보낸 시간인 것 같아요."

나는 창밖을 쳐다보았다. 하얀 구름이 피어올라 새로운 세상을 만들어 내는 것 같았다. 당장 뛰어내려서 그 구름에 올라타고, 진심이 가득한 세상에 간다면 그곳에서 지금 하려는 말을 자신 있게 할 수 있을까?

"하지만 그 일이 있은 후에 당신을 몇 번 더 만났고… 나는 당신이 좋아요. 그렇지만 나는 정도를 벗어나는 정신없는 짓은 하고 싶지 않아요."

"무슨 말인지 완벽하게 이해하겠어요."

이해한다고? 그럴 리가. 뭐 이 남자가 이해하고 말고는 중요한 일이 아니다. 내 삶이 정상 궤도를 유지하는 것보다 더 중요한 것은 시카고에 있을 때와 달리 안전하지 않게 지내는 것이 필요함을 저 남자가 알 필요는 없다. 안전은 악몽이다. 안전은 거짓말이다.

"일주일에 하룻밤."

나는 말했다.

"일주일에 하룻밤만 나는 당신 여자예요."

차분한 시선을 유지한 채 맥스는 나를 뚫어져라 바라보았다. 그러고 보니 그는 매번 자신의 카드를 모두 내어 보였다. 그의 미소는 완벽하게 정직했다. 그의 웃음소리는 완벽하게 진실했다. 하지만 이 표정은… 가면이다.

위가 고통스러울 정도로 죄어왔다.

"나를 다시 만나고 싶다면 그렇게 하자는 거예요."

"당연히 당신을 다시 만나고 싶어요."

맥스는 분명한 어조로 말했다.

"다만 지금 당신이 무슨 말을 하는지 잘 모르겠군요."

나는 자리에서 일어나 창가로 걸어갔다. 그가 내 뒤에서 움직이는 게 느껴졌다.

"지금 이 일을 제대로 처리하는 유일한 방법은 경계를 분명히 하는 것이라고 생각해요. 그 경계 밖에서 나는 일하고 새로운 삶을 설계할 거예요. 하지만 그 경계 안에서는…."

나는 말꼬리를 흐리고 눈을 감았다. 그다음 이야기가 내 머릿속에서 펼쳐졌다. 조각 같은 맥스의 상반신과 그의 강한 남성이 다시 나를 압박하고 있었다.

"우리는 뭐든 할 수 있어요. 당신과 함께 있을 때 다른 걸 걱정하거나 하고 싶지 않아요."

맥스가 옆으로 비켜섰다. 그 덕분에 나는 고개를 조금 돌려 그를 똑바로 바라볼 수 있었다. 나는 맥스의 눈을 쳐다보았다. 맥스는 미소를 지었다. 가면은 사라져 있었다. 늦은 오후의 햇살이 들어와서 그의 눈동자는 불길에 사로잡힌 녹색처럼 보였다.

"지금 당신의 육체만 제공하겠다고 말하는 거로군요."

"네."

먼저 시선을 피한 사람은 나였다.

"정말로 일주일에 하룻밤만 내게 줄 건가요?"

나는 움찔했다.

"네."

"그러니까 지금 원하는 게… 뭐죠? 일종의 서로에게만 충실한 섹스인가요?"

나는 크게 웃으며 말했다.

"당신이 뉴욕 전역을 돌아다니면서 여자들하고 놀아나는 건 싫어요. 그러니 그것도 이 제안에 포함해야겠네요. 당신이 좋다면요."

맥스는 내가 은연중에 한 질문에는 답하지 않은 채 그저 턱만

붉었다.

"그 하룻밤이 언제죠? 매일 같은 시간이어야 하나요?"

그 점은 미처 생각하지 못했지만 나는 즉흥적으로 고개를 끄덕이고 말했다.

"금요일 밤."

"내가 다른 여자를 전혀 만나지 않아야 한다면, 동행이 필요한 행사나 이벤트가 목요일이나 토요일에 있으면 어떻게 되죠?"

불안감에 가슴이 옥죄어왔다.

"안돼요. 공개 석상에 나가는 건 안 돼요. 그럴 때는 어머님과 동행하면 되지 않겠어요?"

"정말 요구 조건이 많군요."

맥스는 빙긋 웃으며 말했다. 맥스의 미소는 은근하게 타오르는 불꽃처럼 천천히 커져갔다. "하지만 매우 체계적인 것 같군요. 지금까지는 그런 식으로 만난 적이 한 번도 없어요. 그렇죠, 아가씨?"

"나도 알아요."

나는 순순히 인정했다.

"하지만 이렇게 하는 게 합리적인 것 같아요. 나는 당신과 함께 있는 모습이 신문에 실리는 걸 원하지 않아요."

맥스는 양미간을 찡그렸다.

"특별한 이유라도?"

나는 고개를 가로저었다. 너무 많이 말했다는 생각이 들어 얼버무렸다.

"그냥 그러고 싶지 않아요."

"우리 관계가 어떻게 진행되는지에 대해 내 의견을 제시해도 되나요?"

맥스가 물었다.

"아니면 그냥 당신 아파트에서 만나 밤새도록 섹스하는 건가요?"

나는 집게손가락으로 그의 가슴을 쓸어내리다가 좀 더 아래 허리띠 버클이 있는 곳까지 내려갔다. 그가 내게 내놓아주었으면 하는 부분이자 내가 가장 두려워하는 부분이 바로 그 아래 있었다. 클럽과 식당, 자선기금 행사에서 일이 있은 후 나는 아드레날린 중독자가 된 것 같았다. 그런데 그런 상태가 그리 싫지만은 않았다.

"우리가 지금까지 잘해왔다고 생각하는데요. 내 아파트로 가고 싶지 않아요. 당신 아파트도 싫어요. 내가 어디로 가면 되는지 문자로 알려주고 대략 무얼 기대하면 될지 알려줘요. 그럼 무얼 입어야 할지 알 수 있을 테니까요. 나머지는 상관없어요."

나는 까치발을 딛고 몸을 위로 뻗어서 맥스에게 키스했다. 처음에는 애태우려는 목적으로 장난스레 시작한 키스였는데 점차 깊어져서 지금껏 말한 걸 모두 없던 일로 하고 매일 밤 그에게 나를 바치고 싶은 생각이 들 정도가 되었다. 하지만 맥스가 먼저 숨을 거칠게 몰아쉬면서 몸을 뒤로 뺐다.

"사진사는 피할 수 있을 것 같은데 당신 사진을 찍는 일에 내가 중독된 게 문제군요. 그게 내 유일한 조건이에요. 얼굴이 나오지 않게 사진을 찍게 해줘요."

척추를 타고 짜릿한 전율이 일었다. 나는 고개를 들어 맥스를 바라보았다. 이 남자가 내 맨 살을 만진 증거를 남기고 그 증거를 같이 보면서 흥분에 빠지는 생각을 하는 것만으로도 온몸이 발갛게 달아올랐다. 가슴에서 시작된 홍조가 어느새 양 볼을 가득 메우고 있었다. 맥스는 나의 상태를 눈치챘는지 웃으면서 손등으로 내 턱을 살짝 쓸어주었다.

"우리 관계가 끝나면 그 사진들은 다 없애주세요."

내가 말했다. 맥스는 즉시 고개를 끄덕였다.

"물론이에요."

"그럼 금요일에 만나요."

나는 맥스의 재킷 안으로 손을 넣어 그의 탄탄한 가슴 라인을 잠시 느끼다가 안쪽 주머니에서 전화기를 꺼내 내 휴대전화 번호를 입력하고 전화를 걸었다. 내 가방에서 휴대전화가 울렸다. 맥스의 얼굴을 쳐다보지 않았지만 그가 유쾌하게 웃는 걸 느낄 수 있었다. 맥스의 휴대전화를 다시 재킷 안쪽에 찔러 넣고 그대로 뒤돌아 자리를 벗어났다. 뒤를 돌아보면 다시 그에게 끌려가버릴 것 같았다.

나는 그의 어머니에게 인사한 뒤 엘리베이터로 로비까지 내려가는 내내 맥스의 휴대전화 카메라를 생각했다.

건물을 나와 두 블록 정도 걸어가는 데 가방 속의 전화기가 울렸다.

'금요일에 브루클린의 켄트 애비뉴 11번가에서 만나요. 6:00.
택시 타고 와서 내가 문을 열어줄 때까지 기다려요.
일 끝내고 곧바로 와도 됩니다.'

6

내가 젊고 순진하던 시절에 만난 드미트리 제라르는 나의 두 번째 고객이었다. 그는 노스 런던에 작지만 수익률이 좋은 앤티크 용품 사업을 운영하고 있었다. 서류상으로 드미트리의 사업은 특별할 것이 없었다. 제때 대금을 지불하고 꾸준히 손님이 있고, 일 년 동안 경비로 지출한 것보다 더 많은 돈을 벌어들였다. 하지만 드미트리에게는 예상치 못한 특별함이 있었다. 사람들이 존재 자체를 잘 알지 못하는 희귀한 물건의 냄새를 기가 막히게 알아내는 재능이 있었다. 그래서 그런 물건들을 좋아할 만한 전 세계 수집가들에게 상당한 돈을 받고 팔았다.

그는 사업 확장을 위한 자본이 필요했다. 나중에 알게 된 사실이지만 쓸 만한 물건을 어디에서 찾을 수 있는지를 꾸준히 알려주는 정보원들에게 자금을 지원하기 위해 현금이 필요했던 것이다. 정보원들은 그를

낯선 살 냄새

엄청난 부자로 만들어주었다. 물론 합법적인 일이었다.

현재 드미트리 제라르는 엄청난 성공을 거두어 뉴욕시에만 12개의 창고가 있다. 그중에서 가장 큰 창고가 켄트 애비뉴 11번가에 있다.

나는 주머니에서 종이를 꺼내 오늘 아침에 드미트리가 전화로 알려준 비밀번호를 입력했다. 알람이 두 번 울린 뒤 문에서 웅웅 소리가 났다. 자물쇠가 요란한 금속 마찰음을 내면서 풀렸다. 운전수에게 손짓으로 가도 좋다고 알린 다음 묵직한 강철 문을 열었다. 내 차가 모퉁이를 돌아 나가는 소리를 들으면서 안으로 들어섰다.

화물용 엘리베이터를 타고 5층으로 가서 재킷을 벗고 소매를 걷으면서 주위를 둘러보았다. 깨끗한 시멘트 벽과 바닥이 보였다. 들보가 드러난 천장에 공장용 베이 조명이 달려 있었다. 드미트리는 이 건물에 경매장에 내놓거나 다양한 딜러들에게 전달할 컬렉션을 보관하곤 했다. 아직 팔지 않은 컬렉션이 남아 있어서 다행이었다.

깨지고 때 묻은 유리창 틈으로 태양빛이 쏟아져 들어와서 창고의 두 벽면을 가득 채웠고, 천을 씌워놓은 거울들이 줄지어 서서 공간을 메웠다. 나는 먼지를 일으키면서 방을 가로질러 걸어가 창고 안에 유일하게 있는 가구의 비닐 덮개를 들어 올렸다. 전날 배달시켜놓은 붉은색 벨벳 장의자였다. 나는 곡선미를 자랑하는 등받이를 두 손으로 쓸어보면서 미소를 지었다. 이따가 세라의 나신이 그 위에서 사랑을 구걸하는 모습이 얼마나 근사할지 상상이 되었다.

'완벽해.'

그로부터 1시간 동안 나는 거울의 덮개를 하나씩 벗기면서 신중하게 자리 배치를 다시 했다. 장의자를 중앙에 놓고 거울이 그곳을 향하게 세웠다. 장식이 있는 거울도 있고 도금을 한 넓은 거울도 있었다. 시간이 흘러 가장자리가 흐릿해지고 거울 유리에 반점이 난 것도 있었다. 섬세한 금세공이 돋보이는 거울이 있는가 하면 호화롭게 빛나는 목제 프레임 거울도 있었다.

태양이 주변 건물 뒤로 모습을 감출 즈음 일이 끝났다. 여분의 햇빛도 충분히 밝아서 머리 위에 매달린 형광등을 켤 필요가 없었다. 부드러운 빛이 휘어진 유리를 투과해 안으로 들어왔다. 나는 시계를 보고 세라가 곧 도착할 시간이라는 생각을 했다.

그리고 이 작은 계획을 생각해 내고 처음으로 세라가 이곳에 아예 안 나타날 수도 있다는 생각을 했다. 그렇게 되면 정말 실망이 클 것이다. 이상한 일이다. 대부분 여자들의 마음을 읽는 건 간단하다. 대개는 나의 돈을 원하거나 내 팔에 매달린 모습과 함께 딸려 오는 유명세를 원한다. 하지만 세라는 아니다. 사실 이전까지는 여자의 관심을 얻기 위해 이렇게까지 열심히 노력을 기울인 적이 없었다. 게다가 내가 왜 이러는지도 잘 모르겠다. 흔히들 하는 그런 말 때문일까? 가질 수 없는 것에 대한 열망? 뭐, 어쨌든 우리 둘 모두 성인이고 각자 원하는 것을 취하고 나면 곧 각자의 길을 가게 될 것이다. 걱정할 일은 아무것도 없다.

간단하다.

그녀가 뛰어난 섹스 상대라는 사실은 나쁠 것 없는 일이다.

건너편에 두었던 휴대전화에서 진동이 울렸다. 주변을 마지막으로 한 번 둘러본 나는 엘리베이터에 올라타고 아래로 내려가 텅 빈 로비로 들어섰다.

문소리가 나자 세라가 고개를 휙 돌렸다. 기대감과 불안감에 가득 찬 세라의 모습을 보는 것만으로도 내 물건은 꿈틀거렸다.

'진정해, 친구야. 일단 안으로 데리고 들어와서 어떻게 해보도록 하자고.'

"안녕."

나는 허리를 숙여 세라의 볼에 키스했다.

"아름답네요."

이미 익숙해진 세라의 향기가 났다. 여름과 시트러스를 연상시키는 향이었다. 나는 밖으로 나가 운전수에게 비용을 지불하고 뒤돌아서서 그녀에게 갔다. 자동차는 멀어지고 있었다.

"정말 주제넘기도 하시네요."

세라는 한쪽 눈썹을 추켜올리며 말했다. 오늘 밤 그녀의 머리카락은 살짝 웨이브를 그리며 부드럽게 흘러내렸고, 앞머리는 조그만 은색 머리핀으로 고정했다. 이따가 섹스를 한 후에 그 고지식한 머리핀은 사라지고 헝클어진 머리는 어떨지 상상이 되었다.

"내가 이미 택시비를 지불했다는 사실을 알려드리죠."

택시가 사라진 방향을 되돌아보다가 나는 고개를 가로저으며 미소를 지었다.

"자신감 결여 같은 걸로 한 번도 고민해본 적이 없는 사람이라고만 말해두죠."

"그럼 어떤 걸로 고민했어요?"

세라가 물었다.

"사실 고민거리가 없다고 생각합니다. 그래서 나를 좋아하는 거 아닌가요?"

"'좋아한다'는 표현은 조금 과하네요."

그녀는 입술을 실룩거리면서 말했다.

"정확한 지적에 할 말을 잃었습니다."

나는 싱긋 웃으면서 문을 열고 세라에게 들어가자고 몸짓을 했다.

우리는 아무 말 없이 엘리베이터까지 걸어갔다. 잠깐 엘리베이터를 타고 올라가는 동안에도 묵직한 기대감이 몽실몽실 피어오르는 것 같았다.

엘리베이터가 열리자 곧바로 창고가 나왔다. 세라는 안으로 들어가는 대신 고개를 돌려 나를 쳐다봤다.

"저기로 가기 전에 쇠사슬 같은 그런 '도구'는 없다는 걸 확인해주었으면 해요."

그녀는 안쪽을 고갯짓을 하면서 말했다.

나는 소리 내어 웃었다. 그제야 이곳이 형편없게 보일 수도 있다는 사실을 깨달았다. 동시에 이런 곳까지 세라가 와주었다는 것은 그만큼 나를 신뢰한다는 의미란 것도 알게 되었다. 나는 그 신뢰에 보답해야겠다고 생각했다.

"족쇄나 회초리 같은 도구는 없다는 걸 약속합니다."

나는 상체를 기울여서 세라의 귓가에 키스했다.

"엉덩이를 살짝 치는 정도는 있을 수 있지만 일단 어떻게 될지 한 번 해봅시다. 좋죠?"

나는 세라의 엉덩이를 살짝 치고 그녀를 지나쳐서 먼저 안으로 들어갔다.

"와."

세라는 양 볼에 홍조를 발갛게 드리운 채 문턱을 넘어 안으로 들어왔다.

'모순덩어리야.'

그녀가 안으로 들어와 빙그르 돌아서면서 둘러보는 모습을 지켜보았다. 버건디 컬러의 랩 드레스 아래 한없이 뻗어나갈 것 같은 다리는 높은 블랙 하이힐로 마무리되고 있었다.

"와."

세라는 다시 한 번 같은 감탄사를 내뱉었다.

"괜찮다고 생각해주니 기쁘군요."

그녀는 커다란 은색 거울의 표면을 손가락으로 쓸어보면서 거울에 비친 내 눈동자를 똑바로 바라봤다.

"여기 테마가 뭔지 알 것 같은데요."

"당신을 바라보는 게 나를 흥분시킨다는 걸 테마라고 한다면 맞아요."

나는 커다란 유리창 창틀에 걸터앉아서 다리를 쭉 뻗었다.

"당신이 흥분하는 모습을 보는 게 좋아요. 하지만 당신을 봐주는 것에 흥분하는 당신 모습이 더 좋아요."

세라는 내가 충격적인 이야기라도 했다는 듯이 눈을 휘둥그렇게 떴다.

나는 잠시 말을 멈추었다. 내가 잘못 생각한 건가? 나는 그녀가 약간의 노출증이 있다고 생각했다. 타인의 시선에서 스릴을 느끼는 편인 것이다.

"내가 당신의 나체사진을 보는 걸 즐긴다는 걸 알고 있잖아요. 그리고 당신은 공공장소에서 섹스하는 걸 즐긴다고 생각했어요. 여기서 우리가 하려는 일에 대해 내가 오해한 부분이 있나요?"

"그런 걸 다른 사람 입을 통해서 들으니까 조금 놀라서 그랬어요."

세라는 고개를 돌려 방 안을 돌아다니면서 거울을 하나하나 쳐다봤다.

"이런 일을 좋아하는 사람들은 따로 있다고 늘 생각했어요. 나는 아니라고 생각했죠. 그런데 그게 아니라는 걸 지금 깨달았어요."

"전과 다르다고 해서 지금 이러는 게 곧 자기 취향이라고 할 수는 없죠. 지금 자신이 뭘 좋아하는지 생각해봐요."

"내가 뭘 좋아하는지 아직 잘 몰라요."

세라는 고개를 돌려 나를 쳐다보면서 말했다.

"정말 내가 좋아하는 게 뭔지 알아보려고 해본 적도 없다는 게 맞을 거예요."

"그렇다면 여기 벨벳 장의자 하나 덜렁 있고 주변에 거울이 빙 둘러져 있는 이 창고에서 그게 뭔지 한 번 알아보죠. 제가 기꺼이 도와드리도록 하겠습니다."

그녀는 크게 웃으면서 내게 다가왔다.

"이 건물은 당신 게 아니죠."

"나에 대해 더 많이 알아봤군요."

세라는 가방을 벽에 기대어놓고 장의자에 앉아서 다리를 꼬았다.

"가십 란에 실린 기사 외의 것을 알 필요가 있었죠. 〈텍사스 전기톱 학살〉의 한 장면을 우리가 연출하지 않을 거라는 걸 확인했어요."

나는 고개를 절레절레 저으면서 크게 웃었다. 무턱대고 이곳에 온 게 아니라는 사실이 안심이 되었다. 그와 동시에 그런 것에 안심하는 내가 놀라웠다.

"고객의 창고예요."

"그 고객이 거울 성애자인가요?"

"내 뒷조사를 얼마나 했는지는 모르겠지만 나에게는 두 명의 동업자가 있어요. 저마다 전문 분야가 있는 친구들이죠. 윌 섬너는 바이오테크 전문이고 제임스 마셜은 테크놀로지 전문이죠. 나는 예술 분야에 집중합니다. 갤러리나…."

"앤티크?"

세라는 주변을 고갯짓으로 가리키면서 말했다.

"그래요."

"그래서 우리가 여기 오게 된 거군요."

그녀가 말했다.

"스무고개는 다 끝났나요?"

"일단은요."

"만족스러워요?"

"음. 아직은 아니에요."

나는 방을 가로질러 걸어가 세라 앞에 무릎을 꿇었다.

"여기서도 괜찮겠어요?"

"거울이 가득한 창고에 나를 데리고 당신과 하는 거요?"

세라는 머리카락 한 올을 귀 뒤로 넘기면서 어깨를 으쓱여 보였다. 극도로 순진해 보이는 몸짓이었다.

"놀랍게도 내 대답은 '괜찮아요'네요."

나는 한 손을 들어 세라의 목덜미를 감쌌다.

"오늘 하루 종일 이 생각만 했어요. 여기에 앉은 당신 모습이 어떨지."

세라의 피부는 아주 부드러웠다. 나는 손가락으로 세라의 목덜미를 쓸어내려 가다가 쇄골에 이르렀다. 맥박이 고동치는 그녀의 목덜미에 키스했다. 그녀의 심장박동이 혀끝으로 전해졌다. 세라는 내 이름을

속삭이며 두 다리를 벌려 나를 가까이 끌어당겼다,

"옷을 벗었으면 좋겠어요."

나는 시간을 낭비하지 않고 당장 드레스 앞자락을 아래로 끌어내렸다.

"옷을 벗고 촉촉하게 젖어서 나에게 해달라고 애원해줬으면 좋겠어요."

나는 세라의 가슴에 입술을 대고 빨았다. 섬세한 브라 레이스 너머에 있는 유두를 깨물었다.

"마음껏 비명을 질러서 길 건너 버스 정류장에 있는 사람들에게 내 이름을 알려주면 좋겠어요."

세라는 숨을 멈추고 손을 뻗어 내 넥타이를 잡아서 푼 다음 내 목덜미에서 거칠게 빼냈다.

"그걸로 당신을 묶을 수도 있어요."

나는 말했다.

"당신 엉덩이를 때려줄 수도 있고 입으로 당신의 은밀한 곳을 애무해서 그만하라고 애걸하게 만들 수도 있어요."

나는 그녀가 서툰 손으로 내 셔츠 단추를 푸는 모습을 바라봤다. 내 셔츠를 벗기는 그녀의 눈은 굶주려 있었다.

"아니면 내가 당신한테 재갈을 물릴 수도 있죠."

세라가 능글맞게 웃으면서 말했다.

그녀는 바지 아래로 손을 넣어 내 물건을 움켜쥐었다. 내 몸은 이미

격렬하게 반응하고 있었다. 그녀의 손아귀에 들어간 내 물건은 한층
더 단단해졌다.

나는 세라의 드레스를 풀어 헤치고 팔을 빼낸 다음 한쪽 옆으로 치
웠다. 세라의 브라가 바로 그 옆에 떨어졌다.

"세라, 원하는 걸 말해요."

그녀는 나를 쳐다보면서 잠시 망설이다가 속삭이듯 말했다.

"나를 만져줘요."

"어디를?"

나는 손가락 하나로 세라의 허벅지를 훑으면서 물었다.

"여기?"

그녀의 피부는 붉은 벨벳 장의자와 대조되어 우윳빛으로 빛나고 있
었다. 내 머릿속으로 상상한 장면보다 더 근사했다. 나는 세라의 치골
부위에 조심스럽게 손을 내밀면서 그녀의 하체를 가리고 있던 조그만
레이스 조각을 다리 아래로 미끄러지듯 흘러내리게 만들었다. 손가락
하나를 깊이 안으로 밀어 넣는 순간 숨을 쉴 수가 없었다. 그녀는 이미
촉촉하게 젖어 있었다. 나는 엄지손가락으로 세라의 클리토리스를 어
루만졌다. 우리 둘은 내가 세라를 만지는 모습을 내려다보고 있었다.
나는 세라의 복부 근육이 떨리는 모습을 보았다. 그녀의 젖은 피부 위
로 손을 가져가자 부드러운 교성이 들려왔다.

자리에서 일어선 나는 바지를 풀어 헤치고 콘돔을 장의자에 던진 다
음 옷을 엉덩이까지 끌어 내렸다. 세라 역시 머뭇거리지 않고 자세를

바로 하고 앉아서 손으로 내 물건을 잡았다. 그리고 혀로 그 끝을 핥았다. 그녀가 내 귀두를 빠는 모습을 바라보았다. 그녀의 입술은 따스하고 촉촉했다.

고개를 들어 방 안 여기저기서 보이는 우리의 모습을 쳐다봤다. 세라는 내 엉덩이를 움켜쥐었다. 그녀의 아름다운 캐러멜 컬러 머리카락이 내 손가락에 휘감겼다. 그녀는 머리를 빠르게 움직이면서 나에게 더 가까이 다가왔다. 아래를 내려다보지 않으려고 애를 써야 했다. 그녀의 길고 짙은 속눈썹이 분홍빛 뺨에 그늘을 드리운 모습이 얼마나 아름다운지 익히 알고 있기 때문이었다.

눈을 치켜뜨고 나를 올려다보는 그 짙은 눈동자는 또 얼마나 매혹적인가.

세라의 손가락이 나의 몸 어디를 움켜쥐고 있는지 분명히 느낄 수 있었다. 그녀의 부드러운 머리카락이 내 복부에 닿는 느낌과 그녀 입술의 온기, 신음 소리 모두가 나를 흥분시켰다. 빌어먹게도 좋다. 정말 좋다.

"아직 안 돼요."

나는 숨을 헐떡이면서 말하고 몸을 뒤로 빼냈다. 손가락으로 세라의 입술을 더듬었다. 그녀가 나를 빨아주면서 목구멍 안까지 나를 흡입하는 모습을 보는 것은 무척이나 매혹적이었다. 하지만 내게는 다른 계획이 있었다.

"뒤로 돌아서 무릎을 꿇고 앉아봐요."

세라는 내가 시키는 대로 하고 어깨 너머로 나를 봤다. 나는 그녀 뒤에 섰다.

세라의 모습을 보는 것만으로도 절정에 이를 것 같았다. 나는 필사적으로 엑셀 파일이나 윌의 엉터리 농담을 떠올렸다. 그리고 콘돔을 집어서 내 물건에 씌웠다. 그런 다음 한 손으로 세라의 엉덩이를 움켜쥐고 다른 손으로 내 물건을 잡아 그녀의 은밀한 곳으로 들어가는 입구에 가져다 대고 문지르다가 아래로 밀어 넣었다.

세라는 고개를 떨궈 표정을 숨겼다. 그렇게 놔둘 수는 없었다.

나는 손을 뻗어 그녀의 머리털을 움켜잡고 당겨서 고개를 젖히게 했다.

세라는 숨을 멈추고 욕망과 놀라움으로 눈을 크게 떴다.

"저기 당신이 있어요."

나는 몸을 조금 뒤로 뺐다가 앞으로 더욱 강하게 밀었다.

"바로 저기."

나는 우리 건너편에 있는 거울을 고갯짓으로 가리켰다.

"바로 저기를 똑바로 봤으면 해요. 알겠죠?"

세라는 입술을 핥으면서 열심히 고개를 끄덕였다.

"마음에 들어요?"

나는 손에 힘을 주면서 물었다.

세라는 더듬거리며 말했다.

"네… 네."

나는 더 빨리 움직이면서 경외심 같은 걸 느끼며 세라를 보았다. 그녀는 오늘 밤 내게 맡기고 내가 원하는 걸 받아들일 모양이다. 머리를 빠르게 회전시켜서 그녀가 마음속을 털어놓게 할 방법이 무엇일지 찾기 시작했다. 내가 세라에게 가까이 다가갈 때마다 강렬한 욕망에 사로잡히는 것처럼 그녀가 느끼게 하려면 어떻게 해야 할까?

"훨씬 더 자극적이지 않아요?"

나는 거울에 비치는 우리의 움직임 하나하나를 눈으로 좇으면서 강하게 조여오는 그녀의 몸 안으로 들어갔다 나오기를 반복했다.

"얼마나 완벽한지 보여요?"

나는 엉덩이를 돌리면서 더 빨리 움직이기 시작했다.

"그리고 저기."

나는 세라의 고개를 오른쪽으로 기울여서 다른 각도에서 우리를 비추는 거울을 보게 했다.

"당신의 젖가슴이 출렁이는 모습을 봐요. 당신의 등이 휘어져 있는 모습과 빌어먹게 아름다운 둔부의 곡선을 봐요."

나는 두 손을 세라의 머리에서 밑으로 내려서 어깨를 움켜잡고 지렛대로 삼았다. 그녀의 어깨 근육을 꽉 쥐고 엄지손가락으로는 휘어진 척추를 받쳤다. 땀에 젖은 세라의 피부는 미끈거렸다. 머리카락이 그녀의 이마에 달라붙었다. 나는 무릎을 굽혀서 각도를 바꾸었고 세라는 내 손바닥에 의지하며 몸을 활처럼 뒤로 휘었다. 그녀의 몸과 내 몸이 격렬하게 부딪쳤다.

세라가 무게중심을 팔꿈치로 옮기면서 더 세게 해달라고 비명 치듯 애원하는 소리를 냈다. 그녀의 손가락이 장의자의 원단을 파고들었다. 나는 두 손으로 세라의 엉덩이를 잡고 더욱 세게 끌어당기면서 그녀 안으로 강하게 들어갔다가 나오기를 반복했다.

"맥스."

세라는 신음 소리를 냈다. 세라는 한쪽 뺨을 쿠션에 기댔다. 그녀는 약에 취한 사람처럼 몽롱한 얼굴에 격한 감정에 휩싸여서, 그녀 안에 들어간 내가 전하는 감각 이외에는 모든 걸 잊어버린 것 같았다.

두 다리가 불타오르는 듯하면서 짜릿한 쾌락이 척추를 타고 전달되었다. 복부에서 점점 압박감이 느껴졌다. 나는 앞으로 허리를 숙이고 두 팔로 세라의 허리를 감싸서 우리 둘의 위치를 바꾸었다. 그녀는 한 손을 뒤로 뻗어서 내 엉덩이를 잡고 나를 더욱 강하게 끌어당겼다.

"그거예요."

나는 거친 숨을 몰아쉬면서 말했다. 절정의 순간이 가까이 다가오면서 나를 조여오는 세라를 느낄 수 있었다. 나는 세라의 어깨에 입술을 대고 신음 소리를 묻었다.

"느껴져요?"

"거의 다 왔어요."

세라는 대답하고 파르르 눈을 감고 아랫입술을 깨물었다. 나는 앞으로 손을 뻗어 세라의 클리토리스를 어루만졌다. 번들거리는 그녀의 손가락이 이미 그곳에 있었다. 장의자가 삐걱거렸다. 순간 의자가 부러질 수도 있겠다는 생각이 들었다.

"맥스, 더 빨리."

나는 다시 한 번 주위를 둘러보았다. 다양한 거울이 여러 각도로 우리의 모습을 비추고 있었다. 격렬하게 몸을 움직이는 동안 우리 둘의 손가락은 세라의 몸 위를 헤매고 있었다. 이런 광경은 한 번도 본 적이 없다는 생각이 들었다. 이게 게임이라는 걸 안다. 하지만 절대로 멈추고 싶지 않은 게임이다.

시선을 돌려 세라를 보았다. 내 이름을 되뇌며 내 어깨에 머리를 기댄 채 그녀는 절정에 이르고 있었다. 그녀가 나를 강하게 죄어왔다. 모든 것이 뜨겁고 에로틱했다. 몸 밖으로 튀어나올 듯이 격렬하게 뛰는 심장박동이 느껴졌다.

"눈을 감지 말아요. 눈 감지 마. 나도 다 왔으니까."

내 온몸이 떨렸다. 나는 절정에 이르러 뜨거운 욕정을 콘돔 안에 쏟아냈다. 그대로 앞으로 몸을 숙이고 세라의 허리를 붙잡고 내 혈관을 통해 뜨거운 피가 솟구치는 걸 고스란히 느꼈다.

"이건 정말이지…."

세라는 숨을 고르며 살짝 웃는 얼굴로 고개를 돌려 나를 봤다.

"정말 대단했어요."

나는 가까스로 몸을 일으켜 세워 자세를 바로잡은 뒤 콘돔을 뺐다. 그리고 장의자에 우리 둘이 함께 앉도록 했다. 세라는 나긋나긋해진 몸에 힘을 빼고 나른한 미소를 지으며 뒤에 있는 쿠션에 몸을 기대고 작은 한숨을 내쉬었다.

"걸을 수 있을지 모르겠어요."

세라는 손을 들어 땀에 젖어 이마에 달라붙은 머리카락을 치웠다.

"과찬의 말씀 천만에요."

세라는 눈을 깜빡이며 나를 쳐다보았다.

"늘 그렇게 잘난 척이군요."

나는 싱긋 웃고 나서 눈을 감고 숨을 고르기 위해 노력했다. 최소한 내 다리 감각이 다시 돌아오게는 해야 했다.

잠시 침묵이 이어졌다. 자동차 경적 소리가 건물 아래 거리에서 요란하게 울려 퍼졌다. 저 멀리서 헬리콥터 소리도 들려왔다. 방 안이 점점 어두워지는 순간 쿠션이 움직이는 게 느껴졌다. 나는 고개를 들었다. 세라가 자리에서 일어나 옷가지를 챙기기 시작했다.

"오늘 저녁 남은 시간은 어떻게 할 계획인가요?"

나는 옆으로 몸을 굴려 누워 그녀가 재빨리 드레스 입는 모습을 지켜보았다.

"집에 갈 거예요."

"우리 둘 다 뭘 좀 먹어야 하는데요."

나는 손을 뻗어서 세라의 부드러운 허벅지를 쓰다듬었다.

"애피타이저를 충분히 즐겼으니까 식욕이 날 거예요." 세라는 조심스레 내 손을 치우고 바닥에 무릎을 꿇고 앉아 없어진 구두 한 짝을 찾았다. 언제 구두를 벗겼지? 기억이 나지 않는다.

"그런 건 우리 방식이 아니에요."

저절로 얼굴이 찡그려졌다. 원래는 세라가 불필요한 감점에 휘말리지 않는다는 걸 알게 되면 안심이 되어야 하는 게 정상이다. 하지만 이 여자는 정말 수수께끼 같다. 경험이 많지도 않고 순수한 여자인 게 분명한데 무모하게도 이곳에 와서 나에게 무한한 신뢰를 보내고 있다.

'왜 그러는 거지?'

'사람들은 모두 게임을 한다. 그렇다면 세라의 게임은 어떤 거지?'

그녀는 신발을 찾아 신고 허리를 펴고 똑바로 섰다. 그리고 손가방에서 브러시를 꺼내 머리를 빗었다. 눈은 밝게 빛나고 얼굴은 평소보다 더 상기되어 있었지만 그 외에는 남들 앞에 설 만큼 매무새를 가다듬은 상태였다.

다음에는 더 분발해야겠다. 그녀가 제정신을 차리지 못하게.

7

앤디가 하룻밤에 그렇게 많은 여자와 놀아난 것도 다 이런 식으로 일을 치렀기 때문이리라. 머리를 맑게 하는 데는 근사한 낯선 남자와 함께 교성을 지르며 오르가슴을 느끼는 것보다 좋은 게 없다. 게다가 이 남자는 섹스가 끝난 다음, 드라이클리닝한 옷을 내가 대령하기를 기대하는 사람이 아니다. 월요일 아침, 나는 활기 넘치는 모습으로 아홉 시에 열리는 부서 미팅에 전념하고 있었다.

다른 임원들과 그들 어시스턴트들도 모두 새 지사에 도착해 짐을 풀었다. 베넷이 공들여 준비한 프로젝트 등이 완수된 뒤여서 우리는 새로운 마케팅 의뢰 20건을 다뤄야 했다. 일에 파묻혀 질식할 것 같았다. 하지만 긍정적인 면도 있었다. 앤디 모양을 한 부두교 인형과 거세 테크닉에 관한 망상을 잠길 시간이 거의 없었기 때문이다.

그리고 정신없는 일정 사이에 잠시 짬이 나면 맥스와 함께한 밤을 떠올렸다. 미팅을 끝내고 다음 미팅 장소로 이동하는 시간, 화장실 가는 길, 전화 통화를 마치고 잠시 침묵할 때와 같은 시간이면 그의 탄탄한 나신이 내 뒤에 있고 내 사지가 달콤한 피로에 젖어 축 처져 있는 모습과 그의 두 손이 내 머리털을 움켜쥔 장면이 생각났다.

"눈을 감지 말아요. 눈 감지 마. 나도 다 왔으니까."

금요일 밤은 정말 즐거웠다. 그런데도 토요일 아침 몇 시간은 기분이 좋지 않았다. 후회하거나 그런 건 아니었다. 정말로 그런 일을 했다는 사실이 당혹스럽다고나 할까. 맥스에게 나쁜 인상을 주었을지도 모른다는 걱정도 되었다. 알지도 못하는 곳까지 무작정 찾아가서 맥스가 시키는 대로 순순히 따랐다. 다른 사람에게 도움을 청하는 소리를 질러도 아무 소용이 없는 곳에서 수백 개의 거울 앞에서 그에게 모든 걸 허락한 것이다.

약간의 수치심을 깔고 인정하지 않을 수 없는 사실은 그때 가장 살아 있다는 느낌을 맛보았다는 점이다. 이상하게도 그와 있으면 안전한 것 같다. 그에게는 뭐든 부탁할 수 있을 것 같다. 그는 다른 사람이 보지 못한 나의 어떤 점을 보는 것 같았다. 그의 사무실에 찾아가 터무니없는 제안을 할 때도 놀라거나 비판하는 기색이 전혀 보이지 않았다. 심지어 침대에서 섹스하지 말자는 이야기를 했을 때도 눈 하나 깜빡하지 않았다.

나는 사무실 의자에 몸을 기대고 앉아 눈을 감았다. 앤디와 내가 마지막으로 섹스한 기억을 떠올렸다. 4개월도 더 전의 일이다. 우리는 상대방 스케줄에 관한 말씨름으로 서로를 성가시게 하는 일을 그만뒀다. 그 대신 관계의 친밀감 결핍으로 인해 온 방 안은 어두운 그림자로 뒤덮였다.

나는 그런 상황에 변화를 모색하려고 했다. 그래서 어느 늦은 밤 하이힐을 신고 롱 코트만 입고서 앤디의 사무실을 찾아갔다. 하지만 노란색 오리 분장을 뒤집어쓰고 가느니만 못했다.

"당신하고 여기서 할 수는 없어."

나를 보자 앤디가 낮으면서도 화난 어조로 낮게 말하며 내 어깨 너머를 흘끔 쳐다보았다.

사무실에서는 다른 여자하고만 섹스한다는 의미로 한 말이었는지도 모른다. 창피했다.

나는 아무 말도 하지 않고 뒤돌아서 사무실을 나왔다.

그날 앤디는 밤늦게 집에 돌아와서 나름 애를 썼다. 자는 나를 깨워서 키스하고 시간을 들여서 멋진 섹스를 하려고 노력했다.

하지만 전혀 좋지 않았다.

나는 무방비한 상태로 눈을 깜빡거리며 회상에서 벗어났다. 순간 모든 것이 선명하게 다가왔다. 앤디는 비참함만 안겨주지만 맥스는 내 기분을 무척이나 좋게 해준다. 이제는 기운을 차리고 내가 원하는 것을 취하는 걸 미안해하거나 잘못이라고 생각하는 건 그만둬야겠다.

***

불편할 정도로 맥스를 갈망하는 마음이 크고 이번 주에는 언제, 어떤 식으로 우리 만남이 이어질지 궁금했지만 맥스가 반드시 연락한다는 사실에 기대어 간신히 억누를 수 있었다. 하지만 금요일 점심시간이 되도록 아무 연락이 없자 맥스가 이런 일은 그만하기로 결정하고 내게 문자메시지를 안 할 수도 있다는 생각을 하게 되었다. 이 일을 그만두고 싶으면 어떻게 끝낼지에 대해서는 아무 규칙도 세워놓지 않았던 것이다. 사실 내가 말한 식의 관계라면 가장 점잖고 우아하게 이 일을 그만두는 방식은 그냥 사라지는 것이었다. 너무나 허술한 약속이어서 그냥 증발해버릴 수도 있다는 점은 어떻게 보면 안심이 되는 일이었다.

하지만 그럼에도 불구하고 나는 그를 다시 만나고 싶었다.

휴대전화를 책상 서랍에 넣으면서 오후에 있을 팀 미팅까지 절대로 휴대전화를 집어 들지 않겠다고 결심했다. 하지만 란제리 마케팅 캠페인에 관한 논의를 십 분 정도 진행하는데 맥스가 노출이 많았던 내 레이스 팬티에 손을 슬그머니 집어넣던 모습이 뇌리에 맴돌아서 양해를 구하고 사무실로 되돌아가 휴대전화를 가져오고 말았다.

메시지는 없었다. 제길.

회의실로 돌아와 보니 베넷이 빛의 속도로 프레젠테이션 슬라이드를 넘기고 있었다. 나는 슬라이드 내용을 미리 보고 와서 괜찮았지만 이제 막 이곳에 합류한 중견 간부들은 오늘 먹은 점심을 게워 낼 지경인 것 같았다.

"베넷, 천천히 해요."

나는 베넷에게 다가가 조용히 말했다. 베넷은 날카로운 시선을 내게 던졌다. 성질을 누그러뜨리지 못하는 모양이다.

"뭐요?"

나는 침을 꿀꺽 삼켰다. 동료로 일하게 되었다고 해도 그는 여전히 나를 움츠러들게 만드는 존재였다.

"마케팅 세분화 전략 내용을 너무 빨리 넘기는 것 같아요."

나는 차분한 어조로 설명했다.

"당신은 어제 모두 봤겠지만 여기 있는 다른 사람들은 그때 비행기에 있었어요. 다른 사람이 내용을 소화할 시간을 줘요."

베넷은 단호한 얼굴로 고개를 끄덕이고 다시 스크린으로 시선을 돌렸다. 다른 사람들이 슬라이드 내용을 읽을 수 있도록 베넷이 속으로 열을 세고 있다는 걸 알 수 있었다. 나는 고개를 들어 건너편에 앉은 클로에를 보았다. 클로에는 펜을 입에 물고 터져 나오려는 웃음을 참으며 베넷을 바라보고 있었다. 삶의 터전을 완전히 옮긴 지 얼마 안 된 RMG 직원들이 24시간 안에 시장 지표 목록 17가지를 모두 암기하기를 바라다니 베넷은 동정심이라고는 찾아볼 수 없는 사람 같았다.

"알았죠?"

베넷은 대꾸할 시간도 주지 않고 다음 슬라이드로 넘어갔다.

'알아서 따라잡지 못하면 다음 편 기차를 잡아타고 가요.' 베넷이 콜이라는 이름의 새로운 마케팅 직원에게 했던 말이다.

테이블에 올려놓은 휴대전화가 요란하게 진동했다. 서둘러 전화기를 집어 들고 방해가 된 점에 대한 사과의 말을 중얼거렸다. 베넷 라이언의 독특한 세계관과 끝없이 이어지는 그의 흥미로운 완벽주의 덕분에 장장 2분 동안은 맥스가 우리 만남에 아직도 관심을 갖고 있는지 궁금해하는 걸 그만둘 수 있었다.

뉴욕공립도서관에 근사한 책이 많아요. 슈워츠먼 빌딩. 6시 30분. 스커트에 가장 높은 하이힐 착장. 팬티는 생략.

나는 휴대전화를 내려다보면서 싱긋 웃었다. 맥스는 오늘 자기가 얼마나 운이 좋은지 알아야 한다. 오늘 의상이 마침 그가 원하는 대로였다. 물론 그를 만나러 가기 전에 팬티를 벗어야 하기는 했다. 고개를 들어 보니 클로에가 펜을 이 사이에 물고 있었다. 양미간을 찡그린 클로에의 시선이 이번에는 나를 향하고 있었다.

베넷 쪽으로 고개를 돌린 나는 의도적으로 클로에의 시선을 피했다. 하지만 들뜬 마음에 미소가 번지는 건 막을 수 없었던 것 같다.

***

뉴욕에는 상징적인 건물이 많다. 그래서 다들 어디서 본 듯 낯익거나 역사가 유구한 건물로 보인다. 하지만 사자 조각상과 거대한 계단이 있는 뉴욕공립도서관은 대번에 알아볼 수 있었다.

처음 만나 섹스했던 밤 이후로 맥스를 만난 건 네 번째다. 미리 약속하고 만나는 것인데도 이 아름다운 낯선 남자를 보는 순간 허파에서 공기가 모두 빠져버리는 같았다. 주위 사람들보다 훨씬 큰 키를 자랑하며 서 있는 그가 나를 찾으려고 주위를 둘러보고 있었다. 나는 넋을 잃고 그를 바라보았다.

검은색 정장과 짙은 회색 셔츠에 넥타이는 매지 않은 차림이었다. 2주 사이에 그의 머리가 상당히 자라 있었다. 윗머리가 더 길었지만 그렇게 헝클어진 스타일이 마음에 들었다. 내 다리 사이에 파묻힌 그의 머리를 상상했다.

주위 사람들이 옆으로 비켜 지나가자 그의 그림자가 계단에 드리워졌다. '한낮에 벌거벗은 저 남자를 보고 싶다.' 나는 속으로 생각했다. '태양이 환하게 빛나는 아래서 나와 함께 있는 당신의 모습을 사진으로 찍고 싶어.'

그때 맥스가 나를 발견했다. 그를 탐내며 바라보는 모습을 영락 없이 들키고 말았다. 모든 걸 다 안다는 듯한 미소가 그의 얼굴에 번졌다. 맥스는 손가락 하나를 구부려 내게 손짓했다.

내가 가까이 다가가자 맥스는 놀리는 투로 말했다.

"넋 놓고 보던데."

나는 크게 웃으면서 시선을 피했다.

"아니에요."

"가장 은밀한 순간의 모습을 봐주기를 좋아하는 사람이 관음 플레이를 들켰다고 부끄러워하기는."

나는 미소가 살짝 가시면서 갈비뼈 아래에서 둔한 통증을 느꼈다. 그리고 미처 생각지 못한 말을 내뱉고 말았다.

"그냥 당신을 보니 너무 좋아서 그랬던 것뿐이에요."

이 말에 맥스는 무장해제를 당한 모양이었다. 그가 환한 미소를 되찾았다.

"그럼 어디 해볼까요?" 나는 고개를 끄덕였다. 온몸이 후끈 달 아오르는 것 같았지만 동시에 묘하게 긴장되었다. 지난주에는 수 백 개의 거울 앞에서 했지만 그래도 다른 사람은 없는 곳이었다. 하지만 금요일 저녁 6시 30분의 공립도서관에는 사람이 북적거 렸다.

"재미있겠네요."

나는 중얼거리듯 말하면서 몸을 돌려 도서관 안으로 먼저 들어갔다. 맥스는 손가락 두 개를 내 등에 살짝 댔다.

"나를 믿어요."

맥스는 몸을 앞으로 숙여 속삭이듯 말했다.

"이번에도 당신 취향에 딱 들어맞을 테니."

안으로 들어서자 맥스가 앞장서서 걸었다. 우리는 도서관 입구에 우연히 함께 들어서서 같은 방향으로 걸어가는 타인처럼 보였다. 맥스의 뒤를 따라 걸어가는데 몇몇 사람이 그를 알아보는게 보였다. 한 커플은 손짓을 하고 서로 쳐다보면서 고개를 까닥거렸다. 맨해튼의 도심에서는 투자의 귀재이자 플레이보이가 사람들 눈에 띄는 모양이다.

맥스의 뒤를 따라가는 내 머릿속을 메운 생각은 우리가 어디로가고 있는지보다 맥스의 넓은 어깨를 감싼 양복 맵시였다.

걷는 속도를 늦추고 맥스가 물었다.

"뉴욕공립도서관에 대해서 얼마나 알아요? 특히 여기 본관에대해서?"

나는 열심히 텔레비전이나 영화에서 주워들은 지식을 더듬어봤다.

"영화 〈고스트버스터즈〉의 오프닝 장면 외에는 별로 아는 게없네요."

나는 솔직히 말했다. 맥스는 소리 내어 웃었다.

"이 도서관이 여느 도서관과 다른 점은 운영의 상당 부분을 개

별 자선단체에 의지한다는 점이에요. 나 같은 후원자들 말이죠."

맥스는 윙크하고 말을 이었다.

"특정 컬렉션에 관심이 있는 경우 아주 넉넉한 후원을 하는 거죠. 그러면 그 보답으로 작은 특전을 준답니다. 물론 소리 소문 없이 조용하게요."

"물론 그렇겠죠."

나는 수긍했다. 맥스는 걸음을 멈추고 고개를 돌려 내게 미소 지었다.

"여기가 대부분의 사람들이 잘 알고 있는 로즈 메인 리딩룸이에요."

나는 주변을 둘러보았다. 따스하고 매력적인 열람실 안에는 나지막한 목소리와 발자국 소리, 그리고 책장을 넘기는 소리만이 울려 퍼졌다. 눈을 들어 하늘을 닮은 그림으로 장식된 천장과 아치 형태의 창문, 샹들리에를 보았다. 그리고 이렇게 사람이 붐비면서도 휑뎅그렁한 곳에 줄지어 있는 거대한 목제 테이블 위에서 나를 취할 계획을 세운 건지 잠시 궁금해졌다.

내가 불안해하는 게 보였는지 맥스는 내 곁에서 나직이 소리 내어 웃었다.

"긴장 풀어요."

맥스는 한 손으로 내 팔꿈치를 살짝 잡았다.

"아무리 나라고 해도 그럴 정도로 과감하지는 못해요."

맥스는 잠깐 기다리라고 말하고 열람실을 가로질러 걸어가서 한 노신사에게 말을 걸었다. 그는 맥스가 누구인지 정확하게 아는 것 같았다. 남자는 맥스의 어깨 너머로 나를 흘깃 보았다. 순간 얼굴이 화끈 달아올랐다. 나는 고개를 돌려 그림으로 장식된 천장을 쳐다봤다. 잠시 후 나는 맥스를 따라 좁은 계단을 내려가 책이 줄지어 진열된 작은 방으로 들어갔다.

맥스는 어디로 가야 하는지 정확히 알고 있었다. 나는 그가 여기에 자주 와봤는지 아니면 지난 일주일 동안 장소 헌팅을 해서 찾았는지가 궁금했다. 사실 어느 편이어도 다 괜찮았다. 여기서 일하는 사람처럼 이 도서관에 익숙한 맥스도 좋고 나만큼이나 열심히 이 일에 대해 열심히 생각한 맥스도 좋았다.

맥스는 조용한 구석에 이르러 발걸음을 멈췄다. 비좁은 그곳에도 책이 줄지어 있었다. 양쪽 벽에 있는 책들이 우리 둘을 압박하는 것 같았다. 꽉 막힌 공간에 있으니 사방 벽이 점점 다가오는 것 같은 묘한 착각이 들었다. 기침 소리가 들렸다. 그제야 우리 외에 다른 사람이 그 방에 있다는 걸 알았다.

보글보글 끓어오르던 기대감에서 김이 새어버렸다.

맥스는 책장에서 책 한 권을 빼 들었다.

"성애 소설 읽어봤어요, 세라?"

깜짝 놀라 맥스를 바라보았다. 살짝 웃는 걸 보니 내가 눈이 튀어나올 듯 놀란 모습을 보인 모양이다. 나는 순진무구하거나 에로

틱한 것에 폐쇄적이지도 않다. 다만 그런 걸 애써 찾아본 적이 없
을 뿐이었다.

"별로요."

"별로? 혹시 전혀는 아니고?"

"로맨스 소설은 조금 읽어 봤어요…."

내 말이 끝나기도 전에 맥스는 고개를 설레설레 내저었다.

"땀에 젖은 가슴을 드러낸 남자가 흐릿하게 그려진 표지가 있
는 그런 책을 말하는 게 아니에요. 남자가 삽입했을 때 여자는 어
떻게 느끼는지에 관해 말해주는 그런 책이죠. 남자가 혀를 집어넣
으면 여자가 얼마나 몸이 다는지 알려주고, 여자가 자신에게서 어
떤 맛이 나냐고 물었을 때 뭐라고 설명해야 할지 알려주는 책. 그
러니까 한마디로 섹스를 설명하는 책이죠."

흉골 안에 갇힌 내 심장이 드릴처럼 빠르게 움직이기 시작했다.
나라면 눈을 질끈 감고 당혹해할 것 같은 말을 이 남자는 대수롭
지 않다는 듯 말하고 있었다.

"그렇다면 읽어본 적 없어요. 그런 책은 본 적이 없어요."

"그렇다면 그 중요한 순간에 동참하게 되어 영광입니다."

맥스는 책을 내게 건네며 말했다.

흘깃 책표지를 보았다. 아나이스 닌의 『비너스의 삼각주』였다.
대부분의 사람들처럼 책 이름이나 저자는 들어본 적이 있었다. 그
명성 역시 알고 있었다.

"좋아요. 그럼 대출해 가요."

나는 책을 받아서 뒤집어서 바코드나 열람 번호 같은 걸 찾았다. 하지만 금박을 입힌 종이에 가죽 양장본이었다. 희귀본이 분명했다.

"이 책을 가지고 가는 거죠…?"

"아, 아니에요. 절대 아니에요. 이 도서관에서는 대출할 수 없어요."

맥스가 말을 이었다.

"게다가 그런 식이라면 뭐가 재미있겠어요? 여기는 방음도 좋고 원목과 천장 등등이 좋잖아요…."

"뭐라고요? 여기서요?"

심장이 살짝 내려앉았다. 선정적인 책을 맥스 곁에서 읽어도 좋을 것 같지만 오늘 밤 그와 함께 거침없이 즐기는 것이 더 좋았다.

맥스는 고개를 끄덕였다.

"그리고 당신이 내게 책을 읽어주는 거예요."

"지금 여기서 성애물을 소리 내어 당신에게 읽어주라고요?"

"그래요. 그러면 여기서 당신과 섹스하고 싶은 욕구가 생기겠죠. 지난주에는 좀 요란했잖아요. 하지만 이번 주에는…."

맥스는 내 얼굴에 흘러내린 머리카락을 옆으로 쓸어 넘겨주며 말했다.

"그렇게 시끄럽게 하면 안 돼요."

나는 침을 꿀꺽 삼켰다. 내가 듣고자 한 말을 들었다고 좋아해야 할지, 아니면 겁을 먹어야할지 종잡을 수가 없었다. 맥스가 한 손으로 내 목덜미를 주물렀다. 그의 손바닥은 따스했다. 손가락은 너무나 길어 내 목을 한 손에 다 움켜쥘 수 있었다.

"금요일에 침대가 아닌 곳에서만 하면 된다고 했잖아요."

맥스가 말했다.

"지금은 그 조건을 충족시키는 상황이에요. 나는 당신이 한 번도 경험하지 못했으리라고 확신하는 일을 당신과 함께하고 싶어요."

"그럼 당신은 전에 경험했던 일인가요?"

나는 그가 이 열람실을 잘 아는 이유를 다시 생각해보았다. 맥스는 고개를 가로저었다.

"대부분의 사람들은 이곳에 내려올 수 없어요. 그리고 분명히 말하는데 지금까지 단 한 번도 도서관에서 여자와 한 적은 없어요. 당신이 생각하는 만큼 이 분야에는 전문가이지만 그래 봐야 가장 큰 모험은 누군가를 데려다주는 리무진 안에서 하는 정도였어요. 그리고 돌이켜보건대 나는 성애 소설보다는 엉덩이를 더 선호해요."

그의 독신 생활은 자유스럽다. 그러니 나는 이런 일에 뭔가 대단한 의미를 부여하는 척할 필요가 없다. 오로지 섹스뿐인 관계다. 누구인지 잘 알아야 할 필요가 전혀 없는 최초의 남자를 상대하는 일이다. 하지만 그럼에도 사실 나는 일주일 내내 그의 손길을 갈망해왔다.

나는 두 손을 뻗어 그의 얼굴을 감싸고 내 앞으로 잡아당겼다.

"나는 상관없어요. 착한 남자가 되어야 하는 건 아니에요."

맥스는 소리 내어 웃고 나서 내게 키스했다.

"당신한테는 착한 남자가 되겠어요. 지금까지 당신은 내 리무진 뒷자리나 우리 집의 안락한 침대를 모두 거절하면서 내가 모든 습관을 깨트리게 만들고 있어요."

우리를 둘러싼 책들 덕분에 열람실 건너편에서는 우리를 볼 수 없었다. 하지만 어둡고 좁은 모퉁이를 돌기만 하면 훤히 보이는 곳에 우리가 있었다. 내 안에 뭔가가 욱신거리며 끓어올랐다. 몸을 뒤로 젖히자 심장이 거칠게 뛰었다.

맥스는 한 걸음 다가와서 허리를 굽혀 내 입술 가장자리부터 키스하기 시작했다. 그는 입술을 떼지 않은 채 미소 지으면서 말했다.

"당신 규칙을 따르겠지만 그만큼 내가 힘들다는 건 알아줘요. 당신이 원하는 대로 동영상을 지웠지만 후회하고 있어요. 오늘 밤에 사진을 좀 찍게 해줄래요?"

맥스의 손길이 닿자마자 나는 그대로 녹아서 따스하고 달콤한 액체가 되어버릴 것 같았다. "좋아요."

맥스가 미소 지었다. 순간 그를 얻기 위해서는 악마에게 영혼이라도 바칠 것 같았다. 겁이 났다. 그때 맥스가 내 턱에 키스하면서 속삭였다.

"알겠지만 다른 사람에게는 절대로 보여주지 않을 거예요. 이런 당신 모습을 다른 사람이 보는 건 정말 질색이에요. 당신이 나를 떠나면 다음 남자는 당신을 어떻게 즐겁게 해줄지에 대해 스스로 알아내야만 할 거예요."

"내가 당신을 떠나요?"

맥스는 어깨를 으쓱였다. 그의 눈은 넓고 또렷했다.

"아니면 이 관계가 끝나든지. 우리 끝은 당신이 어떤 식으로 설명하느냐에 달린 문제죠."

"사실 이번 금요일에 당신이 문자메시지를 보내지 않으면 어떻게 할지 고민했어요. 그런 식으로 우리 관계가 끝나는 게 아닐까 생각했어요."

"그거 정말 끔찍하군."

맥스는 미간을 찡그리고 생각에 잠겼다.

"우리 둘 중 누구라도 이 관계를 끝내고 싶어지면 예의를 갖춰서 직접 말하도록 합시다. 좋죠?"

나는 고개를 끄덕였다. 놀랍게도 안심이 되었다. 이 관계를 섹스에만 국한시키자고 내가 제안했지만 모든 게 끝나도 나는 계속 이 일을 그리고 맥스를 그리워할 것 같다. 맥스가 뛰어난 섹스 파트너이기 때문이기도 하지만 재미있는 사람이어서도 그렇다.

하지만 맥스는 선수다. 그리고 나만큼이나 이런 식의 관계를 순순히 받아들이는 사람이다….

"자 그럼 이걸로 다 정리가 되었죠?"

맥스는 나를 돌려세워서 서가를 바라보게 했다. 그리고 내 몸에 팔을 둘러 안은 후 책을 펴서 특정 페이지를 찾아주었다. 그런 다음에 내 손을 이끌어 책을 잡게 했다. 뒤에서는 맥스가 압박해오고 앞에는 책장이 있으니 완전히 숨어버린 것만 같았다. 거대한 사람 속에 푹 파묻힌 기분이 들었다. 어쩌면 안전하게 보호받는 느낌이라고 말할 수도 있을 것 같았다.

"자, 읽어봐요."

맥스가 속삭였다. 내 귓가에 닿는 그의 숨결이 뜨거웠다.

"여기서부터."

맥스가 손끝으로 가리킨 곳은 이야기 중간이었다. 무슨 일이 벌어지는지, 화자가 누구인지 알 수 없었다. 하지만 그런 게 중요하지 않다는 건 이해하고 있었다.

혀로 입술을 적신 다음 책을 읽기 시작했다.

"그와 루이즈는 만나자마자 함께 자리를 떴다. 안토니오는 그녀의 피부와 풍만한 가슴, 가녀린 허리에 강하게 매료되었다…."

맥스의 손이 내 드레스 안으로 파고 들어왔다. 엉덩이를 지나 복부를 건너 가슴에 이르러 내 가슴을 움켜쥐었다.

"아, 당신은 정말 부드러워."

다른 한 손은 내 옆으로 미끄러지듯 내려가 내 다리 사이에서 촉촉하게 젖은 몸을 희롱했다.

내 앞에 있는 평이한 영어 문장에 집중하기가 쉽지 않았다. 하지만 나는 계속 읽어나갔다. 맥스가 손을 치우는 바람에 잠시 머릿속이 맑아졌다. 내 뒤에서 그가 움직이는 기척이 있은 후 허리띠 버클을 푸는 소리가 들렸다. 소리 내어 글을 읽고는 있었지만 내 온 신경은 뒤에서 들려오는 맥스의 소리에 집중해 있었다.

내가 이걸 해낼 수 있을까? 여기는 화려한 조명 아래 사람들이 미친 듯이 몸을 비벼대며 춤추는 댄스 플로어가 아니다. 텅 빈 식당의 테이블 아래에서 은밀히 손을 넣어 나를 만지는 것도 아니다. 여기는 유명한 공공 도서관이고 희귀본이 가득 차 있는 서고에 대리석 바닥이 있는… 문학사가 숨 쉬는 곳이다. 이 안에 들어온 이후로 우리는 큰 소리로 이야기를 나눈 적이 없다. 그런데 섹스를 하겠다고? 상상이야 얼마든지 할 수 있지만 여기 서서 실제로 하는 건 전혀 다른 이야기다.

온몸에 힘이 들어갔다.

겁이 났다. 하지만 동시에 흥분됐다. 신경세포 하나하나에 불이 켜지고 피가 미친 듯이 혈관을 달리고 있었다.

책을 읽던 목소리가 흔들렸다.

"세라, 집중해요."

나는 눈을 깜빡거려 정신을 차리고 책장에 인쇄된 단어에 집중

하려고 안간힘을 썼다.

"모든 것이 그를 웃게 했다. 그는 온 세상이 닫히고 오로지 이 관능적인 연회만이 존재하는 것 같은 느낌을 주었다. 내일은 없을 것 같았다. 다른 사람을 만날 일도. 오로지 이곳과 이 시간만이 존재했다."

"그 부분을 다시 읽어요."

맥스는 신음 소리처럼 말하고 내 치맛단을 들어 올렸다.

"오로지 이곳과 이 시간만이 존재했다."

입을 떼어 뭔가 말하려는 순간 불쑥 그가 내 안으로 들어왔다. 내가 이미 젖을 대로 젖어 있던 터라 희롱하거나 어루만지거나 다독일 필요가 없었던 것이다. 내게 책을 주고 아주 잠깐 애무하고 그가 옷 벗는 소리를 들었을 뿐이다. 나는 신음 소리를 내면서 그가 내 안으로 완전히 밀고 들어올 수 있기를 간절히 바랐다. 그의 남성이 깊숙이 들어와 나를 갈가리 찢어버리는 것이야말로 최고의 쾌락이 될 것이란 생각이 들었다.

"조용히."

맥스는 내게 주의를 주고는 천천히 몸을 뒤로 뺐다가 다시 밀어 넣었다. 그의 남성은 길고 단단했다. 지난주에 거울 앞에서 나를 엎드리게 하고 거칠게 나를 취할 때 느낀 아찔한 통증이 떠올랐다. 인정사정없이 밀고 들어오는 그의 남성이 두려우면서도 좋았던 기억이 났다. 오르가슴을 느끼는 내 얼굴을 백 개의 거울에 비춰보던 그 역시 무방비 상태로 자신의 흥분을 드러냈다. 그런 그의 모습을 보는 것이야말로 그날 밤 클라이맥스였다.

우리는 어두운 서고 끝에 있었는데 좀 떨어진 곳에서 누군가 내는 소리가 희미하게 들려왔다. 맥스가 내 엉덩이를 어루만지고 다리 사이로 미끄러져 내려와 클리토리스를 애무했다. 나는 입술을 꼭 깨물었다.

"계속 읽어요."

나는 눈을 크게 떴다. 이 남자, 진심으로 이러는 거야? 목구멍을 통해 뭔가 소리를 만들어 낼 수는 있을 것 같지만 그게 무슨 소리가 될지는 장담할 수 없었다.

"못해요."

나는 잠긴 목소리로 말했다.

"아니, 할 수 있어요."

맥스는 심호흡을 하면 된다는 식으로 태평하게 말했다. 그의 손가락이 다시 내 클리토리스를 어루만지며 희롱했다.

"아니면 여기서 그만둘 수도 있어요."

나는 어깨 너머로 맥스를 매섭게 노려보았다. 그가 소리 없이 웃고 있었다. 그 웃음을 무시하고 책을 다시 보았다. 어디까지 읽었는지 알 수 없었다. 안토니오가 루이즈의 드레스를 찢어 벗겼지만 커다랗고 묵직한 허리띠는 남겨두었다는 것 외에는 무슨 일이 어떻게 벌어지는 중이었는지 기억나지 않았다. 간신히 호흡을 고르고 책을 읽기 시작했다. 꽉 잠긴 목소리로 더듬거리며 읽었다. 하지만 그 점이 맥스를 흥분하게 만드는 모양이었다. 맥스의 손가락이 내 엉덩이를 파고들었다. 내 안에 들어온 그가 한층 단단하고 커졌다.

"제발…."

나는 애걸했다.

"아!"

맥스는 밭은 숨을 몰아쉬면서 말했다.

"계속 읽어요."

나는 간신히 단어를 쫓아 읽어 내려갔다. 화끈하고 격정적인 문장이 이어졌다. 묘사가 절묘했다. 여자 주인공의 애액은 '꿀'이었다. 남자는 여자의 몸 구석구석을 맛보고 샅샅이 탐구하고 희롱했다. 급기야 나는 여자 주인공의 욕망과 내 욕망을 모두 느끼게 되었다. 급기야 맥스가 움직일 때마다 허벅지를 타고 애액이 흘러내렸다.

둘 사이로 미끄러져 들어갔다.

맥스는 내 뒤에서 온몸을 떨고 있었다. 더 이상 참기 힘든 지경에서 멈춘 그는 내 엉덩이를 잡은 손을 거두지 못한 채 다른 한 손으로 휴대전화를 들고 사진을 찍는 것 같았다.

"세라, 당신 몸을 만져."

나는 조심스럽게 한쪽 팔뚝으로 펴놓은 책을 고정하고 다리 사이로 손을 넣어 문지르기 시작했다. 잔뜩 부풀어 오른 내 음부는 금방이라도 터져버릴 것 같은 오르가슴을 담고 있었다. 책의 마지막 부분은 띄엄띄엄 읽을 수밖에 없었다.

"… 그녀는… 증오와 쾌-락으로… 미쳐버릴 것 같았다…."

내 근육의 떨림이 멎는 순간 맥스가 거칠게 내 안으로 몇 번 더 밀고 들어왔다. 그러고 나서 내 목덜미에 입술을 묻고 신음 소리를 죽이면서 그대로 꼼짝도 하지 않고 서 있었다.

정신을 차려보니 아무 소리도 들리지 않았다. 우리가 얼마나 시끄러웠는지 전혀 알 수 없었다. 내가 소리를 죽여서 책을 읽었던 건 분명하다. 하지만 절정에 이르는 순간 큰 소리를 내지 않았을까? 맥스에게 빠져서 완전히 제정신이 아니었던 까닭에 알 수가 없었다.

맥스는 몸을 뒤로 빼고 나지막하게 앓는 소리를 낸 다음에 속삭였다.

"곧 돌아올게요."

나는 그대로 서서 그가 사라지는 소리를 들으며 옷매무새를 가다듬었다. 그는 돌아와서 내 목덜미에 키스했다.

"음, 멋져요."

나는 뒤로 돌아 맥스를 보았다.

"당신의 규칙에 따르자면."

맥스는 나를 내려다보면서 재킷 단추를 잠갔다.

"우리는 여기서 헤어져야겠군요."

나는 드레스의 구김을 다시 폈다. 그러기로 약속했다. 그렇게 하자고 한 건 바로 나다. 하지만… 이상하다. 맥스는 눈을 반짝이며 계속 나를 쳐다봤다. 마치 이렇게 말하는 것 같았다. '방금 정신이 나갈 듯한 오르가슴을 내가 느끼게 해준 터라 당신은 좀 멍해 보이네요. 하지만 이봐요! 이것이 당신이 정한 그 멍청한 규칙이에요!'

나는 그의 말에 동의하고 싶은 마음이 일었다. 하지만 내 입 밖으로는 이따위 말이 튀어나왔다.

"맞아요. 완벽하네요. 우리가 같은 페이지를 보듯 같은 생각을 한다니 정말 기뻐요."

맥스는 웃으면서 책을 책장에 꽂았다.

"그 페이지가 설마 가십지 페이지는 아니겠죠? 훌륭한 섹스 파트너지만 아무 사이도 아닌 것. 우리가 분명히 합의한 내용이죠."

"당신은 그런 게 지겹지 않아요?"

내가 물었다.

"사람들이 당신을 쳐다보는 거요."

앤디와 함께 있을 때 내가 입은 옷이나 머리 스타일에 관한 묻지도 않은 조언이나 살이 쪘네, 빠졌네 하는 추측, 또 누가 나와 함께 있었다는 등의 말들을 내가 얼마나 싫어했는지가 떠올랐다. 맥스도 나와 같지 않을까 하는 생각이 들었다.

"엄청 대단한 유명 인사도 아닌데요. 여기 사람들은 내가 무슨 일을 벌일지를 알고 싶을 뿐이에요. 대부분의 사람들이 그런 쓰레기를 읽는 건 내가 재미를 보고 있다고 생각하고 싶기 때문일 거예요."

참 낙관적인 시각이다.

"정말 그렇게 생각해요? 나는 그들이 원하는 건 바지가 내려간 당신 모습을 포착해서 곤란하게 만들고 싶어서라고 생각해요.."

"잠깐만요. 그건 당신이 원하는 거 아닌가요?"

내가 눈을 부라리라 맥스는 크게 웃으면서 말을 이어갔다.

"난봉꾼 이미지는 자기들 멋대로 만든 거예요. 나는 매일 밤 여자를 바꿔서 섹스하지 않아요."

나는 발꿈치를 들어 맥스에게 키스한 뒤 말했다.

"적어도 요즘은 그러지 않는 게 분명하죠."

순간 맥스의 얼굴에 곤혹스러움이 스쳤지만 곧 평정심을 되찾았다.

"지당하신 말씀입니다."

맥스는 몸을 앞으로 숙여서 달콤한 키스를 한 다음에 한 손으로 내 얼굴을 감쌌다.

"이제 갈까요?"

나는 조금 멍해진 채로 고개를 끄덕였다. 맥스는 내게 앞장서라는 몸짓을 했다. 우리는 계단을 올라가 도서관 1층으로 되돌아갔다. 변한 것은 아무것도 없었다. 속삭임과 책장 넘기는 소리만이 대기를 가득 메웠고 아무도 우리를 쳐다보지 않았다. 우리가 한 일에는 스릴이 넘쳤다. 아무도 모르고 있다는 사실도 흥미로웠다.

출입구에 가까이 갔을 때 맥스가 내 팔을 잡아 어두운 모퉁이로 잡아끌었다.

"한 번만 더."

이렇게 말하고 곧바로 내 입술을 빼앗았다. 부드럽고 달콤했다. 맥스는 입술을 떼고 싶지 않은 사람처럼 잠시 그대로 있었다.

맥스와 눈을 마주친 나는 침을 꿀꺽 삼켰다.

"그럼 다음 주에 봅시다, 아가씨."

그리고 맥스는 자리를 떴다. 그가 도서관을 가로질러 스러지는 햇살 속으로 걸어 들어가는 모습을 지켜봤다. 이 관계가 끝나면 얼마나 후회할지 궁금했다.

8

월요일 오후가 되자 내 기분은 형편없었다. 밖은 찜통처럼 덥고 큰 누나는 어머니를 영국 리즈로 돌아가시게 설득하는 문제에 대해 불평을 늘어놓았다. 월의 사무실은 빌어먹게도 내 사무실보다 전망이 더 좋다.

"너는 정말 멍청한 인간이야."

나는 중얼거리면서 내 몫의 치킨을 나이프로 내리쳤다.

월은 크게 웃으면서 점심 메뉴를 크게 잘라 요란하게 입에 집어넣었다.

"또 내 사무실 전망 타령이야?"

"역겹다. 이 녀석아."

나는 집고 있던 젓가락으로 월의 얼굴을 겨냥했다. 양념이 강한 가지

요리를 좋아하는 녀석의 취향은 정말 이해할 수가 없다.

"네가 그 사무실을 어떻게 차지하게 되었는지 다시 떠올리게 할래?"

"네가 현장 설명 자리에 늦게 나타났잖아. 그래서 내가 그 사무실에 먼저 명패를 붙이고 상황 종료!"

맞다. 뉴욕으로 옮겨 오고 처음으로 여자 집에서 섹스를 했다가 염려했던 대로 덫에 걸리는 바람에 그랬었다. 보통 나는 우리 집에서 섹스하는 걸 선호한다. 어머니가 찾아오신다거나 갈 데가 있다는 식의 변명이 통하는 장소이기 때문이다. 여자 집에 가면 차를 마시라고 하고 잠을 자고 가라고 한다.

나는 아주 못된 인간은 아니다. 다만 늘 누구와도 관계를 맺을 수 있다는 열린 마음을 갖고 있을 뿐이다. 다만 내 침대에서 편안히 자는 걸 포기할 만큼 간절하게 원하는 여자를 못 만났을 뿐이다. 내가 만난 여자들은 모두 자신이 누구인지 밝히고 내가 누구인지도 잘 알고 있었다. 어떤 남자를 만나고 싶은지가 분명한 여자들이었다. 뉴욕은 정말 큰 도시지만 가끔은 아주 좁은 동네처럼 느껴진다.

창가로 시선을 옮겼다. 환상적인 전망이 펼쳐지고 있었다. 빌어먹을 월. 그러다가 문득 세라 생각이 났다. 요즘 세라는 수시로 내 집중을 방해하는 골칫거리다. 일단 그녀는 수수께끼 같은 상대다. 남자가 어떤 여자 생각을 계속하게 만들려면 '일주일에 한 번만 자신을 가질 수 있다'고 말하면 된다. 그러면 그 남자의 집중력은 박살이 나버린다.

그런데 여기서 궁금해지는 건 만약 그녀가 자기 집에서 하룻밤 자고 가라고 한다면 나는 어떻게 답할 것인가이다.

'이 등신아, 뻔하잖아. 너는 냉큼 그러마 할 거다.'

미국으로 온 뒤 잠자리를 한 여자는 몇 십 명 정도가 된다. 하지만 최근 들어 자세한 기억이 나지 않는다. 섹스를 생각하면 어김없이 세라 생각이 난다. 그녀는 달콤하고 격렬하다. 자신에 대해 많은 걸 숨기고 있지만 섹스에 관해서는 뭐든지 허용해준다. 이렇게 역설적으로 은밀하면서 개방적인 여자는 정말 처음이다.

"요즘 만나는 여자가 있어."

월은 테이크아웃 용기에 젓가락을 집어넣어 책상 너머로 밀어놓았다. "그래서 지금 그 이야기를 하려고?"

"뭐, 그럴 지도."

"그 여자 만난 지 한참 됐잖아. 그렇지?"

"그래, 몇 주 정도 됐어."

"그 여자 한 명뿐이야?"

나는 고개를 끄덕였다.

"그 여자는 정말 뛰어난 섹스 파트너야. 그래서 다행이지. 그 여자는 자기를 만나는 동안에는 다른 여자와 잠자리를 하지 말았으면 한다고 말했거든."

월은 경악과 놀라움을 담은 표정을 지었다. 나는 무시한 채 말을 이어나갔다.

"하지만 그 여자는 정말 남달라. 그 여자한테는 뭔가가 있어…."

나는 입술을 문지르며 창밖을 바라봤다. '오늘 나 왜 이러는 거지?'

"그 여자 생각을 머릿속에서 지울 수가 없어."

"내가 아는 여자야?"

"아닐걸."

자선기금 행사에서 윌이 세라를 만났었는지를 되짚어봤다. 그날 밤 세라가 옷매무새를 고치고 몸단장을 새로 하도록 자리를 비켜준 뒤 내내 윌과 함께 있었는데 두 사람이 이야기를 나누는 걸 보지는 못한 것 같다.

"그런데 누구인지는 말해주지 않겠다?"

윌은 소리 내어 웃으면서 의자에 몸을 기댔다.

"그녀가 네 영혼을 사로잡아버린 거야, 애송아?"

"집어치워."

나는 거의 비운 음식 포장 상자를 비닐봉지 안에 집어넣었다.

"그냥 그 여자가 좋아. 하지만 지금은 섹스만 하는 사이야. 쌍방 합의하에."

"그거 좋네."

윌이 조심스레 말했다.

"그러면 돈 보고 쫓아온 여자는 아니라는 말이니까."

"그게 이상하다고 생각하면 재수 없는 새끼지? 그 여자는 더 이상 원하는 게 없어. 만약 내가 지금보다 뭔가를 더 원하면 그녀는 도망갈 것 같아. 나와 함께 있는 걸 사람들이 보는 걸 겁내 해. 그녀가 내 물건 외에는 다른 것에 흥미를 전혀 안 보여서 그 여자가 좋은 걸까?"

세라에 대한 생각을 하다 보면 늘 그렇듯이 나는 그녀와의 게임이 결국 어떻게 될 것인지 추측하기 시작했다.

윌은 조용히 휘파람을 불었다.

"환상적인 여자 같네. 하지만 네 물건에 관심을 갖는다니 이해가 안 된다. 그 쪼그만 물건으로 어디 사내구실 하겠냐? 네 어머니가 더 남자다우시지.

"너 지금 브리지드 여사를 모욕했냐? 이 멍청한 자식아."

윌은 어깨를 으쓱하며 포춘 쿠키를 반으로 갈랐다.

"너는 변기 시트 내리고 앉아서 볼일 보잖아, 그렇지?"

나는 히죽거리며 말했다.

"아니. 난 내 물건이 젖는 거 싫어해."

"윌. 네가 여자에게 즐거움을 주는 유일한 방법은 네 신용카드를 건네주는 것뿐일 거다."

그렇게 윌과 한바탕 싱거운 설전을 벌이다 보니 한심한 멍청이처럼 굴었던 것을 잊게 되었다. 나는 세라가 나를 갖고 노는 게 아닌지 걱정하는 걸 그만두었다.

***

점심을 먹고 사무실을 나와서 곧바로 택시를 잡아탔다. 첼시에 새로 들어선 설치미술 작품을 보러 잠시 나가는 길이었다. 갤러리 오픈을 준비하는 나이 지긋한 클라이언트를 돕고 있다. 그는 몇 주 동안 E. J. 벨로크의 희귀 사진을 전시할 계획을 세우고 있었다. 그가 '사진이 왔어요.'라는 한 줄짜리 이메일을 보내왔다. 그 후 일정은 어떻게 소화했는지 기억이 나지 않을 정도로 바삐 움직였다. 창녀들을 피사체로 삼은 벨로크의 〈스토리빌〉 컬렉션의 손상된 원화를 복원한 사진 가운데 미공개본인 그 작품을 보고 싶어 미칠 지경이었다. 벨로크의 작품을 처음 접한 건 공부를 거의 마칠 무렵이었다. 그의 작품 덕분에 나는 신체를 피사체로 한 사진에 매료되었다. 인체를 다룬 사진의 앵글과 소박성, 일상성이 매력적이었다.

하지만 세라를 만나기 전까지 나와 연인이 함께 있는 사진을 찍은 적은 한 번도 없었다.

이게 정말 문제다. 세라와 내가 함께 있는 사진은 벨로크의 작품과 닮은 구석이 전혀 없다. 그런데도 그 작품을 보면 세라가 생각난다. 그녀의 가는 허리와 부드러운 복부 그리고 둔부의 완만한 곡선.

휴대전화를 내려다보았다. 우리가 사랑을 나눌 때 그녀의 눈동자를 찍었더라면 얼마나 좋을까 하는 생각을 다시 했다. 한 천 번은 더 이런 생각을 한 것 같다.

빌어먹을.

사랑이 아니라 섹스를 할 때 말이다. 우리는 섹스하는 사이다.

***

못 견딜 정도로 후덥지근한 날씨는 아니었다. 사진을 보고 나서 잠시 몹쓸 흥분을 가라앉힐 겸 좀 걷고 싶었다. 첼시에서 도심으로 들어가는 길은 나쁘지 않았다. 하지만 타임스스퀘어 주변에서 한 남자가 카메라를 들고 나를 따라오는 걸 알게 되었다.

나는 늘 저 파파라치들이 언젠가는 자기들이 기대하는 것처럼 내가 흥미로운 피사체가 아님을 깨닫게 되리라고 생각했다. 하지만 그런 일은 좀체 일어나지 않았다. 주말마다 내가 뭘 하는지 스토킹을 하고 자선기금 행사나 업무 일정까지 쫓아다녔다. 거의 4년 동안 나에게 관심을 보내고 있지만 약간 유명한 여자와 이따금씩 데이트하는 것을 제외하고는 별 재미를 못 봤을 것이다. 그런데도 맨해튼 거리를 혼자 걸으면 대개 누군가의 표적이 되곤 했다.

갑자기 기분이 착 가라앉았다. 집으로 가야겠다. 가서 맥주나 마시면서 멍하니 텔레비전이나 보자. 빌어먹을 화요일인데 나는 세라를 원하고 있었다.

"저리 가세요."

나는 어깨 너머로 소리쳤다.

"맥스, 한 컷만요. 사진 한 장이랑 키이라와 당신에 대한 루머에 관해 한마디 부탁드려요."

빌어먹을. 또 쓰레기 같은 소리를? 키이라는 한 달 전에 콘서트장에

189

서 한 번 만났었다.

"그래요. 키이라 나이틀리랑 했어요. 뭘 그런 걸 일일이 확인을 받으려고 합니까?"

택시 한 대가 끽 소리를 내면서 도로 경계석 옆에 섰다. 혼비백산 놀라서 쳐다보는데 차 뒷문이 활짝 열렸다. 그리고 매끈한 팔이 불쑥 나와 손을 흔들더니 세라가 고개를 숙이고 얼굴을 드러내며 싱긋 웃었다.

"빨리 타요!"

두뇌에서 내리는 명령에 따라 입과 다리가 움직이는 데 약간의 시간이 걸렸다.

"이런. 그럽시다. 좋아요."

택시에 몸을 구겨 넣으면서 들고 있던 서류 가방을 바닥에 내려놓고 고개를 들어 그녀를 바라봤다.

"맥스, 보니까 당신… 스토킹 당하는 것 같던데요."

"정확히 봤어요."

나는 눈을 맞추고 말했다.

세라는 어깨를 으쓱하고는 뭐라 형용하기 어려운 애매한 웃음을 지었다.

"빌어먹을 파파라치들이에요."

나는 투덜거렸다.

세라는 다리를 꼬고 살짝 어깨를 으쓱였다.

"아이고 불쌍해라. 안아서 달래줄까요?"

나이트클럽에서 나를 어두운 복도로 이끌고 가던 날 밤 이후 한 번도 보여주지 않던 불꽃이 그녀 눈에서 일렁였다.

'야, 이거 큰일 났네.'

세라는 붉은색의 짧은 랩 드레스를 입었는데 가슴 부분이 살짝 벌어져 있었다. 무슨 느낌인지 알 것 같았다. 나는 그녀의 왼쪽 가슴을 흘깃 내려다봤다. 검은색 브라의 레이스가 얼핏 보였다.

"만나서 반갑습니다."

나는 세라의 가슴골에 대고 말했다.

"오늘 하루 조금 힘들었는데 당신에게 얼굴을 묻어도 될까요?"

"내 택시 안에서 섹스는 안 돼요."

운전기사가 사나운 어조로 말했다.

"이제 어디로 갈 건가요?"

나는 세라의 지시를 기다렸다. 하지만 그녀는 눈썹을 추켜세워 미소를 짓고 있을 뿐이었다.

"센트럴파크 쪽으로 갑시다."

나는 중얼거리듯 말했다.

"아직 행선지가 불분명하니."

기사는 어깨를 으쓱이더니 운전대를 틀어 붐비는 거리를 벗어나면서 조그맣게 투덜거렸다.

"아름답네요."

나는 몸을 기울여 키스하고 말했다.

"또 그 소리."

나는 어깨를 으쓱여 보이고 세라의 목덜미를 혀로 핥았다. 달콤한 차와 오렌지 맛이 났다. "나랑 우리 집에 갑시다."

세라는 고개를 내저으면서 웃었다.

"안 돼요. 오늘 여덟 시에 쇼를 보러 가야 해요."

"누구랑?"

"혼자서요."

세라는 허리를 세우고 앉아서 창밖을 바라봤다. 나는 그녀의 손을 잡고 손깍지를 꼈다.

"쇼는 다른 날 밤에도 해요. 그러니까 오늘은 나랑 우리 집에 가서 내 물건에 올라타요."

세라는 눈을 크게 뜨고 운전기사 쪽을 흘깃 보았다. 기사는 뒷거울로 우리를 샐쭉하게 쳐다봤지만 아무런 말도 하지 않았다.

"안 돼요."

세라는 속삭이면서 탐색하는 시선으로 나를 마주봤다. 그녀는 손을 잡아 빼려고 했지만 나는 놓아주지 않았다.

"그런데 뭘 좀 물어봐도 될까요?"

흘러내린 머리카락을 귀 뒤로 넘기며 내 옆자리에 앉은 세라는 아주 작고 연약해 보였다. 나답지 않게 덜컥 겁이 났다. 이런 일이 그녀에게는 부적절하게 느껴지는 걸까? 무방비한 상태의 세라는 너무나 순진해 보였다.

"얼마든지."

나는 세라에게 말했다.

"쭉 생각해봤는데요, 당신이 여기서 그렇게 유명한 이유가 뭐예요? 잘생기고 성공한 남자라는 건 인정해요. 하지만 뉴욕에 그런 사람이 한둘인가요? 그런데 평범한 화요일에도 파파라치가 당신을 쫓아다니는데 왜 그런 거예요?"

'아하!' 나는 미소를 지으며 그녀가 인터넷에서 나에 대해 알아봤다고는 하지만 그리 많이 찾아보지는 않았다는 사실을 깨달았다.

"숙제를 다 한 줄 알았는데."

"턱시도를 입고 여자를 팔에 낀 사진 세 장을 보고 나니까 지루하더라고요."

나는 소리 내어 웃었다.

"그런 것 때문에 나를 따라다니는 건 아니라는 점 분명히 밝힙니다."

잠시 말을 멈추었다. 오랫동안 이 일에 대해 함구했는데 새삼스럽게 이야기를 하는 이유가 뭘까 잠시 생각했다.

"한 6년 전에 이곳으로 왔어요."

나는 말문을 열었다. 세라는 고개를 끄덕였다. 그 부분은 아는 모양이다.

"정착하고 한 달 뒤에 세실리 아벨이라는 여자를 만났어요."

세라는 미간을 찡그렸다.

"들어본 이름인데… 내가 알 만한 사람인가요?"

나는 어깨를 으쓱여 보였다.

"알 수도 있어요. 하지만 모를 수도 있고요. 브로드웨이에서는 거물급이었고 뉴욕 극장가에서도 알아주던 편이었지만 중서부 지역까지 널리 알려지지는 않았으니까."

"알아주던 편이라는 식으로 과거형으로 말하는 이유가 뭐예요?"

나는 시선을 아래로 떨어트려 내 손에 얽혀 있는 세라의 손가락을 바라봤다.

"세실리는 드라마틱하게 은퇴했어요. 그 때문에 내가 사람들에게 주목받게 된 거고. 세실리는 갑자기 뉴욕을 떠나면서 〈포스트〉지에 편지를 보냈어요. 이 도시에 관한 온갖 불평이 담긴 편지였죠. 그리고 '손을 잠시도 가만두지 못하는 감독들과 외도를 일삼는 정치인들, 좋은 것을 가지고도 진가를 알아차리지 못하는 투자 사냥개들'이라는 내용도 담겼어요."

"그 여자가 당신을 사랑했나요?"

"그래요. 그리고 늘 그렇듯이 짝사랑이었죠."

세라의 눈동자가 짙어졌고 붉은 입술은 일그러졌다.

"상당히 경박하게 말하네요."

"세실리에 관한 한 절대로 경박하게 군 적 없어요. 믿어줘요. 지금 그녀는 잘 지내고 있어요. 캘리포니아에서 행복한 결혼 생활을 하고 있죠. 하지만 한동안 의사의 도움을 받으며 지냈어요."

세라가 다른 말을 덧붙이기 전에 내가 먼저 말했다.

"그녀는 좋은 친구였어요. 여기에 있는 모든 것을 버리고 떠나기로 결정한 것을 보면 그녀가… 매우 안정적인 상태는 아니었던 것 같아요. 그녀가 이 도시를 떠난 데는 여러 가지 이유가 있어요. 나는 가장 최근에 그녀에게 실망감을 준 요인 정도였죠. 그녀가 나를 사랑하는 식으로 내가 그녀를 사랑하지 않았던 거죠."

그녀는 눈을 깜빡이며 천장을 쳐다봤다. 내 말을 곰곰이 되짚어보는 것 같았다.

"그 여자에게 솔직하게 대한 건 잘했네요."

"그럼요."

나는 분명하게 말했다.

"세실리의 정신 상태는 내가 그녀를 사랑하는가 아닌가와는 완전히 별개 문제였어요. 여하튼 그녀는 어려운 상황이었으니까…. 하지만 그런 식으로 쓰면 신문 기사가 재미없잖아요?"

세라가 다시 내게 고개를 돌렸다. 그녀는 한결 부드러워진 시선으로 미소를 되돌려주었다.

"그래서 사람들이 지역의 유명 스타의 마음을 갈가리 찢어놓고 미쳐버리게 만든 그 남자가 누구인지 관심을 갖게 된 거군요."

"그래서 나는 수수께끼 같은 인물이 된 거예요. 언론에서는 잘생긴 무뢰한 플레이보이를 좋아하잖아요. 세실리의 편지는 상당히 드라마틱했고. 언론에서 묘사한 내 모습은 절반은 맞고 절반은 틀려요. 여자를 좋아하고 섹스를 좋아하기는 해요. 하지만 타블로이드지에서 바라는 대로 그렇게 대단히 흥미로운 삶을 사는 건 아니에요. 나는 다른 사람들이 이러쿵저러쿵 떠드는 이야기에 더 이상 신경 쓰지 않는 법을 배웠어요."

그때 자전거를 탄 아이를 피하느라 택시가 급커브를 하면서 경적 소리를 요란하게 냈다. 그 바람에 무게중심을 잃고 한쪽으로 쏠리면서 세라의 가슴이 내 팔 쪽으로 밀어붙여졌다. 나는 싱긋 웃으면서 일부러 팔을 그쪽으로 밀어붙였다. 그녀는 과장스럽게 놀라는 표정을 지으면서 한쪽 눈썹을 추켜세웠다.

"당신 사진이 온라인에 많던데요."

"일부는 정말 사귄 사이지만 일부는 전혀 아니에요."

나는 엄지손가락으로 봉긋한 세라의 가슴을 쓰다듬었다. 세라는 눈을 내리깔고 그 모습을 바라봤다.

"나는 극단적으로 진지한 관계를 회피하는 사람이 아니에요. 그냥 매우 오랫동안 그런 상대를 만들지 않았을 뿐이죠."

세라는 고개를 번쩍 치켜들었다. 확장된 동공과 비틀린 미소가 걸린 입술이 말하는 바를 분명하게 알 수 있었다.

"뭐 좋아요. 인정하죠. 우리가 일종의 헌신적인 관계에 합의한 것 맞죠. 하지만 나랑 데이트를 하지는 않겠다고 했으니까 정확하게 그런 관계라고 말할 수는 없는 겁니다."

세라의 미소가 사라져버렸다.

"우리 둘 다 이런 일을 잘 한다고 생각하는데요."

"그렇죠."

나는 인정했다.

"우리는 확실히 지금 잘 하고 있어요. 말이 나왔으니 말인데, 윌이랑 당신에 관한 이야기를 했어요."

세라는 바로 격앙되어 매서운 눈길을 보냈다. 나는 일부러 앞만 보고 앉아서 짜증을 내는 그녀의 눈길을 옆얼굴에 느끼고 있었다. 정말 놀려 먹기 좋은 여자다. 재밌다.

"이름은 말하지 않았어요, 아가씨. 진정하세요."

그리고 뭐라고 말했느냐고 물어주기를 기다렸다.

기다리고 또 기다렸다.

마침내 나는 세라에게 고개를 돌렸다. 그녀는 여전히 신중한 얼굴로 나를 쳐다보고 있었다. 신호등의 빨간불에 걸려 택시가 멈춰 섰다. 택시 안의 모든 것이 완전히 정지되는 것 같았다.

"그래서요?"

택시가 다시 달리면서 몸이 앞으로 쏠리는 순간 세라는 사악한 웃음을 지으면서 말했다. "윌에게 공공장소에서 섹스하는 걸 좋아하는 여자를 발견했다고 했나요?"

"내 택시에서는 안 돼요!"

택시 기사가 크게 소리치는 바람에 깜짝 놀란 우리는 웃음을 터트렸다. 택시 기사는 급정거를 했다. 우리는 다시 한 번 몸을 가누지 못하게 되었다.

"내 택시 안에서는 안 됩니다!"

"걱정 마세요, 기사님."

나는 택시 기사에게 말했다. 그리고 세라를 쳐다보면서 나지막하게
말했다.

"이 여자는 차에서 섹스하게 해주지 않아요. 게다가 화요일에는 어
림도 없죠."

"그럼요."

세라가 속삭이듯 말했다. 하지만 내가 다시 키스하는 건 받아주었다.

"안타까운 일이에요."

나는 그녀 입술에 대고 속삭였다.

"나는 차에서 잘하거든요. 그리고 화요일에는 특별히 더 잘하죠."

"그건 그렇고 윌하고 나눈 대화를 이야기해봐요."

세라는 이야기하면서 내 무릎 위에 올려놓은 재킷 아래로 한 손을 쏙
집어넣었다.

"내 이름을 말하지 않고 무슨 이야기를 했어요?"

세라가 손으로 내 물건을 움켜쥐었다.

택시에서 손으로 해주려고 하는 건가?

'빌어먹게 멋진 생각이야.'

"매디슨가 65번지로 가주세요."

나는 택시 기사에게 말했다.

"최대한 우회해서요."

기사는 흘깃 내 쪽을 쳐다봤다. 교통 혼잡 시간대에는 통상 콜럼버스 서클을 지나서 가야 했다. 내가 고개를 끄덕이자 택시는 57번 도로를 타고 브로드웨이로 향했다.

"택시에서 섹스는 안 됩니다."

이번에는 조금 더 나지막한 음성으로 택시 기사가 말했다.

나는 세라에게 고개를 돌렸다.

"매우 만족스럽게 섹스할 수 있는 여자를 만나고 있다고 말했어요. 내가 아는 다른 여자들이랑은 전혀 다르다는 말도 했던 것 같군요."

세라는 내 지퍼를 잡아 내리고 능숙하게 내 물건을 밖으로 꺼내서 덥석 움켜잡았다. 낯선 온기가 척추를 따라 퍼져나갔다. 흥분감에 물건이 단단하게 섰다. 동시에 그녀가 나를 만지는 일에 많이 익숙해졌다는 생각을 했다.

"내가 어떻게 다른데요?"

세라는 내게 몸을 기대고 내 귀를 빨았다. 그런 다음 속삭이듯 말했다.

"다른 여자들은 택시에서 손으로 해주지 않았나요?"

나는 세라를 뚫어져라 쳐다봤다. 이 여자의 정체는 뭘까? 생기 넘치고 순진무구하면서 섹스하고 싶게 만드는 이 여자는 내게 섹스를 잘 해주는 것 외에는 다른 것은 원하지 않는다. 이 여자는 나를 가지고 놀고 있나? 이런 일이 정말 가능한 건가?

아니면 몇 번의 오르가슴을 더 느낀 다음 우리가 협의한 내용이 더 이상 마음에 들지 않는다고 말하면서 그 이상을 원한다고 말할까?

'분명 그럴 거야.' 하지만 뽀로통하게 내민 붉은 입술과 커다란 갈색 눈동자가 유쾌하고 음란한 빛으로 반짝이는 모습을 보니 그녀가 나를 버리기 전에 내가 그녀를 포기하는 일은 없을 게 분명하다는 생각이 들었다.

"사실 그리 많은 이야기를 하지는 않았어요. 윌이랑 심각한 이야기를 하면 꼭 마지막은 성기 사이즈에 관한 싱거운 설전이 되어버려서요."

"그럼 당신은 설렁설렁 싸워줬겠네요. '무장하지 않은 사람과는 싸우지 않는다'고 윈스턴 처칠이 말했잖아요."

세라는 내 목덜미에 입을 댄 채로 큭큭 웃고 나서 나를 어루만지기 시작했다.

"그렇죠."

나는 고개를 돌려 세라에게 키스하며 속삭였다.

"하지만 솔직히 녀석의 물건이 어느 정도 크기인지 전혀 몰라요."

"당신이 원한다면 내가 기꺼이 알아내서 말해줄 용의가 있어요."

나는 웃으면서 세라의 입술에 대고 성난 소리로 나직이 말했다.

"자신의 지적 능력을 자랑해야 한다는 강박이 없는 여자랑 대화하는 건 신선한 경험이네요."

"섹스는 안 돼요."

택시 기사가 뒷거울로 우리를 쳐다보면서 성난 목소리로 말했다.

나는 두 손을 올려 보이고 싱긋 웃으면서 택시 기사 쪽을 쳐다봤다.

"기사님, 저는 이 여자한테 손도 안 대고 있어요."

택시 기사는 더 이상 우리를 신경 쓰지 않기로 한 모양인지 라디오 볼륨을 올리고 창문을 열어서 늦은 오후의 산들바람과 도시의 끊임없는 소음이 차 안으로 흘러들어오게 했다. 세라의 손이 천천히 내 물건을 어루만지면서 위로 움직여 끝 부분을 꼬집듯 비틀어 잡았다. 그러고 다시 아래로 내려갔다.

"기사분이 눈치채지 못한다면 입으로 해주었을 거예요."

세라가 속삭이듯 말했다.

"그러니까 당신은 최고의 대접을 받아야 한다는 말이에요. 맥스 당신은 은밀한 부분이 아름다운 남자니까요. 정말 중요한 그 부분이요."

나는 크게 소리 내 웃고 나서 그녀의 목덜미에 얼굴을 묻었다. 뒤이어 터져 나오려는 신음 소리를 죽여야 했다. 세라가 내 물건의 끝 부분을 집중 공략하고 있었다.

"이런. 이거 좋은데. 조금 빨리 해줄 수 있어, 자기야?"

사랑을 듬뿍 담은 애칭에 그녀는 당황한 듯 했지만 곧 고개를 내게 돌려 입으로 내 턱을 덥석 물었다. 그리고 주먹에 힘을 주고 빠르게 움직이기 시작했다. 세라는 흘깃 택시 기사 쪽을 쳐다봤다. 기사는 라디오 쇼에 정신이 팔려 있거나 앞에서 알짱거리는 차들에게 소리를 지르느라 여념이 없어 보였다.

"이거예요? 좋아요?"

세라가 물었다.

나는 고개를 끄덕이면서 그녀의 볼에 입술을 대고 미소 지었다.

"이렇게 능숙하게 잘할 줄은 생각도 못했어요."

세라의 낮은 웃음소리가 파동을 일으켜 내 목덜미를 간질이고 피부 밑까지 파고들었다. 저렇게 바보처럼 천진하게 웃는 건 처음 보았다. 그녀의 철벽 중 하나를 무너트린 모양이다. 승리감이 따스한 기운이 되어 가슴에 번졌다. 잠깐 동안 창문 밖으로 세라가 나를 받아들였다고 고함치고 싶다는 생각까지 했다.

세라는 내 목덜미 옆을 혀로 핥고 내 아랫입술을 잘근잘근 깨물었다.

"당신 물건은 가장 완벽해요. 화요일인데도 당신을 갖고 싶네요."

그녀가 말했다.

"아."

나는 신음 소리를 내면서 절정에 이르렀다. 턱에 힘을 주고 내린 두 손을 꼭 말아 쥐었다. 그때 나는 세라 역시 한심한 멍청이처럼 쓸데없는 걱정을 하는 걸 잊게 해주는 존재라는 걸 깨달았다. 나는 세라가 나를 갖고 노는 게 아닌지 걱정하는 걸 그만두었다.

세라는 가방에 손을 넣어 티슈 한 장을 찾아내 손을 닦고 그대로 가방 안에 두었다. 택시 기사에게 섹스의 증거물을 들키지 않게 숨긴 자신이 자랑스럽다는 듯 천진한 미소를 보여주었다. 그리고 내게 몸을 기울여 달콤한 키스를 했다. 당장 그녀를 뒤로 눕히고 내 혀로 절정을 맛보게 해서 그녀의 나직한 교성을 듣고 싶었다.

"기분이 좀 나아졌나요?"

세라는 탐색하는 듯한 시선으로 나를 보면서 조용히 말했다.

그 표정을 보면서 세라에 대한 다른 깨달음을 얻은 것 같았다. 그녀는 본능적으로 나를 기쁘게 해주고 싶어 하면서도 그런 감정과 끊임없이 싸우는 것 같았다.

그때 택시가 내 아파트에서 한 블록 떨어진 곳에 정차했다. 세라는 허리를 세우고 반듯하게 앉아서 상큼한 미소를 지었다.

"여기서 내릴 거죠?"

나는 잠시 주저하면서 세라가 나와 함께 가고 싶어 하지 않을까 생각했다.

"그렇기는 한데… 혹시…."

"맥스, 금요일에 봐요."

세라는 나직한 목소리로 말했다. 까칠한 말처럼 들리지 않게 하려고 그렇게 한 것 같았다.

볼일은 끝났다. 나는 물러나야 했다.

9

"오늘은 말할 거지?"

사다리에 올라서 있던 나는 그대로 몸을 돌려 클로에를 바라봤다. 엉덩이에 페인트 붓을 대고 선 클로에가 나를 노려보고 있었다.

"무슨…?"

클로에는 눈을 가늘게 떴다.

"결별에 관한 이야기. 갑자기 이곳으로 온 이야기. 앤디, 그리고 네가 지금 섹스하는 그 미스터리한 남자 이야기. 그리고 두 달 전과 지금 네 삶이 얼마나 달라졌는지에 대한 이야기?"

나는 억지웃음을 얼굴에 장착했다.

"아, 그거? 무슨 할 이야기가 더 있다고 그래?"

클로에는 소리 내어 웃으면서 손목으로 이마를 쓰윽 닦았다. 희미한 페인트 자국이 남았다. 베넷은 출장 가서 뉴욕에 없었다. 클로에는 베넷과 함께 지내는 거대한 아파트의 실내 공간 전체를 페인트칠하는 대공사를 하기로 마음먹었다. 베넷은 그런 세세한 일까지 관리하지 못하기 때문이었다. 그래서인지 조금 지쳐 보였다.

"그냥 사람을 사서 하지 그래?"

나는 주위를 둘러보며 물었다.

"그 정도 여유는 충분히 있잖아."

"내가 못 말리는 통제광이잖아. 내가 해야 직성이 풀려."

클로에가 말했다.

"그리고 화제 바꾸려고 하지 마. 앤디와의 관계가 너를 서서히 망가트린 건 잘 알아. 하지만 그 인간이 진짜 어떤 사람인지 내가 모른다는 게 이상하잖아. 베넷은 앤디를 이런저런 행사에서 만나 알더라고. 하지만 나는 그 사람을 전혀 몰라. 그리고….."

"기회가 있었다면 너는 단번에 그 사람의 정체를 알아봤을 거야. 베넷이 그랬던 것처럼. 그래서 너에게 아무 말도 하지 않았던 거야."

익숙한 통증이 복부를 스쳐 지나갔다. 앤디를 떠올리는 것만으로도 아직 아프구나.

클로에가 이야기를 더 하려고 했지만 나는 한 손을 들어 저지

했다.

"클로에, 베넷은 앤디를 처음 만난 날부터 경계해야 할 사람이란 걸 알았어. 하지만 나서서 우리 사이에 간섭할 건 아니라고 생각했지. 너를 만났을 때는 이미 앤디가 바람피우고 있다는 의심을 할 때였어. 앤디가 네 근처에 얼씬거리지 않았으면 했어. 그러면 너는 내가 얼마나 한심한 상황에 놓여 있는지 대번에 알아봤을 테니까."

클로에는 눈을 샐쭉하게 떴다. 무슨 말을 할지 알 것 같았다.

"자기야, 그 작자가 쓰레기 같은 인간이랑 바람피우는 건 개인적으로 친하지 않아도 알 수 있는 일이야. 누구나 다 그럴 거야. 그 작자가 그나마 사람답게 보인 건 다 네 덕분이었어."

나는 몇 번이나 침을 꿀꺽 삼키면서 눈물을 참았다.

"그런 남자랑 몇 년이나 같이 지낸 내가 바보 같거나 멍청이 같지 않아?"

동거 일 주년을 맞아서 '에베레스트'에서 저녁 식사를 했던 날이 떠올랐다. 삼십 분이나 늦게 도착한 그에게서 강한 향수가 풍겼다. 진부하고 뻔한 일이었다. 다른 사람하고 함께 있었느냐고 묻자 앤디가 말했다.

"당신과 같이 있지 않을 때도 내 옆에는 늘 사람이 있어. 그게 내가 사는 방식이야. 하지만 중요한 건 지금 내가 여기 있다는 거야."

나는 그 말이 나와 함께 있지 않을 때는 늘 다른 사람과 일하고 있다는 뜻이라고 생각했다. 하지만 돌이켜보면 앤디가 다른 여자와 관련해서 내게 한 말 중에 유일하게 진실한 이야기였던 것 같다.

"아니."

클로에는 고개를 설레설레 저었다.

"너는 어렸잖아. 처음 그 작자를 만났을 때 너는 그를 있는 그대로 보지 못했을 거야. 솔직히 그 자식이 빌어먹게 매력적으로 생기기는 했잖아. 그건 부인할 수 없는 사실이야. 하지만 모든 상황을 빨리 정리하고 털어놓지 않은 건 건강하지 못한 일이었어. 지금은 정말 괜찮은 거야?"

나는 고개를 끄덕였다.

"정말 괜찮아."

"앤디는 연락 와?"

나는 손에 쥔 페인트 붓을 내려다보다가 페인트 통에 집어넣으며 말했다.

"아니."

"그래서 괴롭니?"

"조금은 그런 것 같아. 내가 떠나면 앤디가 잘못을 깨닫기를 바랐던 것 같아. 그가 나한테 머리를 조아리며 잘못했다고 말하면 좋을 것 같아. 하지만 진짜 연락이 오면 내가 안 받을 것 같아. 어찌 되었든 나는 절대로 그에게 다시 돌아가지 않을 거야."

"네가 떠난다고 말했을 때 그 자식이 어떻게 나왔니?"

"고함치고 협박했어."

나는 창밖으로 시선을 돌렸다. 격한 분노로 일그러진 앤디 얼굴이 떠올랐다. 그가 화를 내면 나는 차분하게 가라앉고는 했다. 하지만 마지막 순간에는 내 안에 뭔가가 폭발해버렸다.

"내 옷을 거리로 내던졌어. 그리고 문가로 나를 밀었지."

클로에가 들고 있던 페인트 붓을 제대로 보지도 않고 방수포에 떨어트리는 통에 나는 깜짝 놀라고 말았다. 클로에는 곧바로 내게 걸어와서 꼭 안아주었다.

"네가 원하면 그 자식을 완전히 파산시킬 수도 있어."

"그냥 놔둬도 앤디는 결국 그렇게 될 거야. 나는 그냥 그만두고 싶어."

나는 클로에의 어깨에 얼굴을 대고 미소 지었다.

"그리고 집안일을 봐주는 변호사에게 그를 쫓아내달라고 부탁해놨어. 괜찮은 기삿거리가 될 거라고 생각해. 거기는 내 집이잖아."

***

모두 털어놓으니 좋다. 클로에 역시 가슴 아픈 일을 겪은 친구다. 앤디 이야기를 하다 보니 일 년 전쯤 클로에가 갑자기 라이언 미디어를 떠나서 자기 아파트에 칩거하면서 일주일 동안 연락이 두절된 일이 기억났다. 클로에는 그때 내게 전화해서 베넷과 있었던 일을 모두 이야기했다. 은밀한 섹스로 뜨겁게 불타올랐지만 결국에는 그를 떠나기로 결심한 사연을 털어놓았다.

그때 일은 내게 큰 깨달음을 줬다. 하지만 방향이 완전히 틀렸다. 일자리를 집어던지고 베넷과의 관계마저 희생하겠다는 클로에의 단호함을 보면서 나는 앤디의 관점에서 생각해보자는 결심을 더욱 굳혔다. 그래서 우리 둘이 잘되게 내가 더 노력하기로 했다. 하지만 알고 보니 베넷은 함께 노력해서 난관을 헤쳐나간 클로에의 천생배필이었다. 그러나 앤디는 절대로 그런 위인이 아니었다.

헤어진 전 남자 친구 생각을 하면 늘 숙취와 함께 아침을 맞았다. 하지만 그에 관해 이야기를 하다 보니 배 속에 묵직한 납덩어리가 똬리를 틀고 있는 느낌이 들었다. 클로에를 도와 많은 방을 페인트칠하고 그날 오후에 강변을 한참 달려도 도무지 그 느낌은 사라질 줄을 몰랐다.

맥스에게 전화를 할까 잠깐 생각했다. 하지만 남자 문제를 하나 해결했다고 또 다른 남자 문제가 안 생길 거라고는 장담할 수는 없는 일이다. 그 전날 맥스는 저녁 식사를 같이하고 싶었을지 모른다. 하지만 깊은 관계를 원해서 그런 건 아니다. 그 역시 그런 남자가 아니다.

월요일과 화요일은 눈 깜짝할 사이에 지나갔다. 수요일은 새로운 클라이언트와의 미팅이 줄줄이 있었다. 1년을 분 단위로 쪼개사는 것 같았다. 하지만 목요일은 완전히 반대 양상을 보였다. 클로에와 베넷은 미국 독립기념일 휴가를 끼어 긴 주말을 보내러 떠났다. 조지는 시카고에 있는 집에 갔다. 사무실은 적막강산 같았다. 한참 성장세를 타는 비즈니스를 하고 있는 회사이지만 우리 팀은 지나치게 효율적으로 움직이고 있었다. 할 일이 없었다. 복도에서 사람들의 멀어지는 발소리가 메아리쳐 들려왔다.

클로에에게 문자메시지를 보냈다. 답문자를 받으리라는 기대는 없었다.

'나는 여기 왜 있을까.'

'어제 내가 떠나기 전에 네게 같은 질문을 하지 않았니? 커피를 가지러 가는데 네 발자국 소리만 복도에 울리더라.'

'한 달은 잠을 못 잘 정도로 커피를 많이 가져와서 더 나갈 일도 없어.'

'그러면 그 아름다운 낯선 남자한테 문자를 해봐. 끈적한 목적을 가진 통화를 하든지. 넘치는 에너지를 유익하게 사용하도록.'

'그렇게 못하게 되어 있어.'

곧바로 휴대전화 진동음이 울렸다.

'그게 무슨 소리야? 그럼 어떻게 하게 되어 있는데?'

나는 휴대전화를 가방에 집어넣으며 한숨을 내쉬고 창밖으로 시선을 돌렸다. 클로에에게 내 낯선 남자와 합의한 내용은 말하지 않았다. 그렇지만 클로에의 인내심은 닳을 대로 닳아서 너덜너덜해진 상태였다. 이 친구가 지금 뉴욕에 없는 게 천만다행이다. 전화기를 치워놓고 나만의 비밀로 할 수 있으니 말이다. 최소한 며칠만이라도.

***

뉴욕의 6월은 아름답다. 하지만 7월이 시작되는 순간 견디기 힘든 곳이 되었다. 고층 건물의 미로 속에 갇혀 헤어 나오지 못할 것 같은 생각이 드는 데다 벽돌로 만든 오븐 안에서 빵빵하게 구워지는 것 같은 느낌마저 들었다. 뉴욕으로 이사한 이후 처음으로 집이 그리웠다. 호수에서 불어오는 바람도 그리웠다. 소용돌이치며 불어오는 강한 바람은 마주 걸어오는 사람을 뒤로 밀어버릴 정도다. 여름 폭풍이 불면 보이는 초록색 하늘도 그리웠다. 우리 부모님 집에서는 그 폭풍을 더 오래 볼 수 있다. 몇 시간이고 지하실에 쪼그리고 앉아서 아빠와 핀볼 게임을 하기도 했다.

하지만 맨해튼에서 좋은 점은 한참을 정처 없이 걸어 다니다가 흥미로운 걸 우연히 발견할 수 있다는 점이다. 이 도시에는 없는 것이 없다. 새벽 3시에 배달되는 야키소바와 관능적인 도피처로 사용하기 위해 거울로 가득 찬 창고를 찾아내는 남자가 있다. 그리고 오늘 보니 사무실에서 조금만 걸어가면 핀볼 게임이 있는 바도 있다. 창문을 통해 핀볼 게임기의 불빛을 본 나는 머뭇거리며 걸음을 멈췄다. 뉴욕이 내가 필요로 하는 걸 정확하게 찾아서 주는 것 같은 느낌이 들었다.

어쩌면 내가 생각하는 것보다 훨씬 더 괜찮은 곳인지도 모른다.

나는 어두컴컴한 건물로 들어갔다. 친숙한 팝콘 냄새와 오래된 맥주 향을 깊이 들이마셨다. 화창한 목요일 낮이지만 바는 한밤중처럼 어두웠다. 모든 사람이 잠을 자러 갔거나 아니면 여기서 술 마시며 당구를 친다는 생각을 하게 만드는 환경이었다. 내가 본 최신 핀볼 게임기는 광택 나는 손잡이를 자랑하며 가게 앞쪽에 놓여 있었다. 내가 좋아하지 않는 에모 펑크 음악이 흘러나왔다. 하지만 가게 뒤편 구석에 놓인 좀 낡은 핀볼 게임기에는 얼굴에 진한 분장을 한 록그룹, 키스의 사진이 있었다. 또 진 시몬스가 입을 벌리고 혀를 길게 빼물고 있었다.

나는 바에서 잔돈을 바꾸고 맥주를 주문한 다음에 옹기종기 모여 앉은 사람들 사이를 가로질러 뒤편에 있는 핀볼 게임기 쪽으로 갔다.

아버지는 수집광이셨다. 내가 다섯 살 때 강아지를 사달라고 하니까 달마티안 한 마리를 사다주셨다. 그걸 시작으로 해서 커다란 우리 집에는 서로를 보고 짖어대는 귀먹은 개들이 가득 차게 되었다.

그러고 보니 차체가 다 휘어버린 쉐보레 콜베어도 꽤나 모았다. 아버지는 그 차들을 넣어두려고 차고를 렌트하기까지 했다.

그다음에는 낡은 트럼펫을 사 모으셨다. 그리고 같은 지역에 사는 조각가의 작품을 가져오셨고 마지막으로 모은 것이 핀볼 게임기였다.

아버지는 창고에 약 70개의 핀볼 게임기를 모아놓고 집에 있는 게임 룸에는 일고여덟 대를 갖다놓으셨다. 사실 아빠와 앤디가 처음 의기투합한 장소가 바로 그 게임 룸이었다. 아빠는 앤디가 난생처음 핀볼을 해보았다는 걸 알 리가 없었다. 앤디는 아버지의 수집품이 세상에서 제일 근사하다는 식으로 굴면서 자기가 게임기 손잡이를 잡을 정도로 자랐을 때부터 이 게임을 한 것처럼 이야기했었다. 아버지는 앤디에게 홀딱 반했고 나는 무척 기뻤었다. 그때 나는 겨우 스물한 살이었다. 그래서 나보다 거의 열 살이나 많은 남자 친구에 대해 부모님이 어떻게 생각하실지 자신이 없었다. 하지만 아버지는 있는 힘껏 (아버지의 시간과 수표책까지 포함해서) 우리 관계와 앤디의 야망을 지지해주셨다. 아버지를 설득하는 건 언제나 간단했다. 일단 같은 편이 되고 나면 아빠는 상대에 대한 찬사를 멈출 줄 몰랐다.

물론 당신 딸이 아닌 다른 여자와 로맨틱한 저녁 식사를 하다가 마주친 경우는 예외였다. 아버지는 내게 그 이야기를 하면서 앤디의 참모습을 보라고 강력하게 권고했다. 앤디가 사람들에게 각인시키려 노력하는 모습은 그가 아니라고 말해주셨다. 하지만 나는 앤디 이야기를 믿는 편을 택했다. 그 여자는 열심히 일하는 직장 동료이고 최근에 사랑하는 사람과 헤어진 일로 상심해 있어서 고충을 들어줄 사람이 필요했다는 이야기. 그게 다라고 앤디는 말했다.

정말 자상한 상사가 아닌가.

그로부터 2달 뒤 앤디는 또 다른 여자와 바람피우는 사진이 지역신문에 실리는 일을 당했다.

나는 동전 하나를 게임기에 넣고 두 손에 힘을 주어 준비하면서 빛나는 은색 구슬이 자리 잡는 모습을 지켜보았다. 음악과 경기 시작을 알리는 휘슬 소리와 종소리는 작동하지 않는 모양이었다. 공을 쏘아 올려서 판 위로 떨어트리고 손잡이를 잡아당기고 엉덩이로 기계를 툭툭 쳐도 기괴할 정도로 아무 소리가 나지 않았다. 나는 예전 같지 않은 실력으로 형편없는 게임을 하고 있었지만 상관없었다.

지난 몇 주 동안 지금처럼 모든 것이 명료해지는 순간이 몇 번 있었다. 이런 순간에 나는 내가 얼마나 성장했는지, 그동안 삶과 인간관계에 대해 얼마나 모르고 지냈는지를 깨닫고 했다. 베넷과 클로에가 말없이 서로를 괴롭히고 사랑하는 모습을 볼 때 그랬다. 그리고 지금 여기서 이렇게 혼자 핀볼 게임을 하면서 오랫동안 느끼지 못한 만족감을 경험하면서 다시 한 번 그 순간을 맞이하고 있다.

남자 한둘이 다가와 말을 걸었다. 나는 혼자서 핀볼 게임을 하는 여자를 보면 남자들이 참지 못한다는 걸 잘 알고 있다. 하지만 게임을 네 번째 할 때는 누군가의 시선이 느껴져서 신경을 쓰지 않을 수 없었다.

내 목덜미 피부가 그 시선에 짓눌려 간신히 숨을 토해 낼 지경이 된 것 같았다. 나는 맥주잔을 비우고 뒤로 돌아섰다. 건너편에 맥스가 서 있었다.

옆에는 남자 동행이 있었다. 나는 모르는 사람이지만 그 역시 정장을 차려입어서 슬림한 회색 드레스에 붉은 하이힐을 신은 나만큼이나 바에서 도드라져 보였다. 맥스는 맥주잔 너머로 나를 보고 있었다. 내가 그를 알아보고 미소 짓자 그는 살짝 잔을 들어 올렸다.

나는 이십여 분 정도 더 게임한 다음에 두 사람이 서 있는 곳으로 걸어갔다. 바보 같은 미소가 흘러나오지 않도록 얼굴에 힘을 잔뜩 주어야 했다. 그를 정말 만나고 싶었는데 미처 깨닫지 못하고 있었던 모양이다.

"안녕하세요."

나는 살짝 미소를 지으면서 말했다.

"그래요, 잘 계셨죠?"

나는 그의 옆에 있는 일행을 쳐다보았다. 나이가 좀 더 들어 보이는 그 남자는 긴 얼굴에 친절한 갈색 눈동자를 지녔다.

"세라 딜런, 여기는 제임스 마셜이라고, 제 동료이자 절친한 친구입니다."

나는 손을 내밀어 그와 악수했다.

"만나서 반가워요, 제임스."

"저도 반갑습니다."

맥스는 맥주를 한 모금 마시고 잔으로 내 쪽을 가리켰다.

"세라는 라이언 미디어 그룹의 새로운 재정 담당자야."

제임스가 눈을 크게 뜨고 감동받았다는 듯한 얼굴로 고개를 끄덕였다.

"그러시군요."

"여기서 뭐 하고 있었어요?"

나는 주변을 둘러보며 물었다.

"한낮에 업무 보러 올 만한 장소는 아닌 것 같은데요."

"업무는 진작 끝냈죠. 이 도시에 있는 모든 사람이 그러잖아요. 그러는 그쪽은? 숨을 곳이라도 찾은 건가?"

맥스는 사악한 눈빛으로 물었다.

"아니오."

나는 번지는 미소를 어쩌지 못하고 대답했다.

"절대 그렇지 않아요."

맥스의 동공이 살짝 커졌다. 그러다가 눈을 끔뻑거리고 바와 바텐더가 있는 쪽을 가리키며 말했다.

"여기가 대개는 사람이 없고 음탕한 데에다 기네스 생맥주를 주는 곳이라서 왔어요."

"나는 당구장이 있어서 왔어요. 맥스의 엉덩이를 걷어차는 척하는 걸 좋아하거든요."

제임스는 맥주를 길게 들이켜고 이어서 말했다.

"그럼 놀아볼까요."

나는 그의 말을 신호 삼아서 가방을 어깨에 둘러멘 뒤 맥스를 보고 살짝 미소 지으며 말했다.

"그럼 재미있게 놀아요. 나중에 봐요."

"배웅해줄게요."

맥스는 내게 말하고 고개를 돌려 제임스를 보았다.

"맥주 한 잔 더 시켜줘. 저기 뒤편 테이블에서 보자."

맥스의 손이 내 등에 살짝 닿은 채로 바를 나와서 눈부신 한낮의 태양 아래 섰다.

"이런."

맥스는 태양열과 빛에 놀란 듯 투덜거리면서 손으로 눈을 가렸다.

"안에 있는 편이 낫겠는데요. 다시 들어가서 우리랑 놉시다."

나는 고개를 가로저었다.

"집에 가서 빨래나 해야 할 것 같아요."

"빨래한테도 밀리는 신세가 되는군요."

나는 소리 내어 웃었다. 하지만 맥스가 한 손을 들어서 내 옆얼굴에 대자 불안한 시선으로 주변을 둘러보았다. 맥스가 재빨리 손을 거두고 웅얼거리듯 말했다.

"알았어요."

"제임스는 나에 대해 알아요?"

나는 조용히 물었다.

맥스는 상처 입은 듯한 표정으로 나를 보았다.

"아니오. 내가 누군가를 만나는 건 알지만 그게 누구인지는 모두 몰라요."

잠시 어색해졌다. 이런 상황에서 어떻게 대처해야 하는지 나는 아는 바가 없었다. 그러고 보니 금요일만 만나기로 한 건 아주 잘한 일인 것 같다. 별다른 생각을 하지 않아도 되고 친구들이나 감정, 경계에 관한 협상을 할 필요도 없으니 말이다.

"이렇게 자꾸 우연히 마주치는 게 이상하다는 생각은 안 해봤어요?"

맥스가 알 수 없는 눈빛으로 물었다.

"안 했어요."

나는 솔직히 인정했다.

"하지만 세상이 다 그런 것 아닌가요? 수백만 명이 사는 도시에

낯선 살 냄새

서도 늘 같은 사람을 만날 수 있어요."

"하지만 그게 정말 못 견디게 보고 싶은 사람일 경우의 수는 얼마나 될까요?"

나는 눈을 깜빡거리며 말없이 서 있었다. 불안한 마음과 아찔한 느낌이 뒤섞여 배 속에서 보글보글 끓어오르는 것 같았다.

내 어색한 침묵을 무시한 채 맥스는 말을 이어갔다.

"우리가 내일도 만나는 겁니까?"

"그러지 못할 이유가 있어요?"

맥스는 크게 웃으면서 시선을 떨어뜨려 내 입술을 바라보았다.

"휴일이잖아요, 아가씨. 휴일에는 일 안하니까 혹시 우리도 그런가 했죠."

"영국인인 당신한테는 휴일이 아니잖아요."

"물론 그렇죠. 징징거리는 미국인들을 치워버린 날에 불과하죠."

"하하. 재밌지도 않는 농담이네요."

"올해 공휴일과 겹치는 금요일이 더 이상 없다는 건 다행이네요. 요즘 제일 좋아하는 요일이 금요일인데 하루라도 놓칠까 걱정할 필요가 없어요."

"달력을 미리 다 봤어요?"

나는 맥스에게 좀 더 가까이 다가가며 말했다. 32도에 달하는 뜨거운 날씨인데도 그의 몸에서 뿜어 나오는 열기가 느껴질 만큼 가까웠다.

"아니요, 그냥 제가 조금 천재적이어서 기억하고 있죠."

"서번트 증후군을 앓는 사람처럼?"

맥스는 크게 웃고 장난스레 혀를 찼다.

"뭐 그 비슷한 거라고 해두죠."

"그럼 내일은 어디서 만나나요?"

맥스는 다시 한 번 한 손을 들어 보이고 검지로 내 아랫입술을
쓰다듬었다.

"문자메시지로 보낼게요."

그는 정말 그렇게 했다. 맥스와 헤어진 다음 모퉁이를 돌아 지
하철역에 도착했을 때 주머니에 넣어둔 휴대전화에서 진동이 울
렸다.

'11번 애비뉴와 W24 스트리트 사이. 공원 건너편에 고층 건물
있음. 7:00'

어떤 건물의 몇 층인지 알려주지도 않고 무엇을 입으라는 말도
없었다.

***

도착해 보니 맥스가 무슨 뜻으로 그렇게 문자를 보냈는지 알 수 있었다. 건물이 정말 단 하나뿐이었다. 석재와 유리로 구성된 현대식 건물이 첼시 워터사이드 파크를 내려다보고 있었다. 허드슨 강이 보이는 믿기 어려운 근사한 전망도 갖춘 곳이었다. 로비는 아무것도 없이 텅 비어 있었지만 책상 앞에 앉은 경비원은 있었다. 한 1분 동안 안절부절못하고 있었더니 경비원이 스텔라 씨의 친구냐고 물었다.

나는 잠시 경계하면서 망설이다가 대답했다.

"네."

"아, 다행이네요. 진즉에 물어볼 걸 그랬어요."

경비원이 자리에서 일어났다. 덩치만큼 키도 무척 컸다. 경비원은 손을 크게 흔들어 나를 엘리베이터 쪽으로 불렀다.

"오시면 위층으로 안내하라고 하셨습니다."

잠시 멍하니 쳐다보던 나는 재빨리 움직여서 엘리베이터에 들어가 경비원 옆에 섰다. 경비원은 구멍에 열쇠를 끼어 넣은 다음에 R 버튼을 눌렀다.

옥상층.

지금 옥상으로 가는 건가?

경비원은 상냥하게 손을 흔들며 엘리베이터에서 내렸다.

"독립기념일 잘 보내세요."

그의 말과 함께 엘리베이터 문이 닫혔다.

27층짜리 건물이었다. 엘리베이터는 새것인지 매우 빨랐다. 앞으로 무슨 일이 펼쳐질지 고민할 시간도 주지 않고 나지막한 딩동 소리와 함께 엘리베이터 문이 열렸다.

나는 작은 복도로 들어섰다. 조금 걸으니 짧은 계단이 나왔다. 계단 끝에는 '옥상 전용문. 관계자 외 출입 금지'라고 적힌 문이 있었다.

오늘 이 팻말이 내게도 적용된다고 생각하지는 않았다. 맥스가 한 일이니까 그럴 게 분명했다. 맥스는 내가 세운 규칙을 어기지 않는 선에서 적절히 응용하는 법을 정말 잘 아는 것 같다.

금속이 부딪치며 내는 소름 돋는 소리와 함께 문이 열렸다. 안으로 들어서니 등 뒤에서 문이 쿵 소리를 내면서 닫혔다. 뒤돌아서 문을 다시 열어보려고 했지만 소용없었다. 날은 덥고 바람도 많이 불었다. 나는 건물 옥상에 갇혀버린 모양이다.

'이런 제길. 맥스가 여기 나타나야 할 텐데. 안 그러면 열 받아서 돌아버리겠어.'

"여기예요!"

맥스의 목소리가 오른쪽 어디선가 들려왔다.

나는 안도의 한숨을 내쉬고 커다란 전기함을 돌아서 걸어갔다. 맥스는 담요와 베개, 그리고 엄청난 양의 음식과 맥주를 바닥에 펼쳐놓고 서 있었다.

낯선 살 냄새

"즐거운 독립기념일이에요, 아가씨. 야외에서 섹스할 준비 됐나요?"

맥스는 믿을 수 없을 정도로 멋있었다. 청바지와 파란색 티셔츠를 입고 적당히 그을린 근육질 팔뚝을 드러낸 190센티미터가 넘는 장신의 그가 내게 다가오고 있었다. 태양빛 아래 느껴지는 그의 육체적 존재감은 엄청났다. 바람이 불어 그의 셔츠가 나부끼면서 가슴이 드러났다… 하나님 맙소사. 정말 감동적이었다고만 말해두겠다.

"야외에서 섹스할 준비가 됐냐고 물었는데?"

맥스는 나직한 목소리로 말하고 허리를 굽혀 내게 키스했다. 맥주와 사과 맛이 났다. 그리고 맥스 맛도 났다. 따뜻하고 섹시하고 편안한… 그는 내게 위안이 되는 음식 같은 존재다. 몸에 그리 좋을 것도 없지만 이따금씩 아무 죄책감 없이 탐닉하는 그런 음식.

"네. 그런데 헬리콥터나 카메라 같은 건 걱정하지 않나요?"

나는 맥스 뒤편을 눈짓으로 가리켰다. 멀리 다른 건물 옥상에 사람들이 있었다.

"저기 망원경을 가진 사람들이 있어요."

"전혀 신경 쓰지 않아요."나는 눈을 가늘게 뜨고 두 손을 그의 가슴에 댄 다음, 천천히 위로 올려 목을 껴안았다. "사람들 눈을 걱정하지 않는 이유가 뭐예요?"

"그런 걸 걱정하면 내가 나답지 않아지니까요. 그런 걸 걱정하면 집에만 있거나 피해망상증에 사로잡힐 거예요. 당신하고 옥상에서 섹스하는 것도 못하게 되죠. 얼마나 비극적인 일이 될지 상상해봐요."

"정말 큰일이겠네요."

맥스는 사람들이 보거나 보지 않거나 전혀 무관심한 모양이다. 그는 사람들 눈에 띄는 걸 원하지도 않지만 애써 피하지도 않는다. 그저 현실을 있는 대로 받아들이며 살아간다. 내가 겪은 언론이나 대중을 전혀 다른 식으로 대하는 것이다. 아주 간단하고 단순한 방식 같았다.

맥스는 싱긋 웃고 나서 내 코끝에 키스했다.

"일단 좀 먹읍시다."

맥스는 바게트와 치즈, 소시지, 과일을 가지고 왔다. 엄지손가락 지문 잼이 있는 작은 쿠키와 완벽한 맛의 조그만 마카롱도 있었다. 작은 쟁반에는 올리브와 절인 오이, 아몬드를 담은 볼이 준비되어 있었다. 금속 버킷에는 흑맥주 몇 병이 담겨 있었다.

"진수성찬이네요."

내가 말했다. 맥스는 소리 내어 웃었다.

"그러네요."

맥스는 한 손으로 내 옆구리를 쓰다듬다가 복부를 지나 가슴으로 옮겨 갔다.

"실컷 먹고 마실 생각을 했거든요."

맥스는 나를 담요에 앉히고 맥주 한 병을 따서 유리잔에 따랐다.

"이 건물에서 살아요?"

나는 사과를 한 입 베어 물며 물었다. 그의 아파트 가까운 곳에 있다고 생각하니 조금 불안해졌다.

"지난번에 택시에서 손으로 해주고 나를 내려줬던 곳에 있는 건물이 내가 사는 곳이에요. 여기는 내가 소유하고 있는 아파트예요. 하지만 우리 어머니가 살고 계시기는 하죠."

맥스는 또 한 손을 들어 내가 말하려는 것을 저지하고 말을 이어나갔다.

"어머니는 2주 동안 리즈에 있는 누나네 집에 계실 겁니다. 그리고 옥상에는 올라오지 않으세요."

"혹시 여기 올라올 사람이 있지 않을까요?"

맥스는 어깨를 한번 으쓱이고 올리브 하나를 입에 털어 넣었다.

"그렇지 않을 거예요. 물론 장담은 못하지만."

올리브를 씹으면서 나를 쳐다보는 맥스의 눈이 웃고 있었다.

"어떻게 생각해요?"

걱정과 불안감이 속에서 모락모락 피어올랐다. 나는 잠긴 문을 다시 쳐다보면서 담요에 누워 맥스와 격렬한 섹스를 하는데 갑자기 문이 열렸다가 닫히는 소리가 나면 어떨지 생각해보았다.

"좋아요."

나는 미소 지으면서 대답했다.

"여기가 불꽃놀이 관람 명당자리예요."

맥스가 설명했다.

"강 너머로 볼 수 있는 불꽃쇼가 네 가지예요. 모두 동시에 진행되죠. 볼 만할 거예요."

맥스는 낮은 탄성을 내뱉으면서 베개 몇 개를 옆으로 밀어내고 나를 두툼한 담요에 눕혔다. 맥스는 미소 띤 얼굴로 눈을 감고 내게 키스했다.

빌어먹을. 이 남자는 왜 이렇게 느낌이 좋은 거야? 맥스가 보통 정도의 솜씨로 사랑을 나누는 남자이거나 일주일에 한 번씩 만나서 섹스하는 여자로만 나를 대했다면 덤덤하게 그를 대하는 일이 더 쉬웠을 것이다. 비록 만족감은 덜하겠지만. 하지만 맥스는 다정하고 세심했다. 그리고 이런 일을 너무나 능숙하게 해냈다. 맥스는 아주 손쉽게 나를 달뜨게 만들었다. 그의 밑에서 무릎을 꿇고, 그를 갈망하고, 그에게 애원하게 만드는 일쯤은 맥스에게 간단한 일이었다.

맥스는 내가 애원하는 걸 좋아한다. 나를 애태워서 더 갈망하고 바라게 만든다. 나는 그에게 더 오래 나를 애타게 해달라고 애원하게 된다.

맥스가 내게 키스하고 내 피부를 어루만지고 민감한 부분을 애무할 때면 그의 사랑을 예전에 경험한 내 유일한 사랑 방식과 비교하지 않으려 노력해야 한다. 앤디는 늘 서두르고 거칠었다. 일 년 동안은 나름 즐거운 섹스를 했지만 그 이후 우리는 서로를 탐구하거나 공유하는 노력을 전혀 하지 않았다. 침대에서 섹스하고 가끔 소파에서 하는 게 전부였다. 한두 번은 주방에서 한 적이 있기는 하다.

하지만 맥스는 딸기를 내 턱에 올려놓고 천천히 미끄러뜨려 입에 넣어주고 그 즙을 빨아 먹는다. 내게서 어떤 맛인 나는지 말해주고 나를 빨아 먹고 내 안으로 들어와서 교성을 지르게 만든다. 내 교성은 거리 저편까지 메아리친다.

내가 셔츠를 벗어버리고 맥스의 셔츠를 벗기는 모습을 맥스는 사진으로 찍었다. 내가 혀로 그를 탐미하면서 점점 아래로 내려가서 그의 청바지를 풀고 단단해진 그의 물건을 꺼내 입에 넣는 모습도 사진으로 찍었다. 이번에는 그를 절정의 순간까지 끌고 갈 수 있기를 바랐다.

맥스가 속삭였다.

"눈을 뜨고 나를 봐요."

그런 다음 그는 사진을 찍었다. 나는 맥스를 느끼는 데 열중해 있어서 그 순간은 아무런 거리낌 없이 움직였다. 모든 게 상관없었다.

맥스의 휴대전화가 담요 위에 떨어졌다. 맥스의 두 손이 내 머리털 속으로 파고들었다. 맥스는 나를 안내하면서 속도를 조절하게 했다. 나는 입을 천천히 움직였다. 이렇게 천천히 움직였다가는 그가 절정에 이를 수 있을지 의아할 만큼 천천히 뒤로 물러났다가 다시 그를 힘껏 빨아들였다. 맥스는 내가 빠르게 움직이지 못하게 했다. 그의 동공이 짙어지면서 굶주린 듯한 눈빛을 띠었다. 마침내 내 안에서 그의 물건이 크게 부풀어 올랐다.

"괜찮겠어요?"

맥스는 잠긴 목소리로 물었다.

"나 지금 갈 것 같은데."

홍조 띤 얼굴로 입을 살짝 벌린 맥스를 보면서 나는 웅얼거리며 말했다. 맥스는 자신을 물고 있는 내 입술을 바라보았다. 맥스는 절정에 이르면 나지막하게 잠긴 신음 소리와 함께 지금껏 한 번도 들어보지 못한 난잡한 말들을 어지럽게 뱉어냈다. 나는 재빨리 꿀꺽 삼키고 멍한 표정의 맥스의 얼굴에 집중했다.

"아!"

맥스는 나지막한 신음을 내뱉고 미소 지었다. 그는 두 손으로 나를 잡고 자신의 가슴으로 끌어 올렸다.

하늘이 어두워지기 시작했다. 분홍색으로 변했다가 라벤더 컬러를 입은 노을이 아름다웠다. 우리는 층층이 겹쳐진 구름을 쳐다보았다. 맥스의 피부는 따스하고 부드러웠다. 나는 고개를 돌려 맥스의 살에 얼굴을 묻고 크게 숨을 들이마셨다.

"당신이 사용하는 디어더런트 향이 좋아요."

맥스는 소리 내어 웃었다.

"이런, 고맙네요."

나는 그의 어깨에 키스하고 잠시 머뭇거리고 있었다. 지금 이 순간을 망치고 싶지 않았기 때문이었다. 하지만 반드시 해야 할 말이 있었다.

"내 얼굴 사진을 찍었어요."

맥스가 소리 없이 웃었다.

"그래요. 지금 지울게요. 그 사진을 두어 번 보고 싶었어요."

맥스는 묵직한 팔을 담요에 떨어트려 휴대전화를 더듬더듬 찾았다. 전화기는 내 엉덩이 밑에 있었다. 나는 전화기를 집어서 맥스에게 건넸다.

우리 둘은 휴대전화에 찍힌 사진을 같이 넘겨 보았다. 그의 셔츠와 가슴에 올려놓은 내 손이 있었다. 내 가슴과 목덜미가 찍힌 사진도 있었다. 내 두 손이 맥스의 청바지 허리춤을 풀고 아래로 내리는 사진에서 잠시 멈추고 한동안 바라보았다. 내 엄지손가락이 맥스의 성기 끝을 쓸어내는 사진이 나오자 맥스는 몸을 옆으로 굴려서 내 위로 올라왔다. 그의 남성이 다시 단단해져 있었다.

"잠깐 기다려요."

내가 말했지만 맥스가 키스하는 바람에 그의 입에 대고 웅얼거리는 꼴이 되고 말았다.

"맥스, 얼굴 나온 사진부터 지워야죠."

신음 소리와 함께 내 몸에서 내려온 맥스는 그 사진들을 내게 보여주었다. 지금껏 본 그 어떤 사진보다 관능적이라는 사실을 부인할 수 없었다. 내 입이 그의 엉덩이를 파고드는 사진. 내 혀가 맥스의 성기 끝에 닿아 있는 사진. 그리고 입을 크게 벌려 맥스의 남성을 머금고 카메라를 정면으로 응시하는 사진이 있었다. 온 힘을 다해 그를 빨아들이고 있음을 짙어진 내 눈동자가 분명하게 알려주고 있었다. 저런 사진이 있다면 영원히 저 포즈를 취할 수도 있을 것 같았다.

맥스는 삭제 버튼을 누르고 확인 요청까지 수락했다. 사진은 사라져버렸다.

"지금껏 보았던 어떤 사진보다 화끈한 사진이었어요."

맥스는 다시 몸을 굴려 내 위로 올라와서 내 목덜미에 키스했다.

"사진에 얼굴이 나오면 안 된다는 규칙은 정말 싫군요." 나는 아무 말도 하지 않았다. 그 대신 그의 바지를 끝까지 끌어 내려서 완전히 벗겨버렸다. 맥스는 내 반바지를 벗기고 내 다리로 자신의 엉덩이를 휘감았다.

"콘돔 가지고 와요."

나는 맥스의 목덜미에 입술을 대고 웅얼거리듯 말했다.

"실은 콘돔에 관련된 규칙에 연연하지 않았으면 하는 바람이 있어요."

맥스는 몸을 조금 뒤로 떼어 내 눈을 바라보면서 말했다. "맥스…."

"대신 이걸 가지고 왔어요."

맥스는 담요 아래서 서류 한 장을 꺼냈다. '세상에, 건강검진 결과표라니. 정말 로맨틱하네.'

"고등학교 이후로 콘돔 없이 관계한 적은 한 번도 없어요."

맥스는 나를 설득하기 위해 열심히 말하고 있었다.

"나는 다른 사람하고는 관계 맺지 않을 거니까 당신과 콘돔 없이 하고 싶어요."

"내가 경구용 피임약을 먹고 있는 건 어떻게 알았어요?"

"지난번 도서관에서 당신 가방에 약이 있는 걸 봤어요."

맥스는 뒤로 물러나서 위치를 잡고 자신의 엉덩이를 흔들며 내 하체를 압박해왔다.

"괜찮겠죠?"

나는 고개를 끄덕였지만 질문을 하나 던졌다.

"내 전력에 관해서는 걱정이 되지 않아요?"

맥스는 미소를 지으면서 내 어깨를 따라 잔키스를 퍼부었다. 한 손으로는 내 가슴을 어루만졌다.

"말해봐요."

나는 침을 꿀꺽 삼키고 맥스의 시선을 피해 고개를 돌렸다. 맥스가 손가락 하나를 내 턱에 대고 얼굴을 돌려서 자신을 바라보게 했다.

"나는 전에 단 한 사람만 사귀었어요."

나는 솔직하게 말했다. 맥스의 눈가에서 웃음기가 사라졌다.

"전에 사귄 사람이 단 한 명이라고요?"

"하지만 그는 나와 사귀면서 시카고에 있는 모든 사람과 섹스를 하고 다녔어요."맥스가 나지막하게 거친 말을 내뱉었다. 그리고 다정한 음성으로 말했다.

"세라…."

"그러니까 시카고의 모든 사람과 섹스하고 다닌 남자 친구와 했다는 점을 고려하면 나는 한 사람 이상을 상대했다고 볼 수도 있어요."

나는 웃어보려 노력했다. 내 말속에 숨은 아픔을 그렇게 지우고 싶었다.

"그 후로 건강검진을 받은 적은 있어요?"

"네."

나는 엉덩이를 들어 올려 맥스에게 밀어붙였다. 미처 깨닫지 못하고 있었지만 이런 식의 관계를 나는 간절히 원하고 있었다. 앤디는 우리 관계가 어느 정도 진척이 된 다음에는 늘 콘돔을 사용했다. 돌이켜보면 그것이 그의 행적에 대한 단서였다. 하지만 당시에는 거리를 두는 것 같아서 기분이 좋지 않았다. 앤디는 준비될 때까지 아이를 갖지 않으려면 확실히 하는 게 좋다고 말했지만 나에 대한 최소한의 호의를 베푼 것이라고 봐야 할 것 같다.

하지만 맥스는 완전히 반대로 하고 있다. 처음에는 거리를 두다가 우리의 이 이상한 일대일 관계에 집중하기 시작한 것이다.

'헛소리 마, 세라. 대부분의 사람들이 다 이런다고.'

나는 맥스의 엉덩이를 세게 끌어당기고 고개를 들어 그의 목덜미에 키스했다.

"그렇다면 좋아요."

맥스는 다시 움직이기 시작했다. 우리 몸 사이로 손을 뻗어 자신의 남성을 미끄러지듯 내 안으로 밀어 넣으며 낮은 신음 소리를 뱉었다. 천천히 그가 나를 채워가고 있었다. 그의 온몸이 나를 뒤덮었고 그의 키스가 목에서 얼굴로 전해지다가 입술을 점령했다.

"정말 멋져."

맥스가 속삭였다.

"맙소사, 이런 건 처음이야."

묘하게 필사적인 기분이 들었다. 그를 온몸으로 느끼는 건 나도 처음이다. 그의 벗은 몸이 온전하게 느껴졌다. 완전히 다른 종류의 소유욕이 생겨났다. 그의 어깨는 굉장히 넓었다. 내 손에 닿는 그의 근육은 크고 힘찼다. 내 안과 내 위에서 맥스는 온 세상이 되었다.

그는 움직이면서 계속 내게 키스했다. 그러다 갑자기 천천히 움직였다. 그를 낱낱이 느낄 수 있었다.

"누군가 여기를 훔쳐볼 수도 있어요. 내 밑에서 다리를 벌리고 나를 휘감은 당신을 볼 수도 있죠."

맥스는 팔꿈치에 몸무게를 싣고 내 가슴을 내려다보았다.

"사람들이 이런 걸 보고 싶어 할 거예요."

나는 눈을 감고 허리를 활처럼 휘어서 그가 더 잘 볼 수 있게 했다. 맥스와 함께 있으면 묘한 안도감이 든다. 그와 하는 일은 무엇이든지 이상하거나 틀렸다는 생각이 들지 않는다. 다른 사람들이 우리를 볼 수 있다는 것도 마음에 들었다. 맥스 역시 나만큼이나 그런 생각을 좋아하는 것 같다. 우리가 하는 모습을 다른 사람에게 들키고 싶다는 생각.

"가끔 섹스하는 모습을 다른 사람이 봐주면 좋겠다는 생각을 해요?"

맥스가 조금씩 빨리 움직이면서 물었다. 나는 떨리는 목소리로 솔직하게 말했다.

"사람들이 나와 이렇게 있는 당신을 보면 좋겠다는 생각은 해요."

"그래요?"

"당신을 만나기 전에는 이런 걸 내가 좋아하는지 몰랐어요."

맥스는 내게 몸을 밀착했다. 따스하고 묵직했다.

"당신이 원하는 건 뭐든지 해줄게요. 나와 섹스할 때 당신이 변하는 모습을 보는 게 좋아요. 사진을 찍으면 당신은 그 수수께끼 같은 방어벽을 치워버리고 마음을 활짝 열죠. 마음껏 숨 쉬는 사람 같아요."

나는 최대한 맥스를 내게 끌어당겨 안고 어두운 하늘을 올려다보았다. 강가에서 첫 번째 폭죽이 올라갔다. 소리가 먼저 들리고 이어 환한 빛이 보였다. 나직한 폭발음이 내 등 아래 옥상을 흔들어놓았다.

이어서 정신없이 폭죽이 터졌다. 별들과 불꽃, 조명이 아름답게 어우러졌다. 온 하늘이 불타오르는 것처럼 보였다. 내 밑의 건물이 폭발음에 반응하며 부르르 떨면서 진동음을 전했다. 내 뼈로 전해진 진동은 가슴을 관통해 지나갔다.

"이런 맙소사."

맥스는 크게 웃으면서 점점 격렬하게 움직였다. 거칠어진 몸짓이 절정이 다가옴을 말해주고 있었다. 이제 나는 그에게 어느 정도 익숙해졌다. 맥스는 절정의 직전에 이르렀다. 강가 가까이 있어서 모든 소리가 파묻혔다. 대기에는 황과 연기, 불빛이 가득했다. 맥스는 내 머리 가까이 손을 대고 무릎을 꿇은 자세에서 내 안으로 밀고 들어오면서 우리가 같이 절정에 이르는 순간을 사진으로 찍었다. 붉은색과 푸른색의 조명이 내 피부를 물들였다.

나는 깊이 숨을 들이마신 후 산산이 조각나는 느낌에 날카로운 교성을 내질렀다. 하지만 내 소리는 주변에서 천둥처럼 울리는 폭죽 소리에 섞여 사라져버렸다.

***

맥스는 접어놓았던 담요를 가져와 우리 둘을 감쌌다. 추워서라
기보다는 더 이상 상상의 청중 앞에서 우리 몸을 드러낼 일이 없
기 때문이었다. 우리는 손을 잡고 불꽃을 보면서 맥주를 홀짝홀짝
마셨다.

"한참 동안 한 사람에게만 헌신하는 관계를 갖지 않았다고 했
잖아요. 그런데 섹스 파트너에게 일대일 관계를 약속하는 게 이상
하지 않아요?"

나는 고개를 돌려 맥스의 얼굴을 쳐다보면서 물었다.

맥스는 소리 내어 웃고서 맥주병을 입술에 대고 기울였다.

"아니오. 나는 여자가 원하는데도 한 사람하고만 하는 걸 못 견
딜 만큼 변태적이지 않아요."

"여자가 원하면? 그럼 내가 다른 남자하고 함께 어울리고 싶다
고 하면 그렇게 하도록 할 거예요?"

맥스는 고개를 흔들며 강 쪽으로 시선을 돌렸다. 자욱한 연기가
서서히 걷히고 있었다.

"그렇게 못할 것 같은데요."

맥스는 다시 병을 들어 남은 맥주를 모두 마셨다.

낯선 살 냄새

"오늘 밤에 콘돔을 사용하지 않았다는 걸 기억해줘요. 당신이 다른 남자와도 만난다면 우리는 그럴 수 없었을 거예요."

맥스는 손을 뻗어 맥주 한 병을 더 집었다. 담요가 그의 어깨에서 흘러내렸다. 벗은 등이 드러나면서 탄탄한 근육이 보였다. 나는 앞으로 몸을 숙여서 그의 척추 가운데부터 시작해 목까지 천천히 키스했다.

"마지막으로 여자를 진지하게 사귄 게 언제예요? 세실리는 연인이었나요?"

"그렇지 않아요."

맥스는 내 옆으로 몸을 붙이고 담요를 덮은 다음 나를 꼭 안았다.

"여기로 이주한 다음에 두 명 정도와 사귀었어요. 하지만 누군가를 사랑한 게 언제냐고 묻는 거라면 까마득한 옛일이라고 할 수밖에 없네요." 나는 고개를 끄덕였다.

"그게 궁금했나 봐요."

"대학 다닐 때 잠깐 진지하게 사귀던 여자가 있었어요. 그런데 그 여자는 내 친구와 바람이 났죠. 사실 두 사람은 결혼까지 했어요. 그 후 잠시 동안 여자라면 진절머리가 났어요. 하지만 지금은 남녀 관계에 많은 노력과 에너지, 시간이 필요하다는 걸 알아요."

맥스는 맥주 한 모금을 꿀꺽 마셨다.

"그래서 진지한 관계가 많지 않았어요. 회사를 만들고 운영하느라 바빴으니까. 같이할 사람이 필요하다는 데는 크게 이견이 없어요. 하지만 이런 도시에서는 내게 꼭 맞는 짝을 찾기가 어려워요. 팔백만 명도 넘는 사람들이 사는 곳에서 이런 이야기를 하는 게 조금 이상하기는 하네요."

나는 맥스의 이야기를 정말 무덤덤하게 들었다. 그의 짝이 나였으면 하는 바람도 없었고, 맥스가 누군가를 찾기 바라면 어쩌나 하는 걱정도 없었다. 늘 생각이 많은 나 같은 사람에게는 낯선 경험이었다. 세상에서 가장 기괴한 공허가 내 가슴에서 커져갔다.

"이제는 가야 할 것 같아요."

나는 기지개를 켜며 말했다. 담요가 미끄러져 내려갔다.

맥스는 내 벗은 몸을 살펴보고 나와 눈을 맞췄다. "왜 늘 그렇게 서둘러요?"

"밤새 하지 않기로 했잖아요."

나는 맥스에게 상기시켰다.

"휴일인데도? 모닝 섹스를 할 수도 있잖아요. 우리 어머니 집의 게스트 룸에서 자면 돼요."

"그러면 월에게 전화해요. 매력적이던데."

"그럴 수도 있지만 녀석은 꼭 뒤에서 나를 안고 자겠다고 우겨요. 아주 어색하죠."

맥스는 말을 멈추고 나를 보았다.

"잠깐. 지금 월이 매력적이라고 했어요?"

나는 소리 내어 웃으면서 남은 맥주를 다 마시고 손을 뻗어 옷가지를 집었다.

"네. 하지만 내가 좋아하는 타입에 가까운 건 당신이에요."

"부티가 나서? 아랫도리 쪽에 천부적인 재능이 있어서? 그도 아니면 사람이 아니라 신적 존재 같아서?"

나는 맥스를 보면서 소리 내어 웃었다.

"완벽하게 추잡한 말을 잘해서라고 말하려던 참이었어요."

맥스의 눈동자가 짙어졌다. 맥스는 허리를 굽혀 내게 키스했다.

"자고 가요, 아가씨. 잠에 취해 헝클어진 당신하고 아침에 섹스하고 싶어요."

"그럴 수 없어요, 맥스."

맥스는 나를 한참 동안 뚫어져라 바라보다가 고개를 돌리면서 술병에 입술에 대면서 "그 자식이 정말 몹쓸 짓을 한 모양이야." 와 비슷한 말을 웅얼거렸다.

나는 웃음기 가신 얼굴로 말했다.

"오로지 섹스만 원하는 여자에게서 의미를 찾으려는 일은 하지 않는 편이 좋아요. 맞아요. 앤디는 내게 정말 몹쓸 짓을 했어요. 하지만 그게 내가 여기서 자지 않는 이유는 아니에요."

나는 잠깐 동안 맥스를 쳐다보다가 다시 웃는 모습을 보여줘야 한다는 생각을 했다.

"다음 주에는 뭘 준비할지 정말 기대되네요. 그때가 빨리 왔으면 좋겠어요."

***

집에 도착할 즈음 맥스와 함께 있으면서 느낀 흥분감은 거품처럼 스러져서 갈비뼈 아래에서 느껴지는 묘한 통증으로 변해 있었다. 현관에 놓인 테이블에 열쇠와 가방을 던져놓고 벽에 기대어 서서 칠흑 같은 어둠에 싸인 거실을 바라보았다. 이곳은 아주 작지만 뉴욕에 온 지 몇 달이 지나지 않아 집처럼 느껴졌다. 앤디와 거의 5년을 같이 살았던 대궐 같은 집보다 더 내 집이라는 생각이 들었다.

하지만 오늘밤은… 건물을 뒤흔드는 음악 소리와 폭죽 소리가 있고, 거리에서 사람들의 웃음소리와 기념일을 축하한다는 고함이 들리는 오늘 밤에는 이 작은 공간이 외롭게 느껴졌다. 이곳에 오고 나서 처음으로 외롭다는 생각을 하게 되었다.

불을 켜지 않은 채로 옷을 벗고 욕실로 들어가 비좁은 샤워부스에 섰다. 뜨거운 물줄기 아래 서서 눈을 감고 물이 떨어지는 소리가 머릿속에 맴도는 소음들을 모두 몰아내주기를 바랐다.

하지만 소용없었다. 온몸의 근육은 팽팽하게 땅겨져 욱신거렸다. 다리 사이의 미세한 통증 때문에 머릿속을 맴도는 맥스에 대한 생각을 지울 수도 없었다.

나는 남자에게 집착하는 부류가 아니다. 전에는 분명 그랬다. 그런데 이번에는 다른 것 같다. 맥스는 잘생기고 근사한 외모가 전부가 아니다. 그는 친절하고 자상하다. 우리가 함께 지낼 수 있는 것은 섹스 때문임을 걸 잘 안다. 그렇지만 그가 나를 봐주는 것, 또는 다른 사람이 봐주는 것에 집착하는 나의 새로운 모습을 아직은 받아들이기 어렵다. 그럼에도 그 욕구는 내 안에서 모락모락 피어나서 도무지 무시할 수가 없다. 따스하고 흥분되는 그 느낌은 도무지 잊을 수가 없다.

맥스는 이런 상황을 잘 받아들이는 것 같다. 심지어 완전히 포용하고 금방 적응한 것 같다. 그는 다른 일도 이렇게 수월하게 잘해낼 것 같다.

앤디와의 관계는 오로지 사람들에게 보여주는 전시용이었다. 하지만 맥스는 다른 사람들에게 보이고 싶다는 나의 은밀한 욕망을 잘 이용하면서도 프라이버시를 존중받고 싶어 하는 내 주장을 존중한다. 맥스가 유명한 플레이보이고 여러 면에서 내게 어울리는 상대가 아닌 것은 맞지만 그 덕분에 나는 앤디와 함께할 때는 생각도 해보지 못한 것들을 경험할 수 있다. 하지만 정말로 그렇게 간단한 일일까? 맥스와 일정한 거리를 유지하려는 건 앤디와 겪은 모든 경험과 정반대로 하려는 생각 때문일까? 앤디와의 관계는 위선적이기는 했지만 진지했다. 그래서일까? 둘 사이에는 불꽃이 없었다. 하지만 맥스와는 의도적으로 단순하고 편한 관계를 맺고 있다. 그래서인지 멀리서 그를 보는 것만으로도 가슴속에 횃불이 타오르는 듯한 느낌이 들었다.

　물을 끄자 갑자기 너무 덥게 느껴졌다. 잠깐 동안 맥스와 계속 함께 있지 않은 걸 후회했다. 그의 살을 만지고 그의 소리를 음미하고 그의 무게감을 밤새도록 느낄 기회를 허비해버린 것이다.

　하지만 침실에 들어가 옷장에 붙은 거울에 내 몸을 비춰 보면서 갑자기 나 자신이 낯설다는 생각을 했다. 나는 반듯이 서서 눈을 크게 뜨고 조금 더 열심히 쳐다봤다. 전에는 없던 지혜가 눈동자에 깃들어 있었다.

10

"오늘 왜 니가 나를 따라 여기 왔는지 도무지 이해가 안 된다."

윌의 짜증스러운 얼굴이 엘리베이터의 거울 문에 비춰 보였다. 나는 새어 나오려는 미소를 꾹 눌러 참았다. 같이 엘리베이터를 탄 다른 사람들의 호기심 어린 시선은 무시하기로 했다. 윌은 18층을 눌렀다.

내 시선은 층수 버튼 옆에 적힌 회사명에 머물러 있었다. '라이언 미디어 그룹'

"네가 일하는 걸 보는 걸 내가 워낙 좋아하잖아. 왜 그 미국인들이 좋아하는 통 안에 있는 물고기 어쩌고 하는 말도 있잖아."

"웃기고 있네."

윌이 소리를 한층 낮추고 말했다.

"일단 네가 말한 표현은 이럴 때 쓰는 게 아닌 데다 요즘에는 그런 표현 쓰는 사람도 없어. 그리고 거짓말 좀 하지 마. 이번 주에 네가 참석해야 하는 미팅만 백 개는 되잖아. 너는 눈코 뜰 새도 없이 바쁘다고. 도대체 왜 여기를 온 거야? 너 없어도 나 혼자 얼마든지 할 수 있는 일이야."

"그래, 맞는 말이야. 엄밀하게 말하면 내가 여기 있을 필요는 없지. 하지만 친구야, 이런 종류의 미팅에 참석한 경험이 내가 많잖아. 신경전달물질 어쩌고 하거나 케미컬 스캔폴드에 관한 이야기를 누군가 시작하면 마리화나를 피우는 것 같은 기분이 들 거야. 내가 여기 온 건 네가 알지도 못할 소리를 우리에게 늘어놓는 보고를 하지 못하게 하고, 말도 안 되는 예산에 동의하지 않도록 확실히 하기 위해서야."

"나는 알지도 못할 소리를 늘어놓지 않아."

"물론 그렇지. 하지만 네트워크의 중요성에 대해 얘기를 계속했던 게 너 아니었니? 우리가 여기 있는 동안 베넷하고 잡담을 좀 하면 일석이조 아니겠어?"

내가 들어도 궁색한 변명이었다. 여자 문제로 이렇게 속수무책인 느낌이 드는 건 정말 낯선 경험이다. 혈기왕성한 십 대 아이처럼 몰래 찾아와서 잠시라도 같이 있을 수 있는 시간을 가져보려고 기를 쓰는 건 정말 나답지 않다. 하지만 지금은 다른 생각을 할 수가 없다. 몇 시간 전에 나는 이 모든 계략을 완성했다. RMG과의 미팅에 따라간다. 윌에게는 베넷을 핑곗거리로 댄다. 운이 좋으면 금요일까지 기다릴 필요 없이 월요일인 오늘도 세라를 우연히 만날 수 있을 것이다. 금요일 약속 이외의 만남은 정말 좋지만 덕분에 나는 엉망이 되었다. 택시 뒷자리에서 손으로 애무를 받는 게 나쁘다는 게 아니다. 하지만 지금 나는 이렇게 은근슬쩍 정해진 규칙을 어기는 게 문제가 될지 아닐지를 두고 답을 찾지 못하고 있다.

엘리베이터 문이 열리자 윌은 내게 고개를 돌렸다.

"이게 내 무대라는 걸 네가 이해한다면 동행하는 걸 허락해주지. 너는 똑똑한 체하면서 가만히 앉아만 있어."

"섬너 씨, 스텔라 씨."

접수대의 직원이 우리를 반겼다.

"다시 만나 뵙게 되어 반갑습니다."

직원은 앞장서서 복도를 따라 걸어가 유리창으로 둘러싸인 커다란 회의장으로 우리를 안내했다.

"라이언 씨께서 곧 오실 겁니다."

"오후에 시간이 나면 네 그 신비로운 섹스 파트너를 찾아가 즐겨야지. 도대체 여기서 뭘 하고 있는 거냐?"

우리 둘만 있게 되자 윌이 말했다.

나는 창가로 걸어가서 건물 아래 거리에 늘어선 차량들을 쳐다봤다.

"어째서 그녀가 오늘 오후에 시간이 있을 거라고 생각하는 거야?"

윌은 서류를 훑어보기 시작했고 나는 기다란 테이블에 앉아 이 건물에 마지막으로 찾아왔던 때를 회상했다. 그날도 세라를 쫓아서 이곳에 왔었다. 상황은 그때나 지금이나 크게 다르지 않다. 물론 그녀와 함께 어울리고 섹스를 했고 그녀를 맛보고 실질적으로 그녀의 온몸을 어루만졌지만 그 예쁘고 작은 머릿속에 무슨 생각이 몽글몽글 피어오르는지 모르는 건 그때나 지금이나 다를 바가 없다.

복도에서 사람들의 목소리가 울려 퍼졌다. 고개를 들어보니 베넷이 안으로 들어오고 있었다.

"윌. 이렇게 와줘서 고맙네."

베넷은 손을 내밀어 악수를 청하면서 말했다. 그리고 호기심 가득한 미소를 지으면서 나를 봤다.

"맥스. 오늘 자네를 만나게 될 줄은 몰랐는데. B&T 바이오텍 관련 논의에 자네도 합류하는 건가?"

윌의 얼굴에 의기양양한 만족감이 스치고 지나갔다. 윌과 베넷 모두 내가 윌리엄 허버스톤 박사님과 친하게 지내는 걸로 생화학 과목 학점을 간신히 땄다는 걸 알고 있었다. 녀석들은 지금도 '거의 애인에 가까운 교수님'이었다고 그 당시를 회상했다.

"맥스에게는 사람을 놀라게 하는 재주가 있다고."

"물론 그렇지."

베넷은 순순히 동의했다. 아차! 베넷 입장에서 이 일을 어떻게 볼지에 대해 미처 대비하지 못했다. 자선기금 행사 이후 몇 주가 지났지만 내가 이곳에 단백질 유전 정보학의 최근 동향에 관한 토론 때문에 온게 아니라 세라를 만나러 왔다는 걸 그라면 알 수도 있다.

"멍청이 둘이 아주 죽이 잘 맞네."

나는 웅얼거리듯 말했다.

다른 사람들이 회의장에 들어서면서 한바탕 부산스러워졌다. 마지막으로 문을 열고 세라가 들어왔다. 나는 냉정한 표정을 유지하려고 노력했다. 그녀는 오늘도 근사했다. 베넷이 참석자를 소개하는 동안 나는 늘씬한 그녀를 감상했다. 네이비 컬러 스커트에 귀엽고 앙증맞은 핑크 컬러 스웨터를 받쳐 입어서 몇 시간이고 키스하고 싶은 목덜미와 가슴 라인을 돋보이게 해주었다.

"여기는 재무팀을 맡고 있는 세라 딜런입니다."

베넷이 윌에게 말했다.

윌은 앞으로 한 걸음 나가며 말했다.

"그동안 계속 이메일은 주고받았죠. 마침내 이렇게 만나 뵙게 되네요, 세라. 지난달에 열린 자선 행사에서는 못 만났던 같아요."

세라는 윌과 잠시 이야기를 나누다가 내 쪽을 무심히 쳐다봤다. 순간 그녀의 눈이 휘둥그레졌다. 세라는 내게 걸어와서 손을 내밀었다. 나를 만나게 된 게 전혀 기쁘지 않은 얼굴이었다.

"자선기금 행사에서 만나 뵈었죠."

세라는 딱딱한 미소로 말했다.

"성함이 맥스 스텔라이셨던가요?"

나는 세라의 손을 잡고 엄지손가락으로 그녀의 손목 안쪽을 가볍게 스쳤다.

"기억해주시다니 이거 으쓱해지는 걸요, 세라."

세라는 손을 잡아 빼고 담담한 미소를 지으면서 자기 자리로 걸어 갔다.

나는 클로에에게 다가가서 잡담을 하다가 몇 주 안에 저녁을 먹으러 오라는 형식적인 초대를 수락했다. 베넷이 그녀에게 사로잡힌 이유를 알 것 같았다. 아름답고 영민해 보이는 여자다. 클로에는 베넷에게 눈을 깜빡이고 나서 재빨리 내 쪽을 다시 봤다. 마치 무언의 대화를 두 사람이 나누는 것 같았다. 어느 순간 베넷은 눈을 굴리고 얼굴근육을 어색하게 펴서 미소 짓고 있었다. 그런 베넷의 모습은 처음이었다. 녀석, 꽉 잡혀 사는 모양이군.

미팅이 시작되자 나는 빈자리에 앉았다. 세라 바로 옆이었다. 그녀의 얼굴 표정으로 미루어보아 이게 잘 하는 짓인 것 같지는 않았다.

시간은 느리게 흘러갔다. 지금껏 참석했던 어떤 미팅보다 지루했다. 과학과 관련된 전략에 대한 이야기가 오갔다. 윌 녀석은 절정에 오른 사람처럼 눈을 희번덕거리는 것 같았다.

세라는 내 옆에서 아무 말 없이 독기를 내뿜고 있었다. 왜 저렇게 긴장하고 있는 거지? 그녀와 나 사이를 가르고 있는 공간이 크게 느껴졌다. 내 두 손을 무릎 위에서 꼼짝도 못하게 하느라 애를 먹어야 했다. 세라의 움직임 하나하나가 날카롭게 인식되었다. 그녀가 의자에서 자세를 바꾸거나 손을 뻗어 물병을 집을 때마다 내 몸은 예민하게 반응했다. 세라의 체취를 맡을 수도 있었다. 이렇게 가까이 있으면서 그녀를 만지거나 흘러내린 머리카락을 귀 뒤로 넘겨주는 일도 하지 못하는 게 얼마나 어려운 일인지 전에는 미처 생각하지 못했었다.

그런데 갑자기 머리카락을 뒤로 넘겨주고 싶다니. 이건 뭐지? 이 계획은 공식적으로 폐기 처분하기로 했다.

윌의 포트폴리오 프레젠테이션이 끝나자마자 세라는 양해를 구하고 자리를 떴다. 뭔가 이야기를 붙여보지도 못한 상태였다. 나는 마케팅 기획 단계에서 해당 기업의 단백질 유전 정보 관련 기술을 강조할 수 있는 최선의 방법에 대한 대화가 시작되고 나서야 간신히 자리에서 물러날 수 있었다. 회의장 밖으로 나가자마자 세라의 사무실로 전력 질주했다.

"안녕하세요."

컴퓨터 모니터를 바라보고 있던 세라의 어시스턴트가 얼굴을 들어 나를 위아래로 훑어보며 말했다.

"미스 딜런을 만나러 왔습니다."

나는 대답을 기다리지 않고 세라의 사무실을 향해 걸어갔다.

"행운을 빕니다. 그런데 세라는 사무실에 없어요."

어시스턴트가 뒤에서 소리쳤다. 고개를 돌려보니 그는 어느새 다시 컴퓨터 모니터에 떠 있는 엑셀 파일에 집중하고 있었다.

"혹시 어디 있는지 압니까?"

어시스턴트는 고개를 들지 않고 대꾸했다.

"아마 산책을 갔을 거예요. 꽁지에 불붙은 사람처럼 부리나케 여기 왔다가 다시 나갔어요."

그는 나를 힐끔 보면서 덧붙여 말했다.

"세라는 누군가를 찔러 죽이고 싶을 때면 공원으로 가곤 해요."

'아, 제발.'

나는 사람들의 의아해하는 시선도 아랑곳없이 엘리베이터로 달려가 올라타고 층수가 점점 작아지는 걸 쳐다보았다. 뭘 그렇게 잘못했다는 거야? 회의장에서 세라에게 겨우 두 마디나 건넸나? 건물 밖으로 나오자 오후의 열기가 나를 막아섰다. 우뚝 솟은 건물의 그늘 아래 있어도 소용없었다. 나는 거리 양쪽을 쳐다보다가 공원 쪽으로 발걸음을 옮겼다. 인도는 개를 산책시키는 사람들과 관광객들로 붐볐다. 세라가 신은 하이힐이 걸음을 늦춰줘서 내가 따라잡을 수 있게 해주기만 바랐다.

도심에서 벗어나 공원 안으로 들어서니 묘한 기분이 들었다. 아스팔트 냄새와 피곤이 가득하던 주변이 나무와 나뭇잎, 폭신한 흙과 물이 있는 장소로 바뀌었다.

오솔길 끝에서 언뜻 핑크 컬러를 본 것 같았다. 나는 속력을 높여 걸어가면서 세라를 소리쳐 불렀다.

"세라!"

세라는 포장된 오솔길 위에서 걸음을 멈추고 홱 뒤로 돌아서서 나를 봤다.

"맥스, 도대체 지금 무슨 생각으로 이러는 거예요?"

나는 그 자리에서 멈춰 섰다.

"뭘요?"

"아까 회의장에서요!"

세라는 가쁜 숨을 몰아쉬면서 말했다.

"나는 당신들이 B&T 기금을 대고 있는 줄 몰랐어요. 이 단계에서는 그런 걸 밝힐 필요도 없고요. 그렇게 되면 이해관계가 충돌하잖아요!"

나는 두 손으로 얼굴을 벅벅 문질렀다. 단순한 조건만 걸었던 우리 관계가 빌어먹게도 복잡하게 느껴지는 이 순간이 정말 싫었다.

"그게 문제가 될 거라고 생각 못했어요."

"제가 정리해서 설명해드리죠."

세라가 말했다.

"B&T의 마케팅을 맡은 기업의 재무팀 담당자가 마케팅 비용을 대는 벤처 캐피털리스트 회사의 대표와 자는 사이인 거예요. 문제가 안 되겠어요? 당신은 새로운 섹스 파트너에게 일감을 주는 걸 좋아하나요? 아니면 새로 투자하는 벤처기업이 최고의 마케팅 전략을 가장 적절한 가격에 펼칠 수 있게 만들기 위해 나랑 어울린 건가요?"

이 무슨 말도 안 되는 소리지? 너무 화가 나서 얼굴이 불타오르는 것 같았다.

"세라! 나는 당신을 걱정해서 일감을 줄 생각도 없고 당신과 섹스를 해서 일을 잘하게 만들 생각도 없어요."

세라는 한숨을 내쉬고 두 손을 들어 올렸다.

"물론 나도 그렇다고 생각하지는 않아요. 하지만 남들이 보면 딱 그렇게 보일 거예요. 이 일을 얼마나 오래 해왔어요? 이런 일이 어떻게 입방아에 오르내리는지 몰라요? 나는 이번에 새로 이 일을 맡았어요. 이번 일은 당신 사업과 연관이 있어요. 사람들은 당신에 대해 모든 걸 알아내려고 혈안이 되어 있죠. 세실리가 뉴욕을 떠난 지 5년이 지났는데도 얼마나 많은 언론에서 당신을 쫓아다니는지 한 번 생각해봐요."

세라는 매스컴의 관심과 입방아에 과민하게 반응하고 있다. 당혹스러울 정도다. 다 말도 안 되는 소리다. 세라도 분명 알고 있을 것이다. 세라는 어깨를 축 늘어트리고 팔짱을 낀 채 내 시선을 피했다. 내가 세라와 함께 있는 걸 다른 사람이 보건 말건 나는 상관이 없다. 세실리가 연출했던 드라마 같은 사건이 있은 지 5년이 지났다. 그동안 내가 깨달은 건 다른 사람이 이러쿵저러쿵 떠들어대는 건 어차피 못 말린다는 것이다. 하지만 세라는 그런 걸 이해하지 못하는 모양이다.

나는 조금 떨어진 곳에 우뚝 서 있는 버드나무로 걸어가서 무성한 나뭇잎 아래로 들어가 나무줄기에 등을 기대고 앉았다.

"나는 이게 당신이 생각하는 것처럼 그렇게 큰 문제는 아니라고 봐요."

세라는 조금 가까이 다가왔지만 꼿꼿이 선 자세를 유지하고 있었다.

"핵심은 어느 정도의 신중함이 필요하다는 거예요. 이해관계의 충돌 가능성을 차치하고라도 내가 으레 클라이언트와 잠자리를 하는 여자라고 베넷이 생각하게 되는 걸 원치 않는다는 거죠."

"그건 이해가 되네요. 하지만 베넷은 그런 비판을 할 처지가 못 될

낯선 살 냄새

텐데요."

세라는 조금 더 가까이 내게 다가와서 다리를 굽혔다. 그런 다음 내 옆 따스한 잔디에 털썩 주저앉았다.

"그리고 당신이 참석할 미팅이 아니었잖아요. 당신이 올 거라고는 생각도 못해서 당혹스럽고 놀랐어요."

"세라, 나는 테이블 밑에서 당신에게 손장난할 생각은 하지 않았어 요. 그냥 혹시라도 당신을 보게 되면 인사라도 나눌까 하고 갔던 거예 요. 당신이라면 그 정도 상황에 적응하는 건 문제없을 거라고 생각했 어요."

세라는 살짝 웃다가 금세 표정을 굳혔다. 하지만 잠시 후 세라는 다 시 웃고 있었다. 처음에는 소리 내지 않고 웃다가 나중에는 배를 잡고 거의 대굴대굴 굴러가며 웃었다.

"정말 그렇게 생각해요?"

세라는 간신히 내게 한마디를 건넸다.

도대체 무슨 말 때문에 저런 리액션을 하는지 알 수가 없었다. 그래 서 나는 가만히 앉아 있었다. 정신이 온전한지 아닌지 모르는 여자 옆 에 앉아 있을 때는 가만히 있는 게 상책이다 싶었다.

간신히 웃음을 가라앉힌 세라는 눈가를 훔치면서 한숨을 내쉬었다.

"그래요. 나라면 그 정도 상황에 적응하는 데 어려울 게 뭐 있겠어 요? 클럽에서 남자랑 섹스를 하고, 연회장에서도 하고 창고에서도 하 고 도서관에서도 하는데…."

"이런, 세라, 내 말은 그게 아니고….

세라는 한 손을 번쩍 들어 올려 내 말을 막았다.

"아니오, 아주 좋은 걸 배웠어요. 그래요, 능력을 최대한 발휘하는 법을 배우려면 끊임없는 훈련이 필요하죠. 한 가지를 잘 해냈다고 만족하는 순간, 다른 일에서는 융통성을 발휘하지 못하는 것 같네요."

나는 길게 자란 풀을 하나 잡아 뽑으면서 세라의 말을 되짚어보았다. 내 잘못이 없는 건 아니지 싶었다.

"내가 온다고 문자메시지라도 보낼 걸 그랬군요."

"어쩌면요."

"하지만 나는 당신이 우리 회사에 미팅 때문에 불쑥 찾아와주면 무척 기쁠 겁니다."

"당신은 나랑 저녁 식사를 하러 나가고 싶어 하고 당신 어머니 집의 게스트 룸에서 같이 자고도 싶어 하잖아요. 어쩌면 나랑 같이 쿠키도 굽고 싶어 할 것 같네요."

"우리가 함께 있는 걸 다른 사람이 보는 게 상관없어서 그런 겁니다."

점점 짜증이 몰려왔다.

"그런 걸 왜 신경 쓰죠?"

"사람들이 꼬이니까요."

세라는 고개를 돌려 나를 보며 말했다.

"사람들이 입방아를 찧어댈 테고 거기서 없는 말도 생겨날 거예요.

우리가 어떤 사람이고 무얼 원하는지 추측하고 조사할 거예요. 대중에게 공개된 관계는 잘되지 못해요. 그러면 그 일은 꼬리표가 되어 영원히 따라다니죠. 당신도 솔직히 그건 신경 쓰일 거예요."

"맞는 말이네요."

나는 고개를 한 번 끄덕이며 말했다.

바람이 우리 둘을 스쳐 지나가는 소리가 나더니 이어 커튼처럼 드리운 나뭇잎이 바스락 소리를 냈다. 이 조용한 동굴 같은 공간에 있으니 좋았다. 우리의 대화와 침묵에 잠겨 있는 나를 성가시게 할 사람들의 발길이나 심지어 새들의 방해도 없었다. 정말 많은 것들이 마음속에서 부글부글 끓어올랐다. 나는 세라를 원한하고 있다는 걸 깨달았다. 처음 그녀를 봤던 그 순간부터 지금까지 쭉 나는 세라를 원하고 있었다. 그리고 또 하나 받아들여야 하는 사실은 세라가 우리 관계에서 더 많은 걸 기대하기를 바라는 한편, 정작 그런 상황이 되면 내가 선을 그을지도 모른다는 점이다.

"맥스, 나는 지금 상태가 엉망진창이에요."

세라가 조용히 말했다.

"왜 그런지 말해주는 정도는 할 수 있죠?"

"오늘 말고요."

세라는 머리 위에 드리워진 나뭇가지를 올려다보면서 말했다.

"나는 지금 우리 관계에 만족해요. 하지만 그렇게 일정한 거리를 유지하는 게 늘 쉽지는 않을 겁니다."

세라는 살짝 웃었다. 하지만 정말 재미있어 하는 것 같지는 않았다.

"나도 알아요."

그렇게 말한 다음 세라는 앞으로 몸을 구부려 내 입에 자신의 입을 댔다.

가벼운 입맞춤일 거라 생각했다. 오늘 찾아간다는 말을 미리 해주지 않은 나도 잘못이고 세라 역시 지나치게 과민 반응을 보였으니 서로 잘잘못을 인정하고 깔끔하게 정리하는 의미의 조심스러운 입맞춤 말이다. 하지만 곧 키스는 깊어졌다. 세라는 내 얼굴 양옆을 두 손으로 잡고 입을 벌리고 굶주린 듯 갈망하는 키스를 하다가 내 위로 올라와 다리를 벌리고 허벅지 위에 올라타 앉았다.

"왜 그렇게 나한테 잘 해줘요?"

세라는 속삭이는 목소리로 질문을 던지고 곧바로 키스해 내 답을 막았다.

하지만 이번 키스는 주춤거리는 듯했다. 주변 환경을 잊고 내 손을 그녀 속옷 아래 집어넣고 나무 아래서 일을 치르는 건 지나치게 부담스러운 일이다. 나는 뒤로 몸을 빼내면서 말했다.

"내가 잘 해주는 건 당신을 정말로 좋아해서인 것 같은데요."

"거짓말해본 적 있어요?"

세라는 내 눈을 살피듯 바라보며 말했다.

"물론이죠. 하지만 당신한테 거짓말할 이유가 있겠어요?"

세라는 진지한 얼굴로 고개를 끄덕였다. 그러고 한참을 있다가 세라는 낮은 목소리로 말했다.

"이제 가봐야겠어요."

나는 말랑말랑하고 친밀한 감정은 빨리 버리고 아무 일도 없었다는 듯 평상심을 되찾아보기로 했다. 여자들이란 정말 부메랑 같은 존재다.

"좋아요."

세라는 일어나서 무릎과 치마에 묻은 잔디를 털어 냈다.

"같이 돌아가서는 안 될 것 같아요."

나는 가만히 고개를 끄덕였다. 공개적으로 어울리지 않는다는 그녀의 규칙에 대한 불만을 장황하게 늘어놓게 될까 봐 아예 입을 열지 않기로 했다. 나무 아래서 내 무릎 위로 올라와 앉기까지 해놓고서는 사람들 눈을 피해서 만나자고 하는 게 말도 안 되는 일임을 굳이 언급하고 싶지 않았다.

세라는 미련이 남은 듯한 눈으로 나를 쳐다본 뒤 까치발을 딛고 내 턱에 조심스럽게 키스했다.

"나도 당신이 좋아요."

나는 멀어지는 세라의 뒷모습을 바라보았다. 머리는 반듯이 세우고 어깨는 쫙 편 채 걷고 있었다. 온 세상을 경계하면서 공원에서 힘찬 발걸음으로 산책을 마치고 돌아오는 길이라고 말하는 것 같았다.

나는 주변을 둘러보았다. 잔디밭에 산산이 부서져 흩뿌려진 심장을 주워 모으려는 사람처럼 두리번거렸다.

11

공원에서 맥스와 대화를 나눈 일은 뜻밖이라거나 의외라고 말하는 정도로는 설명이 부족하다. 내가 과민 반응을 보였다는 건 알지만, 정말 그럴까? 맥스 역시 마찬가지였다. 회의실에서의 내 반응을 걱정해서 나를 따라왔다고? 우리는 무엇을 한 걸까?

월요일 밤 집에 돌아온 나는 저녁을 위해 장장 두 시간에 걸쳐 덴마크식 팬케이크 에벨스키베르스를 만들었다. 공 모양으로 빚은 반죽을 부풀리고 구워서 슈거파우더를 뿌렸다. 전통적으로는 아침 메뉴이지만 뭐 아무렴 어떤가. 나는 뭔가 공들여 할 일이 필요했다. 덴마크 태생이신 우리 할머니의 조리법에 집중해서 요리하는 건 생각할 시간을 갖기에 완벽한 일이었다.

최근에는 생각할 시간이 별로 없었다.

하지만 가족과 연관 있는 요리를 하다 보니 집과 부모님이 그리워졌다. 아무리 답답하고 가식적인 삶이어도 그 예측 가능함이 주는 안정감이 아쉬웠다.

나는 엉망이 된 손으로 전화기를 집어 들었다. 신호음이 일곱 번 울리고 나서 엄마 목소리가 들렸다. 역시 우리 엄마다.

"여보!"

뭔가 요란한 소리가 들리더니 엄마가 성내는 소리가 들렸다.

"못 살아!"

"엄마, 괜찮아요?"

나는 전화기에 대고 웃으면서 물었다. 한두 마디 말로 현실감을 느끼게 해주다니, 정말 신기한 일이다.

"괜찮아. 아이패드가 떨어졌을 뿐이야. 아가, 너는 괜찮니?"

전에 지하철까지 걸어갔던 날 아침에도 엄마는 내게 이렇게 물었다.

"그냥 엄마 목소리가 듣고 싶어서요."

엄마는 잠시 멈칫하다가 말을 했다.

"향수병이야?"

"좀 그런 것 같아요."

"어디 말해 봐."

엄마는 언제나 이렇게 말해서 내가 속을 털어놓게 만든다.

"남자를 만났어요."

"오늘?"

나는 움찔했다. 이곳에 온 뒤로 일주일에 몇 번씩 부모님과 통화했지만 그동안은 맥스에 관해 한마디도 하지 않았다. 사실 하고 말고 할 것도 없는 일이다. 부모님은 내 사생활에 대해 내가 원하지 않는 간섭을 할 생각은 없는 분들이다.

"아니요. 몇 주 전에 만났어요."

엄마가 최고로 훌륭한 반응을 보이려 계획을 세우는 게 느껴졌다. 나를 지지하지만 동시에 보호하려는 마음을 담은 말을 할 것이다. 세상 사람들이 모두 아는 비참한 결별을 하고 나서 다시 남자를 만나기 시작했다는 딸에게 부모는 어떤 반응을 보여야 할까.

"누군데?"

"여기 금융계에서 일하는 남자예요."

나는 순간 말을 잘못했다는 생각에 고개를 저으며 다시 정정해 보려 했다.

"하지만 영국 남자예요."

"옴마, 외국인! 멋지다!"

엄마는 일부러 남부 사투리를 구사했다. 그리고 잠시 멈췄다가 말을 이었다.

"지금 이 말을 하는 건 진지한 사이가 되어서야?"

"그런지 아닌지 잘 모르겠어서 말하는 거예요."

내가 좋아하는 엄마의 웃음소리가 들렸다. 종종 그리운 소리다.

"호호. 그게 가장 좋은 상태야."

"정말?"

"그럼. 너 괜히 좋은 기회 놓치지 마라. 멍청이 전 애인 때문에 즐거운 시간을 보내지 못하는 일은 없어야 해."

나는 한숨을 내쉬었다.

"하지만 정말 막막하고 모르겠어요. 앤디는 늘 뻔했거든요."

말을 내뱉자마자 후회했다. 엄마의 침묵은 천둥처럼 크게 느껴졌다.

"그랬던 거니?"

엄마는 나를 정말 잘 안다. 지금 엄마는 팔짱을 끼고 그 빌어먹을 놈을 당장 혼내주러 가고야 말겠다는 표정을 하고 있을 게 분명하다.

"아니. 그렇게 심했다는 말은 아니에요."

"이번에 만나는 남자는 어떤 사람인지 알 것 같니?"

"그게 묘해요. 알 것 같다는 생각이 들거든요."

***

그날 밤 잠을 설치면서 아무리 생각해봐도 월요일 이후 맥스가 어떤 입장을 고수할지 도통 짐작할 수가 없었다. 우리의 역학관계가 거꾸로 돌아가게 된 것이다. 편하게 만나서 즐기는 우리 만남을 어떤 식으로 이어갈지는 이제 맥스가 결정한다. 나는 그저 약속을 지키며 수동적으로 따라가게 되어버렸다.

그리고 우리 중 그 어느 쪽도 섹스 이외의 것을 원하면 안 된다. 하지만 어찌 된 일인지 일이 그렇게 풀리지 않는 것 같다. 서로에 대해 알고 싶다는 욕구가 자꾸 일어나면서 첫날부터 성가시게 만든 것이다. 사실 나는 섹스만 하는 관계를 구분 지을 수 있는 인간이 되고 싶지만 실제로는 그렇게 해본 적이 한 번도 없다.

놀란 얼굴로 허겁지겁 내 뒤를 쫓아오던 맥스를 보는 순간 나는 죄책감을 느껴야 했다.

'세라, 너는 초급자용 밀회도 제대로 해내지 못하고 실패했어.'

수요일에 맥스는 내게 도서관에서 찍은 사진 한 장을 휴대전화 문자로 보냈다. 드레스 치맛단이 치켜 올라가서 엉덩이 아랫부분이 살짝 드러난 사진이었다. 단순한 사진이었지만 흑백으로 편집한 데다 초점이 흐려서 우리가 절정에 이르는 순간에 찍었음을 알게 하는 사진이다. 그때 나는 흥분해서 제대로 된 말을 하지 못하는 지경이었고 그 뒤에 맥스 역시 절정에 오르면서 내 목덜미에 입술을 대고 신음 소리를 죽였다.

목요일에는 독립기념일에 그의 전화기로 같이 본 사진 한 장이 왔다. 내 손이 맥스의 청바지를 풀어 내리는 모습이 담겨 있었다.

낯선 살 냄새

나는 맥스의 청바지를 조금 아래로 내리고 회색 브리프를 끌어내려서 곧추선 그의 남성이 희미하게 보이게 했다.

두 사진 모두 점심시간 즈음에 전송됐다. 중요한 계약 두 건을 마무리할 때였다. 나는 마음이 자꾸 들뜨는 건 맥스를 만난다는 기대감 때문이 아니라 계약을 성사시킨 성취감 때문이라고 스스로 최면 걸듯 말했다.

하지만 새빨간 거짓말이었다.

"질문 있어요."

조지가 노크도 없이 내 사무실로 불쑥 들어왔다.

"맥스 스텔라 말이에요. 진짜 이성애자 맞아요? 월요일에 여기 찾아온 이후로 계속 그 문제를 생각해봤거든요."

나는 눈을 깜빡이면서 말도 안 되는 소리라고 대꾸할지 아니면 내 반응을 떠보려고 하는 말이니 모르는 척할지 고민했다. 스텔라 앤 섬너 미팅 이후 클로에도 그 회사 이야기를 괜히 꺼내면서 내 반응을 살펴보는 일을 하고 있었다.

"분명 그럴걸."

"그럼 양성애자인가?"

나는 고개를 들어 조지를 쳐다보았다. 들고 있던 빨간 펜이 앞에 놓인 두툼한 계약서 위로 떨어졌다.

"진심으로 하는 말이야? 그런 것 같지 않은데."

조지는 호기심 가득한 얼굴로 눈썹을 추켜세우며 말했다.

"그렇게 말하는 걸 보니 개인적으로 잘 아는 모양이에요?"

나는 최대한 위협적인 시선으로 조지를 쏘아보았다. 사실 내가 의도한 만큼 위협적이지 않았을 것이다. 하지만 조지가 이런 장난을 하게 놔둘 수는 없다.

"아장 프로보카퇴르 캠페인 계약서에 밀러와 코르테즈 서명은 받았어요?"

나의 어시스턴트는 눈을 가늘게 뜨고 나를 쳐다보았다.

"좋아요. 더 이상 질문하지 않을게요. 하지만 제가 매우 미심쩍어한다는 건 알아두세요. 매우 수상해요. 월요일에 맥스를 보고 속옷에 불붙은 사람 같은 얼굴을 하고 계셨잖아요. 그리고 서명은 받아놓았어요."

"잘했어요."

그때 책상에 올려놓은 휴대전화에서 진동이 울려댔다. 나는 재빨리 전화기를 집어 들었다. 맥스가 또 다른 사진을 전송할 경우를 대비해 메시지 미리보기 화면을 꺼버려야 한다는 생각을 백만 번째 되새겼다.

조지의 얼굴 표정이 가관이었다. 애써 표정을 드러내지 않으려 노력하느라 얼굴 근육이 아프지 않을까 걱정될 정도였다.

"정말 훌륭하게 일 잘했어요. 하지만 이젠 가요."

내가 말했다.

"누구 문자예요?"

"나와 결혼해서 나를 부양하는 사람이라도 그런 질문을 하는 건 절대로 부적절해요. 설령 조지가 그렇게 되더라도 그런 질문에 답할 수는 없어요."

"좋아요."

조지는 샐쭉한 얼굴로 미끄러지듯 사무실을 나가 자기 책상으로 갔다.

나는 숨을 죽이고 휴대전화 화면을 봤다. 맥스에게서 온 문자메시지였다. 맥박이 터질 듯 펄떡거리기 시작했다.

'이번 주말에 사무실 페인트칠이랑 카펫을 다 다시 해야 한답니다. 금요일에 업무 끝내고 짐을 싸야 할 것 같아요. 미안하지만 이번에는 꼼짝 못할 것 같아요.'

나는 재빨리 답 문자를 보냈다.

'그럼 다음 주까지 못 보는 건가요?'

문자를 전송하고 금세 후회했다. 필사적으로 매달리는 것처럼 보이는 문자였다.

'세라, 너 정말 필사적이라서 그렇게 필사적인 문자를 보낸 거야.'

몇 분 후 맥스의 답 문자가 왔다.

'내 사무실이 어디 있는지 알죠? 여섯 시에 봅시다, 아가씨.'

우리 회사 건물의 많은 층이 그렇듯, 금요일 저녁 여섯 시의 스텔라 & 섬너 사무실에는 사람이 거의 없었다. 프런트 데스크에는 맥스의 어머니가 없었다. 맥스의 사무실로 통하는 복도를 걸어가는데 몇 명만이 칸막이를 친 사무실에 남아 있는 게 보였다.

나는 조용히 맥스의 사무실 문을 두드렸다. 들어오라는 나지막한 목소리가 들렸다.

'이 남자에게 빠져버리겠어.' 두툼한 테의 안경을 쓰고 셔츠 소매를 걷어 올린 채 책상 앞에 앉아 있는 그를 보는 순간 떠오른 생각이었다. 완전히 집중한 얼굴 표정은 숨 막히게 근사했다.

'업무 집중 중 얼굴'은 세라의 오르가슴에 집중하던 얼굴과 완전 판박이였다.

"문을 잠가줄래요."

맥스는 컴퓨터 모니터에서 시선을 떼지 않은 채 중얼거렸다.

나는 뒤돌아서 철커덕 소리와 함께 문을 잠갔다. 그런 다음 다시 맥스의 사무실을 둘러보았다. 우리는 얼마나 오래 이곳에 있게 될까? 그리고 언제쯤이나 맥스는 고개를 들고 나를 쳐다보면서 아름답다고 말해줄까? 우리의 만남에는 어느새 깊이 밴 습관 같은 절차가 생긴 모양이다.

그런데 맥스의 사무실은 아무리 봐도 페인트칠을 해야 할 곳으로 보이지 않았다. 물건도 거의 치우지 않은 채였다. 책과 서류 파일은 한쪽 벽을 따라 줄지어 있었고 20개쯤 되는 텅 빈 상자가 한쪽 구석에서 물건이 담기기를 기다리고 있었다.

"나랑 여기 있으면 지겨울 거고 이 일을 부탁한다면 정말 이기적이라는 건 알지만 어쩔 수 없어요. 어서 옷 벗어요."

나는 입을 쩍 벌리고 눈을 크게 뜬 채 맥스를 보았다.

"뭐라고요?"

"옷이요. 벗어요."

맥스는 안경을 내려 코에 걸치고 마침내 나를 보며 말했다.

"옷을 입고 할 거라고 생각했어요?"

맥스는 고개를 절레절레 저으면서 안경을 다시 추켜올리고 다시 모니터를 바라보았다.

"나는 짐 싸는 걸 정말 싫어해요. 벗은 당신을 보는 거야말로 오늘 밤 유일하게 즐거운 일이 될 거예요."

"아, 음. 네."

나는 뭔가 반응해야 할 것 같아서 입을 열어 소리를 내보았다. 예전의 세라라면 다른 사람 앞에서 발가벗고 아무렇지도 않게 앉아 있는 일을 달가워하지 않을 것이다. 그렇다면 새로운 세라는 반대로 그 일을 하고 싶어야 한다. 나는 소파로 걸어가서 짧은 소매 캐시미어 스웨터를 머리 위로 벗었다. 그리고 영국 국기가 수 놓인 파란색 플랫 슈즈를 재빨리 벗고 짙은 색 스키니 진에서 몸을 빼내며 투덜거리는 어조로 말했다.

"오늘은 내가 뭘 신었는지도 안 봐주네요."

"천만에요, 여왕 폐하."

맥스는 윙크를 보내면서 건조한 어투로 말했다.

"나는 세라 당신의 모든 걸 눈여겨봐요."

"그래요?"

"시험해봐요."

"나한테 점이 있는 거 알아요?"

"오른편 가장 작은 갈비뼈 바로 아래 있잖아요."

"내 주근깨 중에 마음에 드는 부분이 있어요?"

'요건 대답하기 어렵겠다.' 사실 나한테는 주근깨가 그리 많지 않았다.

"손목에 있는 거요."

나는 문제의 주근깨를 내려다보면서 살짝 감동했다.

"절정에 이르면 나는 뭐라고 말해요?"

"절정에 이른 당신은 알아듣지 못할 말을 중얼거리죠. 하지만 직전에는 '제발'이라고 계속 말해요. 마치 내가 당신을 거부하기라도 할 것처럼."

"내 음부는 어떤 맛이 나요?"

내 질문에 맥스는 컴퓨터 모니터에서 시선을 떼고 나를 보았다.

나는 웃음이 번지려는 것을 꾹 참고 팬티를 아래로 내려 발목에
걸친 다음 천천히 한 발씩 빼냈다.

"그냥 그런 맛이 나는 여자들이 많은데 당신은 좋은 맛이 나
요."

맥스는 자리에서 일어나 내게 걸어왔다.

"소파에 누워서 머리를 여기에 대요."

맥스는 가죽 소파의 팔걸이에 내 머리를 얹었다. 탄탄한 가죽이
놀라울 정도로 편안했다.

"그리고 무릎을 들어 올리고 다리를 벌려요."

나는 살짝 놀라 토끼 눈을 떴지만 맥스가 시키는 대로 했다. 맥
스는 내 이마에 흘러내린 머리카락을 쓸어 넘기면서 벽에 걸어놓
을 예술 작품을 다루듯 내 포즈를 고쳐주었다.

"잭, 그 프랑스 여자들처럼 나를 그려줘요."

나는 맥스를 올려다보며 말했다.

맥스는 내 엉덩이를 살짝 꼬집었다.

"타이타닉 놀이예요?"

나는 맥스가 나를 보고 있는지 시험하기 위해 맥스가 멀어지자
다리를 조금 오므렸다.

"벌리고 있어요."

맥스는 어깨 너머에서 소리쳤다.

나는 소리 내어 웃으면서 그가 정해준 포즈를 다시 취했다. 맥

스는 책을 가지고 돌아와서 내게 건넸다.

"내가 일하는 동안 이걸로 위안을 삼아요."

"당신은 옷 안 벗을 거예요?"

"미쳤어요?"

맥스는 싱긋 웃으면서 말했다.

"나는 짐을 싸야 해요."

나는 손에 들린 책을 내려다보았다. 표지에는 맨가슴을 드러낸 남자와 그 남자 발치에 고양이와 반쯤 벌거벗은 여자가 있었다. 『고양이 발톱』.

"이거… 재밌겠네요."

나는 책장을 넘겨서 줄거리가 요약된 곳을 찾아 읽었다.

"남자한테 두 명의 파트너가 있는데 한 명은 캣이라 불리는 사람인데 그녀한테는 고양이 인간이 있었대요."

나는 고개를 들어 맥스를 봤다.

"애완용으로요. 그리고 두 사람은 이 애완용 고양이 인간이랑 섹스를 했대요."

"정말 지성에 호소하는 내용 같네요."

"어디 구석에 박혀 있던 책을 찾아낸 모양이에요. 그렇죠?"

"맞아요. 엄청나게 상스럽게 보이더라고요. 그래서 당신 마음에 들 거라고 생각했어요."

맥스는 고개를 돌려 책상 위에 어지럽게 놓인 물건들을 옮기기 시작했다.

"자, 이제 조용히 해요, 아가씨. 나는 무척 바빠요."

처음에는 책에 집중하는 게 거의 불가능할 것 같았다. 하지만 시간이 좀 흐르고 맥스가 책상 위 물건을 싸는 데 완전히 몰두한 것처럼 보이는 시점이 되자 나는 소파에 앉아 있다는 걸 점점 잊어버렸다.

옷을 다 벗은 채로 혼자 앉아 있다는 사실을 의식하지 못하게 된 것이다.

그가 내게 준 책에는 믿을 수 없을 만큼 추잡한 내용이 장황하게 적혀 있었다. 작가의 필력도 끔찍한 수준이었다. 하지만 그게 중요한 게 아니었다. 다수의 남자와 다수의 여자가 나왔다. 주변 인물이 너무 많아서 이야기는 자꾸 곁가지로 샜다. 하지만 그것도 중요한 게 아니었다. 이 책의 핵심은 섹스 장면과 그 묘사에 있었다. 책 속의 모든 인물은 신체 일부가 단단해지거나 촉촉하게 젖다 못해 줄줄 흘러내리는 일을 겪는다. 두 가지 신체 변화를 동시에 겪는 일도 다반사다. 사람들은 교성을 질러댔고 말 그대로 발톱으로 할퀴어댔다.

그런데 주인공은 궁지에 몰린 상황이 되어도 그저 지켜보고만 있었다.

"얼굴이 빨개졌어요."

맥스는 책 한 무더기를 내려놓고 책상에 기대어 서서 나를 보고 있었다.

"15분 정도 그 책을 읽었는데 방금 뭔가를 읽고는 얼굴을 붉히네요."

나는 움찔하며 고개를 들었다.

"적나라한 표현이 나와서 조금 놀랐어요."

"보지?"

맥스의 입 밖으로 나온 그 단어는 노골적이고 저속했다. 하지만 그래서 조금 흥분되는 것 같았다. 나는 가만히 고개만 끄덕였다. 맥스가 말하니까 조금 섹시하게까지 느껴졌다.

"나는 그 표현 좋아해요. 추접스럽고 난잡하게 느껴져서. 보지. 저열하고 타락한 느낌이 들지 않아요?"

맥스는 턱을 긁으며 나를 골똘히 보았다.

"그 부분을 좀 읽어줘요."

"난…"

"세라, 부탁해요."

내 얼굴은 더 달아오를 수 없을 만큼 화끈 달아올랐다.

"그는 여자의 허벅지를 움켜잡고 억지로 벌렸다. 그리고 상기된 채 촉촉하게 젖은 그녀의… 보지를 보았다."

"우와!"

맥스는 소리 내어 웃으며 말했다.

"그거 괜찮네요."

맥스는 다시 책상으로 돌아가서 쌓여 있는 서류 더미를 분류하기 시작했다.

"저녁을 먹으면서 제일 재미있었던 부분을 이야기해줘요."

나는 저녁 식사는 안 된다고 말하려 했다. 하지만 맥스는 한 손가락을 들어 자기 입술에 대어 말문을 막았다.

"어서 책 읽어요."

나는 열심히 책을 봤지만 낱말들이 빙빙 도는 것 같았다. 어떤 여자가 저녁 먹는 걸로 이렇게 유난을 떨까?

'저녁을 먹으면 자연스레 잠자리로 이어지고 그러면 매일 밤 같이 있게 될까 봐 걱정하는 여자는 그렇게 유난을 떨지.' 그렇게 되면 서로 열쇠를 교환하고 결국 한집에 살게 된다. 그러면 자꾸 변명이 늘고, 말없이 섹스하다가 결국에는 섹스도 대화도 없는 사이가 된다. 종국에는 사람들이 모이는 장소에 갈 일이라도 생기면 좋겠다는 생각을 하게 된다. 그러면 그와 함께할 시간이 생기니까.

한편으로는 지난 독립기념일에 맥스와 함께 밤을 보내지 않은 게 후회되었다. 일주일 내내 그가 그리웠다.

'아, 거지같아.'

나는 헛기침으로 목소리를 고르며 눈을 질끈 감았다.

"괜찮아요?"

맥스가 건너편에서 낮은 목소리로 물었다.

"좋아요."

또다시 이십 분 정도가 지났다. 열일곱 번째 섹스 장면을 읽고 있는데 맥스가 내게 걸어와서 한 손으로 내 쇄골에서 무릎까지 훑어 내려가며 속삭였다.

"눈을 감아요. 그리고 내가 말할 때까지 눈 뜨지 말아요."

"오늘은 정말 시키는 일이 많네요. 너무 우두머리 행세하는 거 아니에요?"

나는 그렇게 말하면서도 들고 있던 책을 바닥에 떨어트리고 그가 시키는 대로 했다. 순간 내 청각이 예민해졌다. 실내 공기의 진동까지 느껴지는 것 같았다. 맥스가 허리띠를 풀고 지퍼를 내리고 가만히 한숨을 내쉬는 소리가 들렸다.

'지금 뭘 하려는 거지?'

그리고 맥스의 손이 뭔가를 부드럽게 스치는 소리가 들렸다. 천천히 시작된 스치는 소리는 점점 다급해지고 단호해졌다. 그의 숨소리가 거칠어지더니 가쁜 숨을 내뱉었다.

"보게 해줘요."

나는 속삭이듯 말했다.

"아니."

맥스는 꽉 잠긴 음성으로 말했다.

"보는 건 내가 해요. 나는 지금 당신을 보고 있어요."

누군가 자위하는 소리를 들어본 적이 한 번도 없어서 눈을 계속 감고 있는 게 고문과 같았다. 사람을 달뜨게 하는 소리가 이어졌다. 나지막한 신음 소리와 함께 다리를 벌리고 내 가슴을 만지라는 그의 목소리가 들렸다.

"책 때문에 완전히 젖었네요."

그 한마디와 함께 더욱 다급한 손길로 맥스가 자신을 어루만지는 소리가 이어졌다.

"얼마나 젖었어요?"

나는 눈을 감은 채 손을 밑으로 내려 내 음부를 만졌다. 그리고 더 이상의 말은 필요 없었다. 맥스는 낮은 신음을 내뱉다가 익숙한 저음으로 거친 말을 내뱉으며 절정에 이르고 있었다.

그의 얼굴을 보고 싶었다. 하지만 나는 두근거리는 심장을 느끼면서 눈을 꼭 감고 있었다.

갑자기 방 안이 적막해졌다. 들리는 건 거친 맥스의 숨소리와 내 숨소리뿐이었다. 갑자기 머리 위에 달린 에어컨이 강하게 인식되었다. 뜨겁게 달궈진 내 몸에 차가운 공기가 퍼부어지고 있었다.

마침내 맥스는 바지 지퍼를 올리고 허리띠를 잠갔다.

"곧 돌아와서 정리할게요."

맥스의 발걸음이 멀어지더니 문 열리는 소리가 들렸다. 맥스는 조용히 웃으며 말했다.

"이제는 눈을 떠도 좋아요."

그 말을 마치고 맥스는 밖으로 나갔다.

한 십 분 정도 지난 것 같은데 사무실 안은 한층 어두워져 있었다. 내 손은 여전히 다리 사이에 있었다. 오르가슴에 오른 맥스가 내던 소리가 여전히 귓가를 맴돌았다. 나는 시험 삼아 살짝 내 아래를 어루만졌다. 조금만 만지면 느끼게 될 것 같은 상태였다. 십 분도 안 걸릴 것 같았다. 맥스가 돌아오기 전에 끝낼 수 있을 게 분명하다.

더 이상 주저하지 않고 몸을 구부려 손바닥을 내려다보았다. 맥스가 손으로 하던 소리와 그가 움직이던 속도, 그가 내뱉던 가쁜 숨과 신음 소리, 그리고 내게 이렇게 저렇게 지시하던 말들을 다 떠올려보았다. 그는 자신에게 필요한 걸 내게 정확히 말했다.

우리는 정말 쉽게 서로를 이해한다. 완벽한 궁합이다.

편안하게 서로를 느낀다.

생각에 거기에 이르자 허벅지를 타고 올라오는 전율에 몸이 떨렸다. 절정에 이른 나는 앞으로 몸을 숙이면서 눈을 질끈 감았다. 감은 눈에 보이는 어둠 저편에서 불꽃 같은 것이 터지면서 숨을 헐떡이게 되었다.

그때 문이 열렸다. 나는 재빨리 손을 거두어 목에 댔다. 미친 듯이 뛰는 심장박동이 손에 전해졌다. 거친 숨을 가라앉히려 애를 써보았다. 왠지 쿠키 통에 몰래 손을 집어넣었다가 딱 걸린 듯한 느낌이 들었다.

맥스가 미소 지으며 걸어와서 내 허리 가까운 자리에 앉았다. 나는 옆으로 몸을 굴려 그가 앉을 수 있게 자리를 내주었다. 맥스는 한 손을 소파 등받이에 대고 허리를 굽혀 내 손가락을 잡아 자기 입에 넣었다.

"잘 문질렀어요, 아가씨?"

"어디 가지 않고 나를 보고 있었다면 굳이 물어보지 않아도 잘 알 거 아니에요."

나는 목덜미까지 벌겋게 달아오르는 느낌과 사투를 벌이며 애써 태연하게 말했다.

"뭐 상관없어요."

맥스는 내 목에 입술을 대고 웅얼거리듯 말하고 가볍게 키스했다.

"이따가 동영상을 보면 알겠죠?"

맥스는 벌떡 자리에서 일어나 맞은편에 있는 수납장으로 갔다. 문이 열려 있는 수납장 맨 위 선반에 미처 눈치채지 못한 카메라가 놓여 있었다. 맥스는 카메라 버튼을 눌러 껐다.

"지금… 뭐예요?"

맥스는 뒤로 돌아 사악한 미소를 지었다.

"아까 계속 동영상 촬영을 했던 거예요?" 나는 생전 처음 당하는 상황에 당혹스럽고 심경이 복잡했다. 자위하다가 들킨 건 끔찍하다. 그런데 그 모습을 다 지켜보고 있었다니… 정말 흥분됐다.

"녹화했어요."

"맥스, 내 얼굴….."

맥스가 양미간을 찡그렸다.

"카메라를 충분히 낮춰서 내가 필요한 부분만 담기게 해놨어요. 얼굴은 나오지 않았어요."

맥스는 내게 걸어와서 소파 옆에 무릎을 꿇고 앉았다.

"부끄럽지만 나는 당신이 절정에 이르러 부서져 내리는 모습을 보는 게 좋아요."

맥스는 손끝으로 내 볼을 쓰다듬으며 내 얼굴을 찬찬히 바라보았다. 눈을 깜빡이던 그는 할 말을 꾸욱 참아내는 것 같았다.

"자, 이제 저녁 먹읍시다. 타이 음식을 먹을까 생각했는데 당신한테 땅콩 알레르기가 있다고 하니 안 될 것 같아요. 내가 제일 좋아하는 타이 음식점에서는 모든 요리에 땅콩을 넣거든요. 그 대신 에티오피아 요리 어때요? 손으로 먹어도 괜찮죠?"

맥스는 싱긋 웃었다.

"장담하는데 거기에는 나를 알아보는 사람이 한 명도 없을 거예요."

나는 멍하니 입을 벌리고 맥스를 봤다. 밖에서 함께 저녁을 먹자는 것에 대해 반론을 제기해야 한다는 생각도 할 수 없었다.

"땅콩 알레르기가 있는 건 어떻게 알았어요?"

"알레르기 팔찌를 차고 다니잖아요."

"그걸 봤어요?"

맥스는 무슨 소리인지 모르겠다는 표정으로 말했다.

"사람들 보라고 차고 다니는 거 아니에요?"

나는 고개를 가로저으면서 자리에서 일어나 두 손으로 머리를 빗어 넘겼다. 과거 내가 사랑했던 남자는 그런 걸 보지 않았다. 그런데 내가 섹스만 하겠다고 말한 남자는 나의 모든 걸 눈여겨본다.

나도 모르게 맥스에게 말하고 있었다.

"에티오피아 요리가 딱 좋겠네요."

***

맥스를 따라 건물 뒤로 돌아갔다. 골목길에 검은색 차가 세워져 있었다.

"차가 왜 여기 있어요?"

나는 차 문을 여는 맥스에게 물었다.

"파파라치가 당신 집까지 따라다녀요?"

맥스는 소리 내어 웃으며 나를 뒷좌석에 앉혔다.

"아니오, 아가씨. 나는 그렇게 유명하지 않아요. 거리를 돌아다니거나 사교 행사에 참석했을 때나 사진 찍히죠. 비밀 엄수를 편집적으로 고집하는 건 당신이지 내가 아니에요."

"헬스키친에 있는 시바의 여왕으로 가세요."

맥스는 운전기사에게 말하고 고개를 돌려 나를 보았다.

"짐 싸는 동안 같이 있어줘서 고마워요. 덕분에 지루하기 짝이 없었을 일을 아주 즐겁게 했어요."

"일도 별로 많이 하지 않았잖아요. 말한 것처럼 그리 효율적인 저녁 시간을 보낸 것 같지는 않은데요. 그렇죠?"

나는 앞으로 몸을 기울여 최고의 미심쩍음을 담은 표정으로 한쪽 눈썹을 높이 추켜세웠다.

맥스는 미소를 지으면서 내 입술을 바라보았다.

"들켰네요. 오늘 밤에는 내게 놀러 오기를 바랐어요. 내 소파에 나체로 누워 있는 당신 모습을 기억할 수 있게요. 내일 아침에 사람을 써서 페인트칠하기 전까지 사무실 정리를 다 할 거예요."

맥스는 둘 사이의 거리를 바짝 좁혀 앉으면서 달콤하게 키스했다.

"일하면서 가끔씩 당신이 더 보고 싶을 때가 있어요. 거기 있는 당신 모습을 봐서 좋아요."

나는 자세를 고쳐 앉았다. 갑자기 세상이 뒤집어지는 듯한 아찔함이 느껴졌다.

"당신 같은 남자가 세상에 있는 줄 몰랐어요."

나는 불쑥 마음속에 담아둔 말을 입 밖으로 꺼내버렸다.

"정직하고 솔직한 데다 편안하게 어울릴 수 있는 사람 말이에요."

나는 맥스를 건너보며 말했다.

"전에 이미 말했잖아요. 나는 당신을 좋아해요."

맥스는 손을 뻗어 나를 끌어안았다. 그는 가는 내내 입을 맞췄다. 그렇게 보낸 시간이 일 분이었는지, 한 시간이었는지, 아니면 일주일이었는지 알 수 없었다. 어찌 되었든 헬스키친 지역에 도착했지만 나는 차에서 내리고 싶지 않았다. 맥스가 오늘 밤 같이 지내자고 내게 청하기를 바라는 마음이 생겨도 뭐가 문제냐 싶을 정도가 되어 있었다.

**

여종업원은 우리 앞에 커다란 접시를 내려놓았다. 온갖 채소 요리가 부채 모양으로 쫙 펼쳐져 있었다.

"에티오피아의 플랫 브레드인 인제라를 한 조각 떼어 내서 그걸로 음식을 떠먹어요."

맥스는 먼저 빵 한 조각을 찢어서 시범을 보였다.

나는 맥스가 손가락을 핥아 먹고 빨아 먹다가 나를 보고 미소 짓는 모습을 지켜봤다.

"왜 그래요?"

맥스가 물었다.

"음…."

나는 더듬거리면서 손가락질을 했다.

"당신 입이요."

"내 입이 좋다고요?"

맥스의 혀가 다시 한 번 날름거리며 입술 양쪽을 핥았다. 그다음에 유리잔을 집어 들고 와인 한 모금을 쭉 들이켰다.

술을 마시지 않았는데도 취한 기분이 들었다. 이 남자 때문에 나는 어쩔 줄 몰라 하고 있다. 앞뒤 가리지 않고 그에게 덤벼들고 싶다. 나는 테이블 아래서 두 주먹을 그러모으면서 여기서 나가서 나를 집으로 데려가 만져달라고 부탁하는 장면을 머릿속에 그려보았다.

오늘 밤에는 자동차에서 키스한 것 외에 신체 접촉은 거의 없었다. 의도적일까? 나를 미치게 만들려고? 그랬다면 미션은 성공적으로 완수됐다.

나는 눈을 깜빡이며 앞에 놓인 커다란 접시를 내려다보다가 맥스를 따라 요리를 먹어보았다. 먼저 납작한 빵을 찢어서 렌틸 콩을 조금 집은 다음에 한 입 깨물었다. 후추 맛이 강하게 나고 따뜻하고 맛있었다. 나는 눈을 감고 콧노래를 불렀다.

"정말 맛있네요."

나를 쳐다보는 눈길이 느껴져 고개를 들었다. 그가 나를 보고 웃고 있었다.

"왜요?"

내가 물었다.

"세라, 당신은 내가 무슨 일을 하는지도 알고, 우리 어머니가 회사에서 일하시는 것도 알고 내게 누나가 있다는 것도 알죠? 세실리 이야기도 들어서 알 거고요. 그런데 내가 당신에 대해 아는 건 환상적인 섹스 파트너라는 것 외에, 한 달 전에 정말 멍청한 자식을 버리고 시카고에서 이곳으로 왔다는 사실과 벤과 벤 약혼자랑 같이 일한다는 것밖에 없어요."

순간 속이 거북해졌다. 씹고 있는 음식을 간신히 목구멍으로 넘길 수 있었다.

"글쎄요. 다른 여자들과도 그보다 조금 더 아는 상태로 지냈을 것 같은데요."

"아, 나한테는 관측 보고서가 있는 도서관이 있어요. 하지만 나는 지금 당신을 알고 싶다는 말을 하는 거예요."

"이미 내가 어디 사는지도 알고 어디서 일하는지도 알고, 땅콩 알레르기가 있는 것도 알잖아요."

"우리가 만난 지 벌써 몇 주가 지났어요, 세라. 그런데도 여전히 당신은 내게 거리를 둬요." 맥스는 눈을 깜빡거리고 말했다.

"영원히 낯선 사람으로 당신 곁에 있지는 못할 것 같아요."

"하지만 우리는 낯선 사람으로 지내는 일을 아주 잘하고 있잖아요."

나는 농담처럼 말했다. 하지만 맥스가 고개를 숙이자 더 이상 그런 식으로 받아넘길 수 없다고 생각했다.

"뭘 알고 싶어요?"

맥스가 다시 나를 쳐다보다가 눈을 감고 생각에 잠겼다. 풍성하고 짙은 속눈썹이 뺨에 그림자를 드리웠다. 이 남자는 정말 잘생겼다. 심장박동이 점점 커져서 머릿속까지 울려 퍼져 두개골을 드릴처럼 두들겼다.

맥스가 눈을 뜨고 내게 물었다.

"개를 키워본 적 있어요?"

내 입술에서 풋 하고 웃음이 터져 나왔다.

"네. 우리 아빠가 죽 달마티안을 여러 마리 기르셨어요. 그런데 요즘은 엄마가 래브러두들에 빠져 지내세요."

"잠깐, 뭐라고요?"

"래브라도레트리버와 푸들을 교배한 개 말이에요."

맥스는 고개를 가로저으며 싱긋 웃었다.

"당신들 미국인 때문에 우리 순종 개들이 마구잡이 교배를 한단 말이죠."

나는 와인 잔을 들어 올려 한 모금 마셨다. 맥스는 곧바로 다른 질문을 해왔다.

"사람들과 함께 있는 걸 왜 그렇게 두려워하는 거죠?"

나는 알아듣지 못하게 속으로 투덜거렸다. 맥스는 크게 웃으며

낯선 살 냄새

손을 내저었다.

"그냥 얼마나 깊이 들어갈 수 있는지 확인차 한 말이에요. 됐어
요. 형제자매는?"

나는 안도하는 얼굴로 고개를 가로저었다.

"외동딸이에요. 정신없는 부모님 밑에서 자랐죠. 나 말고 다른
아이를 안 낳으신 게 얼마나 다행인데요. 아이가 또 있었으면 부
모님은 돌아가셨을걸요."

"어째서?"

"우리 부모님은… 별나세요."

부모님을 떠올리자 입가에 웃음이 걸렸다. '별나다'는 말로
는 부족한 분들이다. 깃털로 만든 가발에 보석으로 치장한 엄마
와 두툼한 안경에 반팔 드레스 셔츠를 입고 나비넥타이를 한 아
빠 모습을 머릿속에 그려보았다. 부모님은 다른 별에서 온 사람들
같다. 우리와 다른 시대를 사는 분들이다. 하지만 그 별나고 특이
한 면이 모두의 사랑을 받는 비법이기도 했다.

"아빠는 늘 일을 많이 하셨지만 일하지 않으실 때는 이런저런
것에 집착해서 수집하는 취미를 갖고 계세요. 엄마는 바쁘게 지내
는 걸 좋아하지만 아빠는 엄마가 집 밖에서 일하는 걸 원하지 않
으셨죠. 엄마는 텍사스에서 자랐고 대학을 다니다가 아빠를 만났
대요. 수학을 전공하셨는데 결혼 후에는 집에서 화장품을 만들어
파셨어요. 그러다가 나중에는 주름이 가지 않는 면으로 만든 옷

같은 걸 파셨고요. 최근에는 가죽 제품을 판매하세요."

"아버지가 하시는 일이 정확하게 뭐죠?"

나는 잠시 망설였다. '어떻게 이런 걸 물어보지? 나에 대해 정말 아무것도 모르는 건가?'

"내 성이 딜런이잖아요. 그건 알죠?"

맥스는 흥미롭다는 표정으로 고개를 끄덕이며 내 말을 경청했다.

'맥스는 영국 사람이잖아. 그러니 딜런 일가에 대해 들어본 적이 없을 수도 있어.'

이런 말을 하는 건 무거운 쇠사슬을 들어 올리는 일과 같다. 짐을 벗어버리는 것 같아 좋기도 하지만 그걸 굳이 들어 올리는 것보다는 그대로 놔두는 편이 늘 더 쉬웠다. 지금껏 살면서 우리 가족이 누구인지 알면 사람들은 나를 다른 눈으로 봤다. 맥스는 다를지 궁금해졌다.

나는 심호흡을 한 다음에 맥스를 쳐다보았다.

"우리 가족은 백화점 체인을 소유하고 있어요. 중서부 지역에 주로 있는데 거기는 규모가 꽤 커요."

맥스는 멈칫하더니 눈을 가늘게 떴다.

"잠깐요. 딜런스요? '삶이 즐거워집니다'라고 선전하는 그 딜런스?"

나는 고개를 끄덕였다.

"와. 딜런스 백화점을 운영하는 집안이군요. 그래요."

맥스는 한 손으로 얼굴을 비비다가 혼자 웃으며 고개를 절레절레 저었다.

"이런, 세라. 나는… 정말 몰랐어요. 바보가 된 것 같네요."

"내가 누군지 당신이 몰라서 좋았어요."

나는 철렁하는 느낌에 마음을 졸이면서 이제 내가 누구인지 알았으니 나를 조금은 다르게 대할지도 모른다고 생각했다. 그는 앤디에 대해 알게 될 테고, 시카고에서는 모든 사람이 아는 걸 나만 바보같이 모르고 지냈다는 사실도 알게 될 것이다.

또 그는 내가 신비로운 여자가 되기 전에 누군가에게 짓밟힌 불쌍한 여자임을 조만간 알게 될 것이다.

나는 의기소침해져서 맥스의 시선을 피했다. 지나온 삶이나 과거, 가족에 관한 이야기는 하고 싶지 않았다. 나는 필사적으로 다른 화젯거리를 찾아보았다.

하지만 뭔가 생각해 내기 전에 맥스가 먼저 말을 꺼냈다.

"당신에게 마음이 끌리는 가장 큰 이유가 뭔지 알아요?"

맥스는 달콤한 와인을 내 잔에 더 따르면서 말했다.

"뭔데요?"

"우리가 만난 첫날 밤, 그리고 브루클린에서 보낸 첫날 밤, 그때 내가 당신에게 마음대로 할 수 있게 해준 일. 그리고 오늘 밤에는 보지라는 말에 얼굴을 붉힌 거예요."

"그렇군요!"

나는 와인을 홀짝 마시고 크게 웃었다.

"나는 그냥 당신이 좋아요. 마음속으로 갈등하는 당신도 좋고, 말도 안 되게 집안이 부자이면서 같은 드레스를 몇 번이나 입는 것도 좋아요."

맥스는 혀로 입술을 핥고 나서 포식자의 미소를 지었다.

"물론 무엇보다 섹스를 잘해서 좋아요. 또 내가 못된 짓을 당신에게 하도록 허락하는 것도 좋고."

"그게 못된 짓인 것 같지는 않아요."

"이거 봐요. 바로 이래서 좋다니까. 대부분 사람들은 창고에서 만나자고 하면 미쳤다고 할 거예요. 당신은 미국 최고의 상속녀이면서 음탕한 영국 남자에게 당신의 벗은 몸을 사진 찍어도 좋다고 허락했잖아요. 또 오늘 밤에는 사무실에서 자위하는 걸 동영상으로 찍게 해줬어요. 내가 그걸 보고 느낄 스릴을 이해하고 말이죠. 그렇지만 그건 당신이 요청한 것이기도 해요."

맥스는 몸을 앞으로 숙이고 나를 뚫어져라 바라보았다. 진지한 그의 얼굴은 복잡한 속내를 드러내고 있었다.

"나는 노는 걸 좋아하는 놈이에요. 그 점을 부인할 생각은 없어요. 하지만 당신 같은 여자가 세상에 있는 줄 몰랐어요. 정말 순진하기 짝이 없는데도 침대 위에서 얌전하고 다정하게 나누는 섹스로는 성이 차지 않는 끼가 넘치는 여자 말이에요."

나는 잔을 들어 올려 와인을 홀짝 마셨다. 맥스는 내 입술을 바라보았다. 혀로 입술을 핥은 다음 나는 맥스를 보면서 미소 지었다.

"당신이라면 대부분 여자들이 침대 위에서 얌전하고 다정하게 나누는 섹스에 늘 만족하지는 않는다는 걸 알아차렸을 텐데요."

맥스는 크게 웃고 나서 소리를 낮춰 말했다.

"틀린 말은 아니군요."

"그러니까 카메라와 여자들이 당신을 쫓아다니죠."

나는 와인 잔 너머로 맥스를 쳐다보며 말했다.

"세실리와 있었던 일 때문만이 아닐 거예요. 그 일뿐이라면 몇 주 지나 당신에 대한 관심이 시들해지죠. 하지만 당신은 늘 새로운 여자랑 가십지 지면을 장식하잖아요. 어떤 여자에게도 사로잡히지 않는 남자인 거죠. 그러면서 여자를 어떻게 다루면 되는지 잘 아는 그런 남자예요."

맥스의 눈이 조금 커졌다. 동공이 확장하면서 황혼에 번지는 잉크빛을 띠었다.

"최근에는 매일 밤 다른 여자와 같이 있지 않았어요."

나는 맥스의 말을 무시하고 생각했던 것을 모두 내뱉었다.

"여자들이라고 늘 애지중지 소중하게 다뤄주기를 원하는 건 아니에요. 우리는 욕망의 대상이 되고 싶어 해요. 남자들처럼 거친 욕구 차원에서 섹스를 원하기도 하죠. 당신은 그걸 아는 남자예요."

맥스는 팔꿈치를 테이블에 대고 몸을 앞으로 기대어 나를 뚫어
져라 바라봤다.

"하지만 왜 나는 당신이 내게 특별한 걸 준다고 느낄까요? 전에
는 당신이 한 번도 준 적이 없는 뭔가를 말이죠."

"나는 원래 그래요."

맥스가 입을 열고 뭔가 말하려는데 테이블 위에 올려놓은 휴대
전화 진동이 울렸다. 맥스와 나는 동시에 전화기를 보았다. 그와
나 모두 전화기 화면에 나타난 이름을 똑똑히 봤다.

'앤디'

12

　나는 세라를 택시에 태워주고 차의 후미등이 어둠 속으로 완전히 사라질 때까지 자리를 지키고 서서 바라보았다.

　'빌어먹을.'

　저녁 식사 자리에서 세라는 빌어먹을 그 전화를 받지 않았다. 그저 화면에 뜬 이름을 보고는 진동을 꺼버렸다. 하지만 나는 그게 누구 전화인지 봐버렸다. 그리고 세라가 아무렇지도 않은 척하는 것도 알아차렸다.

　'앤디'

　갑자기 사람 안색이 그렇게 변하는 건 처음 보았다. 누군가 스위치를 툭 내린 것처럼 천천히 환한 얼굴빛이 사라져버렸다. 세라는 이야기를 그치고 마음을 숨긴 채 음식을 집어 먹으면서 식사 내내 묻는 질문에 짧은 답변으로 일관했다. 분위기를 띄워보려고 농담도 하고 시시덕 거리기도 했지만… 아무 소용이 없었다. 그렇게 십 분 정도 지나자 그 상황을 종료시킨 것은 세라였다. 머리가 아프다면서 택시를 타고 집에 가겠다고 했다. 혼자서.

'빌어먹을.'

텅 빈 거리를 뚫어져라 한참 쳐다봤다. 내 차는 바로 뒤에 얌전히 대 기하고 있었다. 나는 운전기사에게 손짓으로 차를 불러서 문을 열고 들어가 앉았다.

"어디로 갈까요, 스텔라 씨?"

"집으로 가죠, 스콧."

나는 뒷좌석에 몸을 파묻은 채 말했다. 차가 출발하자 흐릿해진 도시 가 스쳐 지나는 모습이 눈에 들어왔다. 시간이 지나면서 기분은 한층 더 울적해졌다.

그전까지는 일이 잘 풀렸다. 마침내 세라는 마음을 열고 자신의 마음 한 자락을 내게 보여주었다. 세라의 부모님이 미국에서 가장 큰 백화 점 사업을 한다는 사실을 솔직히 털어놓은 그 중요한 순간 다음에 '앤 디'라는 이름의 자식이 전화를 한 것이다. '빌어먹을 앤디.'

갑자기 부아가 치밀어 올랐다. 그 녀석하고 세라는 얼마나 자주 통화 하는 걸까? 6년은 긴 시간이다. 그건 단번에 지워버리기 힘든 역사가 있다는 의미가 된다. 왜 그 녀석이 세라의 삶에서 완전히 사라져버렸 을 거라고 생각했는지 모르겠다. 세라가 다른 남자를 만나고 싶어 하지 않은 것도 이해가 됐다. 하지만 그녀는 너무 큰 거리를 두고 나를 대했다.

어쩌면 앤디 그 녀석이 세라가 다시 돌아오기를 바라고 있는지도 모른다.

생각이 여기에 이르자 미간이 절로 찡그려졌다. 이런 기분이 드는 것 자체가 마음에 들지 않았다.

당연히 그 자식은 세라가 다시 돌아오기를 바랄 것이다. 그렇지 않기는 힘든 일이다. 수백 번도 넘게 그 둘 사이에 무슨 일이 있었는지 생각했었다. 그리고 세라는 왜 내게 그 이야기를 하지 않으려고 하는지도 고민했었다.

도심으로 들어서서 아파트에 거의 도착할 무렵 주머니에 넣어둔 휴대전화기 진동이 울렸다.

집에 안전하게 도착했어요. 오늘 저녁 고마웠어요.

이런, 오늘 밤은 완전히 거꾸로군.

나는 세라의 문자를 거듭 읽었다. 그러고 실패할 확률이 많은 걸 알면서도 전화를 걸어볼까 생각했다. 세라는 정말 못 말리는 고집쟁이다. 나는 열 가지가 넘는 버전의 답 문자를 적었다가 지우기를 반복했다.

나는 이 문제에 대해서 세라와 이야기하고 싶지만 세라는 그렇지 않다는 게 문제다. 또 큰 문제는 내 성기와 허리를 쓸 일이 완전히 없어졌다는 것이다.

"스콧, 조금만 더 운전해주겠어요?"

내 말에 스콧은 고개를 끄덕이고 차를 북쪽으로 돌려 공원 쪽으로 갔다. 나는 전화기에 저장된 연락처를 뒤지다가 윌의 이름을 눌렀다. 신호음이 두 번 들린 뒤 윌이 전화를 받았다.

"어이, 무슨 일이야?"

"통화할 시간 좀 있어?"

나는 차창 밖으로 지나는 거리를 보면서 말했다.

"그럼. 잠깐만."

뭔가 부스럭거리는 소리가 나고 문이 닫히는 소리가 난 다음에 윌이 다시 전화기를 집어 들었다.

"별일 없는 거지?"

나는 머리를 의자에 기대면서 어디서부터 이야기를 시작할지 생각했다. 이 혼란스러운 마음을 누군가에게 당장 털어놓아야만 할 것 같았다. 윌에게는 미안한 일이지만. 그러나 윌은 내 평생지기였다.

"그걸 잘 모르겠다."

"무슨 아리송한 소리야. 뭔가 부리나케 해야 하는 일이 생겼다는 메일 같은 건 못 받았으니까 일 이야기는 아닌 것 같고."

"일 이야기면 좋게."

"좋아… 그런데 오늘 밤에 무슨 약속이 있다고 하지 않았어?"

"사실은 그 문제로 전화한 거야."

나는 한 손으로 턱을 긁으며 말했다.

"세상에, 내가 이런 짓을 하고 있다니."

나는 말을 이어갔다.

"누군가가… 내 말을 좀 들어줬으면 해. 그러니까 소리 내서 말하고 나면 머릿속이 조금 정리될 것 같아서 말이야."

"이건 희소식인 것 같은데."

전화기 너머 윌이 껄껄 웃는 소리가 들렸다.

"그럼 어디 편히 앉아서 들어주마."

"내가 요즘 만난다는 여자 이야기 기억나지?"

"아, 섹스한다는 여자? 네가 그렇게 말했지."

나는 눈을 질끈 감았다.

"윌."

"그래, 맥스. 끝내주게 잘 한다는 네 섹스 파트너. 함께 있는 모습이 절대로 사진 찍히며 안 되지만 화끈한 열정이 절대로 꺼지지 않는다는 섹스만 하는 비밀스러운 여자 말이야."

나는 한숨을 내쉬었다.

"그래. 그 일이야."

나는 웅얼거리듯 낮은 목소리로 말했다.

"그러니까… 이건 우리 둘만 아는 비밀로 해야 한다. 알았지?"

"물론이지."

월은 조금 기분이 상한 듯한 어조로 말했다.

"내가 빌어먹을 멍청이기는 하지만 최소한 믿어도 좋은 멍청이잖아. 그런데 말이지 네가 이리로 와서 그… 손톱이라도 서로 칠해주면서 서로의 감정에 대해 이야기해야 하지 않겠냐?"

"그게 세라 딜런이야."

잠시 침묵이 흘렀다. '당연히 말문이 막히겠지.'

"월?"

"이런 맙소사!"

"그래."

나는 손으로 관자놀이 부위를 문지르면서 말했다.

"세라 딜런. 라이언 미디어 그룹의 그 세라 딜런?"

"바로 그 여자야. 벤이랑 같이 일하는 걸 알기 전부터 만났어."

"와오. 그러니까 내 말은… 정말 근사하고 멋진 여자지. 그런데… 내 말 오해하지 말고 들어라. 조금은… 보수적으로 보이던데? 그런 여자가 너랑 그렇고 그렇게 만났다니 대단한데."

일단 말을 꺼내놓고 나니 더 이상 참을 수가 없게 되었다. 나는 모든 걸 털어놓기 시작했다.

"처음에는 그냥 가벼운 관계였어. 그러니까 세라가 나를 이용했다고 할 수 있지. 실험 대상 같은 거였어."

"뭘?"

나는 턱을 긁으면서 잠시 주저하다가 솔직히 말했다.

"세라는 사람들 있는 데서 섹스하는 걸 좋아해."

"뭐?"

월이 소리 내어 웃었다.

"내가 아는 세라 딜런이 아닌 것 같은데."

"그리고 내가 사진 찍는 것도 허락해줬어."

"잠깐. 뭐라고?"

"사진. 우리 둘의 모습 말이야. 가끔은 사진 이상도 허락하고."

"너랑…"

"섹스하는 거."

이번에는 제법 긴 침묵이 이어졌다. 월은 속사포 같은 속도로 눈만 껌뻑이고 있는 게 분명했다. 잠시 뒤 헛기침으로 목소리를 고른 월이 말했다.

"좋아. 사람들이 보는 데서 섹스하는 건 근사하다. 하지만 요즘 같은 세상에 섹스하는 동안 사진을 찍는 게 뭐가 대수냐? 내가 아는 놈들은 다 그러는데."

"지금 무슨 말을 하고 싶은 거야?"

"네가 유행에 뒤졌다고 말하는 거다."

"월, 나 지금 심각하게 말하는 거야."

"좋아. 그런데 뭐가 문제야?"

"문제는 오늘 밤에 일어났어. 오늘 처음으로 그녀를 데리고 식당으로 가서 이야기를 나눴어. 그녀의 부모님이 그 대단한 딜런스를 운영한다는 것도 알게 되었지. 그 백화점 알지? 어제까지는 전혀 몰랐던 일이었어.”

월은 잠시 입을 다물고 있다가 나지막한 소리로 웃었다.

“그랬구나.”

“그러니까 우리가 그런 식으로 이야기를 나누는 건 처음 있는 일이었단 말이야. 그런데 그 순간에 그녀의 전 애인 녀석이 전화를 했어.”

“그랬구나.”

“그 자식이 분명한데도 세라는 전화를 안 받더라. 그런데 그 후로는 전혀 즐기지 못하더라고. 세라는 나하고는 걷지 못할 지경이 될 때까지 섹스는 하겠다는 식이지만 한 달이나 만나면서 겨우 처음으로 식사를 같이한 이유는 절대로 말해주지 않았어.”

“그래.”

“그녀의 부모님이 백화점을 운영하고 있고 그녀 고향이 시카고라는 것 말고는 나는 그녀에 대해 아는 게 없어.”

“그래.”

“월, 너 내 말 듣고 있는 거냐?”

“물론 듣고 있지. 너는 아무것도 모른다는 거 아니야.”

“맞아.”

“그래서… 인터넷에 검색해서 알아보기는 했어?”

월이 물었다.

“아니. 그런 짓 안 했어.”

"왜?"

나는 낮게 신음 소리를 냈다.

"세실리와 있었던 일을 이야기한 뒤 이런 이야기를 하게 된 거야. 직접 구글에서 검색해서 좋을 게 없을 것 같았어."

"하지만 너는 원래 새로 일하게 된 사람에 대해 인터넷 검색을 하잖아? 안 그래?"

"물론 그렇지."

"나는 세라가 RMG 측 대표로 계약관계 일을 같이하게 된 걸 알고 곧바로 검색해봤었어. 아주 정보가 많았어." 목이 죄어오는 느낌이 들었다. 나는 애꿎은 셔츠 칼라를 잡아 당겼다.

"뭘 알아냈는지 이야기해봐."

윌은 소리 내어 웃었다.

"어림없는 소리. 용기를 내서 노트북을 켜봐. 이야기 즐거웠다. 그럼 이만 끊는다, 친구야."

***

나는 스콧에게 아파트로 다시 가달라고 부탁했다. 집에 올라온 나는 5분 동안 꼼짝도 않고 서 있다가 마침내 컴퓨터가 있는 곳으로 다가가 검색 엔진에 '세라 딜런'이라는 이름을 쳐 넣었다.

'이런 맙소사.'

온갖 잡소리가 올라와 있었다. 나에 대한 검색 결과보다 훨씬 더 많은 양의 글이 있었다. 나는 심호흡을 한 뒤 먼저 이미지 검색 결과를 보았다. 인터넷에 떠다니는 그녀의 사진을 다 살펴보면 지난 십 년 동안 그녀의 모습을 모두 볼 수 있을 것 같았다. 젊고 상큼한 모습의 세라도 있었고 짧게 잘라 세련되게 연출한 헤어스타일의 세라와 헝클어진 머리 스타일을 자랑하는 세라도 있었다. 사진 속 세라의 미소는 천진하고 꾸밈없어 보였다.

하지만 가족사진이나 셀카로 찍은 사진들은 전혀 아니었다. 값비싼 줌렌즈를 장착한 파파라치의 고성능 카메라가 포착해서 언론에 사고판 결과물들이었다. 감탄사를 남발한 제목의 기사에 실린 사진이거나 동영상도 있고 뉴스로 보도된 것도 있었다. 파티와 결혼식, 자선 행사에 참석한 모습도 있고 심지어 여행 중인 사진도 보였다. 그런데 세라의 곁을 지키는 건 항상 한 남자였다.

세라보다 겨우 몇 센티미터 정도 더 큰 흑발의 남자는 영민한 얼굴을 하고 있었다. 로마 사람처럼 보였다. 하얀 이를 활짝 드러낸 미소는 내가 상상했던 것만큼이나 진지하고 성실해 보였다. 그의 진정성에는 의심의 여지가 없어 보였다.

이 녀석이 앤디로군. 세상에 알려진 정식 이름은 앤드루 모턴이다. 일리노이 주 제7 선거구를 대표하는 민주당 하원의원이다.

갑자기 많은 것들이 맞아떨어지면서 이해가 되었다.

나는 체념의 한숨을 내쉬면서 최근 사진으로 보이는 이미지를 클릭했다. 지금과 비슷한 헤어스타일을 한 세라가 크리스마스트리를 배경으로 서 있었다. 사진 아래 캡션을 읽어보았다.

시카고 선타임스에서 개최한 크리스마스 파티에 참석한 세라 딜런과 앤드루 모턴. 이곳에서 모턴 하원의원은 내년 가을 미국 상원에 출마할 것이라는 계획을 발표했다.

링크를 클릭해서 기사 전문을 읽어보니 바로 작년 겨울에 나온 기사였다. 그렇다면 이 하원의원은 이미 일리노이 주에서 선거 캠페인을 시작하고 있을 것이다. 나는 뒤로 돌아가기를 클릭해서 원래의 이미지 검색 페이지로 돌아갔다. 비슷한 사진들 사이에 세라가 코트로 얼굴을 감싸고 파파라치 무리 사이를 헤치고 뛰어가는 모습을 담은 사진이었다. 처음에는 얼굴이 보이지 않아서 크게 주목하지 않았던 사진이었다. 하지만 그 사진과 관련된 링크를 클릭해보니 나를 만나기 바로 몇 주 전에 〈시카고 트리뷴〉지에 실린 사진과 기사라는 걸 알 수 있었다.

민주당 하원의원 앤드루 모턴이 지난밤, 피앙세인 세라 딜런이 아닌 다른 여자와 친밀한 분위기에서 마주 앉아 있는 모습이 포착되었습니다. 검은 머리의 그 미녀는 멀리사 머리노로 하원의원 시카고 사무실에서 일하는 보좌관인 것으로 밝혀졌습니다.

기사 중앙에 실린 문제의 사진 속에서 앤디로 보이는 남자는 세라가 아닌 다른 여자에게 열정적으로 키스하고 있었다.

딜런과 모턴은 2007년에 사귀기 시작해서 시카고 사교계의 총애를 받는 커플이 되었고, 모턴이 미국 상원에 진출하겠다는 계획을 밝힌 직후인 지난 12월에 약혼했다. 영리기업인 니만 앤 시마자와의 재무 책임자인 세라 딜런은 17개 주에 개점한 유명 백화점 체인점의 공동 창업자인 로저 딜런과 서맨사 딜런의 무남독녀. 딜런 부부는 모턴의 든든한 후원자이기도 하다.

딜런 가에서는 공식 논평을 내지 않았지만 모턴의 재선 선거운동을 위한 팀에서 대변인을 맡은 사람은 본지의 질문에 "모턴 의원의 사생활은 대중에게 노출될 문제가 아니다."라는 입장을 전했다.

불행하게도 소문난 플레이보이인 모턴 의원은 결국 그동안의 전략을 포기하고 대놓고 불륜을 저지르기로 한 모양이다.

'소문난 플레이보이라고. 빌어먹을 녀석.'

나는 의자에 기대어 앉아 세라와 앤디가 같이 있는 사진을 보았다. 불쑥 분노가 속에서 치밀어 올랐다. 세라는 남자라면 며칠이고 넋을 잃고 바라볼 만한 여자다. 다른 남자를 제치고 더 많이 알고 싶은 여자다. 보호해주고 싶은 여자다. 그녀를 위해서라면 누구와도 맞붙어 싸울 것이고 달리는 버스 안에 있어도 냉큼 데려올 것이다. 검색되는 모든 이미지를 봤다. 지난 4월까지 찍힌 모든 사진 속 세라는 밝게 웃고 있었다. 카메라 앞에 선 모습이 자연스러웠다. 시간이 지나도 그 밝은 미소는 변함이 없었다.

그런데 저 멍청이 녀석이 세라를 두고 바람을 피운 것이다. 신문 기사에 따르면 한 번도 아니고 여러 번 그랬다는 말이다.

세라보다 나이가 더 많은 건 분명했지만 번듯하게 생긴 건 인정하지 않을 수 없었다. 나는 다른 기사를 클릭해서 그가 서른일곱 살이고 같이 있던 보좌관은 그보다 열 살이나 어렸다는 걸 알아냈다.

두 달 전 기사에 의하면 앤디가 세라를 두고 바람피우고 다닌 건 공공연한 비밀이었고, 앤디가 세라의 가정 배경과 돈을 위해 그녀를 이용한다고 생각하는 사람이 많아지고 있었던 모양이다. 앤디는 자신의 이름을 알려야 할 필요가 있을 때마다 지역 유명 인사의 로맨스를 좋아하는 언론의 특성을 이용한 것이다.

나는 몇 장의 사진을 더 찾아보다가 책상에서 물러났다. 욕지기가 몰려왔다. 저 빌어먹을 녀석이 세라를 이용한 것이다. 저 자식은 세라에게 청혼하고 나서 치마만 두르면 누구와도 어울려 다녔다. 맙소사. 세라가 그렇게 힘들고 어려워했던 것도 당연한 일이다. 저러니 파파라치를 신뢰하지 않는 것도 이상할 게 없는 일이다.

컴퓨터 전원을 끄고 서재를 나왔다. 집 안은 어느새 어둑해져 있었다. 나는 집에 설치한 바로 가서 전등불을 켜고 앉아서 스코치 한 잔을 따라 들이켰다. 뜨거운 알코올 기운이 목을 타고 내려가다가 혈관으로 번졌다.

별 소용이 없는 일이었지만 이렇게라도 마음을 가라앉혀야 했다.

다시 스코치 한 잔을 따르면서 지금 세라는 무얼 하고 있을지 생각했다. 집에 있을까? 그 바람둥이 개자식에게 다시 전화를 걸었을까? 검색으로 본 사진 수백 장을 통해서 두 사람의 역사를 짐작할 수 있을 것 같았다. 그 자식이 사과하려고 전화했다면 어떻게 되는 거지? 혹시 세라는 지금 비행기를 타고 시카고로 돌아가고 있는 건 아니겠지? 나한테 이런 이야기를 해줄까? 시간을 확인하면서 당장 세라를 쫓아가서 어깨에 들쳐 메고 이리로 데려오는 모습을 상상했다. 침대에 그녀를 눕히고 그녀 머릿속에 남자는 나밖에 남지 않을 때까지 사랑을 나누고 싶었다.

아무래도 머리를 좀 식혀야 할 것 같았다. 술은 답이 되지 않는다.

나는 오 분도 걸리지 않아서 입고 있던 양복을 벗어 던지고 반바지 운동복에 운동화 차림으로 갈아입었다.

엘리베이터를 타고 20층에 있는 헬스클럽으로 가서 러닝 트랙을 달리기 시작했다. 이맘때 늘 그렇듯이 아무도 없었다. 다행스러웠다.

나는 폐에 불이 붙고 두 다리에 감각이 없어질 때까지 달렸다. 머릿속에 모든 생각이 싹 지워진 뒤에 남은 생각은 단 하나뿐이었다. 세라가 그 자식에게 되돌아간다면 나는 끝장나고 말 것이다.

나는 라커 룸으로 가서 땀에 젖은 옷을 벗고 벤치에 앉아 머리를 두 손으로 감싸 쥐었다. 침묵을 깨트린 것은 라커 안에 넣어둔 휴대전화기 벨소리였다. 나는 깜짝 놀라 얼굴을 번쩍 들었다. 이 시간에 전화가 올 사람이 없었다. 라커 룸을 가로질러서 전화기를 꺼내 들었다. 휴대 전화기 화면에 세라의 사진이 떴다. 캐러멜 컬러의 머리카락이 크림색 피부와 대조를 이루며 목을 만지는 그녀의 손을 찍은 사진이었다.

"세라?"

"네."

"괜찮아요?"

전화기 너머 어디선가 자동차 경적 소리가 들렸다. 세라는 목소리를 가다듬고 말했다.

"네, 좋아요. 저기요, 지금 바빠요? 괜찮으면…."

"하나도 안 바빠요. 방금 달리기를 막 마쳤어요. 어디 있어요?"

"사실은…."

세라가 살짝 웃으면서 말했다.

"당신 아파트 건물 밖에 있어요."

나는 깜짝 놀라 눈을 깜박거렸다.

"뭐라고요?"

"그렇다니까요. 올라가도 돼요?"

"물론이에요. 잠깐만 기다리면 내가 내려가서…."

"아니에요. 내가 올라가도 되는 거죠? 여기서 더 기다리고 서 있으면 겁이 날 것 같아요."

아리송한 말이었다. 순간 가슴이 철렁 내려앉았다.

"물론 괜찮죠, 아가씨. 프런트 데스크에 전화 걸어놓을게요."

잠시 뒤 세라는 라커 룸 문을 지나 안으로 들어왔다. 나는 허리에 수건을 두르고 있었다.

세라는 피곤해 보였다. 눈언저리가 벌겋게 달아올라 있고 아랫입술은 얼마나 깨물었는지 살짝 부풀어 올라 있었다. 오늘 사진에서 봤던 여리고 순진한 모습의 세라가 거기 있었다. 세라는 문을 닫으며 희미하게 미소 짓고 손을 살짝 흔들어 인사를 건넸다.

"세라."

나는 문가로 걸어가면서 말했다. 세라 앞에 다가가서는 무릎을 굽히고 세라와 눈을 맞췄다.

"괜찮아요? 무슨 일이에요?"

세라는 한숨을 내쉬고 고개를 절레절레 저었다. 뭔가 숨기는 얼굴이었다.

"그냥 당신이 보고 싶어서요."

그 말로 내 질문을 피한다는 걸 알 수 있었다. 하지만 나는 헤벌쭉거리며 웃는 걸 막을 수가 없었다. 내 두 손은 어쩔 줄을 모르고 있다가 세라의 얼굴을 감쌌다. 내 엄지손가락은 그녀의 뺨을 부드럽게 어루만지고 있었다.

"그런 거라면 남성 전용 라커 룸에 불쑥 들어올 이유가 충분하네요."

"여기 우리만 있는 거죠?"

"그럼요."

"아까 마무리를 제대로 못했잖아요."

세라는 나를 샤워기 쪽으로 밀면서 말했다.

내 품에 안긴 세라의 감촉이 내 심장박동 수를 사정없이 높였고 귀에서는 웅웅 울리는 소리가 들려왔다. 세라는 까치발을 딛고 내게 키스했다. 그녀의 두 손은 엉덩이에 걸쳐 있던 수건으로 향했다.

"음."

나는 세라의 입술에 대고 콧소리를 냈다. 세라는 내 뒤로 손을 뻗어서 샤워기를 틀었다. 따스한 물줄기가 등으로 쏟아져 내렸다.

"여기서 하고 싶어요?"

세라는 침묵으로 대답하고 셔츠를 머리 위로 벗어 던지고 몸을 흔들며 입고 있던 청바지를 몸에서 떼어 냈다.

'이건 그렇다는 말이겠지.'

"나는 바로 아래층에 사는데…."

나는 세라를 조금 진정시키고 속도를 늦추려 시도해봤다. 여기서 곧바로 세라를 안으면 어떨지 상상할 수 있었다. 세라의 교성이 타일 벽에 부딪쳐 울려 퍼지면서 에로틱할 게 분명하다. 하지만 이번만은 내 침대에 놓인 이불과 담요를 다 치워버리고 그녀의 나신을 눕히고 싶었다. 세라의 손을 머리 위로 들어 올리게 해서 침대 머리맡 난간에 묶어보는 것도 좋을 것 같았다.

하지만 세라는 나의 바람은 아랑곳없이 내 물건을 손으로 움켜쥐고 내게 몸을 기댄 채 내 어깨를 잘근잘근 깨물고 있었다. 나는 머릿속을 정리하려고 노력했다. 라커 룸 안으로 들어오던 세라의 얼굴 표정을 떠올려봤다. 내 질문에 답하지 않고 피하는 것은 하루 이틀 일이 아니었다. 하지만 오늘밤 세라는 거침없는 모습이 아니었다. 엉뚱한 곳에 화풀이하는 사람처럼 흥분해 있는 것 같았다. 그녀의 시선은 공허했고 얼굴에는 긴장한 기색이 역력했다. 세라는 머리를 식히고 기분을 전환하려 여기에 온 것이다.

갑자기 목이 바짝 말랐다. 나는 혀로 입술을 핥았다. 세라의 체리 향 립글로스 맛이 났다.

나는 부지불식간에 세라에 대한 많은 정보를 편집해놓은 모양이다. 세라가 오르가슴을 느낄 때 어떤 표정인지 나는 잘 알고 있다. 그녀의 유두가 어떻게 단단해지는지도 안다. 세라는 마지막 순간이 되어서야 눈꺼풀을 파르르 떨면서 눈을 감는다. 세라는 우리가 사랑을 나누는 모든 순간을 최대한 지켜보려 한다.

세라가 한 손으로 내 허리를 휘감으면 어떤 느낌인지도 안다. 내 등을 그녀의 손톱이 파고드는 느낌과 옆구리를 할퀴어대는 느낌도 안다.

그녀의 신음 소리 그리고 그녀가 좋아하는 방식대로 내가 손가락을 놀릴 때 얼마나 숨 막혀 하는지도 잘 알고 있다.

그리고 백번을 보아도 또 보고 싶은 세라의 새로운 모습들도 있다. 재치 있는 말을 하고 나서 내가 알아주기를 기다리며 슬쩍 미소 짓는 모습이 있다. 평소의 미소와는 아주 미묘하게 다른 표정이다. 입술 가장자리와 눈가가 살짝 올라간다. 어디 한 번 해보라는 도전적인 표정이다.

책을 읽을 때는 아랫입술을 살짝 깨물고 있다.

옥상에서 섹스한 날의 키스도 새로운 모습이었다. 나른하게 천천히 나눈 그 키스는 오로지 그 순간만이 존재하는 것처럼 느끼게 해주었다.

하지만 나는 지금 내 눈앞에 있는 세라는 전혀 알 수가 없다. 나는 세라가 거침없고 저돌적인 섹스를 즐기는 게 일종의 자기방어라고 생각했다. 그런 세라도 나는 좋았다. 하지만 이런 방식으로 발전하게 될 줄은 전혀 예상하지 못했다. 이건 배에 주먹 한 방을 제대로 맞아 폐에서 공기가 다 빠져나간 느낌이다.

나는 세라의 두 손을 내 손안에 넣고 한 걸음 뒤로 물러섰다.

"무슨 일이에요?"

나는 세라의 얼굴을 살피면서 물었다.

"말해봐요."

세라는 다시 내게 몸을 기대었다.

"말하고 싶지 않아요."

"세라, 나를 기분 전환용으로 대하는 건 괜찮아요. 하지만 최소한 솔직하게 대해줘요. 이러는 건 아닌 것 같아요."

"나는 괜찮아요."

하지만 세라는 전혀 괜찮아 보이지 않았다. 정말 괜찮았다면 이렇게 찾아올 여자가 아니다.

"세라, 말도 안 되는 소리 말아요. 당신은 자신이 세운 규칙을 어기고 이곳에 찾아왔어요. 나는 이러는 게 좋아요. 이건 진짜니까. 하지만 이전과 다르니까 왜 그런지 이유를 알고 싶어요."

세라는 뒤로 물러서서 나를 가만히 봤다.

"앤디가 전화를 했어요."

"알아요."

나도 모르게 턱 근육에 힘이 들어갔다.

세라는 미안한 미소를 지어 보였다.

"내가 돌아왔으면 좋겠다고 하더군요. 전에 내가 그에게서 듣고 싶은 말들을 다 들려줬어요. 지금 그는 달라졌대요. 내가 없어서 지금 자기는 엉망진창이래요. 다시는 내게 상처 주지 않을 거라는 말도 했어요."

나는 세라를 쳐다보면서 다음 말을 기다렸다. 세라는 젖은 내 목덜미에 얼굴을 파묻고 용기를 내 말을 이어갔다.

"앤디는 자기 선거운동이 걱정돼서 저러는 거예요. 우리 관계는 모두 거짓이었어요."

"세라, 그 일은 정말 유감스러워요."

"그런데 세실리에 대해서 좀 더 알아봤어요."

나는 당황스러워 눈을 끔뻑거렸다.

"왜?"

"그 여자 이름이 내 머릿속에서 떠나지 않았거든요. 당신에게 이야기를 듣고 그 여자가 어떻게 생겼는지 알고 싶어지더라고요."

세라는 기대고 있던 몸을 곧추 세우고 조금 뒤로 물러서서 나를 봤다.

"낯익은 얼굴이었어요. 하지만 오늘 밤 전까지는 기억이 나지 않았죠. 앤디와 많은 사람을 만나고 다니는 바람에 악수하고 2초만 지나면 그 얼굴을 잊어버리곤 했거든요…. 하지만 오늘 기억이 났어요."

나는 고개를 끄덕였다. 아랫도리가 따스해지는 것 같았지만 세라가 이야기를 마칠 수 있게 기다려주기로 했다.

"그래서 집에 가서 세실리에 대해 알아본 뒤 앤디에게 전화를 걸었죠."

세라는 잠시 멈칫하다가 떨리는 목소리로 말했다.

"앤디는 삼십 분쯤 미안하다는 말을 하고 또 했어요. 이번 일이 딱 한 번 실수였다면서 자신도 스스로를 용서할 수가 없다고 했어요. 그래서 나는 세실리에 관해 물었죠. 그랬더니 앤디가 뭐라고 했는지 알아요?"

"세실리를? 뭐라고?"

"대뜸 '세라, 우리 꼭 이래야만 하는 거야? 그건 다 지나간 과거사야' 하더군요. 앤디는 세실리와 잤어요. 맥스, 세실리가 편지에서 말한 정치인이 바로 앤디였던 거예요. 외도를 일삼는 일리노이 주 하원의원 앤드루 모턴이요. 슈머를 위한 선거운동 행사에서 나는 세실리를 만났어요. 그리고 그날 두 사람은 섹스를 했어요." 나는 신음 소리를 내뱉었다. 당시 나는 세실리와 동행은 아니었지만 그날 기금 모금을 위해 그곳에 갔었다. 세실리는 그날 밤 내내 화를 내다가 자리를 일찍 떴다. 당시에는 왜 그러는지 전혀 알 수가 없었다.

나는 세라를 두 팔로 안았다. 품에 안긴 세라는 잔뜩 움츠러들어 있었다.

"화장실에서 나오는 앤디를 우연히 보게 되었어요. 그래서 이야기를 하게 되었죠. 앤디는 자꾸만 나를 다른 곳으로 데려가려고 했어요. 나는 화장실을 써야 하니까 기다려 달라고 말했어요. 그런데 남자 화장실에서 세실리가 나왔어요. 앤디를 먼저 쳐다보고 그다음에 나를 보더군요. 정말 어색했어요. 그때 나는 그 여자가 왜 그렇게 서둘러 자리를 떠났는지 이해하지 못했어요. 남자 화장실에서 두 사람이 함께 있었던 거예요."

나는 두 팔로 세라를 감싸 안았다. 우리 주변으로 물줄기가 쏟아지는 요란한 소리는 주변의 소음을 차단해주었다. 정말 세상은 좁다. 세라가 핀볼 게임을 하는 모습을 우연히 보게 되었을 때도 그런 생각을 했었고 한낮에 파파라치에 쫓기던 나를 세라가 택시에 태워주었을 때도 그런 생각을 했었지만 이번 일은 정말 세상이 좁고 좁다는 것을 실감하게 했다. 수년 전에 세실리는 세라의 남자 친구와 섹스를 했다. 그건 나에게 화가 났었기 때문이다. 나는 지금 내 품에 세라를 안고 있는 걸 전혀 후회하지 않는다. 또 세실리와의 관계를 거절한 것도 후회하지 않는다. 하지만 어찌 되었든 죄책감이 드는 건 피할 수 없었다.

"미안해요."

나는 다시 한 번 속삭이며 말했다.

"그런 게 아니에요. 지금 잘못 이해하고 있나 봐요."

세라는 고개를 들어 나를 봤다. 그녀 얼굴 위로 물방울이 튀었다. 하지만 세라는 전혀 개의치 않았다.

"그때는 앤디와 만난 지 몇 달밖에 되지 않았을 때였어요. 나는 최후의 순간이 올 때까지 앤디가 바람을 피울 거라는 생각은 전혀 하지 못했어요. 그런 생각을 하게 된 건 얼마 전부터예요. 앤디는 단 한 번도 내게 충실한 적이 없었어요. 그걸 이제야 알게 되었죠."

나는 팔에 힘을 주어 세라를 꼭 안고 머리에 입술을 대고 속삭였다.

"그런 일은 당신과는 아무런 상관이 없다는 거 알고 있죠? 앤디라는 그 자식이 얼마나 비열하고 야비한지를 말해주는 것뿐이에요. 남자들이 다 그 자식처럼 역겨운 건 아니에요."

세라는 허리를 곧게 세우고 고개를 들어 나를 봤다. 입가에 새어 나오려는 미소를 억지로 참고 있는 기색이 역력했다. 눈가에 눈물이 고여 있었고 눈동자에는 진심 어린 감사가 맺혀 있었다. 그런 세라의 모습에 가슴 쪽이 뻐근해지는 느낌이 들었다. 난잡한 섹스와 조건 없는 관계도 근사하고 좋았지만 이건 완전히 다른 느낌이었다.

"나는 앤디와 오랫동안 함께했어요. 사실 마음 한구석에는 한 번 실수한 건지도 모르는데 너무 야박하게 하는 건 아니냐는 생각도 들어요. 하지만 시카고를 떠난 건 잘 한 일 같아요. 나는… 이번에는 더 잘해보려고 해요."

나는 낯선 이 감정을 꿀꺽 삼키고 머릿속을 정리해보려 노력했다. 감정이나 애정 같은 것은 우리 약속에 포함되어 있지 않으니 넣어두어야 했다. 지금은 우리가 어디에 있는지에 초점을 맞추고 세라가 벌거벗은 몸을 내게 기대고 있다는 데 집중하기로 했다.

"세라 당신 같은 여자를 얻을 수만 있다면 살인도 마다하지 않을 남자들이 많을 거예요."

나는 떨리는 목소리를 진정시키려고 노력해야 했다. 세라가 다른 사람과 함께 있는 모습을 잠깐 상상하는 것만으로도 가슴에 구멍이 뻥 뚫리는 기분이 들 줄은 몰랐다. 마치 차가운 물이 내 몸속에 가득 차오르는 것 같기도 했다. 번쩍 정신이 들게 만드는 깨달음을 얻은 나는 뒤로 손을 뻗어서 샤워기를 껐다. 그리고 근처에 걸려 있던 수건을 집어 들고 말했다. "물기를 닦아요. 여기 얼어 죽을 정도로 춥네요."

"하지만…."

"오늘 하루가 지옥 같았을 거예요."

나는 세라의 머리를 쓰다듬으며 말했다.

"오늘 밤은 신사 노릇 좀 하고 다음에 거칠게 당신을 차지해줄게요."

나는 세라에게 같이 있자고 말하고 싶었다. 하지만 세라가 거절하면 견디기 힘들 것 같았다.

"괜찮죠?"

세라는 고개를 끄덕이고 얼굴을 내 가슴에 기대었다.

"잠을 좀 자야할 것 같기는 해요."

"스콧이 집까지 데려다 주도록 할게요."

우리는 침묵 속에서 옷을 입으면서 서로를 바라봤다. 청바지를 잡아당겨 입고 브라를 잠그고 스웨터로 가슴을 가리는 세라의 모습을 지켜보는 것은 생각지도 못한 유혹이었다. 하지만 그 순간 무엇보다 보고 싶은 것은 괴로운 마음을 추스르고 원래의 냉정하고 깍쟁이 같은 태도를 되찾은 모습이다.

결국 세라를 사랑하게 되고 말았다. 그러므로 나는 아주 제대로 망했다.

***

토요일 아침, 세라의 전화번호를 눌렀다가 신호음이 울리기 전에 끊기를 스무 번은 더한 것 같다. 내 머리는 세라에게 시간을 좀 줘야 한다고 말하고 있었다. 하지만 젠장, 나는 그녀가 보고 싶었다. 나는 빌어먹을 십 대 아이처럼 굴고 있었다.

'이 멍텅구리야, 세라에게 전화를 해. 오늘 같이 나가자고 말해. 안 된다는 답은 사절하고.'

사실 겁이 났다. 전화를 걸어 상투적인 말이나 할 게 뻔해서였다.

그날 아침 내내 나는 변명거리를 만들었다. 세라는 아마도 바쁠 것이라고 스스로에게 납득시켰다. 젠장, 나는 세라에게 클로에와 베넷 외에 다른 친구가 있는지 없는지도 모르고 있었다. 그런 걸 정확히 물어볼 수도 없다. 빌어먹을. 그러면 세라는 발차기를 날릴지도 모른다. 세라는 일하지 않을 때는 뭘 하고 있을까? 나는 럭비를 하거나 맥주를 마시거나 달리기를 하거나 미술품 전시회를 간다. 내가 그녀에 대해 아는 건 어떻게 섹스를 하는지, 지난 시절에 그녀가 어떻게 살았는지와 연관된 게 전부였다. 나는 시카고에서 그녀가 새롭게 꾸려나가는 삶에 대해서는 정말 별로 아는 게 없다. 어제처럼 엉망진창인 하루를 보내고 나와 함께 뭔가를 하고 싶어 할지도 모를 일이다.

'스텔라, 남자답게 행동하자.'

마침내 나는 어깨를 쭉 펴고 신호음이 울리는 소리를 들었다.

"여보세요?"

세라는 당황한 듯했다. '당황하는 것도 당연하다. 뭘 기대했냐? 전에 세라한테 전화한 적이 한 번도 없었잖아?'

나는 심호흡을 하고 내 평생 통틀어 가장 지독한 횡설수설을 내뱉었다.

"아, 그러니까, 저기, 당신이 말하기 전에 내가 먼저 말할게요. 우리가 애인 어쩌고 하는 사이가 아니라는 건 잘 알아요. 모턴 하원의원 그 자식이 물건 간수를 못하고 휘두르고 다니는 꼴을 봤으니 남녀 관계에 대한 혐오감을 갖는 것도 당연하다고 생각해요. 하지만 지난밤에 나한테 와서 다소 불쾌했을 것 같아요. 만약 오늘 뭔가를 하고 싶다면 말이죠, 아, 그렇다고 오늘 꼭 당신이 뭔가를 해야 한다는 의미는 아니에요. (뭔가 해야 한다고 해도 지금 내가 말하는 게 유일한 옵션은 아닐 테죠.) 여하

낯선 삶 냄새

튼 혹시 뭔가 해보고 싶으면 오늘 내가 럭비 경기를 하는 곳에 와도 좋아요."

나는 잠시 말을 멈추고 전화기 건너편에 사람이 있는지 기색을 살폈다.

"진흙과 땀범벅으로 서로의 넓적다리를 부러트리려 애쓰는 영국 남자들 한 무리를 쳐다보는 것만큼 머리를 맑게 해주는 일은 없어요."

세라가 웃었다.

"뭐라고요?"

"럭비요. 오늘 내가 하는 럭비 경기를 보러 와요. 아니면 경기 끝나고 할렘가에 있는 매디스에서 한잔하니까 그 자리에 합류해도 좋아요."

한참 동안 세라는 아무 말도 하지 않았다.

"세라?"

"생각 중이에요."

나는 방을 가로질러 걸어서 창가로 가서 블라인드를 만지작거리며 아래 있는 공원을 내려다보았다.

"소리를 내서 생각해봐요."

"오늘 오후에 여자 친구랑 만나서 영화를 보기로 했거든요."

세라가 말했다. 친구라는 말에 긴장이 됐다.

"하지만 경기 끝나고 한잔하는 자리에는 갈 수 있을 것 같아요. 몇 시쯤 끝날 것 같아요?"

더할 나위 없는 멍청이가 되어버린 나는 승리의 주먹 흔들기를 몇 번 하다가 곧바로 정신을 차렸다. 정말 한 대 맞아야 할 것 같다.

"경기는 세 시쯤 할 거예요. 매디스에 네 시쯤에 오면 우리를 만날 수 있어요."

"그렇게 할게요."

세라가 말했다.

"그런데요… 맥스?"

"네?"

"이길 것 같아요? 나는 절망과 우울을 떠안은 진흙투성이 영국 남자들과 함께 술을 마시고 싶지는 않거든요."

나는 소리 내어 웃으면서 상대 팀을 박살 내줄 거라고 장담했다.

***

우리는 상대 팀을 완전히 쳐부쉈다. 상대 팀이 안쓰럽다는 생각을 한 적은 지금껏 없었다. 우리랑 붙는 대부분의 팀은 미국인들이다. 그들의 DNA에 럭비 유전자가 없는 게 무슨 잘못이겠는가마는 그래도 상대를 짓밟아주면 대개 기분이 좋았다. 하지만 이번에는 예외가 될 것 같다. 우리는 경기 중간부터는 점수를 내려고 무리하지 않았다. 이런 관대함을 베풀게 된 것은 경기가 끝나고 세라와 우리 팀이 된다는 사실 때문이기도 했다. 하지만 정말 중요한 이유는 경기를 하면 할수록 진흙 속에서 열 살짜리 아이들을 패주는 것 같은 느낌이 들어서 나중에는 죄책감이 들 지경이 되었기 때문이었다.

우리는 모두 최고 럭비 선수인 양 거들먹거리면서 프랑스 동요 '알루엣(Alouette, 종달새)'을 추잡하게 개사해서 고함치듯 부르며 술집으로 요란스럽게 들어갔다. 바텐더이자 술집의 주인인 매들린은 우리를 보자 손을 흔들고 열두 잔의 파인트 잔을 줄 세워놓고 술을 따랐다.

"이보시오!"

로비가 매들린의 아내를 보고 소리쳤다.

"위스키로 주시오!"

매디는 손으로 V 자를 그려 보이고 작은 잔을 한 손에 움켜쥐었다. 하지만 로비가 술을 마시면 아랫도리가 잠들어버린다고 투덜대고 있었다.

나는 술집 안을 둘러보며 세라를 찾았다. 아무도 없었다. 치밀어 오르는 실망감을 꿀꺽 삼키고 바 쪽으로 돌아 앉아 맥주를 쭉 들이켰다. 경기가 늦게 시작되는 바람에 다섯 시가 다 되어서야 끝났다. 세라는 여기 오지 않았다. 뭐 사실 놀랄 일도 아니다. 그러다가 끔찍한 생각이 떠올랐다. 여기 와서 기다리다가 지쳐서 떠난 거면?

"빌어먹을."

나는 구시렁거리며 욕지거리를 내뱉었다.

매디가 위스키 한 잔을 내 쪽으로 밀어주었다. 나는 단숨에 한 잔을 삼키고 얼굴을 잔뜩 찡그렸다. 그리고 또 욕지거리를 나직이 내뱉었다.

"왜 그래요? 뭐가 잘못됐어요?"

뒤쪽에서 익숙한 허스키 음성이 들려왔다.

"보아하니 여기 있는 흙투성이 수컷 분들이 이긴 것 같은데."

나는 앉아 있던 스툴을 빙그르 돌려서 뒤를 보았다. 세라가 있었다. 어느새 내 얼굴은 환하게 웃고 있었다. 세라는 연한 노란색 드레스에 앙증맞은 초록색 핀을 꽂았다. 케이크 위에 올리는 장식 같았다.

"오늘도 아름답네요."

세라는 잠깐 눈을 감았다. 나는 웅얼거리듯 말했다.

"우리가 늦었죠? 미안해요."

세라는 선 채로 손사래를 치면서 말했다.

"덕분에 먼저 몇 잔 했는걸요."

클럽에서 처음 만났던 이후로 세라가 술을 마시는 걸 본 건 이번이 처음이다. 세라의 눈에 익숙한 빛이 번득였다. 못된 짓을 꾸미는 장난기가 가득 담겨 있었다. 그날의 세라가 다시 나타났다니 진짜 환상적이다.

"많이 마셨어요?"

세라는 잠깐 미간을 찡그렸다가 곧 표정을 누그러트리고 미소를 지었다.

"그거 영국식 화법으로 취했냐는 질문을 돌려 말한 거죠? 그렇다면 맞아요. 나 취했어요." 세라는 까치발을 딛고 몸을 앞으로 기울이더니… 내게 키스했다.

'이런 맙소사!'

내 옆에 있던 리치가 끼어들었다.

"야, 맥스. 지금 여자랑 뭐하는 거야?"

세라는 뒤로 물러났다. 그제야 상황을 파악했다는 듯한 얼굴에 커다란 눈을 더 크게 뜨고 있었다.

"어쩌죠?"

"진정해요."

나는 나직한 목소리로 세라에게 말했다.

"이 사람들은 내가 누구인지 전혀 신경 안 써요. 매번 만나서 같이 경기해도 서로 이름도 잘 기억 못하거든요."

"절대 그렇지 않아요."

리치가 말했다.

"네 이름은 멍청이잖아."

나는 리치 쪽을 고갯짓으로 가리킨 다음 세라를 보면서 미소 지었다.

"거봐요."

세라는 리치에게 커다란 눈동자까지 웃는 미소를 선사하면서 한 손을 내밀었다.

"제 이름은 세라예요."

리치는 세라의 손을 잡고 흔들었다. 그 순간 녀석이 정신을 차리고 제대로 세라를 쳐다보면서 말도 안 되게 아름다운 미모를 머릿속에 저장하는 게 느껴졌다. 녀석은 재빨리 세라의 가슴 쪽을 확인하고 있었다.

"저는 리치라고 합니다."

녀석은 꼬인 혀로 열심히 말하고 있었다.

"만나서 반가워요, 리치."

리치는 실눈을 뜨고 나를 보았다.

"저런 여자는 어떻게 만나게 된 거야?"

"몰라."

나는 세라를 내 쪽으로 끌어당겼다. 옷이 더러워질까 봐 살짝 저항하는 세라의 모습은 무시했다. 하지만 세라는 꼼지락거려서 내 품에서 벗어나 이번에는 다른 편에 앉은 데릭을 보고 말했다.

"제 이름은 세라예요."

데릭은 들고 있던 맥주잔을 내려놓고 더러운 손으로 입을 훔치면서 말했다.

"그렇군요."

"세라는 내 동행이야."

나는 험악한 목소리로 말했다.

이런 식으로 취한 세라는 바에 앉아 있는 내 독신 친구들 모두에게 자기소개를 했다. 정치인의 아내가 될 만한 자질이 있음을 알 수 있었다. 하지만 무엇보다 세라가 얼마나 귀엽고 사랑스러운 여자인지 알 수 있었다.

세라는 내게 돌아와서 내 볼에 키스하고 속삭였다.

"친구분들이 모두 참 좋네요. 초대해줘서 고마워요."

"그렇죠."

나는 논리 정연한 생각이란 걸 할 능력을 잃어버린 사람이 되었다. 살면서 이런 감정은 처음이다. 세라 때문에 나는… 기분이 아주 좋았다. 자기혐오에 빠져서 살거나 해오지는 않았지만 솔직히 나는 품행이 방정맞은 타입은 아니다. 누군가 돈을 잃으면 다른 누군가가 돈을 버는 금융계에서 일한다. 게다가 미국으로 온 뒤에는 사람들을 깊이 사귄 경우가 거의 없다. 가장 친한 친구는 월 정도다. 하지만 우리 둘의 대화는 고작해야 성기와 관련된 놀림을 주고받는 정도다.

'어서 세라에게 고백해, 이 멍청아. 한쪽 구석으로 세라를 데리고 가서 최선을 다해 키스하고 사랑한다고 말해버려.'

"매디, 저 구닥다리 블루스는 꺼버려요."

데릭이 바 건너편에 대고 소리를 질러댔다.

세라의 팔꿈치를 잡고 이야기 좀 하자고 말하려는데 세라가 정색하며 말했다.

"이건 블루스가 아니에요."

데릭은 난데없는 소리에 눈썹을 추켜세우고 주변을 두리번거렸다.

"블루스가 아니라 에디 코크런이 부른 로커빌리 장르의 노래죠."

세라는 꿋꿋이 자기주장을 밀고 나갔다. 하지만 데릭이 계속 뚫어져라 쳐다보는 바람에 마지막 말은 조금 약한 음성으로 말했다.

"블루스랑 전혀 다른 장르예요."

"이 쓰레기 같은 노래에도 춤을 출 수 있다는 말인가요?"

데릭은 세라를 위아래로 훑어보면서 말했다.

놀랍게도 세라는 소리 내어 웃으면서 응수했다.

"지금 춤을 추자고 청하는 건가요?"

"아니, 나는⋯."

데릭의 말이 끝나기도 전에 세라는 데릭의 손을 잡아 일으켰다. 기껏해야 50킬로그램이 조금 넘을 것 같은 세라는 엄청난 거구의 데릭을 댄스 플로어로 끌고 갔다.

"우리 엄마가 텍사스 출신이시거든요."

세라는 눈을 빛내면서 말했다.

"나를 따라 한 번 춰봐요."

"이게 무슨⋯ 말도 안 되는 소리예요."

데릭은 우리 둘을 번갈아 보았다. 술집을 가득 메운 영국 남자들은 모두 입을 다물고 재미있는 얼굴로 데릭과 세라를 쳐다보고 있었다.

"자, 어서 해봐!"

나는 큰 소리로 응원했다.

"계집애처럼 수줍어하지 마요, 데릭."

매디가 소리 질렀다. 술집 안의 모든 사람들이 박수를 치기 시작했다. 매디는 음악 소리를 키웠다.

"어디 한 번 멋들어지게 춰봐요."

세라는 환한 웃음을 지으면서 데릭의 한 손을 자신의 어깨에 올려놓았다. 데릭이 저항하자 세라는 고개를 가로저으며 말했다.

"이게 전통적인 포즈예요. 한 손은 내 등 뒤에 놓고 다른 손은 내 어깨에 올려요."

모두가 지켜보는 가운데 세라는 거구의 데릭에게 춤추는 법을 가르치면서 댄스 플로어를 가로질렀다. 두 번 빠르게 스텝을 밟고 이어서 느린 스텝을 밟는 식이었다. 또 세라를 빙그르르 한 바퀴 돌리는 방법도 알려주었다. 첫 곡이 끝나기 전에 두 사람은 꽤 근사한 춤동작을 보여줬고, 두 번째 곡이 중반에 이를 때 즈음에는 박장대소를 하면서 오랫동안 알아온 사이처럼 사이좋게 춤을 췄다.

저게 세라의 진짜 모습인지도 모른다. 세라를 만나게 되면 누구라도 그녀를 알고 싶어 한다 내가 아는 세라는 귀엽고 사랑스러울 뿐 아니라 화끈한 성적 판타지를 갖고 있는 순진한 여자다. 그런 세라의 매력에 저항할 수 있는 사람은 아무도 없다.

그 순간 앤디 녀석의 뺀질뺀질한 얼굴에 주먹을 한 방 날릴 수 있었으면 소원이 없겠다는 생각이 불쑥 들었다. 그 자식은 세라와 지낸 시간의 가치를 몰랐다. 그래서 세라의 가치도 손상시켰다.

나는 벌떡 일어나 댄스 플로어로 가서 두 사람 사이에 끼어들었다.

"이제 내 차례야."

세라의 짙은 갈색 눈동자가 한층 진해졌다. 세라는 데릭에게 했던 같은 포즈를 취하는 대신 내 목에 두 팔을 감고 까치발을 들어 내 턱에 키스했다. 그리고 속삭였다.

"나는 늘 당신 차례예요."

"이런 춤을 추려면 둘 사이에 약간의 거리를 두는 걸로 알았는데."

나는 미소 지으며 고개를 숙여 세라에게 키스했다.

"당신하고 출 때는 아니에요."

"그거 마음에 드네요."

세라는 술 취한 사람이 기분 좋아서 보이는 미소를 지으며 말했다.

"그런데 나 배고파요. 내 머리만 한 햄버거 먹고 싶어요."

내 목구멍 안쪽에서 폭소가 터져 나왔다. 나는 몸을 숙여서 세라의 이마에 키스했다.

"당신 집 근처에 당신 마음에 쏙 들 만한 음식점이 있어요. 문자로 거기 주소를 알려줄게요. 나는 집에 가서 샤워를 좀 해야 하니까 한 시간 뒤에 거기서 만날래요?"

"연속으로 이틀 동안 같이 저녁을 먹자고요?"

세라가 말했다. 하지만 그녀의 얼굴은 그렇게 하고 싶다고 말하고 있었다. 며칠 전만 해도 늘 신경을 곤두세우고 조심하면서 거리를 두었던 여자는 이제 없었다. 거리 두기 천재 세라는 아무래도 가상의 인물이라는 생각이 들었다.

물론 그 가상의 인물을 만들어 낸 건 내가 아니라 세라였다.

나는 가만히 고개를 끄덕였다. 입가에 미소가 번졌다. 이제 더 이상 우리 사이에 경계를 치는 척하는 건 그만둬도 될 것 같다. 기대감을 담은 외마디가 쇳소리처럼 입 밖으로 나왔다.

"네."

세라는 입술을 깨물면서 미소를 감췄다. 하지만 그건 불가능한 미션
이었다.

13

뉴욕에 온 지 두 달이 지났지만 여전히 직장에서 일하지 않을 때는 뭘 해야 할지 모르겠다. 달리기도 하고, 친구들 만나서 쇼도 보고 커피나 술도 마신다. 일주일에 두어 번은 부모님과 전화 통화도 한다. 나는 외롭지 않다. 시카고에서 지낼 때보다 이곳에서 더 충만한 삶을 사는 건 분명하다. 하지만 직장에 있지 않은 시간의 대부분은 맥스가 차지하고 있다.

어쩌다가 이렇게 되었지?

부대조건 없는 자유로운 섹스 과목에서 나는 낙제생이 되었다.

그런데 맥스는 우리 사이에 어떤 일이 일어나도 전혀 놀라지 않는 것 같다. 클럽에서 반강제로 밀어붙여 섹스했을 때나 그의 사무실로 쳐들어가서 섹스만을 위한 만남을 갖자고 했을 때도 그는 전혀 동요하지 않는 것 같았다. 심지어 샤워 중인 그에게 불쑥 찾아가 섹스로 다른 모든 걸 잊게 해달라고 애걸할 때조차도 맥스는 그다지 놀라지 않았다.

그의 친구들도 모두 멋있다. 데릭은 내가 지금까지 만나 사람 중에서 가장 덩치가 크고 내 발을 밟으면서 결코 적지 않은 통증을 선사하기도 했지만 그와 함께 춤추면서 정말 오랜만에 즐겁고 재미있었다. 물론 맥스와 함께 있을 때와는 전혀 다른 의미의 즐거움이다.

나는 데릭에게 손을 흔들어 작별 인사를 했다. 데릭은 내게 윙크하고 바에 앉아 있는 맥스를 고갯짓으로 가리키고는 아까 댄스 플로어에서 한 말을 상기시켰다.

"저 자식은 정말 못 말리는 멍청이예요."

댄스 플로어 조명 아래 서 있는 데릭은 처음 내가 이름을 대면서 인사했던 때보다 더 지저분해 보였다. 나는 드레스를 흘깃 내려다보다가 어깨 부분에 손자국이 나 있는 걸 발견했다.

"맥스는 그렇게 나쁜 사람 아니에요."

데릭은 큰 소리로 웃으면서 내 머리를 한 손으로 다독거렸다.

"그 자식은 최악이에요. 모든 사람에게 상냥하고 친절하고 절대로 폐를 끼치는 법이 없죠. 친구 일이라면 늘 발 벗고 나서고 잘난 척하면서 재수 없게 구는 일도 없어요."

데릭은 윙크하면서 말했다.

"정말 끔찍하지 않아요?"

술집을 나서면서 매디에게 감사 인사를 건넸다. 등 뒤로 술 취한 남자들이 노래를 부르는 소리가 계속 들려왔다. 맥스는 손을 들어 택시를 잡고 내가 탈 수 있게 문을 열어주었다.

"그럼 잠시 후에 봐요."

맥스는 택시 문을 닫으며 말했다. 택시가 출발하자 내가 앉은 창문 쪽을 향해 살짝 손을 흔들었다.

나는 고개를 돌려 뒤쪽 창을 보았다. 맥스는 가만히 서서 내가 탄 택시가 레녹스 거리를 따라 사라지는 모습을 지켜보고 있었다.

***

저녁 식사는 간단하게 먹기로 했다. 이스트 빌리지에 있는 아담하고 조용한 햄버거 가게였다.

조용해서 좋았다. 아수라장이 된 내 두뇌를 말끔히 씻어버리는 데 조용한 환경이 도움이 될 것이다. 하고 싶은 일을 멋대로 하고 재미있게 지내되 일과는 깔끔하게 구분 짓자는 원래 계획 같은 건 모두 소용없게 되었다.

나는 집에 가서 데릭과 맥스가 묻힌 진흙을 지우기 위해서 샤워를 하고 저지 소재의 파란 홀터 드레스를 입었다. 바에서 울려 퍼지던 노래가 귓가에 맴돌았다. 다시 그의 친구들을 만나는 장면을 상상해보았다. 친구네 집 소파에 맥스와 함께 웅크리고 앉아서 친구들과 함께 영화를 보거나 럭비 경기장 옆에서 커피 잔을 두 손으로 감싸고 앉아 있게 될 것 같았다. 하지만 생각이 꼬리를 물고 이어지면서 이리 재고 저리 재는 일을 시작하더니 걱정과 근심에 휩싸이고 급기야 반대를 위한 반대를 시작했다. 생각을 그만둬야 할 것 같았다.

나는 복도로 걸어 나가 집을 빠져나오면서 다시 한 번 마음을 다잡았다. '한 번에 하나씩만 하자. 지금까지 일어났던 일 모두 내가 좋아서 한 거잖아.'

토요일 밤에 밖에 나온 사람들은 느긋한 저녁노을을 즐기고 있었다. 이곳은 도심보다 훨씬 덜 번잡스럽다. 언제부터 이곳을 집처럼 느끼게 된 거지? 맥스가 선택한 식당은 집에서 걸어갈 수 있는 거리에 있었다. 이제 나는 목적지를 찾아가는 길에 거리 표지판을 모두 읽지는 않아도 된다.

식당 입구에는 따스한 노란빛을 내는 조그만 전구가 줄줄이 달려 있었다. 문을 여니 작은 벨이 딸랑딸랑 소리를 냈다. 맥스가 보였다. 말끔하게 씻고 의자에 앉아 〈타임〉지를 읽고 있었다. 나는 잠시 그를 감상하기로 했다. 짙은 붉은색 티셔츠에 허벅지 부분이 조금 찢어진 낡은 청바지 차림이었다. 밝은 갈색 머리는 조명을 받아 거의 금빛처럼 보였다. 길게 뻗은 곧은 다리 끝에는 근사한 영국제 스니커즈가 신겨 있었다. 테이블 위에 놓은 팔꿈치 옆에는 선글라스도 놓여 있었다.

'그리스 신처럼 잘생긴 내 섹스 파트너가 나를 기다리면서 햄버거 가게에 앉아 있다.'

나는 눈을 감고 심호흡을 한 다음 맥스에게 걸어갔다.

우리 사이의 경계가 흐려지고 있다. 오늘 이후로는 그에게 오르가슴 이상의 것은 원하지 않는 척하는 건 더 못할 것 같다. 그의 모습을 보면 가슴이 저려오고, 그를 떠나는 순간에도 다시 가슴이 저려온다는 사실도 더 이상 부인하지 못할 것 같다. 그에게 아무런 감정이 없는 척하는 것도 더는 못하겠다.

너무 늦어버려 도망칠 수도 없을 것 같다.

갑자기 맥스가 큰 소리로 웃었다. 그제야 내가 입을 살짝 벌리고 멍하니 서 있었고 그런 나를 맥스가 한참 동안⋯ (얼마나 오랫동안이었는지 사실 모르겠다) 쳐다봤다는 걸 깨달았다. 맥스는 입술 한쪽 끝을 올려 싱긋 웃었다.

"이 맥주를 보고 정말 좋았던 모양이에요."

맥스는 테이블 너머로 맥주잔을 밀어 보내고 자기 잔을 집어 들었다.

"실례를 무릅쓰고 제멋대로 당신 머리만 한 햄버거랑 칩을 조금 주문했어요. 아참, 그러니까 미국인들이 프라이라고 부르는 것 말이에요."

맥스는 또 한 번 싱긋 웃었다.

"완벽해요. 고마워요."

나는 손가방을 빈 의자에 내려놓고 맥스의 건너편에 앉았다. 미소 짓던 맥스의 눈이 내 입술을 향했다.

"그럼⋯."

나는 맥주를 홀짝이면서 잔 너머로 맥스를 살펴보았다

"그럼⋯."

맥스는 내 말을 따라 하는 게 재미있는 모양이다. 나는 통제광이 절대 아니다. 하지만 얼마 전까지 예측 가능한 삶을 사는 데 익숙해 있었다. 그런데 지난 두 달 동안은 언제 무슨 일이 벌어질지 도무지 예상할 수 없었다.

"오늘 술집으로 초대해 줘서 고마워요."

맥스는 고개를 끄덕이고 계면쩍은 얼굴로 목덜미를 북북 긁었다.

"와줘서 고맙죠."

"친구들이 다 친절하던데요."

"다 멍청이들이에요."나는 소리 내어 웃었다. 굳어 있던 어깨가 부드러워지면서 긴장이 풀리는 게 느껴졌다.

"그거 재미있네요. 친구들은 당신이 그렇다고 하던데요."

맥스는 테이블에 팔꿈치를 괴고 몸을 앞으로 기울였다.

"질문이 있어요."

"네?"

"우리 지금 데이트하는 건가요?"

방금 마신 맥주가 목에 걸릴 것 같았다.

"제발요. 여자여, 화내지 말아요. 그냥 우리가 전에 세운 규칙을 다시 손봐야 할 것 같다는 생각이 들어서요. 재검토해야 하지 않겠어요?"

나는 고개를 끄덕이고 냅킨 한 장을 집어 입술에 대고 꾹 눌렀다. 그리고 웅얼거리듯 대꾸했다.

"그래야죠."

맥스는 술잔을 내려놓고 기다란 손가락을 꼽으면서 내가 정했던 규칙들을 세기 시작했다. "일주일에 하룻밤만 만나기로 한 거랑 다른 사람하고는 만나지 않기로 한 거. 그리고 공공장소에서 섹스하면 더 좋고 내 침대에서는 절대로 안 된다는 것. 사진을 찍어달라고 요청할 수는 있지만 얼굴이 나오면 안 되고 절대로 공개되어서는 안 된다."

맥스는 술잔을 다시 집어 들고 길게 들이켰다. 그런 다음에 다시 앞으로 몸을 숙여 은밀한 목소리로 말했다.

"그리고 마지막으로 우리 사이에는 오로지 섹스밖에 없다는 것이었죠. 가려운 곳을 긁어주는 식으로 필요할 때만 이용하는 사이 말이죠. 이게 다죠?"

"그런 것 같아요."

심장이 갈비뼈를 뚫고 튀어나올 것처럼 뛰기 시작했다. 단 하루

만에 우리는 정해진 선을 완전히 넘어서 멀리 와버린 것이다.

대학생으로 보이는 종업원이 지금껏 보았던 그 어떤 햄버거보다 더 큰 햄버거 두 개와 프렌치프라이가 산더미같이 쌓인 바구니 두 개를 가져다주었다.

"세상에."

나는 눈앞에 놓인 음식을 보고 소리를 질렀다.

"이건…."

"당신이 원하던 거 맞죠?"

맥스는 미처 마무리 짓지 못한 내 말을 멋대로 완성하고는 식초병을 집어 들었다.

"그래요. 하지만 내가 먹기에는 너무 많네요."

"우리 재미있는 게임 한번 할래요?"

맥스가 말했다.

"이 햄버거를 더 많이 먹는 사람이 새로운 규칙을 정하는 거예요."

맥스는 미소 띤 얼굴로 식초병 뚜껑을 닫고 바로 세워놓았다. 맥스가 내 두 배 이상 덩치가 크다는 건 둘 다 알고 있는 사실이다. 내가 그보다 더 많이 먹는 건 불가능한 일이다.

하지만 지금 맥스는 배가 고플까? 맥주를 많이 마시지 않았나? 그 사실을 알고 내가 자기보다 더 많이 먹을 수 있을 거라고 생각해서 이런 말을 하는 걸까? 아니면 자기가 규칙을 정하고 싶어서 이러는 걸까?

"맙소사. 여자여, 생각은 그만."

맥스는 햄버거를 집어 들고 크게 한 입 베어 물었다.

"좋아요. 해 보죠."

나는 갑자기 맥스가 어떤 규칙을 정할지가 못 견디게 궁금해졌다.

***

나는 멍한 얼굴로 맥스를 쳐다봤다. 맥스는 손을 닦은 냅킨을 공 모양으로 말아서 텅 빈 바구니 안으로 던져 넣었다.

"맛있네요."

맥스는 나지막하게 말하고 마침내 고개를 들어 나를 쳐다보았다. 그리고 형편없는 내 진도를 확인하고는 배를 잡고 웃기 시작했다. 햄버거는 4분의 1쪽 정도 먹었고 프렌치프라이는 손도 대지 못한 상태였다.

들고 있던 햄버거를 바구니 안에 내려놓은 나는 자포자기의 신음 소리를 냈다.

"정말 배불러서 더 못 먹겠어요."

"내가 이겼네요."

"나한테 물어볼 거 없어요?"

"애초에 왜 이런 내기에 응한 거예요?"

맥스는 의자를 뒤로 밀어 자리에서 일어나며 물었다.

"안 하겠다고 할 수도 있었잖아요."

나는 어깨를 으쓱이고 더 이상의 대답을 강요받지 않으려고 자리에서 일어나 그대로 뒤돌아 밖을 향해 걸었다. 맥스가 우리 사이를 어떻게 하고 싶은지 정말 궁금해서 한 일이었지만 그의 면전에 대고 그렇다고 말할 자신이 없었다.

낮부터 마신 맥주 기운이 아직 남아 있는 데다 배 속에 햄버거를 두둑이 채워 넣어 길을 걷다가 그대로 잠들 것 같았다. 하지만 겨우 여덟 시 반이다. 아직 오늘 밤을 끝내고 싶지 않았다. 금요일까지 기다렸다가 그를 만나는 건 이제… 생각하기도 힘든 일이다. 그가 규칙을 바꿔줬으면 좋겠다.

이스트 빌리지는 토요일 밤의 유흥을 즐기러 나온 이십 대들로 북적였다. 맥스가 내 손을 꼭 잡고 깍지를 꼈다. 습관적으로 나는 이렇게 하고 나란히 거리를 걷는 건 안 된다고 투덜댔다. 그러자 맥스는 곧바로 옆에 있는 희미한 조명이 켜진 술집으로 나를 끌고 들어갔다.

"배가 부른 건 알지만 여기 앉아서 칵테일 한 잔만 더 해요. 그러면 정신이 들 거예요. 아직 우리 볼일이 안 끝났잖아요."

아, 맥스가 저렇게 말해주는 게 정말 좋다.

우리는 어두컴컴한 구석에 있는 좁은 자리에 나란히 붙어 앉아

술을 더 마셨다. 나는 보드카 진토닉을 홀짝거렸고 맥스는 맥주 몇 잔을 더 마셨다. 맥스는 리즈에서 보낸 유년기 이야기를 들려주었다. 아일랜드 가톨릭교 신자인 부모님과 여자 형제 일곱 명과 남자 형제 세 명 가운데서 복작거리며 재미있게 지낸 모양이었다. 맥스 부모님은 아이 세 명당 침실 하나씩을 배정해주었다고 했다. 내 어린 시절과는 너무나 달랐다. 나는 눈도 깜빡이는 법 없이 집중해서 그의 이야기를 들었다. 가족 브라스밴드를 결성한 이야기도 재미있었다. 또 큰누나 리지가 열여덟 살에 집의 볼보 자동차 안에서 동네 목사와 상호 합의 아래 섹스하다가 들킨 이야기와 큰형 대니얼이 고등학교만 마치고 미얀마로 가톨릭 선교를 하러 갔다가 소승불교 불교도가 되어 돌아온 이야기도 흥미로웠다. 집안의 막내인 레베카는 대학을 졸업하자마자 결혼해서 스물일곱 살밖에 안 되었는데도 자녀가 여섯 명이 있다고 했다. 다른 형제들 이야기도 그에 못지않게 흥미진진했다. 맥스보다 10개월 먼저 태어난 형, 니얼은 런던 지하철의 차장이고 가운데 누나 한 명은 케임브리지에서 화학과 교수로 일하면서 아들만 다섯을 두었다고 했다.

맥스는 다른 형제들에 비하면 자기는 평범하다고 말했다.

"대학에서는 미술을 공부했지만 대학원에서 기업 재무 학위를 받고 미술품을 팔게 됐죠. 아버지가 보시기에 나는 실패작이에요. 직업을 선택한 것이나 서른이 되기 전에 가톨릭교도가 될 아이를

낯선 살 냄새

낳지 못한 것이나 모두 실망스러우신 거죠."

말은 그렇게 했지만 맥스의 표정은 밝았다. 그런 실패작도 매우 아끼고 사랑한 부모님인 게 분명했다. 평생 담배를 피운 맥스의 아버지는 맥스가 대학원을 마칠 즈음에 폐암으로 돌아가셨다고 했다. 그리고 맥스의 '엄마'는 삶의 변화를 위해서 맥스와 함께 미국으로 오셨다.

"우리 모자는 이곳에 아는 사람이 하나도 없었어요. 대학 친구의 친구들 몇 명이랑 경영대학원에서 사귄 몇 명, 그리고 월스트리트에서 만난 친구의 친구 정도가 지인의 전부였죠. 하지만 뉴욕 예술계와 연관된 일을 정말 하고 싶었고 과학과 테크놀로지를 아는 파트너도 필요했어요. 그래서 월을 만나게 된 거죠."

맥스는 의자에 등을 기대고 앉아 잔에 남은 맥주를 모두 비웠다. 맥스는 술이 정말 센 모양이다. 지금껏 셀 수 없이 많은 맥주잔을 비웠지만 매우 멀쩡해 보였다.

"사실 월은 퍼브에서 만났어요. 하지만 첫눈에 죽이 맞아서 다음 날 바로 우리가 좋아하는 프로젝트를 시작했죠. 그로부터 몇 년 후에 제임스를 데려다가 테크놀로지 파트를 맡겼어요. 월 혼자서 바이오테크와 IT 분야를 동시에 다루는 게 어려워졌거든요."

"그렇게 맥주를 많이 마시는데도 배가 안 나온 건 어떻게 된 일이에요?"

나는 웃으면서 물었다. 불공평한 일이다. 줄리아의 표현을 빌리자면 그의 몸은 '쫙쫙 갈라진 근육' 덩어리다. 그렇게 근육질인 남자 몸을 실제로 본 건 사실 이번이 처음이다.

맥스는 잠깐 무슨 말인지 알아듣지 못하다가 자신의 빈 맥주잔을 내려다보고서야 알겠다는 얼굴 표정을 지었다.

"지금 놀리는 겁니까?"

"네, 놀리는 겁니다."

내가 보드카 진토닉 두 잔의 기운이 본격적으로 몸에 퍼지는 걸 느끼며 대답했다. 내 두 볼은 따뜻하게 달아올랐고 미소는 점점 커졌다. 나는 맥스의 영국 억양을 따라 했다.

"아주 작정하고 놀리는 겁니다."

"그렇군요."

맥스는 고개를 가로저었다.

"노력은 가상한데 아무리 그래도 미국 억양이 살아 있어요."

"미국 억양 좋아해요? 아니면 싫어요? 나는 당신의 영국 억양과 영국식 어휘 모두 좋아서 그 입에 대고 매우 사악한 짓을 하고 싶거든요."

맥스는 재빨리 혀로 입술을 핥았다. 얼굴이 조금 상기돼 보였다.

"미국 억양이 특별히 섹시하지는 않죠. 하지만 시카고 억양이 약간 실린 당신 말투는 귀여워요. 특히 술 취해서 말할 때 더 그래요. 아주 무미건조하달까. 이렇게 말이죠."

맥스는 낑낑거리는 듯한 끔직한 소리를 냈다. 내가 그런 투로 말한다니 믿을 수 없었다.

나는 당혹감에 몸을 움츠렸고 맥스는 큰소리로 웃었다.

"내가 그런 식으로 말할 리가 없어요."

"뭐 솔직히 약간 과장된 면이 있다는 건 인정할게요."

맥스가 말했다.

"하지만 내가 정말 섹시하다고 생각하는 건 당신의 명석한 두뇌와 왕방울만큼 커다란 눈, 도톰한 입술, 오르가슴에 이르면서 내는 그 작은 소리, 그리고 무엇보다 최고의 가슴과 허벅지예요."

나는 헛기침으로 목소리를 골랐다. 가슴에서 시작된 뜨거운 열기가 온몸으로 번져 손끝까지 전달되는 것 같았다. "내 거기는요?"

"당연하죠. 그리고 당신 피부가 근사하다는 말도 했던가요? 당신 허벅지 피부는 정말 끝내주게 부드러워요. 그런 이야기 들어본 적 없어요? 그곳에 나만큼 많이 키스한 사람이 없는 것 같군요."

나는 할 말을 못 찾고 눈만 끔뻑거렸다. 맥스는 내가 앤디 말고는 다른 남자와 사귄 적이 없다는 걸 알고 저렇게 말한 것 같다. 하지만 그의 말은 정말 맞다. 앤디는 내 가슴 아래 부분에 키스해 준 적이 거의 없다.

"우리의 새 규칙은 뭐예요?"

현기증이 나는 것 같았다. 술기운 때문인지 아니면 이 남자 때문인지 분명치 않았다. 맥스가 늑대처럼 싱긋 웃었다.

"왜 안 물어보나 그랬어요."

"내가 두려워해야 하는 수준이에요?"

"그럼요."

나는 몸서리를 쳤다. 하지만 진짜 무서워서는 아니었다. 배 속에서 점점 번지는 뜨거운 열기 때문이었다. 맥스가 뭐라고 하든지 내가 거부하면 그만이었다.

하지만 거부하지 못할 것 같았다.

"1번 규칙. 기존대로 금요일 밤에 만나기로 하되 원하면 언제든 만날 수 있다. 싫으면 싫다고 해요. 하지만 이렇게 되면 당신에게 만나자고 말할 때마다 멍청이같이 느껴지는 일은 없어지죠. 그리고…."

맥스는 손을 뻗어 내 눈을 가린 머리카락 몇 가닥을 치워주었다.

"당신도 나에게 언제든 만나자고 할 수 있어요. 솔직히 말하면 당신도 나를 좀 더 자주 보고 싶잖아요. 기분이 안 좋아 나를 만나러 왔다고 해서 사과할 필요도 없어져요. 이렇게 되면 섹스만 하는 사이가 아닌 게 되는 거죠."

나는 짧은 숨을 훅 내쉬고 고개를 끄덕였다.

"좋아요…."

"2번 규칙. 침대에 같이 있게 해줘요. 헤드보드가 있는 커다란 침대에 당신을 묶어두고 할 수도 있고, 엎드리게 할 수도 있으니까. 매트리스에 누워서 그 근사한 하이힐을 신은 발을 내 어깨에 올리고 하는 섹스도 가능하죠. 꼭 내 침대에서 하거나 당장 그래야만 하는 건 아니에요. 공공장소에서 섹스하는 건 나도 좋아요. 조만간 다시 하게 될 겁니다. 하지만 때로는 나 혼자 당신을 독차지하고 집중하고 싶을 때도 있어요. 시간을 들여 천천히 그 순간을 즐기는 거죠."

말을 마친 맥스는 내 대답을 기다렸다. 마침내 나는 다시 고개를 끄덕였다.

"사진은 앞으로도 계속 찍을게요. 둘 다 그 사진들을 보는 걸 좋아하니까요. 그리고 당신이 마음의 준비를 하기 전까지는 사람들 있는 데서 같이 있자고 하지 않을 겁니다. 그리고 절대로 그럴 생각이 없다고 한다면 그것도 좋아요. 하지만 세라, 나는 당신에게 완전히 매료되었어요. 사생활을 존중하면서도 사람들 시선에 노출되는 걸 즐기는 그 묘한 취향도 좋고. 그게 어떤 느낌인지 이제는 나도 알 것 같거든요. 그래서 그런 방식은 당분간 유지해도 좋을 것 같아요. 우리 두 사람의 취향을 더욱 탐색해보자는 취지에서."

맥스는 두 손을 앞으로 쫙 펴고 어깨를 으쓱였다. 그러고 나서 몸을 앞으로 쑥 내밀어 내 입술에 살짝 키스했다.

"괜찮겠어요?"

"그게 다예요?"

맥스는 소리 내어 웃으면서 말했다.

"도대체 내가 무슨 말을 할 거라고 예상한 거예요?"

"모르겠어요."

나는 술잔을 집어 들고 여러 번에 걸쳐 남은 술을 다 마셨다. 보드카가 들어가니 몸이 더 화끈 달아오르는 것 같았다. 그리고 팔다리가 멋대로 움직였다.

"하지만… 그 규칙들 다 마음에 들어요."

"그럴 거라고 생각했어요."

"좀 거만하네요."

"좀 똑똑한 거죠."

맥스는 내 말을 정정하면서 웃었다.

"그건 그렇고. 세라?"

나는 테이블에 얹은 내 손을 바라보다 맥스의 눈을 보았다.

"뭐요?"

"당신의 첫 번째 미친 짓의 상대로 나를 선택하고 믿어줘서 고마워요."

나는 맥스를 가만히 보았다. 장난스런 표정이 호기심 가득한 표정으로 바뀌었다가 이내 조금 불안한 표정으로 변했다. 그 표정 때문이었을까? 아니면 규칙적인 박자를 타고 있는 조용한 음악 때문이었나? 어쩌면 맥스를 전과는 다른 방식으로 보기 시작했기 때문일지 모른다. 나는 이제 맥스의 가족사도 알고 그가 일상에서 가깝게 지내는 사람들 이야기도 안다. 그에 대한 이해가 깊어지자 그가 새삼스럽게 보였다. 그래서인지 나는 맥스에게 가까이 다가가고 싶었다. 물리적인 거리만을 말하는 게 아니다. 정말 가까워지고 싶었다.

나는 두 손으로 맥스의 얼굴을 감싸고 몸을 앞으로 기울이며 맥스에게 말했다.

"앞서 했던 말 정정할게요. 맥스, 당신 좀 멋져요."

맥스는 고개를 살짝 저으면서 미소 지었다.

"그러는 당신은 좀 취했어요."

"내가 좀 취했는지도 모르겠네요. 그렇지만 당신이 멋지다는 내 생각은 취기 때문이 아니에요."

나는 그의 입술에 키스했다.

"술기운은 그저 그 생각을 좀더 풍부하게 표현하게 해줄 뿐이죠."

나는 맥스의 아랫입술을 빨았다. 그리고 맛을 보았다. 평소에 나는 맥주를 마시느니 휘발유를 마시겠다는 입장이지만 맥스의 입술에서 나는 맥주 맛은 환상적이었다.

"세라…."

내 키스를 받으며 맥스가 중얼거렸다.

"다시 말해줘요. 당신이 내 이름을 말하는 게 너무 좋아. 세에에라아아."

"세라."

맥스는 내 말에 따르기 위해 다시 한 번 내 이름을 부른 뒤에 몸을 뒤로 다.

"달링, 우리가 사람들 눈이 있는 장소에 있다는 사실을 좀 알아줬으면 해요."

나는 축 처진 손을 흔들었다.

"상관없어요."

"내일이 돼서 그… 표현을 풍부하게 하는 능력이 조금 떨어지면 상관이 있을 거예요."

"그 정도로 안 취했어요. 그리고 정말 상관없어요. 어젯밤에 깨달은 게 있어요. 나는 내 이름 말고는 아무것도 신경 써주지 않는 남자와 전국을 돌아다니며 사진에 찍혔어요. 그런데 여기 있는 당신은 참으로 친절하고 상냥하면서 나보다 더 나를 잘 알고, 내 바보 같은 규칙도 새로 만들어주죠…."

"세라…."

나는 손가락 하나를 세워 맥스의 입에 댔다.

"내 말 막지 마요. 한참 열심히 말하고 있잖아요."

"그래 보여요."

맥스는 내 손가락에 짓눌린 입술로 미소 지었다.

"그러니까 내 말은 당신은 멋지다는 거예요. 그래서 나는 술집에서 당신에게 키스하고 싶어요. 누군가 우리를 보든 말든 상관없어요. 자기들 마음대로 지껄이라고 하죠, 뭐. '와! 저 여자는 스텔라 부인이 되고 싶은가 봐. 정말 불쌍하기도 하지! 맥스가 매일 밤 여자를 바꿔가면서 떡을 치고 다니는 걸 저 여자는 알까?'"

"세라, 나는 그런 사람이 아니에요."

"하지만 저 사람들은 모르죠. 그러니까 내 말은…."

나는 숨을 크게 들이쉰 다음 맥스의 가슴에 손을 대고 재미있어하는 그의 눈동자를 응시했다.

"지금 다른 사람들이 어떻게 생각하든지 상관없다는 거예요. 사람들이 무슨 생각을 할지 전전긍긍하고 신경 쓰는 거 정말 지겨워요. 나는 당신이 좋아요."

"나도 세라가 좋아요. 정말 많이 좋아해요. 사실…."

나는 몸을 앞으로 숙여 맥스에게 키스했다. 사실 상황은 엉망진창이었다. 술집에서 두 손을 맥스의 머리에 묻고 그의 무릎 위에 올라타다시피 해서 키스하고 있었다. 하지만 상관없었다. '상관없어.' 맥스의 손이 내 얼굴을 감쌌다. 살짝 눈을 떠보니 맥스는 눈을 뜨고 있었다. 뭔가 애원하는 듯한 시선이었다. 꼭 집어 말할 수 없었지만 분명 뭔가가 있었다.

"사랑스러운 세라 아가씨."

맥스가 내 거친 키스 사이로 나지막하게 말했다.

"한 걸음씩 천천히 나가도록 합시다. 집에 데려다줄게요."

***

월요일 아침이 되자 머릿속이 쿵쿵 울리는 현상은 가라앉았다. 다행이다. 정말 할 일이 많은 날이기 때문이다. 먼저 아장 프로 보카퇴르 신상품의 가격 책정 정책을 다뤄야 한다. 그 다음에는 B&T 바이오테크 업무를 서맨사에게 모두 인계해야 한다. 맥스에 대한 생각과 지난 36시간 동안 우리 둘의 역학 관계가 어떻게 달라졌는지에 대한 생각에 사로잡혀 있는 건 절대로 오늘의 할 일 목록에 없었다.

일이 최우선이다. 갑작스러운 상황 변화에 기겁하고 허둥거리는 일은 나중에도 얼마든지 할 수 있다.

하지만 이건 희망 사항에 그쳤다.

"세에에에에에라라아아아."

내 이름의 음절을 몇 배로 늘여서 부르는 재주가 있는 조지였다. 나는 사무실에 들어서자마자 걸음을 멈추고 노트북 케이스를 의자에 내려놓고 눈앞에 펼쳐진 광경을 찬찬히 살펴보았다. 조지는 내 책상에 두 발을 올려놓고 앉아서 무릎에 신문을 펼쳐놓고 보고 있었다.

"왜 내 책상에 있는 거죠?"

"가십지를 함께 즐기는 데는 여기가 휴게실보다 더 낫거든요. 준비됐어요?"

심장이 쿵 하고 바닥까지 떨어지는 것 같았다.

"무슨 준비?"

세상에, 월요일 아침 일곱 시 삼십분 밖에 안 된 시간이다. 의식적인 호흡을 할 준비도 거의 못한 상황이었다.

조지는 신문을 획 젖혀서 내 눈앞에 들이댔다. 커다란 흑백사진 속에 맥스의 얼굴이 반절 정도 잡혀 있었다. 얼굴의 나머지를 가린 건 내 뒤통수였다. 이 기시감은 뭐지?

"그게 뭐예요?"

"신문이죠, 달링."

조지는 노래 부르듯 손에 든 신문을 읽었다. '달링'이라는 말을 들으니 배가 죄여오는 느낌이 들었다. 어제 하루 종일 내 머릿속을 맴돈 단어였다. 맥스가 나에게 그 말을 어떻게 했는지가 떠올랐다.

"맥스가 '수수께끼 같은 여자'에게 키스하는 사진."

조지는 신문을 다시 뒤집어서 뒷면에 실린 사진 캡션을 읽었다.

"플레이보이 백만장자 맥스 스텔라가 수수께끼와 같은 블론드 여자와 술 한잔 나누는 모습이 포착됐다…."

"난 블론드가 아닌데!"

나는 날선 목소리로 말했다.

조지는 출랑거리며 고개를 들었다.

"확인해줘서 고마워요! 동의해요. 블론드라기보다는 샌디 브라운 컬러라고 해야죠. 일단 마저 읽을게요. '이 커플은 구석진 자리에서 서로를 쳐다보며 조용히 미소 짓고, 장난스럽게 어울리다가 화끈한 액션으로 만남을 마무리했다고 한다. 이번 주 맥스의 선택은 '집어삼킬 듯 달려드는 호랑이'였던 것 같다!'

조지는 깔깔 웃으면서 신문을 내게 내밀었다. 하지만 곧이어 진지한 얼굴로 말했다.

"맥스와의 일을 내게 비밀로 할 필요는 없었는데 왜 그러셨어요, 보스? 상처받았어요."

"조지가 신경 쓸 일이 아니에요."

나는 그야말로 빼앗듯이 조지에게서 신물을 낚아채서 살펴보았다. 사진 속 인물은 분명 맥스였다. 하지만 나는 뒤통수와 팔 일부와 손이 나왔을 뿐이어서 나를 잘 아는 사람이 아니라면 알아보기 힘들 것 같았다.

"알레르기 팔찌랑 그 아름다운 헤어스타일 때문에 알아봤죠."

조지는 의기양양하게 말했다.

"얼마나 됐어요?"

"상관없잖아요."

"침대에서 잘해요? 완전 잘하죠? 아, 이런. 아직 말하지 마요. 대답을 듣기 전에 마음의 준비 먼저 하고요."

조지는 눈을 질끈 감고 콧소리를 냈다.

"상관할 바 아니라고요."

나는 다시 한 번 말하고 한 손으로 이마를 짚었다.

'빌어먹을.' 베넷과 클로에도 이걸 보겠지? 동료들도. 누군가 이 신문을 우리 부모님에게 보낼 수도 있다.

"오, 하느님 맙소사!"

"두 사람 그렇고 그런 사이였던 거죠?"

조지는 내 책상을 한 손으로 내려치면서 화난 어투로 말했다.

"맙소사! 상관할 바 아니잖아요. 내 사무실에서 당장 나가요. 이게 이 양반아."

조지는 자리에서 일어나 정치인 못지않은 가짜 진정성을 담은 음흉한 표정을 지었다. 세상에서 제일 재미있는 일이라는 식이다. 흥분한 것처럼 보이기까지 했다.

조지는 툴툴거리며 말했다.

"알았어요. 하지만 마음이 좀 진정되면 어떻게 된 일인지 다 말해줘요."

"그럴 일 없어요. 어서 가요."

"어쨌거나 잘됐어요. 세라라면 화끈한 남자랑 사귈 자격이 충분해요."

조지는 어느새 진지한 얼굴로 말하고 있었다.

나는 겁을 먹고 난리 부리는 걸 잠시 멈추고 조지를 쳐다보았다. 조지는 호들갑을 떨지도 않았고 최악을 예상하며 기겁하지도 않았다. 변태처럼 내가 괴로워하는 모습을 재미있어하기는 했지만 내가 행복하고 즐거운 시간을 보내면서 이십 대처럼 즐기고 있다고 생각하고 있었다. 토요일 밤에 나도 그처럼 생각했다. '저 남자는 너한테 유익한 존재야.' 나는 그 생각을 고수하려고 노력했다.

그런데 월요일의 밝은 햇살 아래서 보니 무모한 젊은이로 사는 게 생각보다 어렵다. 또 다른 재앙 속으로 제 발로 걸어 들어가는 게 아니라는 확신을 갖는 것도 쉽지 않다.

"고마워요 조지."

"천만에요. 그런데 클로에가 오고 있으니 대비해요."

클로에는 내 예상보다 훨씬 일찍 들이닥쳤다. 앞을 막아서는 조지를 간단히 물리친 클로에는 내 사무실로 들어와 문을 닫았다.

"맥스였어?"

"무슨 말 하려는지 알아."

"네가 비밀로 했던 그 남자가 맥스였어?"

"클로에. 미안해. 어쩌다 보니 말을 못…."

클로에는 한 손을 올려 내 말을 막았다.

"전에 그 남자가 맥스냐고 물어봤을 때 너는 매우 설득력 있게 거짓말을 하면서 아니라고 잡아뗐잖아. 너답지 않게 거짓말을 잘 해낸 것에 감동해야 할지, 아니면 화를 내야 할지 정말 모르겠다."

"감동받는 게 어때?"

나는 애교 지수를 최대로 올린 미소를 지었다.

"맙소사, 귀염 좀 그만 떨어."

클로에는 창가에 놓인 소파로 다가가 털썩 앉았다.

"어디 한 번 브리핑해봐."

나는 클로에 옆으로 가서 나란히 앉았다. 그리고 심호흡을 한 번 한 다음에 그동안의 일을 모두 털어놓았다. 클럽에서 처음 만나 어떻게 일을 치르게 되었는지 말했다. 중국음식점에서 다시는 나를 찾아오지 말라고 따끔하게 말하려다 결국에는 그의 손가락을 허락해버린 일도 털어놓았다. 그리고 자선기금 행사에서 만난 남자도 맥스였다고 말했다. 조건 없는 가벼운 섹스에 관한 한 일류 전문가와 함께 새로운 내 모습을 탐구하는 것이야말로 기분 전환이 될 거라고 말한 장본인이 클로에 본인임을 강조했다.

"하지만 지금은 그 이상인 거잖아?"

클로에는 내 말을 끊고 불쑥 말했다.

"지금 얼마나 됐지? 두 달? 그러니 그 이상의 관계지."

"나한테는 그래. 맥스에게도 아마 그럴 거야."

"잘생긴 개자식도 오늘 아침에 그 사진을 봤어."

클로에는 인상을 찡그렸다.

"집에서 사진을 못 보게 하느라 숨기고 난리를 쳤는데, 전철역 입구 가판대에서 봤대."

"이런."

클로에는 살짝 미소 지으며 말했다.

"그런데 베넷은 내 반응을 더 걱정하는 것 같았어. 그리고 맥스를 잘 아는데 너하고만 만나겠다고 약속했다면 꼭 그렇게 할 사람이래. 다행이지 뭐니. 만약 그 남자가 너에게 상처를 준다면 신체 일부가 짧아지게 해줄 생각이었거든. 무슨 말인지 알지?"

"그건 문제가 안 돼. 6년 동안 바람피운 애인과 살았던 여자에게 더 큰 문제는 다른 사람에게 바라고 기대하지 않는 일이야. 이번 일은 나를 위한 거야. 맥스가 나를 좋아하는 것도 내가 그에게 바라지 않는 게 무엇인지 분명히 했기 때문일 수 있어. 내가 맥스에게 목표를 정해줬거든. 내가 그를 원하게 만들어보라고 했어. 맥스는 아마 이 사실을 인정하지 않거나 의식하지 못할 수도 있어. 하지만 누군가가 그와의 관계에서 한계를 긋는 일에 익숙하지 않은 그는 그런 식을 더 매력적으로 느꼈을 것 같아. 그한테는 도전인 셈이지."

클로에는 어깨를 한 번 으쓱이고 양손을 펴서 앞으로 내밀었다.

"뭐든지 처음은 있는 거라고 네게 처음 말한 사람이 나잖아. 맥스한테 네 감정에 대해 이야기해봤어?"

그때 사무실 밖에서 우당탕탕 요란한 소리가 들렸다. 곧이어 조지가 미친 듯이 소리 질렀다.

"왔어요!"

맥스가 사무실 문을 벌컥 열고 들어왔다. 바로 뒤에 조지가 있었다.

"저 남자가 다른 사람 말을 듣는 일이 있기는 해요?"

조지가 내게 물었다.

"대개는 안 듣습니다."

맥스는 나 대신 냉큼 대꾸하고 걸어오다가 내 손에 들린 신문을 보고 그대로 멈춰 섰다.

"벌써 봤군요."

"네."

나는 신문을 책상 위에 던져놓았다.

맥스는 어두운 안색으로 사무실을 가로질러 다가왔다.

"아주 잘 나온 사진이 아니니까 아마도…."

"괜찮아요."

나는 옆머리를 귀 뒤로 넘기면서 말했다.

"나는…."

"나라면 괜찮지 않을 것 같네요."

클로에가 책상을 돌아 나오면서 끼어들었다. 클로에는 팔짱을 끼고 우리 사이를 막아섰다.

"잘 나온 사진이 아니라는 건 동의하지만 대번에 알아보겠던데요. 베넷 역시 마찬가지로 금방 알아봤고."

"나도 그랬어요."

불청객 조지가 한 손을 번쩍 들고 나섰다.

"왜 아직도 여기 있는 거예요."

나는 매서운 눈으로 조지를 쏘아보았다.

"어서 가서 일해요."

"과민하시기는."

조지는 기대어 있던 벽에서 몸을 떼면서 말했다.

"이런!"

문 쪽에서 들려오는 소리에 일제히 고개를 돌렸다.

"이렇게 모두 한자리에 모이니 참 좋군요."

베넷은 엄청난 판돈을 딴 사람처럼 거들먹거리며 사무실로 들어왔다.

"스텔라, 사진 멋지더라. 술집에서 그랬다고?"

나는 눈을 크게 뜨고 불쑥 나섰다.

"그럼 18층 계단참에서 하는 게 더 낫다는 말이에요?"

베넷은 고개를 획 돌려서 클로에를 보았다.

"클로에, 설마 그런 것까지 다 이야기하는 거야?"

"그럼 당연하죠."

클로에는 조바심 가득한 손짓으로 베넷을 물리쳐버렸다. 클로에 옆에 있던 맥스가 큰 소리로 웃었다.

"베넷, 너 인턴하고 회사에서 그런 거냐?"

"그것도 여러 번이요."

클로에는 다 들을 정도로 크게 말했다.

맥스는 사태가 새롭게 전개되는 것이 자못 기쁘다는 얼굴로 두 손을 맞잡고 비벼댔다.

"이거 정말 흥미로운데."

맥스는 베넷을 쳐다보며 말했다.

"지난번에 나보고 남창이라는 식으로 말할 때는 이런 이야기 없었잖아."

"참 재미있기도 하시겠어요. 둘이 똑같으면서."

클로에가 두 남자 쪽을 가리키며 말했다.

"나는 여기 볼일은 다 끝낸 것 같군요."

베넷은 뿌루퉁한 얼굴로 말했다.

"맥스, 가기 전에 내 사무실에 들러라."

베넷은 클로에와 가볍게 입 맞추고 사무실 밖으로 나갔다.

클로에가 맥스에게 고개를 돌리고 말했다.

"어머니와 같은 회사에서 일하는 입장에서 이런 사진이 신문에 실리면 어떤지 알고 싶네요. 어머니가 기겁하시겠어요?"

맥스는 어깨를 으쓱이며 말했다.

"어머니는 내 활발한 리비도에 관해서는 모른 척하십니다. 그러는 편이 좋으니까."

"도대체 무슨 이야기를 하는 거예요?"

나는 앓는 소리를 내듯 말했다.

"클로에, 너를 사랑해. 하지만 이제는 그만 가줘. 조지!"

내가 소리 질렀다. 조지는 이름이 불리자마자 번개 같은 속도로 얼굴을 문틈으로 내밀었다.

"엿듣는 거 그만해요. 그리고 클로에를 데리고 휴게실에 가서 초콜릿 좀 사줘요."

그러고 맥스의 눈을 쳐다보며 말했다.

"맥스하고 단둘이 이야기해야겠어요."

클로에와 조지가 밖으로 나가자 맥스는 사무실 문을 굳게 걸어 잠갔다.

"화 많이 났어요?"

맥스는 살피는 듯한 얼굴로 물었다.

"네? 아니오."

나는 한숨을 내쉬고 의자에 털썩 앉았다.

"내 기억이 맞는다면 그때 내가 당신에게 달려들었던 거잖아요. 심지어 그러지 않는 게 좋겠다는 경고를 당신이 했는데도."

"맞아요."

맥스는 보조개가 움푹 패도록 미소 지으며 신문 사진을 집어 들었다.

"그런데 이 사진 괜찮지 않아요? 이 뒤통수를 보면 정말 말도 안 되게 섹시한 여자인 게 분명하잖아요."

나는 웃음을 참으려 했지만 실패하고 말았다. 맥스는 허리를 굽혀 나와 눈을 마주쳤다.

"세라, 우리는 같이 많이 다니잖아요. 우리가 사진 찍히는 건 시간문제라고 봐야 해요."

나는 고개를 끄덕였다.

"알아요."

맥스는 허리를 펴고 과장된 한숨을 내쉬면서 창가로 시선을 보냈다.

"이제 우리는 어쩔 수 없이 침실이나 리무진에서만 해야 할 것 같네요."

맥스는 싱글거리며 농담으로 한 말이었지만 그 말을 들은 나는 배 속에서 뭔가 단단히 뭉치는 느낌을 받았다. 맥스와 침대에 함께 있는 게 싫어서가 아니다. 다양한 장소에서 맥스와 즐기는 일을 그만두고 싶지 않았다.

이 새로운 세라의 모습을 좀 더 오래 유지할 필요가 있었다.

"행복해 보이지 않는데요."

맥스가 내 안색을 살피며 말했다.

"나는 지금이 좋아요."

맥스는 고개를 살짝 떨구고 말했다.

"내키는 대로 아무 데서나 하는 거?"

나는 고개를 끄덕였다.

"당신과 함께라면 내가 원하는 건 뭐든지 할 수 있을 것 같거든요."

맥스는 잠시 골똘히 생각에 빠졌다.

"세라, 우리는 변하지 않아도 돼요. 장소와 상관없이 나는 당신과 사악하고 음흉하게 놀 수 있는 방법을 많이 알아요."

나는 배시시 웃었다.

"알아요."

"하지만 우리가 계속 이런 식으로 하다가는 결국 사람들 눈에 띌 거라는 거예요."

맥스의 말이 맞다. 현실을 감안하면 희망 사항을 조금 줄여야 한다.

"방법을 함께 찾아보죠."

이렇게 말했지만 사실 자신은 없었다.

"세라, 일반적인 규칙을 따른다고 해도 얼마든지 즐겁게 지낼 수 있어요."

나는 고개를 끄덕이고 최대한 동의하는 표정으로 미소를 지어 보였다.

"알아요."

하지만 사실 나는 알지 못한다. 내가 아는 것은 오로지 전에 살던 방식으로 맥스와 만나고 싶지 않다는 것뿐이다.

14

　새벽 3시에 잠이 깼다. 위스키를 한 잔 마시면 다시 잠들 수 있으리라는 말도 안 되는 생각을 해봤다.

　하지만 나는 자리에서 일어나지 않고 위스키도 마시지 않았다. 그리고 다시 잠을 자지도 않았다.

　밤을 거의 새우다시피 하면서 세라의 모순되기 그지없는 욕구를 채워줄 방법을 궁리했다. 비밀을 유지하면서도 사람들의 시선을 즐기는 그녀의 야성적인 면을 탐구할 수 있는 방법이 뭐가 있을까? 〈포스트〉지에 실린 사진에 대해서 세라는 내 생각보다 더 편안하게 보였다. 하지만 이번에는 정말 운이 좋아서 세라의 얼굴이나 특징이 전혀 나오지 않았다. 세라에 대한 정보가 조금 더 공개된다면 수줍고 겁 많은 세라가 나타날 수도 있다. 그녀가 내게 느끼는 감정은 이제 사람들의 시선이 닿을 수 있는 곳에서 오르가슴을 느끼는 게임이나 사진에 대한 페티시를 공유하는 것 이상이라는 걸 안다. 하지만 영원히 함께할 수 있는 정도의 감정은 아니다. 내가 지금 그녀에 대해 생각하는 것에도 크게 못 미치는 정도다.

나는 자리에서 일어났다. 좋은 아이디어가 떠올랐지만 잠시 머뭇거렸다. 세라와 이런 일을 하려는 게 미친 짓일까? 하지만 완벽한 솔루션이라는 느낌도 들었다. 세라는 사람들이 보고 있다고 생각하면 흥분한다. 자신이 오르가슴을 느끼는 순간을 다른 사람이 보게 될 수도 있는 상황을 즐긴다. 나는 좀 더 깊은 남녀 사이의 섹스 역시 재미있고 와일드하며 활기찰 수 있다는 걸 알려주고 싶다. 하지만 세라는 익명으로 남고 싶어 한다. 그렇다고 지하철이나 영화관 또는 택시에서 말 그대로 엉덩이에 바지를 걸쳐 입은 채로 일을 치르고 싶지는 않다. 세라는 이번 사진 사건을 대수롭지 않게 넘겼다. 그렇지만 다시 이런 일이 생기면 절대로 용서하지 않을 거라는 생각이 들었다.

시계를 보니 전화를 걸어도 될 것 같다. 내가 아는 조니 프렌치라면 아직 잠자리에 들지 않았을 거다.

신호음이 한 번 울리자 걸걸한 목소리가 대뜸 내 이름을 불렀다.

"맥스."

"프렌치 씨, 너무 이른 시간에 전화한 게 아닌가 싶네요."

남자는 껄껄 호탕하게 웃었다.

"맥스야말로 아직 잠 안 자고 있었네요. 자, 뭘 도와줄까요?"

나는 크게 숨을 내뱉으면서 이게 최고의 솔루션이 분명하다는 확신에 안도의 한숨을 길게 내쉬었다.

"도움이 좀 필요한 상황이에요."

***

전화를 받는 세라 목소리에 웃음기가 가득했다.

"수요일이잖아요. 게다가 아침 여덟 시. 새로운 규칙이 정말 마음에 드네요."

"우리가 규칙에 얽매어 만나는 사이라고 아직도 우긴다면 그건 좀 아닌 것 같은데요?"

한참 있다가 세라는 웅얼거리는 듯한 목소리로 대답했다.

"그 말이 맞는 것 같네요."

"신문에 난 사진 건은 정말 신경 안 쓰는 거죠?"

세라는 잠시 머뭇거리다가 대답했다.

"그럼요. 괜찮아요."

"어제 하루 종일 당신 생각을 했어요."

다시 한 번 세라는 침묵했다. 내가 너무 나간 건가 싶어서 고민이 되려는 찰나 세라가 말했다.

"나도 얼마 동안은 당신 생각을 했어요."

나는 소리 내어 웃었다.

"정확히 말하면 나도 그러네요."

그런 다음 또 침묵이 이어졌다. 나는 이번 제안을 세라가 거절할 수도 있다는 생각을 하면서 마음의 준비를 했다.

"세라, 앞으로 우리가 함께하는 장소를 선택할 때 조금 신중해야 할 필요가 있다고 생각해요. 지금까지 우리가 충분히 조심하기도 했지만 사실 운이 좋았던 것도 있어요. 이제는 우리 일이 사람들 입방아에 오르지 않도록 더 조심해야 할 것 같아요."

"알아요. 나도 더 조심할게요."

"그렇지만…."

"나도 지금 우리를 포기하고 싶지는 않아요."

세라가 크게 웃으면서 말했다.

"세라, 나를 믿어요?"

"물론이죠. 그러니까 창고에도 따라가고…."

"내 말은 정말 진심으로 나를 믿느냐는 거예요. 이번에는 아주 색다른 곳으로 데려갈 생각이거든요."

이번에는 전혀 주저함이 없는 세라의 대답을 들을 수 있었다.

"좋아요."

***

수요일이 딱 좋을 것 같았다. 조니는 매일 손님을 받지만 금요일과 토요일은 사람들이 너무 많아서 우리 둘이 부담스러울 수 있다면서 그 중 수요일이 가장 조용한 날이라고 했다.

세라에게는 퇴근하고 집에 가서 옷을 갈아입고 저녁을 먹고 있으면 아파트로 데리러 가겠다고 문자를 보냈다. 저녁 식사를 같이하지 않는 건 조금 비겁한 의도에서 나온 결정이다. 세라가 생각할 시간이 많아지면 그녀가 주저하면서 생각을 바꿀지도 모른다는 염려가 들었기 때문이다.

참 나도 바보 같다.

세라가 사는 아파트에서 검은 머리의 여자 한 명이 나왔다. 들고 있는 작은 가방에 뭔가를 찾느라 고개를 숙이고 있었다. 그동안 나는 다른 여자에게는 눈길도 주지 않고 지냈다. 그런데 저 여자에게서는 눈을 뗄 수가 없었다. 검은색 블라우스와 스커트를 입고 하이힐을 신은 여자는 칠흑 같은 머리카락을 턱까지 오게 짧게 잘랐다. 머리 위의 가로등 불빛에 검은 머리가 반짝였다. 여자가 오른쪽으로 고개를 돌렸다. 길고 섬세한 목선과 매끄러운 피부, 완벽한 가슴, 저 목선과 곡선미 모두 내게 너무나 익숙한 것들이었다.

"세라?"

나는 큰 소리로 세라의 이름을 불렀다. 그녀는 뒤를 돌아보았다. 나는 그야말로 턱이 빠지도록 입을 헤벌리고 말았다. '맙소사!'

차에 기대어 서 있는 나를 본 세라가 환하게 웃었다. 세라에게 차문을 열어주려고 스콧이 차에서 내렸다. 나는 손짓으로 스콧을 물리치고 직접 세라를 위해 차문을 열었다.

세라는 광택이 나는 빨간 매니큐어 바른 손으로 내 턱을 잡고 입을 막았다.

"마음에 들어 할 거라고 생각했어요."

세라는 자리를 잡고 앉아 싱긋 웃으며 말했다.

"마음에 드는 정도가 아닌데요."

나는 세라 옆으로 바짝 다가앉아 세라의 얼굴에 흘러내린 검은색 머리카락 한 가닥을 쓸어 넘겼다.

"정말 아름다워요."

"정말 근사하지 않아요?"

세라는 고개를 살짝 흔들면서 말했다.

"이 첩보 작전 같은 관계를 진지하게 생각하고 있지만 그래도 약간의 재미 요소를 더하는 것도 나쁘지 않을 것 같았어요."

세라는 신발을 벗고 자리에 책상다리를 한 채 앉았다.

"자, 이제 무슨 일이 벌어질지 말해주지 않을래요?"

나는 정신을 차리고 세라의 붉은 입술에 키스했다.

"일단 잠깐 차를 타고 이동하면서 모든 걸 말해줄게요."

세라는 인내심을 담은 눈빛으로 나를 바라봤다. 차 안에서 세라를 갖는 일은 해서는 안 된다는 사실을 스스로에게 애써 상기시켜야만 했다. 애태우게 만들어서 분위기를 조성하는 게 필요하다. 어두운 댄스 클럽에서 술을 마셨던 세라는 과감할 수 있었겠지만, 이번에는 전혀 다른 차원의 이벤트라서 조금 염려가 되었다.

"사업을 시작하던 초기에 만난 고객 중에 조니 프렌치라는 사람이 있어요. 아마도 가명일 거예요 이름이 한 서너 개는 되는 것 같거든요. 무슨 말인지 알죠? 그는 아주 낡은 건물에서 나이트클럽을 하고 싶다고 도움을 청했어요. 전에도 그런 일을 성공적으로 해냈던 경험이 많았지만 그때는 시장에서 합법적으로 운영되는 벤처 캐피털리스트 기업과 함께하면 어떻게 되는지 알아볼 생각으로 우리에게 연락했어요."

"클럽 이름이 뭔데요?"

"실버라고 해요. 지금도 영업을 해요. 사실 아주 성황리에 운영되고 있죠. 그 일로 우리도 아주 큰돈을 벌었어요. 조니는 우리랑 일하는 동안은 기존의 방법을 전혀 사용하지 않았죠. 그런데 기업 실사를 하면서 작은 이윤을 내는 사업을 보호하기 위해 대규모의 성공적인 비즈니스가 필요하다는 사실을 알게 되었어요."

세라는 자세를 고쳐 앉았다. 드디어 오늘 저녁과 관련된 이야기가 나온다는 걸 직감한 모양이다.

"조니는 다른 건물도 몇 개 소유하고 있었죠. 브루클린에 있는 카바레도 소유하고 있는데 아주 성공적으로 운영되는 곳이었어요."

"비트 스냅?"

나는 조금 놀란 얼굴로 고개를 끄덕였다.

"들어본 적이 있군요."

"모르는 사람이 없을걸요. 지난달에 벌레스크 댄서인 디타 본 티즈가 왔었잖아요. 줄리아와 같이 가봤어요."

"맞아요. 그런데 조니에게는 사람들에게 덜 알려진 클럽도 있어요. 오늘 우리가 가려는 곳이 그중 하나죠. 매우 비밀스럽고 외부와 철저하게 차단된 그곳의 이름은 레드문이에요."

세라는 고개를 흔들었다. 뉴욕 토박이라고 해도 알기 어려운 이름이었다. 나는 재킷 안주머니에서 작은 봉지를 꺼냈다. 세라의 눈은 내 손을 따라 움직였다. 봉지를 묶은 끈을 풀자 깃털이 달린 파란색 가면이 나왔다.

나는 몸을 앞으로 굽혀서 가면을 세라의 눈 위에 올려놓고 머리 뒤로 손을 뻗어 매듭을 지었다. 그런 다음 세라를 쳐다봤다. 차 안에서는 세라에게 손을 대지 않겠다는 의지를 완전히 저버릴 뻔했다. 눈동자는 선명하게 드러났지만 눈썹에서 광대뼈에 이르는 얼굴 부위는 완전히 감춰졌다. 내 시선을 받은 세라의 도톰한 붉은 입술은 작은 미소를 만들었다. 눈가에 조그만 라인석이 장식되어 가면 뒤에 있는 세라의 갈색 눈동자는 빛을 내며 반짝였다.

"와, 정말 신비롭겠네요."

세라가 속삭였다.

나는 신음 소리를 냈다.

"아주 질척한 꿈속에 나오는 사람 같아요."

세라의 미소가 더 커졌다. 나는 계속 말을 이었다.

"레드문은 섹스 클럽이에요."

희미한 자동차 조명 아래서도 세라가 몸을 살짝 떠는 걸 볼 수 있었다. 우리가 함께했던 밤의 기억을 떠올리며 나는 세라를 설득했다.

"수갑이나 손을 묶는 장치 같은 건 없어요… 최소한 그런 게 주요 눈요기가 되지 않아요. 상류층 사람들 중에서 관음증주의자들에게 서비스를 제공하는 곳이죠. 다른 사람들이 섹스하는 모습을 보는 걸 좋아하는 사람들이요. 나는 기업 실사를 하면서 딱 한 번 그곳에 가봤지만 보안이나 기밀 유지는 최고라고 장담할 수 있어요. 메인 홀에서는 아름답고 복잡한 안무로 구성된 섹시 댄스 공연이 있어요. 나머지 공간은 룸인데 유리창이나 거울이 있어 사람들이 볼 수 있게 했어요."

나는 헛기침을 하며 목소리를 고른 뒤 세라의 눈을 마주봤다.

"조니가 오늘 밤 그 방을 우리에게 제공했어요. 세라 당신이 원한다면 그곳에서 할 수 있어요."

***

레드문 클럽이 있는 건물은 외관상으로 보면 보통의 낡은 건물에 갖가지 비즈니스 업체가 있는 것처럼 보였다. 이탈리아 레스토랑과 미용실, 판자를 댄 아시아 시장 등이 보였다. 전에 왔을 때 조니는 뒷문으로 나를 데리고 들어갔다. 그가 오늘 밤 사용하도록 해준 방은 주 출입구에 있는 모양이다. 골목으로 나 있는 낡은 강철 문을 오늘 오후에 인편을 건네받은 열쇠로 열었다.

"열쇠를 가지고 있는 사람은 몇 명이나 됩니까?"

전화로 조니에게 물었다.

"네 명."

조니가 대답했다.

"이제 자네까지 다섯 명이네. 그렇게 해야 누가 오고 가는지 정확하게 파악할 수가 있으니까. 지나가다 들어오는 사람은 없어야 하는 곳이야. 매일 밤 손님 목록을 적어놓지. 데스크에서 손님들이 리스베스에게 전화를 하면 경비원이 와서 안내를 하지."

조니가 잠시 말을 멈췄다.

"자네는 운이 좋은 줄 알아야 해. 내가 특별하게 생각하는 사람이라서 특혜를 준 거라고. 안 그러면 몇 달을 기다려야 해."

"감사합니다, 존. 오늘 일이 생각대로 잘되면 나랑 같이 가는 파트너를 수요일마다 데려오라고 저한테 부탁할지도 몰라요."

막상 열쇠를 꺼내니 우리가 하려는 일이 실감이 되었다. 흥분감도 점점 고조되었다. 나는 세라의 손을 잡고 골목길을 따라 걸었다. 세라의 손은 침착했다.

"언제라도 떠날 수 있어요."

지난 몇 분 사이 열 번도 넘게 이 말을 한 것 같다.

"흥분되면서도 긴장되네요. 하지만 겁나지는 않아요."

세라는 분명한 어조로 말했다. 세라는 내 팔을 잡아당겨 자신에게 향하도록 한 뒤 까치발을 딛고 내 입술에 자신의 입술을 살짝 부딪쳤다.

이어서 내 입술을 깨물고 핥았다.

"너무 흥분돼서 술 취한 것 같은 기분이 들어요."

나는 세라에게 마지막 키스를 하고 몸을 떼어 냈다. 자칫하면 이곳 복도에서 그녀를 가져버릴 것만 같았다. 조니에게 약속한 걸 지키지 않으면 나는 평생 그의 블랙리스트에 올라갈 것이다. 나는 자물쇠에 열쇠를 꽂았다.

"말하지 않은 게 있네요. 술 말이에요. 최대 2잔까지만 마실 수 있어요. 모든 일이 상호 합의 아래 안전하고 차분하게 진행되도록 하기 위해서죠."

"차분하게 부분에서 자신이 없네요. 당신이랑 있으면 조금 제정신이 아니게 되는데."

나는 세라를 보면서 싱긋 웃었다.

"지금 말한 건 단골 고객들에게 해당되는 거예요. 오늘 퍼포먼스를 하는 사람들은 전혀 차분하지 않을 거라고 생각해요."

부드러운 찰칵 소리와 함께 자물쇠가 열렸다. 나는 문을 잡아당겨 열고 세라와 함께 안으로 들어갔다. 조니의 지시에 따라 우리는 좀 더 안으로 들어가서 두 번째 문을 열었다. 그리고 기다란 계단을 따라 내려가니 화물용 엘리베이터가 나왔다. 아래로 내려가는 버튼을 누르자마자 문이 스르르 열렸다. 불이 켜진 자판에 조니가 알려준 비밀번호를 입력했다. 엘리베이터는 2층을 더 아래로 내려갔다. 뉴욕의 심장부 아래 깊은 곳을 향하고 있었다.

나는 세라에게 무엇을 보게 될지 미리 설명했다. 탁 트인 플로어 주변에 반원 형태의 테이블이 놓여 있고 사람들은 흔히들 바에서 하듯이 사람들과 어울려 이야기를 하고 술을 마신다. 하지만 내 설명만으로는 이곳을 제대로 알 수 없다. 사실 조니와 함께 이곳에 왔을 때 나는 완전히 매료되어서 더 자세히 탐구하고 싶다는 생각을 했었다. 하지만 비즈니스에서 파트너로 일한다는 윤리 의식 때문에 행동에 옮기지는 못했다. 이곳에 다시 와보고 싶었지만 절대로 오지 않았다.

하지만 내 삶의 중요한 일부가 된 세라가 이런 걸 욕망하고 있고, 덕분에 새롭게 알게 된 나의 새로운 욕구가 있으니 더 이상 이곳을 멀리하지 않을 생각이다. 그녀가 원한다면 뭐든지 할 수 있다.

엘리베이터 문이 열려서 밖으로 나가니 아담한 로비가 나왔다. 따스한 조명이 실내를 가득 채우고 있었다. 아름다운 빨강 머리 아가씨가 데스크에 앉아 세련된 검은색 컴퓨터를 보며 일하고 있었다.

"스텔라 씨."

여자는 자리에서 일어나 우리를 반겨주었다.

"프렌치 씨께서 오늘 오실 거라고 말씀해주셨습니다. 제 이름은 리스베스입니다."

나는 눈인사를 건넸다. 리스베스는 우리에게 따라오라는 손짓을 하고 앞장서 걸었다.

"저를 따라오세요."

짧은 복도를 따라 우리를 안내하는 리스베스는 세라의 마스크나 그녀의 이름에 대해 전혀 묻지 않았다. 묵직한 강철 문 앞에 도착하자 해골 모양의 기다란 열쇠를 꺼내서 문을 열어주고 안으로 들어가라는 몸짓을 했다.

"스텔라 씨, 음주는 최대 2잔까지만 허용됩니다. 그리고 이름을 사용하지 말아주세요. 경비원이 롤플레이 룸 바로 밖에 있으니 도움이 필요하시면 언제든지 부르시면 됩니다."

그 말을 강조라도 하듯이 덩치 큰 남자가 그녀 뒤에서 불쑥 모습을 드러냈다.

리스베스는 마지막으로 세라에게 고개를 돌려 말을 걸었다.

"원해서 이곳에 오신 겁니까?"

세라는 고개를 끄덕이다가 "물론이에요."라고 말했다. 리스베스는 세라가 구두로 확인해주기를 바라는 것 같았기 때문이었다.

리스베스가 우리에게 윙크하며 말했다.

"그럼 두 분 즐거운 시간 보내세요. 조니는 수요일 밤에는 6번 방을 원하면 계속 사용하실 수 있다고 했습니다."

우리가 원하는 한 계속?

나는 뒤돌아서서 세라를 클럽 안으로 안내했다. 머릿속이 어지러워졌다. 지난번에 왔을 때 롤플레이 룸을 두 개 정도 봤었다. 그리고 그날 밤 대부분의 시간은 바에서 위스키를 마시면서 여성 두 명이 음악에 맞춰 내 옆 테이블 위에서 사랑을 나누는 걸 감상했다. 그때 조니는 홀을 돌면서 손님들에게 인사를 했었다. 그런 다음 복도를 따라가면서 롤플레이 룸 두 곳을 봤다. 비즈니스를 같이하는 남성 고객과 그런 걸 본다는 게 이상한 기분이 들었다. 그래서 피곤하다고 말하고 자리를 피했다. 하지만 나중에 그 방을 모두 보지 못한 걸 후회했다.

"6번 방은 뭔가요?"

세라가 두 손으로 내 팔뚝을 꼭 잡고 바 안으로 걸어가면서 물었다.

"나도 몰라요."

나는 솔직히 말했다.

"내 기억이 맞다면 그 방이 복도 맨 끝에 있어서 조니가 우리한테 준 걸 거예요."

바는 아름답고 심플한 장식이 있는 커다란 실내 공간을 자랑하고 있었다. 흐릿하고 따스한 조명과 2~4인용 테이블, 소파, 터키식 장의자, 침대 의자 등이 고급스러운 취향을 자랑하며 여기저기 배치되어 있었다. 묵직한 벨벳 커튼이 천장에서부터 드리워져 있고 벽에는 진한 검은색의 고광택 벽지가 부착되어 있었다. 벽지에는 깜빡이는 촛불에 의지해서는 거의 알아볼 수 없는 패턴이 그려져 있었다.

아직 이른 시간이어서인지 단골손님 몇 명만이 테이블에 앉아서 낮은 목소리로 이야기를 나누면서 가운데서 춤추는 남녀 댄서를 보고 있었다. 우리가 들어섰을 때 남자 무용수가 여자의 셔츠를 머리 위로 벗기고 그 셔츠로 한쪽 팔을 묶은 다음 빙그르 돌렸다. 유두에 단 링 장식의 보석이 조명을 받아 반짝거렸다.

세라는 댄서를 보다가 내가 세라를 쳐다보는 걸 느끼고는 눈을 깜빡거리며 시선을 옮겼다. 그녀는 머리카락 한 올을 귀 뒤로 넘겼다. 긴장했을 때 나오는 세라의 버릇이다. 가면 아래 얼굴에 홍조가 피어올랐을 것이다.

"여기는 보라고 하는 곳이에요."

나는 목소리를 낮추고 세라에게 말했다.

"정말 흥미진진해지면 누구도 시선을 뗄 수가 없어요."

나는 세라를 위해 보드카 김렛을 주문하고 내 몫으로는 스코치를 시켰다. 그리고 구석에 있는 작은 테이블로 세라를 데리고 갔다. 이 모든 상황을 세라가 어떻게 받아들이는지 지켜봤다. 세라는 술을 홀짝거리며 마시면서 주변의 모든 것을 찬찬히 살펴보고 있었다. 다른 사람들이 얼마나 세라를 주목해서 보고 있는지는 아는지 모르겠다.

세라의 목에 동맥이 펄떡이는 모습이 눈에 들어왔다. 창백하리만큼 하얀 피부를 쳐다보자니 당장 세라에게 달려들어 목덜미에 키스 마크를 내고 싶다는 욕구가 치밀어 올랐다. 자세를 고쳐 앉으면서 바지를 정리했다. 이곳의 모든 사람이 지켜보는 가운데 내 손으로 세라에게 오르가슴을 느끼게 해주면 어떨지 상상해봤다.

'빌어먹을, 맥스. 너 완전히 맛이 갔구나.'

"무슨 생각해요?"

세라가 물었다.

세라는 키스했다가 뒤로 물러났다가 다시 서로 뒤엉키기를 반복하는 남녀 댄서를 고갯짓으로 가리키면서 말했다.

"저 사람들 여기서 진짜로 하나요?"

"그렇죠. 어떤 형식으로든 할 거예요."

"그런데도 룸이 필요해요?"

"다양성의 문제겠죠. 내 기억이 맞다면 각각의 시나리오가 있는 방은 훨씬 거칠고 와일드해요. 그리고 더 작은 공간에서 더 친밀한 관계를 보여주죠."

세라는 고개를 끄덕이고 술잔을 들어 한 모금을 마신 뒤 나를 찬찬히 봤다.

"여기 있는 사람들은 내가 누구인지 전혀 모를 텐데 혼자서 가발에 가면까지 쓰고 있네요."

나는 웃으면서 말했다.

"지금까지 숨겨진 사람으로 남고 싶어 하는 사람은 늘 당신이었어요."

"나를 위해 이런 일을 하는 거예요? 사람들이 우리가 같이 있는 걸 보게 하려고요?"

"당신을 위해서라면 세상에 못할 일이 없을 것 같아요."

나는 솔직하게 말했다. 어두운 구석에 앉아서 세라가 내 말을 듣고 어떤 반응을 보이는지 알 수 없어서 한마디를 덧붙였다.

"세라 당신을 위해서기도 하지만 나를 위해서기도 해요."

세라는 한 손을 테이블 밑으로 내려 내 허벅지에 올려놓았다.

"하지만 여기 사람들은 당신이 누구인지 알잖아요. 당신 얼굴도 알고."

"여기 있는 사람들 모두 유명인이에요. 저기 구석에 있는 남자는 월이 목청 터져라 응원하는 미식축구 선수고, 저기 저 여자는 텔레비전에 나오는 사람이네요."

나는 바 옆에 있는 테이블 쪽을 살짝 가리켰다.

세라는 눈을 크게 떴다. 에미상을 수상한 여배우를 알아본 모양이다.

"하지만 저 사람들은 6번 방에서 섹스를 하지 않잖아요."

"아니죠. 여기서 지켜보는 역할을 하죠. 누구도 내가 당신과 여기 있다고 손가락질하거나 하지 않을 거예요. 무엇보다 사람들은 조니 프렌치의 비밀주의를 깰 생각을 하지 않아요. 조니는 여기 있는 모든 사람의 약점을 알고 있거든요. 더 알아내려면 얼마든지 더 알아낼 수도 있고."

"아."

"여기서 일어난 일은 여기서 끝나요, 세…."

세라는 한 손가락을 내 입술에 대서 말문을 막았다.

"이름을 사용하지 마세요, 낯선 남자분."

세라가 나에게 상기시켰다.

나는 미소를 지으며 세라의 손가락 끝에 키스했다.

"이곳에서 일어난 일은 외부로 절대 흘러나가지 않아요, 아가씨. 장담할 수 있어요."

"파이트 클럽의 첫 번째 규칙이랑 같네요."

세라가 싱긋 웃으면서 물었다.

"맞아요. 바로 그거예요."

나는 술잔을 들어서 입가에 대고 한 모금을 마셨다.

"그거 말고 또 무슨 생각을 했는지 말해줘요."

세라는 몸을 앞으로 기울여 내게 키스했다. 하지만 나는 몸을 뒤로 뺐다.

"여기서 당신을 만지면 안 되나요?"

나는 고개를 내저었다.

"불행하게도 그게 또 다른 규칙이에요. 퍼포먼스를 하는 사람 이외에 다른 사람은 절대로 성적 접촉을 할 수 없어요.

"6번 방에서는요?"

"얼마든지. 거기서는 다 가능하죠."

"이런."

세라는 자세를 고쳐 앉으면서 잠시 댄서들을 쳐다봤다. 댄서들은 서로의 옷을 찢고 있었다. 남자가 천장에서 내려온 고정 벨트를 잡고 파트너가 안으로 들어가게 했다. 안으로 들어간 여자는 다리를 넓게 벌렸다. 보이지 않는 도르래가 움직이면서 여자를 들어 올려 엉덩이가 파트너의 머리에 닿았다. 남자는 음악에 맞춰 여자를 돌리다가 커다란 원을 그리며 주변을 돌았다. 여자는 머리를 뒤로 젖히고 몸을 재빨리 움직였다.

"지금 몇 시예요?"

잠시 뒤 세라가 물었다. 남자 무용수는 빙글빙글 돌아가는 여자를 갑자기 멈춰 세우고 입을 벌려 여자의 다리 사이로 밀어 넣었다.

"아홉 시 사십오 분."

세라는 한숨을 내쉬었다. 나 못지않게 세라도 후끈 달아올라 있는 걸 알 수 있었다. 이 클럽은 내가 만지고 싶은 사람을 다른 사람들이 보는 데에서만 만질 수 있다는 고문을 하는 곳이다. 사람들의 욕망을 이용하는 만큼 우리의 욕망 역시 이용당하는 곳이다. 댄스 플로어에서 남자 무용수가 하는 일을 세라에게 해주고 싶었다. 남자 무용수는 여자의 은밀한 곳을 맛보고 희롱하고 빨아 먹고 나서 손가락을 사용하기 시작했다.

남자가 다시 여자를 빙그르 돌리기 시작할 즈음에 종업원이 우리에게 다가왔다.

"안녕하십니까."

인사를 건넨 종업원은 크리스털 물병으로 물을 따랐다. 처음에는 우리 잔 가까이에서 물을 따르다가 점점 물병을 자신의 머리 위까지 올렸지만 떨어져 내리는 물줄기는 그대로였다.

"사장님께서 선생님이 오신다는 말씀은 해주셨는데 동행하신 분에 대해서는 아무 말씀도 해주지 않으셨습니다. 앞으로 어떻게 하실지에 대해 제가 안내를 해드려도 될까요?"

"그거 좋네요."

나는 냉큼 제안을 받아들였다.

종업원은 세라에게 고개를 돌리며 말했다.

"클럽은 2주 간격으로 룸의 데커레이션을 바꾸고 있습니다. 저희 목표는 늘 고객들에게 신선한 자극을 드리는 것입니다. 롤플레이 룸을 하나씩 살펴보시면 다양한 시나리오가 있음을 아시게 될 겁니다."

나는 세라 쪽을 흘깃 봤다. 중서부 지역 명문가의 외동딸이 이 모든 일을 어떻게 받아들이지가 궁금해졌다.

종업원은 설명을 이어갔다.

"쇼는 10시에 시작되어서 자정까지 이어집니다. 손님들은 6번 방으로 가시면 됩니다. 오늘이 첫 번째 밤이니 참여하시기 전에 다른 방을 다 살펴보시고 참여 여부를 결정하셔도 좋습니다."

종업원은 미소를 지으며 말을 이었다.

"그리고 사장님께서는 기존 룸 퍼포먼스에 진짜 커플의 느낌을 더하고 싶어 하셨습니다. 두 분처럼 서로를 쳐다보는 퍼포머는 없었습니다."

나는 눈을 크게 뜨고 놀란 표정을 지었다. 뒤에서 세라가 몸을 조금 더 가깝게 밀착해 오는 게 느껴졌다. 세라를 느끼고 싶다는 욕구가 폭발해버릴 것만 같았다.

종업원은 살짝 허리를 숙여 인사했다.

"그렇다고 부담을 느끼실 필요는 없습니다."

***

낯선 살 냄새

열 시가 되자 복도의 조명은 따스한 금빛으로 환하게 빛났다. 메인 룸 주변에 있던 다른 고객들은 자리를 이동해 술잔을 마저 비우고 천천히 자리에서 일어섰다. 세라는 내 손을 잡고 나를 벌떡 일으켰다.

최소한 폭이 6미터 정도 되는 복도에는 방이 보이는 창가에 테이블과 의자가 마련되어 있었다. 왼편의 첫 번째 방인 1번 방에서는 젊은 근육질 남자가 청바지만 입은 채로 구석에 서 있었다. 바닥에는 말꼬리가 달린 애널 플러그를 한 검은 머리 남자가 바닥에 엎드려 있었다. 구석에 서 있는 남자는 들고 있던 채찍을 허공에 요란하게 흔들어 댔다.

세라는 한 손으로 입을 가렸다. 나는 세라를 데리고 복도 안쪽으로 이동했다.

"달링, 포니 플레이라고 하는 거예요. 모든 사람이 좋아하는 건 아니죠."

2번 방에서는 발가벗은 아름다운 여자가 혼자서 소파에서 자위를 하고 있었다. 여자의 맞은편 벽에는 영사기를 통해 포르노그래피가 비춰지고 있었다.

3번 방에서는 비극적인 멜포메네 가면을 쓴 거구의 백인 남자가 재갈 물린 여자를 뒤에서 취할 준비를 하고 있었다. 옆에 있는 세라가 점점 긴장하는 게 느껴졌다.

"이건 정말…."

세라는 묘하게 매혹적인 방 안 광경을 슬쩍 가리키며 말했다.

"모험적인가요?"

나는 세라의 뒷말을 추측해서 말했다.

"사람들이 여기 오려고 상당히 많은 돈을 지불했다는 점을 이해해야
해요. 그래서 텔레비전에서는 볼 수 있는 것들을 보고 싶어 하지 않아
요."

나는 세라의 등에 손을 살짝 대고 다시 한 번 부연 설명했다.

"텔레비전에서 볼 수 없는 또 다른 게 진짜 깊은 관계죠."

세라는 고개를 들어 나를 보다가 내 입술로 시선을 모았다.

"우리는 진짜 깊은 관계라고 생각해요?"

"세라는 어떻게 생각해요?"

세라는 고개를 끄덕였다.

"언제 이렇게 되었을까요?"

"언제 우리가 깊은 관계가 아니었던 적이 있나요? 세라 당신이 인정
하지 않으려고 했을 뿐이에요."

세라는 눈을 깜빡이다가 내게 기댔다. 우리는 다시 걸음을 옮겼다.

4번 방에서는 여자 셋이 서로 키스하고 깔깔거리며 웃고 있었다. 세
명은 거대한 하얀색 침대 위에서 서로의 옷을 벗었다.

5번 방에서는 한 남자가 여자를 노끈으로 묶고 있었고, 손이 뒤로 묶
이고 입에 재갈을 채운 남자가 구석에서 이들을 지켜보고 있었다.

"우리 방은 지루하겠어요."

세라는 눈을 크게 뜨고 속삭였다.

"정말 그럴 거라고 생각해요?"

세라는 대답하지 않았다. 어느새 6번 방 앞에 도착했기 때문이다. 그곳은 텅 비어 있었다. 그녀는 내게 눈길도 주지 않고 복도 끝을 돌아서 뒤쪽에 있는 문을 통해 방 안으로 들어갔다.

6번 방의 문손잡이는 쉽게 돌려졌다. 세라가 안으로 들어섰다.

잠시 후 우리 눈이 어둠에 적응하면서 주변 상황이 파악되었다. 한쪽에 바가 있고 거대한 가죽 소파 앞에는 낮은 커피 테이블이 있다. 어둠 속에서 나는 그 방이 우리 집 거실 한쪽과 상당히 유사하다는 걸 느낄 수 있었다. 그 공간을 복제해놓았다는 생각에 가슴이 철렁하는 느낌이 들었다.

세라에게 먼저 물어볼 생각을 못하고 조명 스위치를 켰다. 내 생각이 맞았다. 크림빛 벽은 짙은 월넛 테두리로 장식되었고, 거대한 검은색 소파와 같은 색의 폭신한 러그도 보였다. 저 러그는 두바이에서 사 온 건데. 티파니 램프 두 개가 작은 테이블을 꾸며주었다. 방은 대형 이벤트를 개최할 정도의 규모인 우리 집 거실보다 훨씬 작았지만 부인할 수 없을 만큼 매우 흡사했다. 사람들이 우리를 관찰할 거대한 창문은 내 아파트에 있는 것과 똑같은 휘장으로 장식되었다. 우리가 있는 곳에서 보면 그곳은 텅 빈 어두움을 향해 나 있는 평범한 유리창으로 보인다.

조니는 우리 집에 딱 한 번 왔었다. 그런데 반나절 만에 그의 클럽 밀실 한 곳을 내 거실과 똑같이 변신시켜놓은 것이다. 우리에게 익숙한 곳이라고 생각해서 배려한 것이리라. 실제로는 세라가 우리 집에 한 번도 와본 적이 없다는 걸 알지 못하는 조니로서는 최선을 다한 배려임이 분명하다.

"뭐가 잘못되었어요?"

세라가 내게 가까이 다가와 물었다. 이곳에서는 신체 접촉이 가능하다는 걸 깨달은 듯 내 허리를 두 팔로 감았다.

"조니는 우리를 위해 우리 집 거실을 이곳에 그대로 재현해놨어요."

"세상에….."

세라는 눈을 크게 뜨고 주변을 둘러보며 말했다.

"말도 안 돼."

"진짜 말도 안 되는 일은 당신이 우리 집을 보는 게 이번이 처음이라는 거죠. 그것도 섹스 클럽 안에서 말이죠."

이 모든 상황의 부조리함이 우리를 강타했다. 세라는 킥킥 웃으면서 얼굴을 내 가슴에 묻었다.

"정말 세상에서 가장 이상한 이야기네요."

"내키지 않으면…."

"아니에요. 여기는 우리가 당당하게 섹스해도 되는 첫 번째 장소예요."

세라가 싱긋 웃으면서 말했다.

"내가 그런 기회를 놓칠 것 같아요?"

이런. 그녀가 원한다면 나는 당장 무릎을 꿇고 앉아서 그녀의 발톱에 키스하고 섹스할 수 있다.

하마터면 '사랑한다'는 말을 입 밖으로 내뱉을 뻔했다. 말 그대로 그 말이 목구멍까지 치밀어 올라 세라에게서 벗어나 바 쪽으로 걸어가 술 한 잔을 따랐다.

하지만 세라는 나를 따라왔다.

"이제야 이런 걸 묻는 게 조금 늦은 감이 있기는 한데요. 우리 여기서 뭐 할 거예요?"

"우리 경력을 엉망으로 망치거나 페레스 힐턴 블로그를 우리 얼굴로 도배하는 일 없이 우리 관계를 기존과 같은 방식으로 즐기는 것을 찾으려고 노력한 결과가 여기예요."

나는 말없이 스코치 병을 들어 보였다. 세라는 고개를 가로저었다. 마스크 아래 커다란 눈이 술잔을 채우는 내 모습을 지켜보고 있었다.

"스리 핑거요."

세라가 속삭였다. 목소리에 묻은 웃음기를 느낄 수 있었다.

"일단은 원 핑거만."

내가 스코치를 한 모금 마시자 세라가 다가와 내게 키스했다. 그녀는 내 혀를 희롱했다.

'빌어먹을, 이 여자는 정말 맛있어.'

가면의 깃털이 내 뺨을 간질였다.

"스리 핑거요."

세라가 고집스레 말했다.

세라는 입술을 내 목덜미로 옮기면서 한 손은 내 바지 앞섶으로 내려서 내 물건을 덥석 잡았다. 세라의 어깨 너머로 캄캄한 유리창이 보였다. 저 너머에 이미 사람들이 앉아서 우리를 보고 있을 수 있다. 무슨 일이 벌어질지 궁금해들 하겠지. 어쩌면 복도 끝이라 아무도 오지 않았을 수도 있다. 하지만 그렇지 않을 수 있다는 생각 그러니까 세라가 나를 어루만지는 모습을 다른 사람이 볼 수도 있다는 가능성이 최음제가 되기에 충분하다는 걸 알 것 같았다. 나와 함께 있는 모습을 노출하는 일이 세라에게 용기를 준다는 걸 처음으로 이해할 수 있었다. 세라가 원하는 사람이 될 수 있게 하는 일이다. 세라는 그런 식으로 즐겼던 것이다. 거침없이 욕구를 발산시키고 모험을 하고 과감해질 수 있었다.

나 역시 그렇다. 여기서 나는 생애 처음으로 사랑에 빠진 남자가 될 수 있다.

"여기서 이렇게 하는 거를 정말 원해요?"

너무 직설적으로 물어본 게 아닌가 속으로 움찔했다.

하지만 세라는 고개를 끄덕였다.

"긴장이 되기는 해요. 우리가 어떤 사이인지 생각하면 이게 미친 짓이라는 생각이 들기도 하고."

세라는 소리 내어 웃으면서 손을 뻗어 내 배를 살짝 긁었다. '이런!' 보호하고 싶은 마음, 숭배하는 마음과 함께 육체적으로 완벽하게 소유하고 싶다는 마음이 한꺼번에 뒤엉켜 고통스럽다는 생각이 들 정도였다. 세라는 너무나 아름답고 사람을 의심 없이 믿는 여자다. 저 여자는 내 것이다.

나는 허리를 굽혀서 세라의 턱에 키스하고 그녀가 입은 셔츠의 위쪽 단추 몇 개를 풀었다.

"다른 사람들이 우리를 본다고 생각하면 어떤 상상을 해요?"

세라는 잠시 주저하면서 내 셔츠 단을 만지작거렸다.

"누군가가 당신 얼굴, 내가 당신을 쳐다보는 모습을 보는 걸 상상해요."

"그래요?"

나는 세라의 목덜미에 키스하면서 말했다.

"다른 건?"

"당신과 함께 있고 싶어 하는 여자를 상상해요. 그 여자가 나와 함께 있는 당신을 보는 거예요. 당신이 나를 원하는 걸 지켜보는 거죠."

나는 세라의 살 내음을 들이마시고 셔츠를 어깨 위로 벗기고 뒤로 손을 돌려서 브라도 없애 버렸다.

"더 말해봐요."

세라의 목에 키스하는데 크게 침을 삼키는 게 느껴졌다. 세라의 목소리는 한층 차분하게 가라앉아 있었다.

"앤디가 나에게 못되게 구는 걸 봤던 정체불명의 사람을 상상해요. 그리고 앤디가 바람피운 상대 여자가 당신과 나를 쳐다보는 걸 상상해요.

'저거야.'

"그리고?"

"그리고 앤디요. 그가 내가 지금 얼마나 행복해하는지 보는 걸 상상해요."

세라는 고개를 가로저으면서 두 주먹을 내 셔츠 안으로 파묻어 나를 꼭 끌어안았다.

"늘 그런 생각을 하지는 않지만 여전히 이렇게 화나고 아픈 게 너무 싫어요."

세라는 고개를 뒤로 젖히고 나를 똑바로 봤다.

"하지만 당신은 나를 기분 좋게 해줘요. 당신의 욕망의 대상이 되는 건 정말 근사해요. 그렇지만 여전히 우리 모습이 담긴 사진을 앤디 얼굴에 대주고 싶다는 생각을 해요."

세라의 말에 웃지 않을 수 없었다. 그 개자식이 내가 세라를 정신이 잃도록 사랑해주는 모습을 보여준다는 아이디어는 나쁘지 않은 것 같았다. 세라를 배신하고 그 자식 인생에 가장 큰 실수를 저지른 일이 나에게는 생애 최고의 기회였음을 보여주는 것도 좋을 것 같았다.

"나 역시 마찬가지예요. 그 자식에게 절정에 이른 당신 모습을 보여주고 싶어요. 보나마나 그 자식은 별로 보지 못한 광경일 테니까."

세라는 내 목에 키스하면서 웃었다.

"맞아요."

그리고 난생처음으로 나는 누군가에게 유일한 사람이 되고 싶다는 생각을 했다.

나는 세라를 소파가 있는 쪽으로 움직이게 했다. 그런 다음 바닥에 무릎을 꿇고 세라의 다리 사이를 파고들었다.

세라의 두 손은 내 머리를 파고들었다.

"내가 어떻게 해주면 좋겠어요?"

세라는 나를 내려다보면서 속삭였다. 내가 원하는 건 뭐든지 주겠다는 마음이 느껴졌다.

'내가 원하는 거?' 나는 그게 뭘지 생각하다가 문득 엄청난 질문이라는 깨달음에 당황했다.

'내 위에 올라와 있는 세라.

내 아래 누워 있는 세라.

내 귓가에 울리는 세라의 웃음.

내 가슴을 울리는 세라의 목소리.

내 손가락에 젖는 세라.

내 혀에서 느껴지는 세라.

내가 지금 느끼는 이 감정을 세라 당신도 느끼는지 알고 싶어.'

"당신이 오늘 밤을 즐기면 좋겠어요. 그걸 원해요."

나는 몸을 앞으로 기울여 세라의 다리 사이로 입을 가져갔다. 세라에게서 아찔한 냄새가 났고 아주 좋은 맛이 났다. 그리고 세라는 너무나 아름답다. 그녀가 나지막이 신음하는 소리는 내 귀에 충분한 자극제가 되었다. 세라의 손가락이 내 머리에서 어지럽게 움직이며 두피에 생채기를 살짝 냈다. 흥분한 세라는 다리를 더 높이 더 넓게 벌려서 내가 더 잘 다가가게 해주었다. 세라는 과장된 성행위를 하지 않았다. 아주 천천히 그리고 평안하게 움직였다. 역사상 가장 관능적이었던 여인처럼 그렇게 유연하고 자연스러웠다.

세라를 달뜨게 만드는 데 집중하면서 밖에 있는 사람들에게 세라가 어떻게 보일지 생각해봤다. 내 손가락을 그녀 안에 넣고 입으로 그녀를 애무하는 동안 세라는 소파에서 온몸을 뒤로 젖히고 신음하고 있었다. 가면을 쓴 모습이 익숙해져서 거리감이 들거나 거슬리는 건 전혀 없었다. 가면 뒤에서 나를 바라보는 만족스러운 그녀의 모습은 내게 온 세상을 가진 것 같은 기분을 느끼게 해주었다. 매끄러운 검은색 머리카락이 그녀의 얼굴을 감싸서 하얀 피부를 한층 더 하얗게 보이게 했고, 붉은 입술은 더욱 붉게 보였다. 세라는 그 앙증맞은 입술을 벌려 나직한 음성으로 내게 더 빨리 움직이라고 애원하고 멈추지 말아달라고 흐느끼듯 말했다.

절정이 임박하자 세라는 한 손으로 자신의 상체를 어루만지다가 가슴 위를 지나서 목을 지나 얼굴을 만졌다. 그리고 가면을 밀어 떨어트려서 마지막까지 숨겨둔 그녀의 살결을 드러냈다.

세라의 커다란 갈색 눈동자가 내 얼굴을 응시했다. 그녀의 입술은 거친 숨을 토해 내느라 계속 벌려져 있었다.

오르가슴에 이르렀을 때 세라는 절대로 시선을 다른 곳으로 돌리거나 하지 않았다. 내 뒤에 있는 유리창에 주목하지도 않았다.

유리 너머에 누군가가 있는 게 느껴졌다. 하지만 우리는 마치 내 아파트 거실에 있는 것처럼 오로지 서로를 느끼고 있었다. 내 입에서 전율하는 그녀의 음부와 절정에 이르러 내지르는 교성 외에는 아무것도 존재하지 않는 것 같았다.

세라는 달콤한 한숨을 내쉬고 내 머리카락을 잡아당기며 소리 내어 웃었다.

"하느님 맙소사!"

이제는 앤디 그 개자식을 만난다고 해도 얼굴에 주먹을 날리는 일은 하지 않을 것 같다. 그 대신 녀석의 손을 잡고 세라와 헤어져줘서 고맙다고 인사할 것이다. 그 덕분에 세라가 뉴욕으로 왔고 과거의 자신을 지우고 자신이 원하는 것을 과감하게 취하는 근사한 여자가 될 수 있었으니 말이다.

나는 세라의 온몸에 키스를 퍼부으면서 몸을 일으켰다. 세라는 내 입술을, 내 혀를, 내 턱을 맛보고 애무했다. 내 밑에 누운 세라는 따스하고 관능적이었다. 세라는 나른한 동작으로 두 팔을 내게 두르고 내 목에 얼굴을 묻은 채 웃었다.

"이렇게 즐거운 밤은 없었던 것 같아요."

세라가 속삭였다.

남은 인생을 그녀를 행복하게 만드는 일에 쓰고 싶다.

15

매일 밤을 맥스와 함께 지내는 건 좋은 생각이 아니다. 다른 생각을 할 능력을 상실하게 되니까. 아침 조깅을 하면서 우리가 함께했던 일들을 되돌아보고 지금껏 내가 생각했던 가장 제정신이 아닌 성적 판타지를 떠올려보았다. 전화 받는 맥스의 책상 아래로 기어 들어가서 펠라티오해주기. 그의 아파트로 올라가는 엘리베이터 안에서 하기.

이런 몽상에 빠지는 게 재미있다. 잘 정비된 내 삶을 맥스가 부숴버린다 해도 상관없다는 생각까지 하게 됐다. 섹스 클럽에서 맥스가 해준 일을 생각하면 나도 그 남자를 위해서라면 불타오르는 석탄 위도 걸어갈 수 있을 거라는 생각이 들었다.

그때 나는 잔뜩 긴장해 있었다. 당연하다. 클럽은 음침하지만 뭐든지 허용되는 개방적인 분위기였다. 내가 살아온 것보다 더 오랫동안 이런 종류의 성적 판타지를 생각해온 사람들이 후원하는 곳이었다. 내가 지켜야 하는 불문율 같은 게 있는지도 모르겠다. 너무 크게 말하지 말라. 다리를 꼬지 마라. 눈을 마주치지 마라. 칵테일을 너무 빨리 마시지 마라.

우리 부모님은 이런 세상에 대해서는 전혀 모르는 분들이다. 그분들이 생각하는 방종한 하룻밤은 〈버자이너 모놀로그〉 공연을 보고 트렌디한 아시아 퓨전 레스토랑에서 저녁을 먹는 정도다. 지금도 우리 아버지는 초밥을 먹는 것이 상당한 모험이라고 생각하신다.

그런데 나는 은밀한 섹스 클럽에 제 발로 찾아가서 그곳에 있는 사람들이 다 보는 데서 맥스를 무릎 꿇리고 오럴 섹스를 받았다.

정말 그 모습을 누군가 보았는지 아닌지는 정확히 알 수 없다. 우리는 뒷문을 통해 방을 나와 맥스의 지인인 조니를 만났다. 그의 안내를 받아서 종업원 전용 출입구를 통해 밖으로 나왔다. 맥스는 그날 밤 내내 나를 유심히 보았다. 내가 겁을 먹고 달아나거나 감정을 주체하지 못하고 허물어질까 봐 걱정하는 것 같았다. 하지만 내가 그렇게 떨었던 건 그 모든 일이 지극히 자연스럽고 당연하게 느껴졌기 때문이다. 맥스는 무릎을 꿇고 내 다리 사이에 머리를 집어넣고 오럴 섹스를 해주었지만 내가 되갚아주는 걸 거부했다. 그 대신 오랫동안 내게 키스하고 옷을 입혀준 다음에 그윽하게 바라봤다. 온몸에 닭살이 돋을 만큼 의미심장한 눈빛이었다.

도서관 플레이도 흥미진진했지만 어젯밤 클럽에 비하면 평범하다. 클럽을 나와 집으로 돌아오는 길에 맥스는 한 손으로 내 무릎을 잡고 목과 귓불과 입에 키스했다. 그리고 마지막으로… 내 온몸을 덮쳐서 안으로 파고들었고 자동차 뒷좌석에서 절정에 이르게 했다. 정말 말도 안 되는 일상이 이어진다.

이런 삶은…

말도 안 되게 좋다.

말도 안 되게 근사하다.

이런 일에 푹 빠져서 정신을 놓고 다니기는 정말 오랜만이다. 이런 일이 얼마나 즐겁고 재미있는지 까맣게 잊고 있었다.

"아주 좋아죽어요."

목요일 아침, 조지가 내게 말했다. 펜 끝을 이로 물고 중얼거리듯 조지는 말을 이어갔다. "당신은 맥스 생각을 하고 있었나 봐요."

어떻게 알았지? 내가 바보같이 싱글벙글하고 다녔나?

"뭐라고요?"

"맥스를 좋아하죠?"

나는 더 이상의 저항을 포기했다.

"그래요."

솔직하게 말하니 속이 후련했다.

"월요일에 맥스가 여기 쳐들어와서 당신을 보는 눈빛을 봤어요. 자기 쌍방울을 당신 주머니에 넣어줄 기세던데요."

나는 얼굴을 찡그리면서 안쪽에 있는 사무실 문을 열었다.

"그 쌍방울은 원래 자리에 그대로 있는 게 더 좋을 것 같네요. 하지만 멋진 아이디어 고마워요."

"오늘 아침에 맥스가 왔었어요."

조지는 무심한 어조로 말했다. 나는 사무실 중간에서 걸음을 멈추고 다음 말을 기다렸다.

"당신을 만나지 못해서 슬퍼하는 것 같기에 커피를 열일곱 잔쯤 마시기 전에는 아침에 당신이 곰 같다고 말해줬어요. 그리고 여덟 시 전에 출근하는 법이 별로 없다고도 말했고요."

"고맙네요."

나는 뿌루퉁한 얼굴을 했다.

"천만에요."

조지는 자리에서 일어나 자기 책상 위에 있던 봉투 하나를 집어 들었다.

"맥스가 이걸 남기고 갔어요."

사무실에 들어가 봉투에 든 편지를 읽었다. 깨알 같은 글씨를 갈겨쓴 편지였다.

세라,

금요일에 샌프란시스코로 가서 일주일 동안 콘퍼런스에 참석해야 해요. 오늘 밤에 만날 수 있을까요?

맥스.

휴대전화를 집어 들고 손가락으로 화면을 쓸어 넘겨 잠금 해제를 한 다음에 맥스 이름을 찾아 터치했다.

신호음이 한 번 다 울리기도 전에 맥스의 목소리가 들려왔다.

"아직도 곰 모드예요?"

나는 소리 내어 웃었다.

"아뇨. 열여섯 번째 커피를 마시고 있어요."

"어시스턴트가 아주 개성 넘치던데요. 세라를 두고 즐거운 대화를 조금 나눴어요. 내가 없는 동안에 그가 당신에게 집적댈 일이 없어서 정말 기뻐요."

"조지는 나보다 당신한테 더 관심이 많을걸요. 정확하게 말하면 맥스 광팬이에요. 당신이 이성이 아닌 쪽에 조금이라도 관심이 있을 것 같으면 그가 달라붙는 걸 절대로 피하지 못할 거예요."

"다 들리거든요!"

조지가 크게 소리쳤다.

"그럼 엿듣는 것 좀 그만해요!"

나는 지지 않을 정도의 큰 소리로 되받아주고 웃으며 전화기를

낯선 살 냄새

다시 귀에 댔다.

"그리고 좋아요. 오늘 밤에 시간 돼요."

"어디서 볼까요?"

나는 잠시 주저하다가 조심스럽게 말을 꺼냈다.

"우리 집?"

전화선 너머에서 아무 소리도 들려오지 않았다.

하지만 곧 맥스의 웃음기 어린 목소리가 나직하게 들려왔다.

"침대에서?"

"좋아요."

내 두 손이 떨고 있었다. 어젯밤으로 인해 모든 게 변해버렸다. 맥스와 함께 침대에 있는 건 지금껏 상상한 야하고 모험적인 판타지 중 최고가 될 것 같았다. 너무 강렬한 자극을 견뎌낼 수 있을지가 걱정될 정도였다.

"그럼 여덟 시에 만날까요? 서부 해안 지역에서 오는 전화를 한 통 받아야 해서요."

"좋아요."

***

여덟 시가 되기 전까지 열 번이나 옷을 갈아입었다. 캐주얼? 섹시? 캐주얼? 섹시? 오랜 고민 끝에 선택한 것은 오늘 출근하면서 입은 옷이었다. 침대를 정리하고 온 집 안의 먼지를 털었다. 양치질은 두 번이나 했다. 지금 이게 무슨 난리인가 싶다. 처음으로 처녀 딱지를 떼던 날 밤에도 이렇게까지 긴장한 것 같지 않은데.

덜덜 떨리는 몸을 주체하지 못하고 있는데 맥스가 아파트 문을 두드렸다. 맥스는 우리 집을 한 번도 본 적이 없다. 하지만 집 안으로 들어선 맥스는 주변을 둘러볼 생각이 없는 것 같았다. 두 손으로 내 얼굴을 감싸고 그대로 나를 벽에 밀어붙여 강렬한 키스를 퍼부었다. 입을 벌리고 내 입술과 혀를 빨고 희롱하는 격정적인 키스였다. 다정하고 부드러운 맥스는 찾을 수 없었다. 절박하고 단호한 그의 손이 내 어깨를 움켜잡고 장애물 같은 옷가지를 급히 벗기려고 안간힘을 썼다. 격렬한 키스에 입술에 상처가 날 것 같았다. 맥스가 어깨에 메고 있는 메신저 백이 앞으로 쏠리면서 벽에 쿵 소리를 내면서 부딪쳤다.

"미쳐버릴 것 같아요."

맥스는 내 입술에 대고 중얼거리듯 말했다.

"머리가 어떻게 돼버릴 것 같아. 세라, 침실이 어디예요?"

나는 뒷걸음쳐서 그를 안으로 잡아당겼다. 맥스의 거친 키스는 짧은 복도를 지나는 동안에도 그칠 줄 몰랐다. 침대 옆에 켜놓은 스탠드 덕분에 침실 안은 따스한 노란색 조명에 포근히 감싸여 있었다. 하얀색 벽과 커다란 침대, 엄청난 통유리가 초미니 평면도 안에 다 들어가 있었다.

맥스는 주변을 둘러보면서 소리 내어 웃고는 내 얼굴을 감싸고 있던 손을 풀었다.

"아파트가 작군요."

"그렇죠."

맥스는 어깨에 멘 가방을 머리 위로 벗어서 침대 위에 놓았다.

"왜? 돈이 문제가 되지 않잖아요?"

나는 어깨를 으쓱이고 더 이상 말하지 않았다. 맥스의 목에서 펄떡거리는 동맥에 홀려서 시선을 뗄 수가 없었다. 왜 아파트 크기 같은 쓸데없는 이야기를 하고 있어야 하지? 맥스 가방에 뭐가 들었는지 궁금해졌다. 평소에는 지갑과 전화기, 집 열쇠 정도만 휴대하는 그였다. "지금은 이 이상이 필요하지 않아서요."

맥스는 내 눈을 마주 보며 고개를 한 번 까닥이고 한쪽 입술만 실룩이는 미소를 지었다.

"세라 딜런, 당신은 정말 복잡한 여자예요."

나는 오랫동안 달리기를 해서 기분이 아주 좋아지면 다시 나가서 더 달리는 일이 가끔 있다. 그럴 때는 핏속에 에너지가 넘쳐나는 것 같아 가만히 있을 수가 없다. 지금도 꼭 그때와 같은 느낌이다.

"맥스, 나는…."

나는 한 손을 들어서 얼마나 떨고 있는지 보여줬다.

"지금 뭘 해야 할지 모르겠어요."

"나를 위해 옷을 벗어줘요."

맥스는 가방에서 커다란 카메라를 꺼냈다.

"오늘 밤 모든 걸 사진으로 찍고 싶어요."

맥스는 렌즈 너머로 나를 보며 말했다. 셔터 소리에 심장이 터질 것처럼 뛰기 시작했다. 현기증이 나는 것같이 어지러웠다.

"우리 얼굴도 찍어요."

나는 나직이 말했다.

"아, 그래요."

맥스가 쉰 목소리로 말했다.

"그렇게 해요."

나는 입고 있는 옷을 내려다보았다. 조그만 진주 단추가 달린 상아색 실크 블라우스와 검은색 스트레이트 스커트다.

'나를 위해 옷을 벗어줘요.'

뭔가 집중할 수 있는 일이 있으니 좋았다. 어젯밤 일의 무게감이 여전히 가슴을 짓누르고 있었지만 내 침실에 있는 맥스의 모습을 보니 나를 깨트리고 자유로워지는 것 같았다.

나는 양손으로 블라우스의 맨 위 단추를 잡았다.

손이 여전히 부들부들 떨고 있었다.

내 아파트에서 다른 사람도 아닌 맥스의 카메라가 지켜보는 가운데 이러는 것이 색다른 것 같다. 오늘밤 그에게 무얼 보여줘야 하지? 내 몸? 아니면 내 속마음? 내 마음과 두려움, 그리고 그를 무섭도록 바라는 내 열망?

카메라 셔터 소리에 이어서 맥스의 나직한 음성이 들려왔다.

"그렇게 긴장한 걸 보니 내가 당신을 사랑한다는 걸 전혀 모르나 봐요."

나는 고개를 들어 맥스를 보았다. 손은 그대로 움직임을 멈췄고 눈은 앞으로 튀어나올 듯 커졌다.

찰칵.

"사랑해요, 아가씨. 이 사실을 깨달은 건 좀 됐지만 어젯밤을 기점으로 모든 게 달라져서 이렇게 불쑥 고백해요."

나는 아득해지는 정신을 추스르고 천천히 고개를 끄덕였다.

"네."

맥스는 입술을 깨물고 있다가 싱긋 웃으면서 말했다.

"네라고요?"

"네."

나는 다시 단추를 풀었다. 한 번에 하나씩 천천히 풀어나갔다. 세상에서 가장 환한 미소로 헤벌쭉 웃게 될까봐 얼굴을 잔뜩 긴장시켰다.

찰칵.

"'네' 말고는 다른 할 말 없어요?"

맥스가 카메라 너머에서 물었다.

"사랑한다고 고백했는데, '고맙다'든지 '얼마나요?'라는 말 정도는 들어야 하는 거 아닌가?"

나는 블라우스를 벗어 바닥에 흘러내리게 놔뒀다. 그리고 뒤돌아서 브라의 고리를 풀었다. 찰칵.

브라가 그대로 발아래로 흘러내렸다.

찰칵, 찰칵.

스커트의 지퍼를 내렸고, 스커트는 바닥에 쌓인 옷가지들과 하나가 되었다. 나는 뒤돌아서 맥스를 똑바로 바라보았다.

"나도 사랑해요."

찰칵.

"하지만 무서워요."

맥스는 카메라를 내리고 내 눈을 바라보았다.

"나는 당신과 사랑에 빠지고 싶지 않았어요."

내가 말했다. 맥스는 한 걸음 가까이 다가왔다.

"이런 말이 위로가 될지 모르겠는데, 세라 당신은 사랑에 빠지지 않기 위해 아주 인상적으로 잘 싸웠어요."

맥스는 카메라를 내려놓지 않고 그대로 걸어와서 키스했다. 그리고 한 손을 옆으로 돌리고 다른 손으로 내 얼굴을 감싸서 입술로 내 입술을 눌렀다.

"나도 두려워요, 세라. 당신이 전 애인과 헤어지고 홧김에 나를 만나는 게 아닌지 두렵고, 우리가 뭔가 잘못될까 봐 두려워요. 당신이 나를 지겨워하게 될까 봐 두렵기도 해요. 하지만 중요한 건 내가 다른 사람은 원하지 않는다는 거예요. 당신 때문에 나는 다른 여자에게는 아무 쓸모없는 남자가 되어버렸어요."

맥스는 싱긋 웃으면서 말했다.

맥스는 수백 장의 사진을 찍었다. 그리고 내가 옷을 벗고 침대로 올라가자 맥스는 먹이를 찾아 어슬렁거리는 짐승처럼 내 위를 배회하면서 자신이 감정을 털어놓았다. 정신을 못 차리겠고 지칠 줄 모르는 탐욕에 시달리고 있으며 앤디에게 고마운 마음을 가졌다가 그다음 순간 죽어버리고 싶다는 생각을 한다고 말했다. 그리고 아무리 봐도 질리지 않을 만큼 나를 사랑하는 지금 이 사태가 심각하게 걱정된다고도 했다. 그의 말에 내가 반응하는 모습을 맥스는 계속 사진으로 찍었다.

맥스는 내 위를 맴돌다가 카메라가 내 상반신을 향하게 해놓고 자기 몸을 내 몸에 비벼댔다. 나는 눈을 감고 맥스와 카메라의 부드러운 셔터 소리를 온몸으로 느꼈다. 다시 눈을 떴을 때 눈앞에 맥스가 있었다.

나는 손을 뻗어 카메라 렌즈를 내 목에 맞췄다. 맥스는 셔터를 눌렀다. 나는 카메라 앵글을 조금씩 점점 더 위로 올렸다. 맥스는 렌즈를 통해 나를 보고 있었다.

초점을 맞추는 맥스의 손이 떨렸다. 내 얼굴을 찍고, 내 턱을 어루만지고 볼을 쓰다듬는 맥스의 손가락을 찍었다. 그리고 카메라를 멀리 잡아 우리가 키스하는 순간을 포착했다.

그런 후에는 내 온몸을 덮친 그의 입술 느낌만이 남았다. 그의 머리털이 내 손에 느껴졌다. 그의 혀는 내 온몸을 애무했다. 그의 입술은 내 살에 대고 속삭였다. 맥스의 숨결과 그의 목에서 나는 모든 소리가 생생하게 느껴졌다. 다급하고 격정적인 맥스의 입이 내 아래로 점점 내려갔다. 맥스는 손가락 두 개를 내 안으로 밀어 넣고 클리토리스를 입으로 애무하면서 절정의 순간으로 나를 몰아갔다. 나는 입을 꼭 다물었다. 지금 이 순간 내 목소리를 듣고 싶지 않다. 온전히 맥스를 느끼고 싶다.

"아름다워요."

결국 참지 못하고 외마디 비명을 지르며 황홀경에 잠긴 나를 보며 맥스가 말했다. 내 몸에 떨림이 잦아들자 맥스는 내 위에 올라와 깊은 키스를 선사했다.

"당신 모습이 내게 얼마나 큰 영향력을 미치는지 믿기 어려울 정도예요."

나는 손을 뻗어 그의 가슴에 손톱을 세웠다. 이번에는 그가 필요한 것을 내 몸을 통해 얻기를 바랐다. 내 손이 멋대로 움직이면서 맥스를 더 가까이 끌어당겼다가 그의 모습을 보기 위해 다시 밀어내기를 반복했다. 맥스는 자신의 남성을 손으로 잡고 내 안에 들어올 준비를 했다. 나는 그의 근육이 단단하게 조여지는 걸 손끝으로 느끼며 그의 배를 간질였다.

나는 속삭이듯 말했다. "제발."

맥스는 신음 소리와 함께 크게 숨을 내쉬고 내 몸을 덮쳐 안으로 힘껏 들어왔다. 아찔한 감각에 정신이 나갈 것만 같았다. 모든 것이 한꺼번에 밀려왔다. 내 몸에 닿은 맥스의 가슴, 내 목에 비벼대는 그의 얼굴, 그의 목에 두르고 있는 내 팔과 그의 머리털을 헤집는 내 손, 내 다리를 자기 허리에 감는 맥스의 손, 그가 내 안에서 강하게 움직이며 리듬을 타는 맥스의 엉덩이. 그 모든 감각이 동시다발로 느껴졌다.

'영원히 멈추지 말았으면. 이 순간이 끝나지 않았으면 좋겠어.'

우리는 할 말을 잃고 땀에 젖은 채 움직이고 있었다. 나는 생각했다. '사랑을 나눈다는 것이 이런 거구나.'

맥스는 나를 돌려 안아서 자기 위로 올라가게 했다. 그리고 내 얼굴을 뚫어지게 쳐다봤다. 너무나 강렬해서 더 이상 참을 수가 없을 때까지. 나는 눈을 감고 황홀경에 빠졌다. 카메라 셔터 소리가 들리더니 침대 매트리스 위에 묵직하게 카메라가 떨어지는 소리가 이어졌다. 다시 맥스가 내 위로 올라와서 더 거칠게 움직였다. 맥스의 두 손은 내 허벅지를 눌렀다. 열중한 맥스는 양미간을 찡그리고 있었다.

빛과 그림자가 일렁거리며 망막에 맺혔다. 아득해지는 정신을 붙잡고 이번에는 눈을 감지 않기로 했다.

맥스가 내 몸 위로 무너져 내렸다. 묵직한 느낌이 좋다. 그의 입술이 내 입술을 덮었다. 우리는 서로를 마주보면서 거친 숨을 몰아쉬었다. 임박한 절정의 순간을 우리는 함께 느꼈다. 맥스가 다시 내 입술을 탐하면서 몸을 움직였다. 우리 두 사람은 무언의 이야기를 시작했다.

'아, 느껴져.'

우리는 소리 없는 교성으로 서로 공감하고 있었다.

***

둘 다 저녁을 먹지 못했다. 맥스가 주방을 습격했다. 나는 그 모습을 넋 놓고 바라봤다.

사각 팬티만 걸친 맥스를 보다가 문득 그의 몸을 이렇게 빤히 쳐다본 적이 한 번도 없다는 걸 깨달았다. 맥스는 늘씬한 키에 조각 같은 몸매를 소유했다. 그리고 벗은 몸으로도 정말 편안하고 자연스럽게 움직였다. 찬장에 있는 물건을 하나씩 확인하면서 그 이름을 읊조리는 입술 모양에 그만 반하고 말았다.

"여자들은 정말 대단해요."

맥스는 각종 치즈를 약탈하면서 중얼거리듯 말했다.

"내 냉장고에는 머스터드소스밖에 없는데. 그리고 오래된 감자 정도 있을까?"

"쇼핑한 지 얼마 안 돼요."

나는 맥스의 티셔츠를 입고 옷을 코에 대고 그의 체취를 맡왔다. 비누 향과 디오더런트 냄새, 그리고 맥스의 살냄새가 났다.

"내가 마지막으로 쇼핑한 건 지난 5월쯤이었을 거예요."

"뭘 찾는 거예요?"

맥스는 어깨를 으쓱이고 포도 한 송이를 꺼냈다.

"간식거리."

그리고 여섯 개 들이 맥주를 집어 들고 씨익 웃으며 내게 내밀었다.

"스텔라의 선택!"

"나도 좋아요."

맥스는 포도와 견과류, 치즈를 접시에 쌓아놓고 고갯짓으로 침실 쪽을 가리켰다.

"침대에서 간식 어때요?"

침대로 돌아와 편안하게 자리를 잡고 앉은 맥스는 내 입술 사이로 포도 한 알을 밀어 넣은 다음에 자기도 한 알을 입에 넣고 우물거리며 말했다.

"나한테 좋은 생각이 있어요."

"말해봐요."

"2주 후에 우리 집에서 기금 모금 행사가 열려요. 그날 밤에 사람들 앞에 짠 하고 우리 관계를 공개하는 거 어때요? 맥스와 세라, 속절없이 사랑에 빠지다."

견과류 몇 알을 더 먹으면서 맥스는 나를 찬찬히 보았다. 그러고 덧붙여 말했다.

"언론 취재는 금지하도록 할게요."

"그럴 필요 없어요."

"그럴 필요 없지만 그렇게 할게요."

할 말을 정리하는 데 약간의 시간이 필요했다. 이것저것 생각하는 동안 맥스는 가만히 간식거리를 먹으면서 참을성 있게 기다렸다. 앤디와 정말 달랐다. 앤디는 질문하자마자 답을 듣고 싶어했다. 하지만 사실 나는 그런 식으로 생각을 빨리 정리하지 못하는 사람이다. 정치인들은 라켓볼을 치듯 질문과 답을 주고받지만 나는 하고 싶은 말을 정하고 어휘를 선택하는 데 더 오랜 시간이 필요했다. 몇 달 동안 내 느낌을 정리하면서 할 말을 골라도 맥스라면 기다려줄 것 같았다.

"내가 오랫동안 사진이라면 질색을 했던 건 앤디와 함께 찍은 사진이 너무 많기 때문인 것 같아요. 너무 많은 사진이 항상 인터넷에 공개되어 있죠. 누구든 언제든지 그 사진들을 손쉽게 찾아볼 수 있어요. 아무것도 모르고 순진하게 웃는 내 모습과 그의 거짓된 얼굴을 같이 보면 늘 창피해요." 맥스는 입에 든 음식을 꿀꺽 삼키고 말했다.

"무슨 말인지 알아요."

"그러니까 이번에는 당신 뜻대로 하는 게 맞는 것 같아요. 언론 취재 금지. 그리고 그곳에 온 사람들하고 같이 어울리면서 우리가 잘해낼 수 있는지 한 번 보도록 해요."

맥스는 앞으로 몸을 기울여 내 어깨에 키스했다.

"좋아요."

맥스는 포도 한 알을 내게 먹이고 나서 접시를 침대 옆에 있는 협탁 위에 밀어놓았다. 그리고 내가 입고 있는 셔츠를 머리 위로 벗겨 냈다.

이번에는 서두르지 않고 천천히 사랑을 나눴다. 밤은 칠흑같이 어두웠다. 열린 창문 사이로 바람이 포효하는 소리가 들렸다. 나는 다리를 맥스의 허리에 감고 맥스는 얼굴을 내 목에 묻었다. 그렇게 우리는 한 몸이 되어 같은 리듬으로 움직였다. 그의 아래에서 온전히 느끼고 바라보았다.

이런 느낌은 처음이다.

처음.

***

내 등에 기댄 채 몸을 웅크리고 맥스가 자고 있다. 아직 태양이 하늘을 제대로 밝히지 않은 시간이다. 맥스는 아름답다. 헝클어진 머리와 따스한 그의 팔다리가 내 온몸을 휘감고 있었다. 그리고 그의 성난 남성이 나를 자극했다. 주인은 잠에서 깨어나지도 않았는데 굶주린 듯 욕망을 거침없이 드러내며 비벼대고 싶은 모양이다.

한참을 지켜보는데 맥스가 잠에서 깼다. 내가 가만히 바라보는 걸 알아차리고도 맥스는 한마디 말도 하지 않았다. 그저 손으로 얼굴을 비비고 내 입술을 쳐다보면서 어젯밤 협탁에 놓아둔 물병을 집어 들었다. 나에게 물병을 건넨 다음에 자신도 한 모금 마셨다. 그리고 물병을 내려놓자마자 내 가슴을 움켜잡았다.

나는 곧 정신없이 맥스를 탐닉했다. 맥스는 내 위로 올라와 몸을 앞으로 흔들고 잠시 멈췄다가 내 입술에 굿모닝 키스를 했다. 내게는 아직 잠기운이 남아 있었다. 맥스도 잠기운을 떨쳐버리지 못하고 있었다. 그렇게 잠에 취한 맥스는 내 몸을 입으로 탐험하면서 점점 아래로 내려갔다.

나는 팔을 늘어뜨리고 두 다리로 맥스를 휘감았다. 그의 부드러운 살 속에 파묻혀 질식해도 좋을 것 같다. 나신의 그가 내 위에 있는 게 좋다. 그의 얼굴이 내 다리 사이에 놓이고 그의 손가락이 내 온몸을 어루만지는 것도 좋다.

맥스의 손은 차분하고 섬세하게 움직였다. 나를 애타게 만드는 손길이다. 나는 온몸이 뜨겁게 달아오르는 걸 느꼈다. 맥스는 내 온몸에 키스를 퍼부으며 손과 입과 말로 쾌락을 안겨다주었다. 그러면서도 어떻게 해주면 좋겠는지 자꾸 물었다. 처음 사랑을 나누는 남자 같다. 하지만 나는 그런 맥스를 이해할 수 있다.

여기 침대에서 나누는 사랑은 정말 특별하고 달랐다. 어젯밤에 모든 것이 깨져버렸다. 이제 나는 내 온 마음을 열어 맥스에게 다가가는 것 외에 다른 생각을 할 수 없게 되었다.

16

늦은 아침의 햇살을 받으며 잠자는 세라를 바라봤다. 잠에 취해서 베개에 뺨을 기댄 채 누워 있는 세라의 얼굴에 어지럽게 머리카락이 엉겨 붙어 있었다. 천천히 시선을 아래로 내려 세라의 몸을 보았다. 드러난 젖가슴에 머문 시선은 휘어진 척추뼈를 따라 밑으로 내려가 이불이 살짝 걸쳐져 있는 엉덩이에 머물렀다.

처음으로 밤을 같이 보내고 나면 상대에 대해 저절로 알게 되는 몇 가지 사실이 있다. 먼저 이불을 독차지하는지 여부다. 그리고 코를 고는지도 알 수 있고 옆 사람을 껴안고 자는 걸 좋아하는지도 알 수 있다.

세라는 큰 대자로 자는 타입이다. 불가사리처럼 팔다리를 쭉 펴서 내 위에 얹어놓았다.

하늘 가장자리가 은은한 핑크빛과 푸른빛으로 뒤섞이며 밝아올 무렵 우리는 다시 한 번 사랑을 나눴다. 세라는 흐느적거리고 싱긋 웃으면서 그대로 무너져 내렸다. 사랑이 끝난 다음에 곧바로 다시 잠들었다.

시곗바늘은 어느새 열 시 삼십 분을 가리키고 있었다. 손가락으로 세라의 팔을 가만히 잡아서 옮겼다. 세라를 깨우고 싶지 않았다. 물론 이곳을 떠나고 싶지도 않았다. 카메라는 협탁 위에 그대로 있어서 손만 뻗으면 잡을 수 있었다. 나는 조심스럽게 침대 가장자리로 옮겨 가서 카메라에 찍힌 사진들을 스크롤해 내려갔다. 어젯밤에 찍은 세라의 사진이 수백 장은 될 것 같았다. 옷을 벗고 있는 사진도 있지만 내 밑에서 절박한 표정을 하고 몸을 뒤로 젖힌 사진도 있었다. 우리의 몸이 함께 움직이는 소리와 그녀의 부드러운 교성 사이로 카메라 셔터가 찰칵거렸던 장면은 영원히 내 뇌리에 각인될 것 같다.

나는 어젯밤 처음 찍은 사진을 다시 찾아봤다. 그리고 내가 사랑한다고 고백한 뒤 찍은 세라의 얼굴 사진을 보았다. 어젯밤에 세라는 얼굴 사진을 많이 찍도록 해주었다. 세라가 직접 얼굴 사진을 찍게 했던 순간을 떠올리니 기분이 좋아졌다. 우리의 마지막 규칙이 깨진 것이다. 세라가 얼굴 사진을 허락한 건 말로 다할 수 없는 의미가 있다. 연속해서 찍은 세라의 얼굴을 보면 절박한 표정에서 점점 평안한 표정으로 변하는 걸 알 수 있다. 그리고 뒤이어 찍은 사진에는 장난기 가득한 얼굴을 볼 수 있다.

그리고 나중에 침대에서 찍은 사진은 내가 기억하는 그대로 친밀하고 육감적인 모습이다.

　나는 조용히 일어서서 건너편으로 이동해 노트북을 꺼냈다. 노트북을 부팅하고 카메라에서 SD 카드를 꺼내서 컴퓨터에 연결하는 데는 시간이 많이 걸리지 않았다. 평소 즐겨 찾는 사진 인화 사이트에 접속했다. 개인적인 사진을 인화하는 일을 전문으로 하는 작지만 믿을 만한 회사다. 나는 인화하고 싶은 사진들을 업로드하고 하드에 저장된 사진 파일들을 지워버렸다. 그리고 메모리 카드를 꺼내서 안전하게 메신저 백에 집어넣었다.

　카메라를 제외한 모든 물건을 정리해서 가방에 넣은 뒤 세라에게 가서 몸을 굽히고 귓가에 속삭였다.

　"나는 이만 가야 해요."

　세라가 몸을 뒤척였다.

　"비행기를 타야 하거든요."

　세라는 뭐라고 중얼거리면서 기지개를 켰다. 나는 세라의 눈이 파르르 열리는 모습을 지켜봤다.

　"가지 말아요."

　세라는 몸을 옆으로 굴려 엎드린 채 고개만 들고 나를 바라봤다. 잠긴 듯한 목소리는 잠에 취해 거칠게 흘러나왔다. 당장 세라에게 속삭여주고 싶은 말이 수천 개 생각났다.

　정말 매력적인 여자다. 피곤함이 가득 담긴 저 눈도, 얼굴에 난 베개 자국도 모두 매혹적이다. 하지만 내 시선을 완전히 앗아간 건 역시 그

녀의 벗은 가슴이다. 나는 세라의 머리 옆을 한 손으로 쓸어 넘기면서
세라를 내려다봤다.

"아침에도 경탄스러울 정도로 아름답네요. 알고 있었어요?"

나는 손을 아래로 내려서 엄지손가락으로 세라의 드러난 가슴을 어
루만졌다. 질식할 것 같은 관능과 친밀감에 순간 숨을 훅 들이마셨다.
내 가슴속 모든 공간을 그녀가 차지하고 있는 것 같았다.

"네?"

세라는 미소를 지으면서 한쪽 눈썹을 추켜세우고 엄지손가락으
로 내 아랫입술을 쓰다듬었다. 그 손가락을 냉큼 입안에 넣고 빨고 싶
었다. 세라는 진지한 얼굴로 나를 보며 눈을 깜빡였다. 그리고 내 눈을
살피며 말했다.

"어젯밤에 있었던 일 모두 진짜였죠?"

"정신없이 당신과 사랑을 나눈 거? 아니면 당신이 내 여자라고 선언
한 거? 당연히 모두 진짜였죠."

"'사랑해.'는 무슨 의미였어요. 세 글자로 이루어진 그 말이 완전히
다르게 느껴져요. 이상하죠? 전에도 사용했던 말인데 이렇게… 크게
느껴진 적은 없었거든요. 과거에 그 말을 했을 때와 지금이랑 다른 의
미가 있는 것 같아요. 그 진짜 의미를 알기에 예전에 나는 너무 어렸던
것 같아요. 지금 내가 제정신이 아닌 것 같죠? 정말 제정신이 아닌 것
같아요. 하지만 난 멀쩡해요. 그냥 … 낯설어서 그래요. 솔직히 말하면
이런 일은 처음 겪는 것 같아요."

"심오한 의미에 대해 이야기하고 있는 걸로 이해되는데요. 그런데 그렇게 귀여운 유두를 드러내놓고 말하면 집중할 수가 없어요."

세라는 눈을 부라리면서 나를 밀어내려 했다. 하지만 그렇게 놔둘 수 없었다. 나는 허리를 앞으로 숙이고 세라에게 키스하면서 그녀의 작은 앙탈을 무마시켰다. 그리고 내 안에 꿈틀거리는 거친 감각을 모두 담아 키스했다.

여름 호우가 쏟아지는 소리가 들렸다. 빗줄기가 유리창을 두드리기 시작했고 멀리서 천둥소리도 들려왔다. 잠깐 동안 비에 젖어 미끄러워진 도로와 택시를 타려고 사람들이 손 흔드는 모습이 떠올랐다. 공항까지 가는 데 시간이 더 많이 걸리게 됐다. 하지만 세라의 다리가 내 허벅지 뒤를 감싸서 나를 끌어당기는 순간 날씨 걱정 따위는 머릿속에서 사라져버렸다.

세라의 입술이 내 입에서 귀로 이동하는 순간 애초에 여기를 떠나야 한다고 생각했던 이유도 기억이 나지 않게 되었다.

"기분 좋게 근육이 아파요."

세라는 내게 바짝 몸을 붙이면서 말했다.

"더 아프면 좋겠어요."

뇌혈관에 흐르던 피가 모두 내 물건으로 모이기 시작했다.

"그 말은 지금껏 들어본 적 없는 최고 칭찬인데요."

세라는 두 손으로 내 가슴을 밀어서 침대 위에 눕게 만들었다. 나는 불평을 하려고 했지만 소용없었다.

"가지 말아요."

세라는 말하면서 내 위로 올라왔다. 이불이 스르르 아래로 떨어져 나갔다. 나는 세라의 몸을 붙잡고 엄지손가락으로 가슴 아래를 쓰다듬었다. 세라는 내 카메라를 들고 높이 치켜 든 다음 카메라의 뷰파인더로 내 얼굴을 봤다.

"내 다리 사이에 있는 당신의 예쁜 얼굴을 찍고 싶어요."

"맙소사, 세라."

나는 체념한 듯 베개 위에 머리를 떨구고 눈을 질끈 감았다.

"나는 당신이 순진무구한 아가씨고 타락하고 비도덕적인 건 나라고 생각했는데."

세라는 큭큭 웃었다. 나는 눈을 뜨고 세라를 올려다봤다.

"사랑해요."

나는 세라의 목덜미를 잡고 내 쪽으로 당겨서 입 맞췄다. 한 손으로 천천히 세라의 옆구리를 어루만졌다. 부드러운 맨살에 소름이 돋는 게 느껴졌다.

"우리 이러는 거 진짜죠?"

세라는 살짝 뒤로 몸을 빼내고 내 눈을 마주 보면서 물었다.

"진짜죠."

"공식적으로요."

"백 퍼센트. 저녁도 같이 먹고 데이트하고 당신을 내 애인이라고 소개도 할 거예요."

"그렇게 말해주니까 좋네요."

세라는 뺨을 붉히면서 말했다. 세라는 내 머릿속을 헤집었다. 나는 그대로 녹아내리면서 그녀의 손에 내 몸을 맡겼다. 다른 곳에 가고 싶지 않았다. 지금 내가 있어야 할 곳은 여기다.

하지만…

침대 근처에 있는 시계가 가리키는 시간이 눈에 들어왔다.

"이런. 이젠 정말 가야 해요."

나는 눈을 감고 말했다.

"그래요."

세라의 뜨거운 입술이 내 입에 닿았다. 세라는 움직이거나 뭔가를 특별히 하지 않고 그대로 내게 닿은 채 꼼짝도 않고 있었다. 몇 시간 전에 우리가 한 정숙하지 못한 일들 때문인지 이 순수한 키스가 훨씬 더 자극적이고 화끈하게 느껴졌다.

나는 신음을 내뱉으면서 넥타이를 풀어 어깨 너머로 던졌다. 무릎으로 몸무게를 지탱한 채 일어나 앉은 나는 누워 있는 세라를 내려다보면서 셔츠 단추를 풀었다.

"비행기는 어떻게 해요?"

세라가 내 허리띠를 잡으면서 말했다. 사악한 미소가 그녀의 얼굴에 점점 번지고 있었다.

"다음 비행기를 타죠."

***

JFK공항을 미친 듯이 질주해서 간신히 비행기에 올라탄 후 다섯 시간의 비행 끝에 샌프란시스코에 도착했다. 어젯밤에 한두 시간밖에 자지 못했고, 비행기에서도 쪽잠을 조금 잔 게 전부여서 목적지에 도착하니 졸음이 몰려왔다.

나는 하품을 하면서 머리 위에 있는 사물함에서 가방을 꺼내 들고 비행기에서 내렸다. 곧바로 공항 터미널로 가서 커피를 살 수 있는 가장 가까운 장소를 찾아봤다.

세라와 한 시간을 더 있으려고 예약했던 비행기를 놓친 건 정말 무모하고 한심한 일이었다. 세라 위에 올라타고 그녀 안으로 들어가면서도 그런 생각을 했었다. 하지만 이런 감정은 처음인 데다 우리가 이야기한 그 모든 것을 다 이해하기도 벅찼다.

주문한 커피를 기다리는데 월의 문자가 왔다.

'섹시한 사진 새로 찍은 거 있냐, 이 트렌드세터 친구야?'

'헛소리 그만해. 너는 카메라를 꺼낼 배짱도 없잖아.'

나는 답문자를 보내고 전화기를 가방에 넣었다. 미팅에 대한 이야기나 세라와의 일에 대한 이야기는 이따가 전화로 알려줘야겠다.

주문한 음료를 건네받은 나는 만면에 미소를 간직한 채 컵 뚜껑을 열고 크림을 더 넣으려고 준비하고 있었다. 그때 누군가 내 어깨를 두드렸다. 나는 뒤로 돌아섰다.

"이걸 떨어트리신 것 같은데요."

금발 머리의 숱이 적어지는 게 역력하게 드러나는 땅딸막한 남자가 검은색 가죽 지갑을 내게 내밀며 말했다.

나는 고개를 가로저었다.

"제 게 아닙니다. 죄송합니다."

나는 수화물 컨베이어 벨트로 가는 에스컬레이터 근처에 있는 경비 쪽을 고갯짓으로 가리키며 말했다.

"저기 가서 한 번 알아보시죠."

그리고 뒤돌아서려는데 남자가 내 팔을 잡고 나를 막아섰다.

"정말 확실한가요?"

"그럼요."

나는 어깨를 으쓱여 보이고 가방에서 내 지갑을 꺼내 보여줬다.

"지갑 주인을 꼭 찾으시길 빕니다. 훌륭하세요."

남자는 이미 뒤로 물러나 재빨리 멀어져갔다. 수화물 찾는 곳을 향하고 있었다. 이미 많은 시간을 허비한 나는 컵에 뚜껑을 덮고 발치에 내려놓았던 가방을 들기 위해 손을 아래로 내렸다.

심장이 멈춰 섰다.

가방이 없었다.

"어떤 종류의 가방이라고 하셨죠, 선생님?"

따분한 얼굴의 공항 직원이 접수대 뒤에 앉아서 고개를 들어 나를 바라보고 있었다. 너무 타이트한 마 셔츠에 달린 명찰에 따르면 이 여자의 이름은 엘라나 준이다. 엘라나 준은 풍선껌을 불면서 내 대답을 기다렸다.

그 뒤 벽에 걸린 모니터를 흘끔 보니 내 등으로 보이는 영상이 보였다. 몰래카메라 주인공이라도 된 듯한 기분이 들었다.

"선생님?"

여직원은 재차 내 답을 재촉했다. 하지만 더 따분한 목소리를 내고 있었다.

나는 한 손으로 머리를 쓸어 넘기면서 성질대로 저 여자의 목을 조른다고 해서 상황이 나아질 게 없다는 엄정한 사실을 계속 상기했다.

"에르메스 메신저 백. 회색과 황갈색."

"가방 안에 어떤 귀중품들이 있었는지 알려주시겠어요?"

끓어오르는 분노를 애써 삼키며 대답했다.

"파일, 노트북, 휴대전화기. 그러니까 전부 다 귀중품이란 말입니다."

지금 잃어버린 고객 정보들만 해도 값어치를 따질 수가 없을 정도다. 그리고 비밀번호는 당장 바꿔야 한다. 이 모든 일을 처리하는 데 얼마

만큼의 시간이 들고 또 얼마나 많은 부차적인 문제들이 발생할 것인가. 월에게 연락할 휴대전화기조차 없는 상황이다.

공항 직원은 접수 서류와 책상에 붙어 있는 볼펜을 내게 밀었다.

"시간이 좀 필요하신 것 같으시니까 여기 서류 양식을 채우고 알맞은 칸에 체크 표시하세요."

나는 볼펜을 잡고 이름과 주소를 적은 뒤 노트북, 휴대전화기, 개인 용품 칸에 체크 표시를 했다. 분실 시간 칸을 보다가 문득 가방 안에 내 분별력도 함께 넣어두었던 게 아닌가 하는 생각을 했다. 가방과 함께 온전한 분별력도 잃어버린 것 같았다. 주어진 양식을 거의 채웠을 무렵, 그야말로 울화통이 터질 만한 짓을 했다는 사실이 떠올랐다.

'카메라.' 카메라는 가지고 오지 않았지만 SD 메모리 카드는 기회가 생기면 데이터를 모두 지우려고 가방에 챙겨두었던 것이다.

세상에 이 일만큼 빌어먹게 곤란한 일은 없을 것이다.

나는 지저분한 접수대를 내려다봤다. 가장자리에 붙인 합판이 뜯어져서 속에 있는 금속이 드러나 보였다. 금이 간 곳도 있었다. 정말 아이러니한 은유처럼 보였다.

"SD 카드가 있었어."

나는 넋두리처럼 혼잣말로 중얼거렸다.

"카메라에 쓰는 거요?"

엘라나 준이 물었다.

나는 침을 꿀꺽 삼켰다. 그것도 두 번이나.

"네. 카드요. 거기에 사진이 많이 저장되어 있어요."

나는 욕지거리를 내뱉으면서 접수대에서 물러났다. 세라가 어젯밤 나에게 허락했던 것들과 나에게 준 신뢰에 대해 생각했다.

빌어먹을, 빌어먹을, 빌어먹을.

검은 머리를 얌전하게 모아 묶은 한 노부인이 내가 있는 책상으로 와서 섰다.

"스텔라 씨?"

나는 잠깐 동안 정신을 추스르고 고개를 끄덕였다. 노부인이 계속 말을 이어갔다.

"CCTV 영상을 확인했습니다. 2인조 소매치기였던 것 같습니다. 한 명이 주의를 흩트리는 동안 다른 한 명이 가방을 가져가는 식이죠. 가방을 가져간 사람은 스텔라 씨가 가방이 없어진 사실을 깨닫기 전에 에스컬레이터를 타고 유유히 공항 터미널을 빠져나갔습니다."

땅바닥이 쩍 갈라져서 나를 삼켜버리는 일이 혹시 벌어지지 않을까? 그렇게라도 되었으면 좋겠다는 생각이 들었다.

***

공항에서 할 수 있는 조치를 모두 취한 나는 차를 타고 호텔로 갔다. 미팅 전에 휴대전화기를 대체할 방법이 없어서 전화번호 안내 서비스에 전화를 걸어서 우리 사무실로 연결해달라고 부탁했다. 윌은 자리에 없었다. 윌의 어시스턴트가 나의 계정 비밀번호를 바꾸고 가능한 한 빨리 윌에게 모든 걸 설명하겠다고 말했다. 장미꽃과 월급 인상을 약속한 뒤 나는 전회를 끊고 침대에 앉았다. 전화기를 뚫어져라 바라보면서 세라에게 어떻게 말해야 하는지 궁리했다.

하지만 어떻게 해도 쉽지 않은 일이라는 결론을 내리고 다시 전화번호 안내 서비스에 전화를 걸어서 세라의 사무실로 연결을 부탁했다.

조지의 목소리가 들렸다. 나는 눈을 감았다. 이 친구를 좋아하지만 오늘은 상대할 기분이 아니었다.

"세라 딜런의 사무실입니다."

조지가 말했다.

"딜런 양과 통화하게 해주세요."

조지는 어색할 정도의 시간 동안 멈칫하다가 말했다.

"스텔라 씨, 당신도 안녕하지요. 잠시 기다리세요."

찰칵 소리가 들리고 전화가 연결됐다. 세라가 수화기를 집어 들기를 기다렸다.

신호음이 세 번 울리고 세라의 목소리가 들렸다.

"세라 딜런입니다."

가슴 안쪽이 뜨거워지는 게 느껴졌다.

"안녕."

"맥스? 어디서 전화하는 거예요? 모르는 번호라서."

"네. 호텔에서 전화하는 거예요. 괜찮아요? 스트레스 받은 것 같은

데."

"오늘 하루 종일 책상에 꼼짝 않고 앉아서 산더미같이 쌓여 있는 가격 책정 리서치 업무를 처리해야 해요. 점심 전에 본격적으로 업무에 돌입했어야 했는데 그러지 못했잖아요. 그렇지만 오늘 아침의 게으름을 후회하고 싶지는 않아요."

세라는 잠시 말을 멈췄다. 나는 눈을 감고 세라가 마지막 오르가슴을 느끼던 모습을 떠올렸다.

"비행기 여행은 어땠어요?"

"좋았어요. 오래 타야 했지만."

나는 전화기 코드가 허용하는 범위 안에서 최대한 서성거리면서 대답했다. 창가를 바라봤다. 보도를 바삐 걸어가는 사람들이 보였다. 모두들 각자의 세상에서 열심히 살아가고 있는 것 같았다.

"보고 싶어요."

세라가 일어나서 문을 닫고 자리에 앉는 소리가 들렸다.

"나도요."

"내가 간 다음에 좀 더 잤어요?"

"조금요."

세라는 소리 내어 웃었다.

"누가 하도 괴롭혀서 조금 피곤하더라고요."

"어떤 녀석인지 운도 좋네요."

세라는 뭔가를 웅얼거렸다. 나는 지금 세라가 무엇을 입고 어떻게 하고 있는지 머릿속에 그려봤다. 일단 스커트를 입고 있는 걸로 정했다. 그리고 밑에는 아무것도 입지 않고 무릎까지 오는 검은색 부츠를 신은 걸로 하자.

'맥스, 이건 아니다. 미국을 횡단해서 왔는데 다시 돌아갈 생각만 하고 있냐.'

"일주일 내내 거기 있어요?"

세라가 물었다.

"그래요. 금요일 오후에 돌아가요. 그날 밤 같이 있을래요?"

"당연히 좋아요."

나는 심호흡을 하고 걱정할 필요가 없다고 스스로를 격려했다. 그 도둑놈이 휴대전화기와 노트북을 포맷한 다음 돈을 받고 팔았을 수도 있다.

"그런데 오늘 공항에서 가방을 도둑맞았어요."

"네?"

세라는 놀란 목소리로 말했다.

"끔찍하네요. 누가 그런 짓을?"

"재수 없는 어떤 놈이겠죠."

"어떤 가방이에요? 옷가방이었어요?"

"아니, 휴대용 가방이었어요."

나는 또다시 심호흡을 한 다음 말했다.

"노트북이랑 휴대전화기가 들었죠. 업무와 관련된 비밀번호는 모두

바꿨어요. 하지만 사람… 어제 썼던 SD 카드가 거기 있었어요. 사진을 지우지 못한 상태로요. 휴대전화기도 마찬가지고."

"알았어요."

세라는 한숨과 함께 말했다.

"그렇단 말이죠."

가죽이 삐걱거리는 소리가 들렸다. 세라가 의자에서 일어나 방 안을 서성이는 모습을 머릿속에 그려볼 수 있었다.

"도둑은 아직 못 잡은 모양이에요."

"못 잡았어요… 지금까지 알아낸 건 두 명이 한 조로 움직였다는 정도예요."

잠시 동안의 침묵이 전화선을 타고 흘렀다. 이래서 전화 통화는 안 되는 거다. 세라를 보면서 어떤 표정을 하고 있는지 봐야 걱정하는지 아니면 안심하는지 가늠할 수 있는데 말이다.

"쉽게 돈을 벌 생각으로 그런 짓을 저질렀을 가능성이 많잖아요. 그렇죠?"

마침내 세라가 입을 열었다.

"노트북이랑 휴대전화기는 전당포에 잡히고 SD 카드는 버렸을 수도 있겠네요. 그러면 노트북은 포맷되고 메모리 카드는 쓰레기통 안에 있을 수 있잖아요."

나는 창문에 이마를 대고 크게 숨을 내쉬었다. 유리창에 입김이 서렸다.

"세라, 정말 사랑해요. 이 소식을 당신이 어떻게 받아들일지 걱정하느라 스트레스가 이만저만이 아니었어요."

"어서 돌아오기나 해요. 새로 사진 찍게요. 좋죠?"

나는 활짝 웃으면서 말했다.

"좋아요."

***

토요일 밤의 미술 전시회와 일요일에 열린 콘퍼런스는 정신없이 바쁘게 돌아갔다. 몇 달 동안 전화 통화만 했던 몇몇 사람들과 직접 만나서 나중에 뉴욕에서 다시 만날 약속을 정했다. 투자 가능성을 타결하기 위한 조치였다. 주말을 분주하게 보내서 기분 전환으로 보게 되는 세라의 누드 사진이 없다는 사실을 잠시 잊을 수 있었다.

월요일 아침에 눈을 떠보니 안개가 자욱했다. 크루아상과 커피 룸서비스로 아침을 열면서 생각했다. 묘한 일이지만 가방을 잃어버린 덕분에 강제로 전자기기가 없는 생활을 하게 된 게 즐거웠다. 그날 아침에 새로운 휴대전화기를 구해서 사용했고 나머지 일정 동안 노트북 없이도 잘 지낼 수 있었다. 사진을 잃어버린 부분만 제외하면 끝없는 업무 요청에서 조금 벗어날 수 있어서 좋았다.

그때 침대 곁에 놓인 호텔 전화기에서 빨간불이 점멸하는 게 눈에 들어왔다. 전화를 못 받은 게 있나?

전화기 옆을 보니 벨 소리가 꺼져 있었다. 나는 수화기를 들어 보이스 메일 버튼을 눌렀다.

간단명료한 윌의 목소리가 전화선을 타고 들려왔다.

"맥스. 〈포스트〉지 확인하고 되도록 빨리 전화 줘. 돌아가서 진화에 나서야할 것 같아."

17

다시 한 번 쏟아진 여름 호우와 함께 월요일이 왔다. 하늘은 청록색으로 물들어서 마치 바다가 하늘을 가득 채운 것 같았다. 나는 우산을 쓰고 지하철역으로 달려가서 7시 32분에 출발하는 전철을 탔다.

빈자리가 있었다. 털썩 자리에 앉은 나는 우산을 정리한 뒤 눈을 감고 앉아서 오늘 하루 처리해야 할 일들을 생각했다. 가격 책정 관련 리서치 작업이 남아 있고 점심 전에 미팅도 잡혀 있다. 그다음에는 팀 미팅을 해야 한다.

고개를 들다가 옆에 앉은 아가씨가 든 신문지를 흘깃 보게 되었다. 머릿속에서 정리되고 있던 하루 계획은 그대로 산산조각이 났다.

가십지 한가운데서 나를 응시하는 사진 속 주인공은 맥스였다. 그 옆에 적힌 헤드라인은 '매드 맥스의 수많은 여인들'이었다.

"뭐?"

나도 모르게 외마디를 내뱉고 앞으로 몸을 기울여 신문을 보았다. 신문을 읽던 아가씨의 개인 공간을 백 퍼센트 침입했지만 신경 쓸 겨를이 없었다.

"제가 좀 봐도 될까요?"

나는 다소 강압적인 목소리로 물었다. 여자는 내가 미쳤다고 생각했는지 순순히 신문을 건넸다.

나는 재빨리 기사를 훑어보았다.

맥스 스텔라는 예술과 아름다운 여인을 사랑한다. 그래서 그의 (공공연한) 비밀이 이 두 가지를 결합한 취향이라고 해도 놀랄 일이 아니다. 맥스는 일주일간 그의 선택을 받은 여인과 함께 있는 자신의 모습을 사진으로 촬영한다고 한다. 일주일 전에 술집에서 눈부신 금발머리 여성과 함께 있는 모습이 포착되었는데, 이번에 새로 유출된 사진에는 그때 못지않게 아름다운 검은 머리 여성을 탐식하는 맥스의 모습이 담겼다. 사진은 대부분 그야말로 '후방주의' 콘텐츠여서 이 지면에 게재하기는 어렵지만 사진 촬영 날짜가 선명하게 찍힌 얼굴 사진을 통해서 우리의 벤처 캐피털리스트의 '비즈니스' 파트너가 스페인의 신인 여배우, 마리아 델라 크루스임을 알 수 있다.

맥스, 포르노 정도로는 만족이 안 되던가요?

한 열 번쯤 기사를 읽었을 무렵 전철이 정차했다. 나는 무작정 자리를 박차고 일어나 비틀거리는 걸음으로 전철역을 나와서 혼란스러운 상태로 거리를 배회했다.

열두 블록을 걸어서 회사에 도착했다. 클로에가 내 사무실에서 기다리고 있는 게 하나도 놀랍지 않았다.

나는 떨리는 손으로 신문을 들어 보였다.

"클로에, 내가 지금 여기서 뭘 본 건지 설명 좀 해줘. 이건 그냥 가십이겠지? 이 여자는 도대체 누굴까?"

클로에는 내게 다가와 자신의 휴대전화를 내밀었다. '셀러브리티니' 사이트에 접속돼 있었다. 맥스의 기사를 속보로 전하고 있는 그곳에는 몇 주 전에 본 사진이 있었다. 옥상에서 맥스와 함께 있을 때 찍은 사진이다. 내 엉덩이를 움켜잡은 그의 손이 클로즈업되어 있었다.

내 벗은 몸이 담긴 사진 옆에는 한 여자 얼굴 사진이 나란히 배치되어 있었다. 검은 머리의 여자인 건 분명했지만 눈동자 색은 알 수 없었다. 고개를 뒤로 젖히고 눈을 감고 있었기 때문이었다… 사진 아래쪽에 남자의 머리털이 얼핏 보였다. 그녀의 목에 얼굴을 묻은 자세를 취하고 있음을 쉽게 알 수 있었다.

사진 속 여자는 오르가슴을 느끼는 중인 게 분명했다.

　　　　　　　　　　　　　　　　　　　　　낯선 살 냄새

"이 사진이 그의 전화기에 있었대."

나는 맥스가 얼마나 많은 여자의 사진을 찍었는지 서술한 기사를 훑어보면서 말했다.

"다른 여자 사진도 많이 있었던 모양이야."클로에는 내 책상에 있는 가위를 집어 들었다.

"이따 보자. 누구 신체 일부를 제거하러 가야 할 것 같아."

"지금 맥스는 뉴욕에 없어."

클로에는 멈칫하고 심호흡을 했다.

"덕분에 나도 감옥행은 면하겠다."

"베넷은 뭐라고 해?"

클로에는 소파에 털썩 앉으면서 말했다.

"베넷은 신중할 필요가 있다고 하더라. 자초지종을 다 모르니까. 언론에서 하는 말을 다 믿을 수는 없잖아. 우리가 사귀기 전에 나도 베넷이 회사에 있는 모든 여자하고 잤다고 생각했던 걸 지적하기도 했어."

나는 스페인의 신인 여배우 사진을 손으로 가리키며 말했다.

"이게 유출된 사진에서 가장 최근에 찍은 사진이라잖아. 그리고 그 외 다수의 여자 사진이 있다 하고. 그리고 올 초여름에 찍은 거라고 했어. 그렇다면 맥스는 그때부터 이 여자를 만난 거야."

클로에는 아무 대꾸도 하지 않았다. 나는 벽을 멍하니 바라보았다. 주먹으로 벽을 때려볼까 잠시 생각하다가 문득 떠오른 장면에 웃음이 터질 뻔했다. 맥스라면 주먹으로 저 벽을 뚫어버릴지도 모르지만 나는 흔적도 남기지 못하고 애먼 손만 부러질 것이다.

"멍청이 같은 느낌이 드는 거 정말 지겨워."

"그럼 그렇게 느끼지 마. 그 자식 작살내버려."

"이래서 누구와 깊은 관계를 맺지 않으려고 한 건데. 나는 사람의 좋은 면만 보려다가 내 판단이 틀렸다는 사실을 알게 되면 마음에 큰 충격을 받고 괴로워."

클로에는 아무 말 없이, 사무실 안을 서성이는 나를 보고만 있었다. 맥스에게는 전화기도 없고 노트북도 없다. 무슨 일인지 알아보기 위해 연락을 취할 방법이 없었다.

그럴 필요가 있는지도 모르겠다. 나는 휴대전화를 꺼내서 전원을 꺼버렸다.

"우리 오늘 일정이 어떻게 되지?"

나는 키보드의 스페이스 바를 눌러서 모니터를 활성화하고 오늘 소화해야 하는 외부 일정을 확인했다. 그리고 내 절친한 친구를 바라보았다.

클로에는 당장 달려와서 컴퓨터 모니터의 전원을 꺼버렸다.

"긴급한 일정은 하나도 없어. 조지! 오늘 일정 모두 취소하고 자기도 나갈 준비해요. 낮술 하러 갑시다."

***

정오 무렵 고주망태가 된 나는 퀸스에서 찾은 지저분한 술집에 주크박스가 있다는 사실에 신이 나 있었다. 게다가 주인장이 1980년대 헤어밴드를 나 못지않게 좋아해서 더욱 신이 났다. 이건 우리 엄마가 남몰래 즐겨 듣는 음악이다. 트위스티드 시스터 밴드의 노래를 반복해서 듣고 있자니 집에 있는 것 같은 느낌이 들었다.

"그 자식은 침대에서 정말 끝내줘."

나는 유리잔에 입술을 대고 중얼거리듯 말했다.

"그러니까 말이지."

나는 천근만근 무거워진 손을 들어 올리면서 정확한 표현으로 다시 설명했다.

"진짜로 침대에서 한 건 하룻밤뿐이지만 말이야. 그것도 내 침대에서 했어. 그 침대에서 그 자식은 끝내줬어. 그날 밤에 칠천 번은 섹스를 한 것 같아."

"침대에서 한 번밖에 안 했다고요?"

조지는 우리 테이블 옆으로 와서 당구 채에 몸을 기대고 서서 물었다.

클로에는 무거운 한숨을 내쉬면서 조지 말을 무시하고 위생 상태가 상당히 미심쩍은 땅콩 몇 알을 입에 털어 넣었다.

"네가 그걸 포기해야 한다니 정말 싫다. 남녀 관계를 돈독하게 유지하는 데는 근사한 섹스만 한 게 없어. 아, 그리고 정직도 중요하다."

클로에는 볼을 붉으며 덧붙였다.

"그리고 같이 즐겁게 지낼 수 있어야 해. 그러니까 섹스와 정직과 재미. 이 세 가지가 성공적인 남녀 관계의 비결인 거지."

"섹스와 재미는 있었어."

클로에는 선잠을 자는 듯했다.

"우리 잘생긴 개자식도 침대에서 잘하는데."

클로에는 웅얼거리듯 말했다.

"섹스를 전혀 못하는 내 삶도 환상적이에요."

조지는 뾰로통한 어조로 말했다.

"나한테도 물어봐줘 고마워요. 그런데 여자들은 이렇게 앉아서 계속 섹스 이야기만 해요?"

클로에는 "그럼요."라고 말했고, 동시에 나는 "꼭 그렇지는 않아요."라고 말했다. 하지만 내가 곧 생각을 바꿔 "그런 편이죠"라 말했는데 바로 그때 클로에는 "아닐 수도 있어요."라고 말했다. 우리는 서로를 보며 깔깔거렸다. 하지만 껑충한 키의 검은 그림자가 술집 안으로 들어서는 모습을 본 나는 웃음을 잃었다. 나는 자세를 고쳐 앉았다. 심장이 두방망이질 쳤다. 넓은 어깨에 밝은 갈색 머리….

하지만 맥스는 아니었다.

가슴이 쪼그라들어서 제대로 일을 못하게 된 것 같았다.

"아야! 아프다."

나는 가슴을 쓰다듬으며 신음 소리를 냈다.

"지난번에는 슬프기보다는 화가 났는데. 이번에는 그냥 아프네."

클로에가 한 팔로 나를 얼싸안았다.

"남자들은 다 형편없어."

클로에의 전화기가 울렸다. 클로에는 전화벨이 한 번을 다 울리기도 전에 전화를 받았다. "술집에 있어요."

클로에는 상대의 말을 가만히 듣고 있다가 대답했다.

"응. 낮술 하는 중… 슬퍼하지. 그 자식 불알을 작살내고 싶어… 알아. 그럴게요. 새로 산 카펫에 토하지 않고 가만히 누워 있겠다고 약속! 이따가 봐요."

클로에는 전화를 끊고 전화기에 손가락질하며 말했다.

"멍청이 주제에 저렇게 대장처럼 군다니까."

그리고 클로에는 맥없이 내게 몸을 기댔다.

"너처럼 멋진 애는 베넷 같은 남자를 만나야 하는데."

조지는 허리를 숙여 우리 상태를 살피고 고개를 설레설레 저었다.

"두 사람 아주 엉망진창이네요. 내일 밤에는 게이 방식으로 세라 응원 타임을 갖도록 해요."

***

　화요일 밤, 조지는 우리를 게이 바로 데리고 갔다. 바 안에는 온통 사람들이 빽빽하게 들어찼고 음악은 쿵쿵 요란하게 울려댔다. 그 남자랑 행복한 기분으로 오고 싶었을 법한 곳이다. 하지만 지금은 내가 얼마나 비참한지를 상기시키는 곳일 뿐이었다. 사실 외출하거나 파티에 가고 싶은 기분이 전혀 아니었다. 열다섯 명의 남자가 '부비부비'를 해대는 한가운데에 있고 싶지 않았다. 그저 시간이 빨리 흘러서 맥스가 더 이상 중요한 문제가 아닌 때가 얼른 왔으면 싶었다.

　정말 두려운 건 내가 앤디 사랑하기를 그만두는 데 시간이 거의 걸리지 않았다는 사실이다. 그와 결별하고 일주일도 채 안 돼 맥스를 만났다. 이번 일을 극복하는 데는 그보다 훨씬 더 오래 걸릴 것 같았다.

　목요일 아침에야 휴대전화를 다시 켰다. 맥스에게서 온 부재중 통화가 열일곱 통 기록되어 있었다. 하지만 메시지는 하나도 남기지 않았다. 월요일에는 문자메시지를 약 스무 개 보냈고 화요일도 마찬가지였다.

　'전화 줘요.'

　'세라, 〈포스트〉지 나도 봤어요. 전화 줘요.'

낯선 살 냄새

이 비슷한 이야기가 조금씩 변주된 문자들이었다. 전화 줘라, 문자 해라, 이 글을 읽었는지 알려줘라. 마침내 전화를 걸어야겠다고 생각한 순간 맥스의 마지막 문자를 보게 되었다. 그 문자는 내 마음을 옥죄고 있던 본능을 되살렸다.

'세라, 상황이 좋지 않을 걸 알아요. 하지만 당신이 생각하는 것과 달라요.'

아, 완벽하네. 과거에 내가 저 말을 얼마나 많이 들었더라? 그렇게 말씀하신다면 진실을 알려드리지. 현실은 늘 생각하는 것과 같아요, 맥스. 그렇게 당하고도 또 당하다니. 언제쯤이나 되어야 이 엄중한 가르침을 마음에 새길지.

나는 다시 휴대전화 전원을 껐다. 이번에는 영원히 꺼두어야겠다고 마음먹었다.

***

맥스는 금요일에 돌아왔다. 나도 알고 있었다. 하지만 아직 아무런 연락이 없다. 맥스는 내 사무실로 찾아오지도 않았다. 문자 메시지를 확인하고 며칠 후에 다시 휴대전화를 켰다. 맥스는 전화하는 걸 그만둔 모양이다.

어떤 게 더 나쁜 걸까? 내가 오해했다는 그의 뻔한 주장? 아니면 그의 침묵?

내 행동은 정당했을까? 나는 분노와 불안이 만나는 중간 지점이 정말 싫다. 앤디와 함께한 오랜 시간 동안 늘 그 지점에서 살았다. 내 등 뒤에서 뭔가 벌어지는 것 같지만 언제나 정확히 알 도리가 없었다. 잔소리를 한다는 죄책감과 앤디가 내게 잘못하고 있다는 확신 사이에서 늘 끔찍한 갈등을 겪어야 했다.

이번에는 불안이 훨씬 더 힘들다. 맥스가 겪어볼 만한 가치가 있는 남자라고 진심으로 생각했기 때문이다. 생각해보니 앤디에게는 그런 감정을 느낀 적이 없었던 것 같다. 그때 나는 앤디를 겪어볼 만한 가치가 있는 남자로 만들고 싶었던 것 같다.

다른 여자 이야기는 어떻게 된 걸까? 우리가 진지하게 만나기 전에 한 번 관계했던 여자일까? 서로에게만 충실하기로 약속했지만 그런 경우라면 나쁘게 생각할 수 없는 게 아닐까? 그런데 그 사진은 언제 찍은 거지? 정말 우리 집에서 밤을 같이 보내기 며칠 전 일일까?

"세라, 지금 무슨 생각을 하는지 다 들리는 거 알아요?"

조지는 자기 책상 앞에 앉은 채 크게 소리쳤다.

"애처롭기 짝이 없는 데다 점점 히스테리 상태가 되고 있잖아요. 긴장 좀 풀어요. 책상 서랍에 휴대용 병 넣어놨어요. 분홍색으로 반짝이는 거예요. 하지만 그 아이랑 사랑에 빠지면 안 돼요. 내 거니까."

나는 책상 서랍을 열어 보았다.

"안에 뭐가 있는데요?"

"스카치요."

나는 쿵 소리가 나게 서랍을 닫으면서 짜증스러운 신음 소리를 냈다.

"적절하지 못하네요. 이건 맥스 스텔라가 주로 마시는 술이에요."

"나도 알아요."

나는 조지가 자기 목덜미에 꽂히는 내 뜨거운 시선을 느끼기 바라며 벽을 노려봤다.

"정말 어이없네요."

"맥스한테 전화 안 했죠?"

"안 했어요. 내가 왜 해요?"

나는 한 손을 얼굴에 대며 덧붙였다.

"맥스 전화는 받지 말아줘요. 그이한테는 스페인 태생의 이번 주 선택녀가 있어요. 그러니 전화하면 안 되죠."

나는 자리에서 일어나 문을 소리 나게 닫았다. 그런데 의자에 기대어 앉자마자 조용히 문을 두드리는 소리가 세 번 들렸다.

"조지, 들어와도 좋아요."

나는 패배를 인정하고 화난 목소리로 말했다.

"하지만 스카치는 마시지 않을 거예요."

문을 열고 들어온 사람은 베넷이었다. 사무실 안에 그의 존재감이 넘쳐났다. 나는 반듯이 앉아서 본능적으로 책상을 확인했다. 서류가 지저분하게 놓여 있는지 확인하기 위해서였다.

"안녕하세요, 베넷. 스카치 이야기는 농담이에요. 일할 때는 술 마시는 법 없습니다."

베넷은 미소를 지었다.

"그런다고 해도 탓할 생각이 없네요."

"네…."

베넷이 여기 무슨 일로 왔는지 궁금했다. 업무 성격상 베넷과 일대일로 대면해서 처리할 일이 거의 없다. 베넷은 잠시 나를 살피듯 쳐다보더니 입을 열었다.

"시카고에서 내가 완전히 바닥을 쳤을 때 세라가 내 사무실로 찾아와서 소리 질렀잖아요."

"아, 네."

"덕분에 상황을 정확히 볼 수 있었어요. 클로에에 대한 내 감정을 나만 모르지 다른 사람은 다 알고 있다고 돌려서 말했잖아요. 내가 클로에에게 심하게 대하는 건 그녀를 특별히 높이 평가하기 때문이라는 걸 모두가 알고 있다는 걸 분명히 알려줬죠."

베넷이 내게 싫은 소리 하러 온 게 아니라는 사실을 깨달은 나는 미소를 지었다.

"기억나요. 그때 두 사람 모두 요령 없이 굴었죠."

"오늘은 그때 입은 은혜를 갚으러 왔어요. 맥스는 오랫동안 알고 지낸 친구예요."

베넷은 내 책상 건너편에 있는 의자에 앉으며 말했다.

"녀석이 늘 플레이보이처럼 논 건 사실입니다. 절대로 사랑에 빠지지 않을 녀석이라고 나도 생각했으니까요. 하지만 그건 세라를 만나기 전 이야기입니다."

베넷은 한쪽 눈썹을 추켜세우고 말했다. 베넷을 꽤 오랫동안 알고 지냈지만 저렇게 눈썹을 움직이면서 나올 때는 위협적이라는 느낌을 늘 받았다.

"그리고 녀석은 내게 무슨 일이 벌어지고 있었는지 전혀 말하지 않았어요. 불문율처럼 지키는 타인의 사생활 불가침 규칙을 어기고 녀석에게 직접 물어보기까지 했는데 말이죠. 그런데 녀석이 당신에게 아무런 말도 듣지 못했다고 하더군요. 윌에게 들은 바에 의하면 녀석 꼴이 말이 아니라고 해요. 세라, 맥스에게 마음이 있다면 최소한 그에게 설명할 기회는 줘야 하는 게 맞지 않을까요?"

나는 괴로운 신음 소리를 내고 말했다.

"그런 생각이 들 때도 있어요. 그렇지만 맥스가 얼간이라는 사실이 떠올라서요."

"세라, 앤드류는 당신에게 비양심적이고 부도덕한 일을 했어요. 우리 모두 그 사실을 알고 있었어요. 그때 당신을 대신해 따끔하게 말해주지 못한 게 후회되네요. 하지만 그 일을 성장의 기회로

삼는 건 당신의 선택에 달렸어요. 모든 남자가 그 작자 같다고 생각한다면 맥스와 어울릴 자격이 없는 겁니다. 맥스는 그런 남자가 아니에요."

베넷은 말을 마치고 나를 가만히 보고 있었다. 뭐라고 대꾸해야 할지 생각이 나지 않았다. 하지만 맥스와 어울릴 자격이 없다는 말을 듣고 가슴이 고통스럽게 옥죄어오는 느낌이 드는 걸 보니 베넷의 말이 맞는 것 같았다.

나는 기금 모금 행사에 입을 드레스를 구해야 할 것 같다.

***

클로에와 베넷은 타운카를 타고 나를 데리러 왔다. 차에 올라타면서 잠시 턱시도를 차려입은 베넷을 감상했다. 솔직히 베넷은 너무 예쁘게 생겨서 불공평하다는 생각이 든다. 그의 곁에는 반짝이는 진주가 달린 홀터 드레스를 입은 클로에가 눈부신 자태를 뽐내고 있었다. 베넷이 클로에의 귓가에 뭔가 속삭이자 클로에는 눈을 부라리며 대꾸했다. "돼지 같은 사람."

베넷은 나직이 웃고 나서 클로에의 목에 키스했다.

"이래서 당신을 사랑해."

행복한 두 사람을 흐뭇하게 보고 있자니 나는 저런 사람을 찾지 못하리라는 냉소적인 생각이 사라지는 것 같았다. 입고 있는 드레스를 내려다보았다. 1시간 넘게 준비한 차림이었다. 나는 정말로 맥스가 내 남자이기를 바라고 있었다.

나는 고개를 돌려 창밖을 보면서 맥스의 아파트에 찾아간 일이 나 샤워하는 그와 함께 있을 때 얼마나 안심이 되었는지를 기억 하지 않으려 노력했다. 맥스의 아파트 건물에 들어서자 놀랍게도 경비원이 내 얼굴을 기억하고 있었다. 한편으로는 안심이 되기도 했다. 나는 미소로 인사를 대신했다.

"안녕하세요, 딜런 양."

경비원은 우리를 엘리베이터까지 안내하고 펜트하우스 층 버튼 을 누른 다음에 뒤로 물러서서 인사를 건넸다.

"즐거운 밤 보내세요." 나는 감사의 말을 건넸다. 엘리베이터 가 닫히자 두 다리가 후들거리면서 쓰러질 것 같은 느낌이 들 었다. "기절할 것 같아 걱정이 돼."

나는 치찰음이 가득한 목소리로 말했다.

"내가 여기 왜 왔는지 다시 한 번 알려줄래?"

"숨을 쉬어봐."

클로에가 속삭이듯 말했다. 베넷도 허리를 숙여 나를 바라보 았다.

"맥스 녀석에게 당신이 얼마나 아름다운지 보여주러 왔잖아요. 그리고 녀석 때문에 상심하지 않는다는 것도 알려주고요. 그것만 해도 오늘 밤은 충분하다고 생각합니다."

베넷의 말을 듣다가 갑자기 떠오른 사실이 하나 있었다. 진짜 기절할 것 같았다. 맥스의 거실을 보게 되리라는 생각을 미리 하고 마음의 준비를 했어야 하는데 까맣게 잊고 있었다. 엘리베이터 문이 열리자 맥스가 사는 공간을 볼 수 있었다. 순간 나무판자로 가슴을 한 대 얻어맞은 것 같은 충격을 느꼈다. 실제로 비틀거리며 뒷걸음질 치기까지 했다.

조니의 클럽에서 재현한 6번 방은 실제 거실의 일부인 뒤쪽 한 구석 작은 공간이었다. 소규모 모임을 하는 곳 같았다. 하지만 내 눈에는 그곳이 횃불처럼 도드라져 보였다. 탁 트인 거실 한가운데를 지나 수 마일은 될 것 같은 대리석 바닥을 걸어가야 하는 곳인데도 그곳에서 시선을 돌리기가 힘들었다. 남자 두 명이 술잔을 홀짝이며 창밖을 내다보고 있었다. 말도 안 되는 일인 줄 알지만 그 사람들이 침입자처럼 느껴졌다. 왠지 그들이 거기 있는 게 잘못된 일 같았다.

때마침 클로에가 내 팔을 잡고 앞으로 끌어당기지 않았다면 한참을 그렇게 서 있을 뻔했다. 키가 큰 노신사 한 분이 우리를 거실 한가운데로 안내했다.

"괜찮아?"

클로에가 물었다.

"이게 좋은 생각이라는 자신이 없어져."클로에가 숨을 급히 들이쉬는 소리가 들렸다.

"그 말이 맞을지도 모르겠다."

나는 고개를 들고 클로에의 시선을 따라 맞은편을 바라보았다. 맥스가 걸어오고 있었다. 그 바로 뒤에 윌이 있었다.

맥스는 몇 주 전 행사 때 입은 것과 비슷한 턱시도를 입고 있었다. 다른 점은 재킷 아래 조끼가 하얀색이라는 점과 눈에 생기가 없다는 정도였다. 맥스는 웃는 얼굴로 거실에 모인 모든 사람과 인사를 나눴다. 하지만 눈은 조금도 웃고 있지 않았다.

백여 명의 사람들이 맥스의 예술품 컬렉션을 보거나 주방에 들어가서 와인을 받아 오거나 거실 한복판에 서서 이야기를 나눴다. 하지만 나는 벽에 붙어 서서 꼼짝도 하지 않았다.

오늘 선택한 드레스 색이 원망스러웠다. 왜 눈에 띄는 빨간 드레스를 입었을까? 크림색과 검은색 사이에서 나는 사이렌이 되어버린 것 같았다. 무슨 생각으로 이랬지? 그의 시선을 받고 싶어서?

하지만 맥스의 시선을 의식한 의상 선택이었느냐 하는 문제는 큰 고민거리가 되지 못했다. 맥스가 아예 내게 시선을 주지 않았기 때문이다. 나를 보지 못한 것처럼 보였다. 맥스는 거실을 돌아다니면서 파티에 참석해준 데에 대한 감사 인사를 하고 있었다. 그의 일거수일투족을 살피지 않는 척하려 노력했지만 소용없었다.

나는 맥스를 그리워하고 있었다.

그가 지금 무슨 생각을 하고 있는지 알 수 없다. 진실과 거짓이 무엇인지도 알지 못한다. 예전에 우리가 어떤 사이였는지도 모르겠다.

"세라."

개성 넘치는 윌의 목소리에 나는 뒤로 돌아섰다.

"안녕하세요, 윌."

심각한 표정의 윌이 보였다. 마음에 들지 않았다. 맥스나 윌이 웃지 않는 모습을 거의 보지 못했다. 이건 아닌 것 같다.

윌은 잠시 나를 쳐다보더니 나지막한 목소리로 말했다.

"여기 온 거 맥스가 알아요?"

나는 건너편에서 나이가 들어 보이는 여자 두 명과 이야기하는 맥스를 보았다.

"모르겠어요."

"내가 가서 말할까요?"

나는 고개를 가로젓고 한숨을 내쉬었다.

"그동안 맥스 저 자식, 아무짝에도 쓸모없는 개자식처럼 굴었어요. 이렇게 와줘서 정말 기뻐요."

나는 살짝 웃으면서 솔직하게 말했다.

"아직 마음을 정한 건 아니에요."

"정말 미안해요."

윌이 조용히 말했다. 나는 그의 눈을 마주하고 말했다.

"맥스의 무분별한 행동에 대해 윌이 사과할 필요는 없어요."

윌은 양미간을 찡그리고 고개를 갸우뚱 기울였다.

"맥스가 말 안 했어요?"

심장이 덜컥 내려앉는가 싶더니 천둥처럼 울려대기 시작했다.

"뭘 말해요?"

하지만 윌은 한 걸음 뒤로 물러섰다. 자기가 해야 할 말이 아니라고 생각한 모양이었다.

"정말 아직 맥스와 이야기하지 않았군요."

나는 고개를 가로저었다. 윌은 내 어깨 너머로 맥스가 있는 곳을 보았다. 그리고 한 손을 내 팔에 가볍게 대고 말했다.

"가기 전에 맥스하고 꼭 한번 이야기해요. 그래 줄 수 있죠?"

나는 고개를 끄덕이고 다시 맥스가 있는 쪽을 보았다. 이번에는 검은색 머리가 아름다운 여자와 함께 서 있었다. 맥스의 팔에 손을 대고 서 있는 그 여자는 맥스가 무슨 말을 하면 자지러지게 웃었다. 웃음이 너무 헤펐다. 애쓰는 기색이 역력하기도 했다.

다시 뒤로 돌아섰다. 윌은 자리를 뜨고 없었다.

갑자기 공기가 희박해진 것 같았다. 나는 뒤로 돌아 가장 가까운 복도를 따라 걸어갔다. 조금 걷다 보니 음식 쟁반을 들고 다니는 사람도 없고, 어울려 돌아다니는 손님도 없는 곳이 나왔다. 넓은 복도 양편에는 굳게 닫힌 문이 줄지어 있었다. 문과 문 사이에는 나무와 눈, 그리고 입술, 손, 척추 등을 피사체로 한 아름다운 사진이 있었다.

어디로 가지? 여기서 맥스에 대해 새롭게 알게 되는 게 있을까?
여자 물건으로 가득 찬 방이라도 보는 건 아닐까? 그의 집이 아닌
곳에서 만나자는 제안에 순순히 따라준 것도 다른 사람의 공간을
이곳에 마련하기 위해서였던 걸까?

'나는 왜 여기 있는 거지?'

발자국 소리가 들렸다. 나는 복도 끝에 있는 방으로 재빨리 들
어갔다.

사람들과 떨어져 방 안에 있으니 아늑하고 조용했다. 내 맥박이
뛰는 소리가 귀에 울렸다.

주변을 둘러봤다.

커다란 침실이었다. 한가운데 큰 침대가 있고 협탁에는 방 안을
비추는 유일한 조명인 스탠드… 액자에 넣은 내 사진이 있었다.

사진 속의 나는 카메라를 정면으로 바라보고 서서 입을 버린 채
셔츠의 단추를 손가락으로 만지고 있었다. 한편으로는 놀라고 한
편으로는 안심하는 표정이었다.

언제 찍은 사진인지 기억이 났다. 맥스가 나에게 사랑한다고 말
했던 때다.

뒤를 돌아보니 벽면에 더 많은 사진이 있었다. 손을 뒤로 돌려
브라를 벗는 내 모습. 스커트 지퍼를 내리며 고개를 숙이고 미소
짓는 내 얼굴. 아침 햇살을 받으며 맥스를 올려다보는 얼굴도 있

었다.

나는 비틀거리며 앞으로 걸어갔다. 내가 모든 걸 망쳐버렸다는 처연한 깨달음을 피하고 싶었다. 여기에 내가 알아야 할 것이 더 있는 게 분명해 보여서 두려웠다. 하지만 또 다른 문을 열고 들어간 넓은 드레싱 룸은 더 최악이었다.

그 방에는 우리의 친밀한 관계가 넘쳐나고 있었다. 우리 둘의 모습을 담은 흑백사진이 30여 장이나 있었다. 다양한 크기의 사진들이 크림색 페인트로만 칠한 벽면에 아름답게 배열되어 있었다.

성적 의도가 없이 순수함과 아름다움만 추구한 사진도 있었다. 그의 입술이 내 발등에 닿았을 때 내가 찍은 사진. 그가 내 셔츠를 벗기면서 드러난 내 복부를 엄지손가락으로 어루만지는 사진.

에로틱하면서도 절제된 사진은 우리가 서로에게 빠져 있으면서도 그 사실을 애써 감추는 순간을 암시하고 있었다. 맥스의 귓불을 깨무는 사진에는 맥스 몸에 기댄 내 턱과 입술만 노출됐지만 절정이 가까워져 거친 숨을 토해 내는 순간임을 알 수 있었다. 맥스의 밑에 누운 내 상반신 사진도 있었다. 손톱을 세워 맥스의 어깨를 움켜쥐고 허벅지를 한껏 들어 올리고 있었다.

노골적으로 선정적인 사진도 몇 장 있었다. 발기한 맥스의 남성을 내 손이 움켜쥔 사진과 창고에서 후배위로 관계하는 맥스의 모습을 담은 초점 흐린 사진이 그랬다.

하지만 내 발걸음을 사로잡은 사진은 우리 집에서 밤을 보낸 날에 옆에서 찍은 사진이었다. 카메라 타이머 기능을 이용해 사진을 찍고 있는지 전혀 모르고 있었다. 협탁에 카메라를 놓고 앵글을 맞추는 바람에 어색한 각도의 우리 모습이 찍혔다. 맥스는 내 위에 있었다. 내 안으로 들어오려고 엉덩이를 움직이는 중인 것 같았다. 내 다리 하나는 그의 허벅지에 얽혀 있었다. 맥스는 팔뚝으로 몸을 버티면서 내게 키스했다. 눈을 감은 우리 얼굴에는 긴장한 구석이 하나도 없었다.

사랑을 나누는 우리 모습을 포착한 완벽한 이미지였다.

그 옆에는 내 가슴 주위를 맴도는 맥스의 입술과 사랑하는 마음을 숨김없이 드러내어 나를 올려다보는 그의 눈이 담긴 사진이 있었다.

"오, 맙소사."

나는 낮은 소리로 말했다.

"여기는 아무도 들어오면 안 되는 곳입니다."

맥스의 목소리에 화들짝 놀란 나는 한 손으로 가슴을 누르며 마음을 진정시켰다. 그리고 눈을 감고 물었다.

"나도 안 되나요?"

"특히 당신은 안 돼요."

나는 뒤로 돌아 맥스를 보았다. 하지만 곧 실수했다는 생각이 들었다.

이렇게 가까이서 그를 만나기 전에 심호흡을 한참 더 하고 마음

의 준비를 했어야 했다. 맥스는 활발하고 명석하고 믿을 수 없을
만큼 잘 생겼다.

하지만 상심한 남자의 모습이었다. 웃지 않는 눈 주위에 어두운
그림자가 드리웠고 그의 입술은 핏기 하나 없이 굳게 다물어 있
었다.

"저기 밖에 있는 게 힘들어서요."

나는 솔직하게 말했다.

"그 거실이랑 소파랑…." 맥스는 매서운 눈으로 나를 보았다.

"샌프란시스코에서 돌아왔을 때의 나와 같은 심정이겠군요. 그
때는 가구를 모두 새것으로 바꾸고 싶었죠."

그 말을 끝으로 무거움 침묵이 우리를 감쌌다. 눈싸움하듯 나
를 노려보던 맥스는 마침내 시선을 돌렸다. 어디서부터 시작해야
할지 알 수 없었다. 일단 그의 휴대전화에 다른 여자의 사진이 있
었다는 사실을 생각해보기로 했다. 내 사진보다 더 최근에 찍힌
사진이었다. 그런데 이 방에서 만난 맥스는 나보다 더 상처 입은
사람처럼 보였다.

"지금 무슨 일이 벌어지는 건지 이해가 안 되네요."

나는 솔직히 말했다.

"창피한 일을 다 들켰는데 무슨 말이 새삼 필요하겠어요."

맥스는 벽에 있는 사진을 가리키며 말했다.

"세라, 당신이 여기에 불청객으로 들이닥치지 않았어도 나는 이

미 한심하고 애처로운 놈이에요."

맥스는 내 입술이 그의 치골에 닿아 있는 사진을 흘깃 보면서 말했다.

"이 사진들은 2주 동안만 이렇게 놔뒀다가 치울 생각이었어요."

"맥스…."

"세라, 나를 사랑한다고 말했잖아요."

맥스의 침착함에 조금씩 금이 가기 시작했다. 이렇게 화를 내는 모습은 처음이다.

뭐라고 말해야 할지 생각이 나지 않았다. 맥스는 내 고백을 과거형으로 말했다. 하지만 맥스의 방에서 우리가 함께했던 밤의 증거에 둘러싸여 있으니 그를 향한 내 감정을 분명히 알 수 있었다.

"다른 여자의 사진이 있다고…."

"그래도 내가 당신을 사랑하는 것처럼 당신도 나를 사랑했다면,"

맥스는 내 말을 가로막았다.

"최소한 〈포스트〉지에 실린 기사와 사진에 대해 설명할 기회는 주었겠죠."

"설명이 필요할 정도면 이미 늦은 거예요."

"그렇게 생각한다는 건 이미 분명히 밝혔잖아요. 그런데 왜 내가 잘못했을 거라고 전제하는 거죠? 내가 언제 당신에게 거짓말한 적이 있나요? 뭔가를 감춘 적은 있었나요? 나는 당신을 믿었어

낯선 살 냄새

요. 나는 절대로 상처 입지 않고, 사람을 쉽게 믿는다고 생각하는 모양인데, 그렇지 않아요. 당신의 다친 마음을 지키는 일에만 바빠서 내가 저 멍청한 인간들이 예상하는 그런 몹쓸 인간이 아니라는 걸 깨닫지 못한 거죠."

그 말을 들으니 더욱 할 말이 없었다. 맥스의 말이 맞았다. 그가 세실리에 관한 일이나 그 후 사람들 주목을 받게 된 사연을 이야기했을 때, 그 모든 일을 그가 쉬이 넘겼을 거라고 생각했다. 사랑의 냉혹함을 경험한 적이 없으리라고 내 멋대로 생각했다.

"내가 설명하게 해줄 수 있었잖아요."

맥스가 말했다.

"좋아요. 지금 설명해요."

맥스는 양미간을 잔뜩 찌푸렸다가 눈을 깜빡이며 고개를 끄덕였다.

"내 가방을 훔쳐간 녀석들이 우리 사진을 자기들이 찍었다고 하고 팔았어요. '셀러브리티니'의 친절한 사람들은 내 서류 가방에서 198장의 사진을 찾았어요. 메모리카드와 휴대전화, 그리고 휴대용 데이터 저장 기기에 있던 사진들이죠. 노트북의 비밀번호를 해독해냈다면 몇 백 장이 더 나왔겠죠. 여하튼 그런 중에 당신 엉덩이가 나온 사진과 내가 한 번도 본 적 없는 여자 사진을 신문에 실은 거예요."

혼란스러웠다. 나는 미간을 찡그렸다. 갈비뼈에 갇힌 심장이 밖으로 튀어나올 듯 뛰기 시작했다.

"그러면 신문사에서 그 여자 사진을 당신과 얽었다는 말이에요? 그 사진이 당신 것은 아니라는 거예요?"

"내 휴대전화에 있던 사진은 맞아요."

맥스는 나를 쳐다보며 말했다.

"하지만 그녀가 누구인지는 몰라요. 그날 아침, 그러니까 가방을 잃어버리기 직전에 윌이 내게 전송한 사진일 뿐이에요. 2년 전에 윌이 두어 번 만난 여자라고 해요."

나는 고개를 흔들며 도무지 이해하지 못하겠다고 말했다.

"윌은 그걸 왜 보낸 건데요?"

"당신을 주제로 사진 작품을 만드는 일이 신선하다고 윌에게 말했거든요. 우리 둘이 늘 그렇듯이 윌은 자기도 이미 그런 일을 해봤다고 으스댔죠. 사랑하는 사람의 사진을 찍어서 심미안이 있는 작품을 만들었다고 했어요. 우리 둘은 무슨 일이든 게임처럼 서로 잘났다고 우겨대요. 나도 다 해봤다 그런 거죠. 윌은 나를 골려먹으려고 그런 말을 한 거예요. 윌도 알아요. 내가 우리 관계를 진지하게 생각하고 당신을 사랑하는 걸."

맥스는 한 걸음 뒤로 물러나서 벽에 기대어 섰다.

"그런데 출장 가기 전날 그런 농담을 또 주고받았어요. 윌 녀석이 내 휴대전화에 세라 포르노만 잔뜩 있는 거 아니냐고 하더군요. 그러면서 그 사진을 보냈어요. 녀석의 멍청이 짓에 우리는 낄

낯선 살 냄새

낄거리고 웃어넘겼어요. 그런데 타이밍이 최악이었던 거죠."

"신문 기사에서는 많은 여자의 사진이 있다고 했어요."

"거짓말이에요."

"그럼 왜 이 이야기를 나에게 하지 않았어요. 음성이나 문자메 시지로 사정을 말할 수 있었잖아요?"

"일단 어른답게 얼굴을 맞대고 해야 할 이야기라고 생각했어 요. 지금껏 우리가 함께한 모든 일은 상당한 신뢰를 전제로 해요, 세라. 그러니 선의의 해석을 해서 내 말을 믿어주는 정도의 혜택 은 누릴 수 있으리라 기대했어요. 그렇지만 자초지종을 다 이야기 하자면 월에게 당신을 촬영한 이야기를 했다는 걸 솔직히 말해야 했고, 우리 관계를 비밀로 하기로 한 약속을 어겼다는 것도 인정 해야 했죠. 그리고 월을 믿고 사진을 찍게 해준 어떤 여자의 사진 을 내가 받았다는 것도 밝혀야 했고. 정보 유출에 늘 유의하고 그 런 일이 생기면 변호사를 시켜 처리했는데, 이번에는 우리가 그 멍청이 짓을 한 거죠."

"신문에 그 여자 사진이 실린 것에 대한 해명은 안 된 것 같은 데요."

"언론에서 이야기를 어떻게 엮었는지 모르겠어요? 나와 많은 여자 이야기? 당신과 내가 찍힌 수백 장의 사진을 봤는데 왜 한 장만 올렸을까요? 다른 여자 얼굴이 하나 나오니까 옳다구나 했 던 겁니다. 가십 만들기 딱 좋은 재료잖아요. 분명히 말했듯이 나는 다른 여자는 만나지 않았어요. 이 말로 충분하지 않나요?"

"말과 행동이 전혀 다른 남자만 봐왔거든요."

"내가 그보다는 나은 인간이란 걸 알잖아요."

맥스는 내 시선을 살피며 말했다.

"그러지 않았다면 내게 사랑한다고 말하지 않았을 거예요. 함께
밤을 보내지도 않았을 거고."

"사진이 공개된 걸 보고 나는… 그런데 그날 밤이 당신에게 그
렇게 큰 의미가 있다고 생각하지 못했어요."

"말도 안 되는 소리 마요. 세라, 당신도 마찬가지잖아요. 저 사
진들을 봐요. 그날이 내게 어떤 의미였는지 정확히 알 수 있을 거
예요."

나는 맥스에게 손을 내밀려다가 다시 한 번 상황을 점검하기로
했다. 맥스는 정말 화가 많이 난 것 같았다. 나도 나 자신이나 맥
스에게 짜증이 났다. 그 모든 감정이 얽혀서 폭발 직전에 이르고
있었다. 다른 여자의 사진을 신문에서 보았을 때 가슴이 저미는
느낌을 받았던 일은 지금도 생생하다.

"내 입장에서는 달리 생각할 여지가 없었어요. 당신이 나를 갖
고 놀았다고 보는 게 타당한 것 같았어요. 우리 관계는 당신에게
아주 쉬운 일처럼 보였고요."

"쉬운 일이었죠. 당신에게 완전히 빠졌으니까. 사랑하니까 모
든 게 정말 쉬웠어요. 원래 그런 거 아니에요? 최근 몇 년 동안 실

연을 당하거나 상처 받은 적이 없다고 해서 내가 그런 걸 전혀 느끼지 못하는 사람이라는 의미는 아니잖아요. 세라, 지난 2주 동안 나는 망신창이로 지냈어요. 인사불성으로 취해서 지냈죠."

나는 한 손으로 내 배를 잡았다. 물리적으로 나를 지탱해야 할 필요를 느꼈기 때문이다.

"나 역시 마찬가지였어요."

맥스는 한숨을 내쉬고, 신고 있는 구두를 빤히 내려다본 채 아무 말도 하지 않았다. 가슴을 쥐어짜는 듯한 통증이 느껴졌다.

"나는 당신과 함께 있고 싶어요."

내가 말했다.

맥스는 고개를 한 번 까닥였지만 고개를 들지도 않았고 다른 말을 하지도 않았다.

나는 한 걸음 더 가까이 다가가서 까치발을 딛고 맥스의 뺨에 키스하려 했지만 그의 턱에 닿고 말았다. 맥스가 허리를 숙여 나를 맞아주지 않았기 때문이다.

"맥스, 그리웠어요."

나는 맥스에게 말했다.

"성급하게 결론을 내리려는 것 같지만… 나는… 내 생각에는…"

더 이상을 말을 할 수 없었다. 맥스가 꼼짝도 않고 서 있는 이 상황을 견딜 수가 없었다.

나는 그대로 뒤돌아서 맥스의 드레싱 룸을 나와 그의 침실을 지나서 파티장으로 돌아갔다.

***

"집에 가고 싶어."

나는 베넷과 윌과 함께 대화를 나누는 클로에를 조심스럽게 (정확히 말하면 조심스러운 듯하게) 데리고 나와서 말했다.

두 남자는 노골적으로 우리를 빤히 쳐다봤다. 우리는 파티가 열리는 거실에서 조금 안쪽으로 들어간 공간에 있었다. 삼면이 가려져서 실질적으로 클럽 별실과 같은 공간이었다. 클럽이라는 말이 떠오르자 가슴에 날카로운 통증이 느껴졌다. 이 옷을 벗고 화장을 지우고 쿠키 반죽 속에 빠져 있고만 싶었다.

"이십 분만 기다려줄래?"

클로에는 내 안색을 살피며 말했다.

"아니면 꼭 지금 당장 가야겠어?"

나는 작은 탄식 소리를 내면서 파티장을 둘러보았다. 맥스는 침실에서 아직 나오지 않았다. 그가 없는 사이에 자리를 뜨고 싶었다. 조니의 클럽에서 맥스가 얼마나 사랑스러웠는지를 기억하면서 이곳에 서 있는 건 정말 하고 싶지 않은 일이다. 수치스럽고 혼란스러웠다. 무엇보다 내가 맥스를 정말 사랑한다는 사실이 힘들었다. 우리 사진을 아름답게 전시해놓은 것을 본 기억이 내 머릿속을 계속 맴돌았다.

"맥스랑 세상에서 가장 어색한 대화를 나눴어. 내가 정말 멍청이에 바보 같았어. 맥스는 아주 완강하게 나오더라. 그도 그럴 것이 내가 정말 바보짓을 했더라고. 그래서 얼른 여기를 떠나고 싶어. 택시 타고 갈게."

윌이 내 팔을 살짝 잡았다.

"아직 떠나지 마세요."

나도 모르게 윌에게 힐책이 담긴 시선을 보냈다.

"윌, 어쩜 그런 일을 했어요. 내 사진을 당신에게 보냈다면 나는 맥스를 죽여버릴 거예요."

윌은 잘못을 순순히 인정하는 얼굴로 고개를 조아렸다.

"나도 알아요."

무심코 고개를 드는데 윌의 어깨 너머로 맥스의 방으로 이어지는 복도가 보였다. 내 눈에 띄지 않게 밖으로 나온 맥스는 벽에 기대어 선 채 스카치를 마시고 있었다. 맥스의 시선이 나를 향하고 있었다. 우리가 처음 만난 날 밤, 그를 위해 춤추는 나를 바라보던 강렬한 눈빛이었다.

"미안해요."

나는 소리 없이 입 모양만으로 그에게 말했다. 어느새 눈물이 차올랐다.

"내가 다 망쳐버렸어요."

윌이 뭐라고 말하는 것 같았지만 들리지 않았다. 나는 맥스가 혀로 입술을 핥는 모습을 완전히 집중해서 보고 있었다. 그리고 다음 순간, 맥스의 얼굴에 낯익은 미소가 되살아났다. 맥스도 소리 없이 입모양으로 나에게 말했다.

"아름다워요."

윌이 내게 물었다.

"지금 맥스가 뭐라고 했어요?"

나는 고개를 끄덕이며 웅얼거리듯 말했다.

"네…."

하지만 윌은 고개를 흔들며 크게 웃었다.

"네, 아니오로 답하는 질문을 하지 않았는데요. 세라."

"나는…."

나는 집중력을 되찾으려 노력했다. 하지만 맥스가 술잔을 테이블에 내려놓고 곧바로 나를 향해 걸어오는 모습이 윌의 등 뒤로 보였다. 나는 드레스를 잡아당기면서 허리를 펴고 애써 담담한 표정을 지으려 노력했다.

"아까 뭐라고 물어봤죠? 다시 말해줄래요?"

"맥스가 여기로 오고 있는 거죠?"

윌은 재미있다는 표정으로 나를 보면서 말했다.

나는 다시 고개를 끄덕였다.

"그러네요."

내 뒤에 벽이 그렇게 가까이 있는지 몰랐다. 맥스가 내게 다가와 따스한 입술로 내 입술을 덮으면서 나를 밀자 등 뒤에 벽이 느껴졌다. 맥스는 내 이름을 속삭이며 키스했다. 나도 뭔가 말하고 싶었다. 파티장 한복판에서 이렇게 키스하면 어떻게 하냐고 놀리고 싶었다. 그렇지만 말할 수 없이 큰 안도감을 느끼면서 눈을 감고 입을 벌린 채 그의 혀가 주는 쾌락에 온몸을 맡겼다.

맥스는 내 턱을 살짝 깨물고 목에 키스했다. 맥스의 어깨 너머로 파티장의 모든 사람이 말을 멈추고 휘둥그레진 눈으로 우리를 보는 광경이 펼쳐졌다. 몇 명은 머리를 모으고 지금 눈앞에서 벌어지는 일에 대해 이야기를 시작했다.

"맥스."

나는 그의 머리를 잡아서 내 얼굴과 마주 보게 한 다음에 말했다. 미소가 멈춰지지 않았다. 그야말로 입술이 귀에 걸릴 지경이었다. 맥스는 내 입술을 바라봤다. 눈을 반쯤 감고 있는 맥스는 취한 사람처럼 보였다.

"보는 눈이 많아요."

"그러면 당신 취향인데?"

맥스는 앞으로 몸을 숙여 다시 한 번 내게 키스했다.

"약간의 익명성이 있는 편이 더 좋아요."

"어쩌죠? 오늘 우리가 연인 사이라는 걸 커밍아웃하기로 한 날이라서 그 익명성은 보장하지 못하겠는데."

나는 몸을 뒤로 빼고 맥스의 눈동자를 바라봤다. 맥스의 얼굴이 점점 진지해졌다. 나는 나직이 말했다.

"정말 미안해요."

"나도 당신과 같이 있고 싶은 마음이었어요. 다만… 마음을 추스를 시간이 좀 필요했어요."

맥스도 나직한 음성으로 말했다. 나는 고개를 끄덕였다.

"충분히 이해할 수 있어요."

맥스는 싱긋 웃고는 내 콧등에 키스했다.

"최소한 그 일은 다 해결된 것 같네요. 하지만 다음이라도 꼭 공정한 재판의 기회를 줘요. 의심 많은 세라는 사절이에요."

"약속할게요."

맥스는 옷매무새를 확인하고 나를 에스코트해서 파티장으로 돌아갔다. 그리고 근처에 있는 사람들이 다 들을 수 있을 정도로 큰 목소리로 말했다.

"여러분, 파티 진행이 원활하지 못했던 점 죄송합니다. 두 주 동안 여자 친구를 만나지 못했거든요. 이해 바랍니다."

사람들은 고개를 끄덕이고 우리를 애정 어린 눈으로 바라봤다. 이런 식으로 주목받는 일은 익숙하다. 몇 년 동안이나 이런 시선을 받아왔다. 하지만 이번에는 진짜다. 맥스와 함께하는 시간은 여론조사나 인지도와 상관없었다. 생애 처음으로 문을 닫은 곳에서 벌어지는 일이 사람들이 보는 곳에서 하는 일보다 열 배는 좋

낯선 살 냄새

은 경우를 경험한 것이다.

이제 맥스는 내 남자다.

***

맥스는 파티장을 떠나는 마지막 손님에게 작별 인사를 하고 있었다. 나는 조용히 맥스의 침실로 돌아와서 사진을 다시 보았다. 우리의 감정이 고스란히 담겨 있었다. 그 사진을 보고 있노라니 모든 걸 다 벗어버리게 되는 것 같았다.

맥스가 뒤에서 들어오는 소리가 들렸다. 문이 조용히 닫혔다.

"어떻게 견뎠어요?"

"뭘?"

맥스가 내 뒤로 와서 목덜미에 키스했다.

"이 사진을 매일 봤을 거 아니에요."

나는 벽을 가리키며 말했다.

"헤어져 있는 동안 이런 사진이 내 침실에 있다면 가슴이 너무 아파서 침대에 누워서 아기처럼 웅크리고 있었을 것 같아요. 시리얼로 허기만 때우면서 자기 연민에 빠져 엉망이 되어버렸을 거예요."

맥스는 활짝 웃으면서 나를 뒤로 돌려 세웠다. 우리는 서로를 마주 보았다.

"나는 우리 관계가 끝났다고 생각하지 않았어요. 비참하고 괴로웠지만 우리 관계가 끝났다고 인정하면 더 비참하고 괴로울 것 같았거든요."

맥스가 내게 가르쳐 준 게 바로 이거다. 잔에 물이 반만 남은 게 아니라 반이 넘쳐난다는 깨달음을 준 것이다.

"그렇게 하다가 지칠지도 몰라요."

내가 말했다.

"우리 두 사람 몫의 낙관과 긍정을 모두 맡아 하는 거 말이에요."

"아하, 하지만 기필코 세라를 긍정의 편이 되게 만들 거예요."

맥스는 내 뒤로 손을 뻗어 드레스의 지퍼를 내려서 아래로 흘러내려 발치에 고이게 했다. 나는 가만히 옷 무더기에서 발을 빼냈다. 드러난 맨살에 맥스의 시선이 닿는 게 느껴졌다.

고개를 들어 그를 바라보니 자못 심각한 표정을 짓고 있었다. 불안감이 엄습했다.

"뭐가 잘못됐어요?"

"당신은 내 마음을 상하게 할 수 있는 힘을 가졌어요. 그걸 잊지 마요."

나는 고개를 끄덕였다. 묵직한 덩어리가 올라오는 느낌이 들어서 침을 꿀꺽 삼켰다.

"알아요."

낯선 살 냄새

"내가 '사랑한다'고 말하면 그건 내 경력을 위해서 당신과 함께 있는 걸 사랑한다거나 나랑 자주 섹스해서 사랑한다는 말이 아니에요. 그냥 말 그대로 당신을 사랑하는 거예요. 당신을 웃게 만드는 일을 사랑하는 거예요. 당신을 지켜보는 걸 사랑하는 거예요. 당신과 관련된 소소한 것을 알게 되는 걸 사랑하는 거예요. 당신과 함께 있는 게 좋아요. 그리고 당신이 내게 상처 주지 않을 거라고 믿어요." 키가 크고 몸도 좋은데다 끊임없이 미소 지으며 화를 내는 법이 없어 보이는 까닭에 맥스는 무척 대단한 사람처럼 보인다. 그래서 그의 마음을 아프게 할 수 있는 건 아무것도 없을 줄 알았다. 하지만 그도 별수 없는 나약한 인간인 모양이다.

"알겠어요."

나는 낮은 목소리로 속삭이듯 말했다. 어제까지 모든 게 엉망진창이었는데 하루 사이에 완전히 반대 상황에 이르러 다시 기회를 얻게 되니 기분이 묘했다.

맥스는 내게 키스하고 한 걸음 뒤로 물러서서 재킷을 벗어 모퉁이에 있는 옷걸이에 걸었다. 반대편에 있는 선반에 올려놓은 맥스의 카메라가 눈에 들어왔다. 나는 그곳으로 걸어가서 카메라를 집어 들었다. 카메라를 잠시 살펴본 후 전원을 켜고 높이 들어 올려서 렌즈 방향을 맥스가 서 있는 쪽으로 맞췄다.

맥스는 나를 쳐다보면서 나비넥타이를 잡아당겨 풀고 있었다.

"나도 사랑해요."

나는 맥스의 얼굴을 클로즈업하면서 말했다. 그리고 굶주린 시선으로 나를 보는 맥스의 사진을 연거푸 찍었다.

"옷을 벗어요."

맥스는 셔츠 칼라에서 타이를 빼내 바닥에 던졌다. 그의 눈동자 색이 짙어졌다. 맥스는 셔츠의 단추를 풀기 시작했다.

찰칵.

"미리 경고하는데요."

나는 카메라 렌즈 뒤에서 중얼거리듯 말했다. 맥스는 셔츠 자락을 바지에서 빼내고 있었다.

"오늘밤 당신 가슴을 샅샅이 혀로 핥을 거예요."

맥스의 입가에 미소가 걸렸다. 찰칵.

"나야 좋죠. 조금 아래쪽도 핥아달라고 조를지 몰라요."

나는 벨트를 푸는 맥스의 손을 찍었다. 바닥에 떨어진 그의 바지와 내게 한 걸음 다가온 그의 발도 아름다운 피사체가 되었다.

"지금 우리 뭐하고 있는 거죠?"

맥스가 내 손에 들린 카메라를 빼앗으며 물었다.

"내 침실에 놓을 사진 찍는 중이잖아요."

맥스는 소리 내어 웃으면서 고개를 절레절레 저었다.

"아가씨, 어서 침대로 갑시다. 우리 관계가 어떻게 운영되어왔는지 다시 한 번 상기시킬 필요가 있겠네요."

나는 침대로 올라가 시원한 이불의 감촉을 느꼈다. 등 뒤에서 매트리스가 포근히 감싸주는 느낌도 좋았다. 맥스는 아래로 손을 뻗어 내 다리의 위치를 잡아주었다. 그리고 나를 가만히 보았다.

찰칵.

"나를 봐요."

맥스가 나직이 속삭였다.

맨해튼의 스카이라인 불빛이 내 몸 위로 흘러내려 몸의 굴곡이 도드라졌다. 맥스의 손가락이 내 허벅지 안쪽으로 밀고 들어오는 느낌에 고개를 들어 카메라로 반쯤 가린 맥스의 얼굴을 보았다.

찰칵.

나는 숨을 크게 내쉬고, 눈을 감고 미소 지었다.

새로운 삶. 새로운 사랑. 새로운 세라.

낯선 살 냄새

펴낸날	초판 1쇄 2015년 9월 29일

지은이	크리스티나 로런
옮긴이	김지현
펴낸이	심만수
펴낸곳	(주)살림출판사
출판등록	1989년 11월 1일 제9-210호

주소	경기도 파주시 광인사길 30
전화	031-955-1350　　　팩스　031-624-1356
기획·편집	031-955-4662
홈페이지	http://www.sallimbooks.com
이메일	book@sallimbooks.com

ISBN	978-89-522-3182-6 03840

르누아르는 살림출판사의 로맨스 문학 브랜드입니다.

※ 값은 뒤표지에 있습니다.
※ 잘못 만들어진 책은 구입하신 서점에서 바꾸어 드립니다.

이 도서의 국립중앙도서관 출판시도서목록(CIP)은 서지정보유통지원시스템 홈페이지
(http://seoji.nl.go.kr)와 국가자료공동목록시스템(http://www.nl.go.kr/kolisnet)에서
이용하실 수 있습니다.(CIP제어번호: CIP2015018619)

책임편집·교정교열 선우지운 | 디자인 정인호